Catherine Bybee
Wiedersehen in River Bend

AF204015

Montlake
Romance

Das Buch

Wie ein Schuss mitten ins Herz: Spannender Abschluss der sexy »Happy End in River Bend«-Reihe um drei allerbeste Freundinnen von Bestsellerautorin Catherine Bybee.

Jo Ward? Die landet wahrscheinlich im Knast, lautete damals die Highschool-Prognose. Aber zehn Jahre später ist allen in River Bend klar, wie falsch sie lagen! Denn jetzt trägt die Rebellin von einst den Sheriffstern, genau wie früher ihr Dad, und das einzige Gefängnis, das sie kennt, ist die Kleinstadt selbst. Eine ersehnte Auszeit verspricht Jo sich von einem Agententraining in Washington. Als sie dort in einer Bar einen heißen Typen kennenlernt, bekommt sie, was in River Bend unmöglich ist: Sex mit dem Sheriff. Aber der Kursbeginn wird zum Schock. Der tätowierte Traummann von der Nacht zuvor ist Agent Gill Clausen, und was er mit ihr macht, zielt direkt ins Herz. Wie sehr Jo ihn in ihrem Leben braucht, wird ihr allerdings erst klar, als sie nach River Bend zurückkehrt. Nach all den Jahren will sie endlich den mysteriösen Tod ihres Dads aufklären – und bringt sich in höchste Gefahr …

Die Autorin

New-York-Times-Bestsellerautorin Catherine Bybee wuchs im Bundesstaat Washington auf. Nach der High-School zog sie nach Südkalifornien, um dort Schauspielerin zu werden. Bald aber hatte sie genug davon, sich den Lebensunterhalt als Kellnerin zu verdienen, und absolvierte eine Ausbildung zur Krankenschwester. Die meiste Zeit ihrer Karriere verbrachte sie in der Notaufnahme. Jetzt arbeitet sie hauptberuflich als Autorin. Zu ihren bekanntesten Werken zählen die Bücher aus der Brautserie »Bis Mittwoch unter der Haube«, »Ab Montag verheiratet«, »Jawort am Freitag«, »Single ab Samstag«, »Am Dienstag getraut« und »Bis Sonntag verführt« sowie die Bücher der »Not-Quite«-Serie »Fast ein Date«, »Fast mein Baby«, »Fast im Himmel«, »Fast für die Ewigkeit« und »Fast mein Traummann«. Catherine Bybee lebt mit ihrem Mann und zwei Söhnen in Südkalifornien.

Catherine Bybee

Wiedersehen in River Bend

Roman

Aus dem Amerikanischen
von Lotta Fabian

Montlake
Romance

Die amerikanische Ausgabe erschien 2017 unter dem Titel »Making It Right« bei Montlake Romance, Seattle.

Deutsche Erstveröffentlichung bei
Montlake Romance, Amazon Media EU S.à r.l.
5 Rue Plaetis, L-2338, Luxembourg
Januar 2018
Copyright © der Originalausgabe 2017
By Catherine Bybee
All rights reserved.
Copyright © der deutschsprachigen Ausgabe 2018
By Lotta Fabian

Die Übersetzung dieses Buches wurde durch AmazonCrossing ermöglicht.

Umschlaggestaltung: bürosüd⁰ München, www.buerosued.de
Umschlagmotiv: © ZoneCreative / Getty; © Francey / Shutterstock; © Anne Kitzman / Shutterstock; © phokin / Shutterstock; © Serg64 / Shutterstock
Lektorat: Ute-Christine Geiler, Birte Lilienthal, Agentur Libelli GmbH
Printed in Germany
By Amazon Distribution GmbH
Amazonstraße 1
04347 Leipzig, Germany

ISBN: 978-2-919-80004-9

www.montlake-romance.de

Dies hier ist für Andrea … Du fehlst mir jeden Tag

PROLOG

Die Sonnenstrahlen bohrten sich schmerzhaft in Jos Augen, als sie die Tür von Zoes Elternhaus öffnete. Es war bereits Mittag, aber man konnte von ihr und ihren besten Freundinnen wirklich nicht verlangen, dass sie am Tag nach ihrem Highschool-Abschluss früh aufwachten. Die Tequila-Flasche, deren Inhalt sie in den vergangenen zwölf Stunden erheblich dezimiert hatten, ruhte zur späteren Restentleerung in ihrer Tasche.

»Ist das hell!«, rief Jo mit einem Lachen und beschirmte ihre Augen mit der flachen Hand.

»Dumpfbacke.« Mel, die Dritte in ihrem Bunde, schob sich an ihr vorbei, öffnete die Tür ihres Autos und warf ihr Jahrbuch auf den Rücksitz.

Zoe stand in der Türöffnung des Mobilheims.

Die drei Freundinnen waren den Großteil der Nacht über wach geblieben und hatten über ihre Zukunft gesprochen.

Oder vielmehr hatten Zoe und Mel das nächste Jahr ihres Lebens beschrieben, während Jo zugehört und Jose Cuervo getrunken hatte, bis ihr ganz schwummerig geworden war.

Vor Mel lagen weitere sieben Wochen in River Bend, bevor sie nach Kalifornien gehen würde, um die Vorhersage ihrer Klassenkameraden im Jahrbuch der River-Bend-Highschool zu erfüllen. Zu derjenigen gewählt zu werden, die am ehesten Erfolg haben würde, war so ziemlich das höchste Lob, zu dem sich ein Trupp Achtzehnjähriger durchringen konnte.

Jo warf ihre Tasche auf den Rücksitz zu Mels Jahrbuch und drehte sich zu Zoe um.

»Wann willst du mit Luke reden?«

»Das weiß ich noch nicht.«

Zoe hatte ihnen beiden erklärt, dass sie mit ihrem Freund, mit dem sie seit zwei Jahren zusammen war, Schluss machen musste, um aus River Bend fortzukommen. Und wenn man sich das verwohnte Mobilheim ihrer Familie anschaute, und die Meinung ihrer Klassenkameraden hinzunahm, dass Zoe River Bend vermutlich niemals verlassen würde, war es kein Wunder, dass sie so schnell wie möglich wegwollte.

Zoes Vater war ein stadtbekannter Krimineller, was alles nicht besser machte. Er verbüßte eine mindestens fünfzehn-jährige Haftstrafe für bewaffneten Raubüberfall, doch das hielt die Kids von River Bend nicht davon ab, Zoe damit zu ärgern, wann immer sich die Gelegenheit ergab. Als ob es Zoes Schuld wäre, dass ihr Vater ein Nichtsnutz war.

»Sagt nichts zu ihm«, bat Zoe.

Jo und Mel wechselten Blicke. »Würde uns nicht im Traum einfallen.«

»Mir wird das hier fehlen«, erklärte Mel mit einem Seufzen.

Jos Augen richteten sich auf Zoe.

»Da bist du aber die Einzige«, erwiderte die.

Zoe würde ihr Zuhause ganz bestimmt nicht fehlen, wo ihr Vater, wenn er gerade nicht im Knast war, rumsaß, trank und gewalttätig gegen seine Familie wurde. Mel würde es einzig deshalb vermissen, weil sie das Haus der Browns in den letzten Jahren als einen Ort zu schätzen gelernt hatte, wo man immer unangemeldet reinschneien konnte. Und Jo würde es nicht feh-len, weil sie gar nicht vorhatte, die Stadt zu verlassen.

Höhere Bildung würde sich für sie nur an einem Community College verwirklichen lassen, wozu vermutlich jede Menge Partys kommen würden, solange sie jung genug war, sie zu genießen. Sie hatte mit dem Gedanken gespielt, nach Waterville zu ziehen, in eine Stadt, etwa eine Stunde entfernt, für die viel sprach, allerdings bezweifelte sie, dass ihr Vater ihr das bezahlen konnte.

Ihr blieb noch der ganze Sommer dafür, das herauszufinden. Wer wusste es schon, vielleicht konnten sie und Zoe zusammenziehen?

»Ich bin um acht Uhr zurück, um dich für heute Abend abzuholen«, teilte Mel Zoe mit.

»Du kommst auch, richtig, Jo?«, fragte Zoe.

Jo ging zur Beifahrertür. »Jemand muss ja schließlich den Schnaps mitbringen.«

Zoe zog hinter sich die Haustür ran. »Sch!«

»Wir sehen uns später.« Jo sparte sich das Anlegen des Gurtes, auch nachdem Mel aus der Einfahrt auf die Straße zurückgesetzt hatte.

Die kurze Fahrt in die Stadt und die Straße hinunter, wo Jo wohnte, verging in Schweigen. »Bist du sicher, dass du heute Abend keine Mitfahrgelegenheit zu Graysons Farm brauchst?«

»Ich werde meinen Dad dazu bringen, mir die Schlüssel für den Jeep zurückzugeben. Schließlich habe ich dieses Jahr im Durchschnitt eine Zwei.«

»Ich glaub nicht, dass es deine Noten sind, die ihm Sorgen bereiten.«

Nein, Jos Vater war der Sheriff von River Bend. Jo hatte die Schublade »Tochter des Bullen« von Tag eins an gehasst. Alle erwarteten von ihr, dass sie perfekt war, irgendeine hirnverbrannte tragende Säule der Gemeinschaft. Dabei war alles, was sie sein wollte, sie selbst – ein Teenager, der Spaß hatte und jeden Tag seines Lebens wirklich lebte. Dummerweise passte das nicht dazu, die Tochter des Sheriffs zu sein.

Die meisten Teenager in der Stadt tranken, viele von ihnen rauchten ein bisschen Gras, und gelegentlich brachte jemand auch etwas Stärkeres nach River Bend. Doch ihr Vater sah ihr nicht das geringste bisschen nach. Ließ sie im Sommer Querfeldeinläufe absolvieren und jedes Frühjahr auf der Sprintstrecke im Leichtathletikteam der Highschool antreten.

Aber jetzt nicht mehr. Die Highschool war offiziell vorbei. Sie hatte vor, ihre Laufschuhe später heute Nacht auf der Farm ins Lagerfeuer zu werfen.

Mel lenkte ihr Auto in die Einfahrt des Hauses, in dem Jo aufgewachsen war. Der Streifenwagen ihres Vaters stand nicht vor dem Garagentor. Jo seufzte erleichtert. Das Fragespiel darüber, was sie und die Mädels letzte Nacht getrieben hatten, war nichts, was sie jetzt brauchte. Nicht mit dem leichten Kater, der sie quälte, seit sie aufgewacht war.

»Wir sehen uns heute Abend«, sagte sie, stieg aus dem Wagen und schleifte ihre Tasche hinter sich her.

Nachdem sie die Beifahrertür geschlossen hatte, schaute sie noch einmal ins Auto.

Mel umklammerte das Lenkrad, während sie die Straße entlang zu dem Haus blickte, in dem sie wohnte. »Meine Eltern sind Mist.«

Jo versuchte, etwas zu sagen, damit es ihrer Freundin besser ging. »Alle Eltern sind Mist. Das muss in ihrer Jobbeschreibung stehen.«

»Ja, aber sie konnten nicht mal warten, bis ich am College bin, bevor sie mir von der Scheidung erzählt haben. Jetzt ist das alles, woran ich den ganzen Sommer über denken kann.«

»Wir werden den ganzen Sommer lang Partys feiern, Mel-Bel. Du wirst gar keine Zeit haben, dich mit der verkorksten Welt deiner Eltern zu befassen.«

Mel deutete mit einem Finger auf Jo. »Ich verlass mich auf dich, dass du mich ablenkst.«

»Ist gebongt, mach dir keine Sorgen.«

Mel grinste sie an und fuhr zurück auf die Straße.

Jo betrat das leere Haus, ließ ihre Tasche auf den Küchentisch fallen und ging zum Badezimmer. Auf dem Weg dorthin zog sie ihr leeres Handy aus der Gesäßtasche und hängte es zum Aufladen an die Steckdose. Nachdem sie einen Moment in ihrer persönlichen Schublade, in der sie Tampons und Binden aufbewahrte, gekramt hatte, entdeckte sie ganz unten die Pille, die sie ohne Wissen ihres Vaters nahm, und steckte sich eines der kleinen orangefarbenen Dragees in den Mund.

Sosehr sie am liebsten auch in ihr Bett gekrochen wäre, beschloss sie doch, erst einmal zu duschen, falls ihr Vater früher heimkam. Der Mann verfügte über das unheimliche Talent, noch am nächsten Tag Alkohol vom Vorabend auf ihrer Haut riechen zu können.

Fünfzehn Minuten später verließ sie, im Bademantel und die Haare in ein Handtuch gewickelt, das Bad wieder und ging den Flur entlang in ihr Schlafzimmer.

Der Umriss ihres Vaters, der im Flur stand und anklagend eine halb leere Flasche Tequila in der Hand hielt, ließ sie stolpern.

»Möchtest du das hier vielleicht erklären?« Seine beherrschte, leise Stimme verunsicherte sie jedes Mal.

Plötzlich hatte sie Mühe, zu atmen.

Ihr Vater war kein kleiner Mann. Mit eins neunzig und hundert Kilo, muskelbepackt, trainiert und mit breitem Körperbau, sah er aus, als müsste er Linebacker sein, der für die Ducks spielte. Nur trug er statt Schulterpolstern und einem Helm eine Waffe, eine Polizeimarke und einen Hut.

Sie wollte lügen, ihren Vater irgendwie davon überzeugen, dass die Flasche gar nicht ihr gehörte, aber er hatte sie gestern

Abend persönlich bei Zoe abgesetzt, und Jo wollte nicht ihre Freundinnen anschwärzen.

Statt sich dumm zu stellen, reckte sie das Kinn etwas höher.

»Es war die Nacht vom Schulabschluss.«

»Du darfst den noch gar nicht kaufen.«

»Ich bin nicht gefahren.«

»Du hast im Moment kein Auto.«

»Niemand von uns ist gefahren.«

Er stand einen Atemzug lang schweigend da, sein Blick bohrte sich in ihren. »Niemand von euch – du meinst Zoe und Mel?«

Jetzt war Jo an der Reihe, stumm zu sein.

»Wo hast du das Zeug her?« Seine Stimme war weiter ruhig, beinahe zu sehr.

»Ich petze nicht.«

»Zoe?«

»Nein.«

»Mel?«

»Nein, Dad, hör auf. Es ist nicht das Ende der Welt. Es ist nur ein bisschen Tequila.« Sie ging an ihm vorbei und nahm sich die Tasche, die er durchsucht hatte, um ihren Vorrat zu finden.

»Dieser Julian in Waterville?«

Der Typ, wegen dem sie die Pille brauchte, versorgte sie mit mehr als Alkohol.

»Lass es, Dad. Ich bin jetzt erwachsen.«

Sie versuchte, um ihn herumzugehen, aber er verstellte ihr den Weg.

»Hast du ihn gestohlen?«

Jo blickte zu Boden, bevor ihr wieder einfiel, dass sie ihm in die Augen sehen sollte.

Ihr Zögern war alles, was ihr Vater benötigte, um die Wahrheit zu erraten.

»Verdammt, JoAnne.«

»Ich hab ihn nicht gestohlen«, schwindelte sie.

»Lüg mich nicht an.« Seine Stimme wurde lauter.

»Nie glaubst du mir.«

»Du erzählst mir auch nie die Wahrheit. Und jetzt verrat mir bitte, wo du das hier herhast.« Er hob die Flasche an.

»Nein.«

An seinem Kinn zuckte ein Muskel. »Es geht nicht, dass meine Tochter in der Stadt rumläuft und unseren Nachbarn Alkohol klaut.«

»Ich hab doch gar nicht …«

»Muss ich dich in Handschellen abführen, bevor du begreifst, dass du sauber bleiben musst?«

Sie streckte ihm beide Hände hin, die Handgelenke dicht beieinander. »Na los, Dad. Verhafte mich, weil ich eine Flasche Alkohol habe, etwas, das ungefähr jeder andere Jugendliche in meinem Alter in dieser Stadt jederzeit bekommen kann.«

Joseph knallte die Flasche auf den Tisch. »Darum geht es doch überhaupt nicht. Du bist meine Tochter. Ich kann nicht zulassen, dass du das Gesetz brichst.«

»Weil du ein Bulle bist.«

»Ich bin *der* Bulle!«

Etwas, was sie schon immer gehasst hatte. »Und weil du Sheriff spielst, muss ich einen verdammten Heiligenschein haben und so tun, als wäre ich anständig und unschuldig.«

»Niemand erwartet von dir, dass du eine Disneyfigur bist.«

»Gut. Ich bin nur froh, dass wir da einer Meinung sind.«

Wieder versuchte sie, um ihn herumzugehen.

Er wich kein Stück zur Seite.

»Damit ist jetzt Schluss, JoAnne.«

Seine Anwesenheit, seine Uniform, begann ihr die Luft abzuschnüren.

»Ich hasse es, dass du Sheriff bist.«

Die Worte konnten ihm nichts anhaben. Sie hatte sie schon zuvor gesagt.

»Ich werde herausfinden, wem das hier gehört, und du wirst hingehen, dich entschuldigen und hoffen, dass niemand Anzeige erstatten will.«

»Niemand zeigt dich an, Dad.«

»Hier geht es nicht um mich. Irgendwann werde ich nicht länger verhindern können, dass du in der Arrestzelle landest.«

Sie starrte ihn finster an. »Also glaubst du, was all diese Idioten in der Schule über mich sagen?« Der Abstimmung der Abschlussklasse nach war sie diejenige, die am wahrscheinlichsten im Gefängnis landen würde. Und offensichtlich hatte auch ihr Vater das Jahrbuch gelesen.

»Ich glaube, wenn du nicht anfängst, etwas bescheidener zu sein, ein wenig mehr Respekt zu haben, wirst du das Leben hassen.«

»Ich hasse mein Leben bereits.«

Ihr Vater zuckte sichtlich zusammen. »Ich bin kein perfekter Vater. Ich weiß, ich habe Fehler gemacht, aber so schlecht geht es dir nun auch nicht.«

Ihre Teenagerhormone hätten am liebsten geschrien. »Ich bin das Bullen-Kind. Ich musste immer irgendjemand sein, der ich gar nicht bin. In diesem Moment wacht mehr als die Hälfte der Abschlussklasse mit einem Kater auf, und ich wette, deren Eltern schreien sie nicht an.«

»Das haben wir doch schon tausend Mal …«

»Das haben wir, und weißt du, was? Es kümmert mich keinen Deut, was du denkst.«

»Es reicht!« Er brüllte laut genug, dass das Porzellan in dem Schrank ihrer verstorbenen Mutter leise schepperte. »Du wirst mir in meinem Haus Respekt zollen.«

»Was willst du tun? Mich rauswerfen?«

»Wenn ich muss.«

Das würde er nicht.

Bloß verrieten seine Augen, dass es ihm ernst war.

»Ist es das, was wir tun müssen, Jo? Muss erst etwas Schlimmes passieren, damit du dein Leben auf die Reihe kriegst?«

Sie hatte ihre Mutter bei einem Autounfall verloren, als sie noch ein Kind gewesen war, was vermutlich einer der Gründe war, warum sie rebellierte.

»Die Highschool ist vorbei«, sagte er, als wüsste sie das nicht. »Du bist achtzehn Jahre alt. Wenn du dabei erwischt wirst, wie du etwas stiehlst, selbst wenn es Alkohol ist, bleibt mir nichts anderes übrig, als dich hinter Gitter zu stecken. Und das bleibt erst mal hier.«

»Du machst dir Sorgen, wie das *dich* dastehen lässt.«

»Ich mache mir Sorgen, dass mein Kind sich das Leben ruiniert für etwas so Dämliches wie das da.« Er deutete auf die Flasche. »Ich denke, du solltest zum Militär gehen.«

Sie schüttelte den Kopf, und das Handtuch, in das sie ihr Haar gewickelt hatte, begann sich zu lösen. »Das werde ich ganz bestimmt nicht tun!«

Er warf die Hände in die Luft. »Also, auf jeden Fall wirst du so nicht den ganzen Sommer verbringen. Wenn du hier lebst, wirst du dir einen Job besorgen.«

»Ich helfe bei Sam aus.«

»Einen echten Job. Einer, der dich aus Schwierigkeiten raushält.«

»Was schlägst du vor, wo ich in dieser dämlichen Stadt so etwas finden soll?«

Ihr Vater blickte sie eindringlich an. »Ich weiß nicht, ob du einen Job in dieser dämlichen Stadt bekommen kannst, da man dir ja nicht vertrauen kann.«

Die Worte in ihrem Jahrbuch erschienen vor ihrem geistigen Auge: JoAnne Ward, landet am ehesten im Knast.

Statt irgendetwas anderes zu sagen, schnappte sie sich ihre Tasche vom Tisch und marschierte an ihrem Vater vorbei zu ihrem Zimmer. Sie knallte die Tür hinter sich zu und streifte sich in weniger als zwei Minuten ein Paar Jeans und ein Sweatshirt über. Mit nassem Haar stürmte sie in ihr Bad, holte sich ihr Handy und das Ladekabel, stopfte sich die Pille in die Tasche. Ein paar Klamotten zum Wechseln landeten in ihrer Reisetasche, dann lief sie aus dem Zimmer ihrer Kindheit.

Ihr Vater saß am Küchentisch, und die halb leere Tequila-Flasche schien das Blickduell zu gewinnen.

Als er sie kommen hörte, schaute er auf. »Was denkst du, wohin du gehst?«

»Einen Job finden«, antwortete sie, ohne wirklich vorzuhaben, sich einen zu suchen.

Er seufzte. »Setz dich, JoAnne. Lass uns versuchen, darüber zu reden.«

»Warum? Damit du mir erklären kannst, was für ein schreckliches Kind ich bin? Eine Schande für dich und deine Stellung in dieser Stadt? Ich glaub nicht.« Sie rannte aus dem Haus und stürmte im Laufschritt über die gut acht Kilometer Landstraße und Abkürzungen zu Miss Ginas Bed & Breakfast.

Sobald sie die Stufen der Frühstückspension erreicht hatte, ließ sie ihre Tasche fallen und atmete durch.

Sie hasste ihren Dad, hasste diese Stadt.

Jeden Tag hatte sie das Gefühl, als nähme sie ihr die Luft zum Atmen.

Die Fliegengittertür zur Pension wurde geöffnet, und Miss Gina mit ihrem grau melierten langen Haar, dem Hippierock und der weiten Bluse setzte sich neben Jo auf die Stufen. »Ach, schau mal, wen der Wind hereingeweht hat.«

»Ich hasse ihn, Miss Gina.«

Miss Gina schlang einen Arm um Jos Schultern. »Du hasst ihn nicht.«

»Er versteht es nicht.«

Jo war wirklich nicht nah am Wasser gebaut, und es war schon eine Menge nötig, um sie zum Weinen zu bringen, aber jetzt kämpfte sie mit den Tränen.

»Komm rein, und dann kannst du mir genau erzählen, was Sheriff Ward nicht versteht.«

KAPITEL EINS

Zwölf Jahre später

Die roten und blauen Lichter von Jos Streifenwagen erhellten den Nachthimmel, und das selten benutzte Martinshorn hallte in krassem Gegensatz zu der ruhigen Landstraße von den hohen Nadelbäumen wider. Josie hatte Jo persönlich angerufen, um sie zu bitten, vorbeizuschauen und ein paar Gäste, die im R&B für Unruhe sorgten, aus der Bar zu geleiten. Die einzige echte Bar in River Bend lag ein Stück abseits der Hauptstraße, die aus dem Ort führte. Jo hatte unter fünf Minuten gebraucht, sich die bereitliegende Uniform überzuziehen, ihren Gürtel anzulegen und aus der Einfahrt zurückzusetzen.

Kies knirschte unter ihren Reifen, als sie auf dem Parkplatz von Josies Bar abrupt zum Stehen kam. Ein halbes Dutzend Motorräder, zusammen mit einem Dutzend vertrauter Pickups und Offroad-Fahrzeuge, verriet ihr, dass der Laden beinahe voll besetzt war. Keine Überraschung, schließlich war es Freitagabend. Sie rückte den Sheriff-Hut gerade und beschleunigte ihre Schritte, eilte zu den Stufen, die in die eingeschossige Bar führten.

Drinnen dröhnte Musik aus der Jukebox, und von zu vielen verschütteten Drinks stieg der Geruch nach schalem Bier vom Boden auf.

Sie blieb auf der Türschwelle stehen und schaute sich im Raum um.

Josie stand hinter der Bar, blickte Jo aus schmalen Augen an, bevor sie in Richtung Rückseite des Raumes nickte, ein stummer Hinweis darauf, wo das Problem zu lokalisieren war.

Jo bahnte sich ihren Weg durch die Bar, nickte den Stammgästen zu, die sie kannten und begrüßten, dabei ihren Vornamen benutzten.

Steve Richey und Billy Hoekman drängten sich um den Tisch gegenüber von den Ryan-Brüdern. Früher einmal waren die vier Männer befreundet gewesen, aber das war gewesen, bevor Dustin Ryan Billys kleine Schwester sitzen gelassen hatte, kurz nachdem sie sich verlobt hatten. Es war völlig egal, dass die Gerüchte in der Stadt besagten, dass seine Schwester einen zweiten Freund in Waterville hatte, die Schuld an der geplatzten Verlobung blieb an Dustin hängen. Da alle vier Mitte zwanzig waren, sollten sie es eigentlich besser wissen, als ihre Probleme in der Bar zu regeln. Leider sorgte der Alkohol dafür, dass ihre Differenzen nur noch deutlicher hervortraten.

Ein paar Meter entfernt, von ihnen getrennt durch ungefähr ein halbes Dutzend Leute, hörte Jo die verbalen Entgleisungen über die Musik und das Scharren von Stühlen auf dem alten Laminatboden hinweg, der mit einer Schicht Sägespäne bedeckt war, die die verkleckerten Getränke aufsaugen sollte.

»Lass es sein, Billy.« Cody war der jüngere der Ryans, wenn auch nur um ein Jahr. Die beiden Brüder bereiteten Jo wenig Probleme, und soweit sie es beurteilen konnte, waren es sie beide, die bisher verhindert hatten, dass die Fäuste flogen.

Mit Billy jedoch war sie mehr als einmal aneinandergeraten. Er war kein gutmütiger Betrunkener, allerdings war er klug genug, es nicht zu weit mit ihr zu treiben.

»Ein Mann hält seine Versprechen. Aber vielleicht bist du ja gar keiner. Vielleicht stehst du auf Männer ... Dein hübsches Gesicht zieht bestimmt viele Jungs an, wenn du in Eugene bist.«

Dustin, der dagesessen und mit den Fingern den Hals einer Bierflasche umklammert hatte, schob bei dieser jüngsten Beleidigung seinen Stuhl vom Tisch zurück und drehte sich mit seinen ein Meter neunzig zu seinem Beinahe-Schwager um.

Bei jedem gab es einen Punkt, an dem es reichte, und es sah so aus, als hätte Dustin seinen erreicht.

»Jungs?« Jo trat so nah zu den vieren, dass sie sie sahen und hörten, blieb nur gerade weit genug entfernt, um außer Reichweite zu sein, falls gleich die Fäuste flogen.

Cody bemerkte Jo zuerst und machte einen Schritt zurück.

Dustin ließ Billy nicht aus den Augen, während er sich direkt vor ihn stellte.

Steve stand neben Billy, und sein Blick glitt verächtlich über Jo.

»Ich habe genug von dir gehört, Billy *Ray*.«

Ein paar Gäste in der Nähe wichen zurück, und der Lärm in der Bar ließ nach. Jeder wusste, dass Billy Ray es nicht mochte, wenn sein Mittelname benutzt wurde. Er klang hinterwäldlerisch, behauptete er, und er weigerte sich, sich so ansprechen zu lassen, selbst wenn er tatsächlich so hieß.

Billy rempelte Dustin an, die Bewegung war fast ein Stoß.

»Willst du das wirklich tun?«, fragte Billy.

»Hallo? Bin ich etwa unsichtbar?« Jo trat näher.

Sie wusste, dass beide Männer sie durchaus bemerkt hatten, aber nur Dustin zögerte.

»Komm schon, Dustin.« Cody packte seinen Bruder am Arm und zog ihn zurück.

Jo blickte zu Steve, erwartete, dass er das Gleiche auf seiner Seite machen würde.

Doch das tat er nicht.

»Ich glaube, deine Mutter möchte dich nicht schon wieder aus dem Gefängnis holen müssen, Billy. Schätze, ihre Hüfte bereitet ihr immer noch Schwierigkeiten seit dem Sturz letzten Winter.« Jo war sich nicht zu schade, auch unterhalb der Gürtellinie auszuteilen, wenn es half. Außerdem zählte es nicht gerade zu ihren Lieblingsbeschäftigungen, einen Bericht über eine Kneipenschlägerei zu schreiben und auf einem Stuhl der Polizeiwache von River Bend zu übernachten, weil sie jemanden in die Arrestzelle hatte sperren müssen.

Buddy, der Koch der Bar, kam von hinten aus der Küche und baute sich auf der anderen Seite auf, seine Größe und Anwesenheit hier signalisierten Unterstützung für Jo, sollte sie sie brauchen. »Josie will keinen Ärger.«

Jo beobachtete die beiden Kontrahenten genau, achtete auf die Finger, das Zucken von Muskeln um Mund und Augen und die Atmung der beiden Männer, die sich gegenüberstanden.

Cody zog ein zweites Mal an seinem Bruder und brach die Spannung. »Er ist es nicht wert.«

Dustin schüttelte die Hand ab, tat aber das Richtige und wich zurück.

Jo ließ den angehaltenen Atem entweichen, als Billy den Blick einen Moment lang senkte.

Doch dann wandelte sich seine Körpersprache in Sekundenbruchteilen, und er warf sich auf Dustin, gerade als der sich abwandte.

Verdammte Scheiße!

Jo ging dazwischen, griff mit einer Hand nach Billys Handgelenk und senkte zur selben Zeit ihren Unterarm auf eine Stelle über seinem Ellbogen. Mit einer Drehung und einem Stoß mit ihrem ganzen Körpergewicht ließ sie Billy Ray

Hoekman flach auf dem Gesicht landen und griff nach ihren Handschellen.

Er wand sich unter ihr, hätte versucht, sie abzuwerfen, wenn sie ihm nicht ein Knie in die Nieren gedrückt hätte. Sie holte erst wieder Luft, nachdem er gefesselt war.

Cody hielt Dustin zurück, und Buddy stand zwischen ihr und Steve.

»Verdammt, Billy. Du konntest es einfach nicht auf sich beruhen lassen, was?«

»Sie ist meine Schwester, Jo.«

»Für dich immer noch Sheriff, Mr Hoekman. Und Opal ist sehr wohl in der Lage, ihre eigenen Beziehungen zu managen. Du musst nicht ihre Freunde in Anwesenheit eines Polizisten zusammenschlagen.«

Billy fluchte, nicht unbedingt leise, und vor seinem Mund flogen die Sägespäne auf, da er weiter auf dem Boden lag. Jetzt waren die Augen aller Gäste in der Bar auf sie gerichtet. Das einzige Geräusch kam aus der Jukebox, die einen Led-Zeppelin-Song aus den Siebzigern plärrte.

»Okay, Leute. Die Show ist vorbei.« Josie kam zu Jo, schüttelte den Kopf. Sie ging in die Hocke, damit Billy sie verstehen konnte. »Ich möchte dich hier in den nächsten sechs Monaten nicht mehr sehen, Billy. Hast du gehört?«

»Ach, komm schon, Josie …« Selbst vom Boden aus versuchte Billy, sich wieder bei ihr einzuschmeicheln.

»Sechs Monate!«

Jo zog Billy auf die Füße, dessen Wange voller Sägespäne war. Er stolperte, hatte offensichtlich einen Drink zu viel gehabt. Sie blickte hinüber zu Steve, dessen Augen ebenfalls glasig wirkten. »Ich denke, es ist wohl angeraten, dass du zu Fuß nach Hause gehst, Steve.«

Er drehte sich um, kehrte Buddy den Rücken und schlurfte zur Hintertür, durch die er die Bar verließ.

»Dustin, Cody, ihr solltet vermutlich am besten auch heimgehen.« Jo erwartete keinen Widerspruch.

Die Gäste im R&B bildeten eine Gasse und hielten ihr die Tür auf, als sie die Bar mit Billy durchquerte. Buddy folgte hinter ihr, blieb dort, bis sie die unterste Stufe erreicht hatte. »Schaffst du's?«, erkundigte er sich.

Jo musste lächeln. »Hab alles im Griff.«

Stunden später schnarchte Billy in der Arrestzelle, und Jo saß an ihrem Schreibtisch, einen Eisbeutel an ihren linken Unterarm gepresst. Der Körpereinsatz würde nicht ohne Folgen für sie bleiben, ein blauer Fleck war das Mindeste, was er ihr eintragen würde. Sie legte sich auf das abgewetzte braune Ledersofa im alten Büro ihres Vaters und stopfte sich ein kleines Kissen unter den Kopf.

»Weißt du, Dad«, teilte sie der Zimmerdecke mit, als ob ihr Vater wie ein Engel irgendwo dort oben wäre, »ich dachte immer, du würdest übertreiben, wenn du erzählt hast, du hättest auf dieser Couch geschlafen. Ich habe immer geglaubt, du hättest eine Freundin, von der ich nichts wissen sollte, wenn du nachts nicht nach Hause gekommen bist.«

Es wurde still im Zimmer, als sie aufhörte, Selbstgespräche zu führen.

Ihr Vater antwortete nicht.

Aber sie lächelte bei dem Gedanken, dass er sie vielleicht doch hörte, schloss die Augen und döste zum Ticken der Uhr ein.

* * *

»Klopf, klopf!« Zoes Stimme riss Jo aus dem Schlaf und ließ sie vom Sofa auffahren.

»Heilige …«

Tageslicht.

Büro.

Kneipenschlägerei.

Billy Ray.

Sie fasste sich an den Nacken, überzeugt davon, sich ein Schleudertrauma zugezogen zu haben, indem sie so abrupt aus tiefstem Schlaf aufgesprungen war.

»Habe ich dich geweckt?« Zoe wirkte unschuldig und lächelte zuckersüß.

»Wie spät ist es?«

»Halb sieben.«

Zoe hielt einen Korb in der Hand, aus dem es nach Hefe und Zucker duftete. »Hab letzte Nacht einen Anruf von Josie bekommen. Sie hat mir erzählt, dass du vermutlich hier kampieren würdest, weil du auf Billy Ray aufpassen musst. Ich dachte, du brauchst vielleicht eine kleine Stärkung.«

Jos Hand glitt von ihrem Nacken zu ihrem Rücken, während sie aufstand. »Ich bin zu alt für so was.«

Zoe lachte, während sie sich abwandte und in die Mitte der Wache ging. »Du bist ja nicht mal dreißig.«

»Nur noch einen Monat.«

Jo folgte ihr, reckte sich bei jedem Schritt, um ihre Gelenke zu lockern. Sie sollte sich vermutlich ein neues Sofa für ihr Büro anschaffen, selbst wenn das Budget dafür eigentlich nicht reichte. Der Sommer bot ihr immer wieder die Gelegenheit, die Nacht in ihrem eigenen Gefängnis zu verbringen. Auf der richtigen Seite der Gitter, immerhin.

Jo blickte zum Empfang und kratzte sich am Kopf. »Ist Glynis hier?«

Zoe holte etwas, das sündhaft süß aussah, aus ihrem Korb, zusammen mit einem kleinen Tontopf, der nach Ei und Käse duftete. »Nein. Sie kommt erst um acht, richtig?«

»Wer hat dich denn hier reingelassen?«

»Komm schon, Jo … Echt jetzt? Schließlich waren wir es selbst, die den Ersatzschlüssel im Sommer vor deinem Juniorjahr versteckt haben.«

Jo kippte den Kaffee von gestern in den Abfluss und spülte die Kanne aus. »Das hatte ich ganz vergessen.«

»Ich kann einfach nicht glauben, dass du mich damals dazu überreden konntest, in das Büro deines Vaters einzubrechen.«

»Wir sind nicht eingebrochen, wir hatten einen Schlüssel.«

Zoe leckte sich die Finger, während sie sich gegen den Tisch lehnte. »O ja, und was würdest du heute sagen, wenn dir jemand mit so einer Ausrede käme?«

Jo hielt inne. »Kein Wunder, dass mein Vater graue Haare hatte, bevor er fünfzig war.« Sie war wirklich ein furchtbares Kind gewesen, etwas, was sie nie wiedergutmachen konnte, da ihr Vater nicht mehr lebte. Sie füllte Kaffeepulver in den Filter und kochte ein so starkes Gebräu, dass man damit Tote wecken könnte, vor allem jedoch sie.

Sie blickte auf das, was Zoe mitgebracht hatte. »Ich sollte vermutlich erst mal nach Billy sehen.«

»Oh, dem geht's prima. Schläft wie ein Baby.«

Die Tür, die zur Arrestzelle führte, stand einen Spaltbreit offen, weit genug, dass sie es mitbekam, falls er um Hilfe rief, aber auch ausreichend geschlossen, dass sie sein Schnarchen nicht hören musste, das sie anderenfalls den Großteil der Nacht über wach gehalten hätte.

Jo setzte sich auf einen Stuhl, holte das noch warme Gebäck aus dem Korb. »Du bist wie Mary Poppins mit einer Tasche voller wunderbarer Dinge.«

»Es ist ein Korb«, erklärte Zoe mit einem Lächeln.

»Umso besser.« Jo riss ein Stück ab und steckte es sich in den Mund, schloss die Augen und seufzte selig. »Habe ich dir schon mal gesagt, wie sehr ich es liebe, dass du wieder in der Stadt bist?«

»Wenn ich dich nicht kennen würde, würde ich glauben, dass du mich wegen meiner Kochkünste ausnutzt.«

Jo riss sich ein weiteres Stück ab und redete mit vollem Mund. »Oh, das mache ich doch. Daran besteht wohl kein Zweifel.«

Sie lachten beide.

Die Kaffeemaschine summte, verkündete, dass eine gehörige Dosis Koffein auf sie wartete.

Jo schaufelte Unmengen Zucker in das bittere Gebräu. »Hast du was von Zane gehört?«, fragte sie, bevor sie ihren ersten Schluck nahm.

»Er hat vorgestern Abend angerufen. Hat erzählt, es könnte sein, dass er von Virginia nach North Carolina versetzt wird.«

Zoes Bruder Zane war zu den Marines gegangen, kurz nachdem Ziggy, ihr Vater, im letzten Jahr umgebracht worden war. Sheryl, Zoes Mutter, war wegen Totschlags in einem Frauengefängnis, weil sie ihren Ehemann mit einer Pistole erschossen hatte. Obwohl die Frau damit ihre Kinder beschützt hatte, hatte sie dennoch eine dreijährige Freiheitsstrafe bekommen, die frühestens nach einem Jahr zur Bewährung ausgesetzt werden konnte.

Jo glaubte nicht, dass sie die ganzen drei Jahre im Gefängnis würde bleiben müssen. Ziggys Vergangenheit voller Gewaltdelikte und Brutalität wog schwer zu ihren Gunsten. Die Chancen, dass sie rauskam und irgendetwas anderes wäre als eine Maus, die dringend ein Loch suchte, in dem sie sich verkriechen konnte, bewegten sich gegen null. Sie war ihr ganzes Leben lang misshandelt worden, und hinter Gittern würde es ihr nicht besser ergehen.

»Mehr Training?«, fragte Jo und wandte ihre Gedanken Zane zu.

»Er hat irgendetwas von taktischer Ausbildung gesagt. Und er klang aufgeregt.« Zoe lächelte, wie es eine stolze Schwester tun sollte.

»Ich bin so froh, dass er zur Armee gegangen ist.«

»Ich auch.«

Metall, das an Metall geschlagen wurde, lenkte ihre Aufmerksamkeit zur Tür der Arrestzelle. »Jo …? Ich meine, Sheriff. Ist da draußen jemand?«

Jo nahm noch einen Schluck von ihrem Kaffee, bevor sie die Tasse hinstellte. »Sieht so aus, als würde ich gebraucht.«

Zoe setzte sich auf den Schreibtisch, während Jo nach hinten ging.

Billy Rays Haare standen in alle Richtungen ab, sein Shirt war zerknittert und seine Augen blutunterlaufen, alles Hinweise darauf, dass seine Nacht ungefähr so unangenehm gewesen war wie Jos. »Schau mal einer an, wer da wieder nüchtern ist.«

Er sah an ihr vorbei zu der offenen Tür. »Ich denk dann mal, meine Mom wollte nicht herkommen und mich abholen?«

Jo lehnte sich gegen den Türrahmen. »Sie ist nicht ans Telefon gegangen. Ich bin nicht mal sicher, dass ich die richtige Nummer hatte.« Es war ausgeschlossen, dass sie seine Mutter aus dem Bett holte, nur damit sie ihm den betrunkenen Hintern rettete.

Billy kniff die Augen zu schmalen Schlitzen zusammen. »Du hast doch die Nummer von allen.«

»Von allen, die auf der anderen Seite der Gitter landen«, verbesserte sie ihn.

»Aber ich hab ja bloß …«

Ja, er war schon mal hier gewesen. »Dustin sieht von einer Anzeige ab«, teilte sie ihm mit.

Billy seufzte erleichtert.

»Trotzdem, sich der direkten Anweisung eines Polizisten zu widersetzen …«

Billy blickte auf und schaute ihr ins Gesicht. »Es tut mir leid, Jo. Steve und ich haben was getrunken. Opal ist meine

Schwester, da konnte ich unmöglich einfach dasitzen, ohne was zu sagen.«

Sie machte einen Schritt auf ihn zu. »Hast du ja auch nicht. Und du bist hier gelandet, musstest die Nacht in der Zelle verbringen. Ist Opals geplatzte Verlobung wirklich ein Vorstrafenregister wert, Billy? Glaubst du, deine Mutter hätte es verdient, sich damit rumärgern zu müssen?« Billy war immer schon ein Muttersöhnchen gewesen, darum wohnte er auch mit fünfundzwanzig noch bei ihr.

»Es tut mir leid.«

Komisch, er wirkte ehrlich zerknirscht.

Sie schnappte sich den Schlüssel zu der Zelle und schickte sich an, die Tür aufzuschließen. »Nur für den Fall, dass du es nicht mitbekommen hast, du hast die nächsten sechs Monate Hausverbot im R&B.«

Er murmelte etwas Unverständliches vor sich hin.

»Und wenn ich dich irgendwo in der Nähe von Dustin sehe, wie du Ärger machst, werde ich dich erst verhaften und die Fragen hinterher stellen – verstanden?«

Billy nickte wie ein Wackeldackel.

Sie steckte den Schlüssel ins Schloss und hielt noch mal inne. »Du hast Laufschuhe, oder?«

»Ich habe Sneaker, wenn du das meinst.«

»Gut.« Sie zog die Tür auf. »Bring sie morgen früh um sechs mit zu unserem Treffen an der River-Bend-Highschool.«

Er fuhr sich mit einer Hand durchs Haar. »Sechs Uhr mor... Was soll ich denn da?«

Sie öffnete die Tür weit. »Sechs Uhr morgens, River-Bend-Highschool.«

Sie würde keine Widerworte dulden, und Billy war nüchtern genug, um das zu verstehen.

»Danke, Sheriff.«

Ja, jetzt bedankte er sich, aber morgen, nach dem Fünf-Kilometer-Lauf, würde er das vermutlich nicht mehr tun.

Sie folgte ihm durch die Tür und an der grinsenden Zoe vorbei. »Guten Morgen, Billy.«

Er murmelte ebenfalls eine Begrüßung und verließ die Wache.

Sobald sich die Tür hinter ihm geschlossen hatte, begann Zoe zu lachen. »Ich könnte schwören, dass du dein Vater geworden bist.«

»Ich laufe schneller als er.«

Zoe rutschte vom Schreibtisch. »Ich fahr mal besser zurück zu Miss Ginas Pension. Das Frühstück wird sich nicht von allein kochen.«

»Danke für das Essen.«

»Kein Problem. Es macht einfach jedes Mal Spaß, zuzuschauen, wie du Polizistin spielst.«

Sie umarmten einander, bevor Zoe zur Tür hinausging.

Polizistin spielen ... Ja, so fühlte es sich oft genug an.

Jo räumte die wichtigsten Sachen zusammen, die Pistole, den Gürtel, die Schlüssel für den Streifenwagen, bevor sie die Reste von Zoes Mahlzeit einpackte. Sobald sie die Wache verlassen hatte, sperrte sie hinter sich ab und schaute sich auf den stillen Straßen von River Bend um. Der Samstagmorgen war wenig interessant für Frühaufsteher, es sei denn, es war irgendein besonderes Event in der Stadt oder ein Feiertag zu begehen.

Aber nicht an diesem Wochenende.

Ihr Blick blieb an dem Bronzeschild hängen, das allen, die des Lesens mächtig waren, verriet, in welchem Jahr das Gebäude errichtet worden war. Jo machte einen Schritt darauf zu und sah die Stelle, an der Zoe die Ranken des Kletterjasmins beiseitegezogen hatte, um den Schlüssel zu finden, den sie dort vor vielen Jahren versteckt hatten. Eine Weile stand sie da und hing angenehmen Erinnerungen an ihre Jugend nach. Dann begab sie sich zum Streifenwagen.

Aus Gewohnheit fuhr sie einmal um die paar Blocks der Stadt und auf der Hauptstraße wieder zurück, bevor sie sich auf den Weg zu ihrem Haus machte.

Sie ließ den Streifenwagen in ihrer Einfahrt stehen und sperrte die Vordertür des eingeschossigen Bungalows auf. Es hatte eine Zeit in der noch nicht so weit zurückliegenden Vergangenheit gegeben, als sie sich die Mühe gespart hatte, die Tür ihres Hauses zu versperren. Ihr Vater hatte es auch nicht getan und es auch nie gemusst. Erst im vergangenen Herbst, ungefähr zur Zeit von Ziggy Browns Tod, hatte Jo das unbehagliche Gefühl gehabt, tausend Augen würden sie beobachten. Sie spürte es wie den dichten Nebel, der die Stadt oft genug vom Meer her einhüllte.

Jo hatte begonnen, ihre Türen abzusperren, über ihre Schulter zu schauen und ihre tägliche Routine zu ändern. Hinter sich zu sehen und nicht immer alles gleich zu machen, hatte sie ungefähr einen Monat länger beibehalten, als sie das Gefühl gehabt hatte, beobachtet zu werden. Oder vielleicht hatte sie sich auch nur daran gewöhnt. Wie auch immer, sie wurde allmählich nachlässig. Wenigstens, wenn man Agent Burton glaubte, der FBI-Agentin, die ihr in den letzten beiden Jahren eine Freundin geworden war.

Jo begann sich auszuziehen, ehe sie auf den Flur trat und zum Schlafzimmer ging. Sie hatte zwei Jahre benötigt, bis sie sich dazu hatte aufraffen können, die Sachen ihres Vaters aus dem Zimmer zu räumen und ihre eigenen hinein. Inzwischen schlief sie seit fast acht Jahren hier und hatte auch seinen Job.

Beinahe zehn Jahre lang lebte sie jetzt schon sein Leben.

Das Bett lockte sie, versprach ihr ein paar Stunden erholsamen Schlaf.

Stattdessen ging sie unter die Dusche und drehte die aktuell angesagte Rockmusik auf volle Lautstärke.

KAPITEL ZWEI

Jo, Mel und Zoe saßen zu ihrem wöchentlichen Mädelsabend im Wohnzimmer von Miss Ginas Bed & Breakfast. Meistens mussten sie für ihre Treffen Jos Haus benutzen, weil die Pension ausgebucht war. Doch an einem Dienstagabend oder manchmal auch an einem Mittwoch so früh im Frühling waren häufig nur ein oder vielleicht zwei Gästezimmer belegt.

Miss Gina betrat den Raum, den roten Krug mit ihrer berühmten Limonade in der Hand. Ihre ausgetretenen Birkenstocksandalen quietschten beim Gehen leise auf dem Boden, und ihr weiter Rock mit dem Batik-Muster wallte um ihre Knöchel.

Mel stand auf. »Ich hol rasch die Gläser.«

Ein Tablett mit lauter verbotenen Köstlichkeiten stand auf dem Tisch: Schokolade, Käse und Obst, die Zoe zusammengestellt hatte. Jeder andere hätte eine Schüssel mit Hershey's Kisses und ein paar Würfel Cheddar genommen, aber nicht so Zoe. Jo konnte zwei von den vier verschiedenen Käsesorten identifizieren, und die Pralinen sahen aus wie die handgemachten aus dem Gourmet-Laden in Eugene. Selbst das Obst war mit irgendeinem besonderen Messer in Form geschnitzt worden, sodass die Melonen einen Zackenrand hatten.

»Ihr werdet euch sicher freuen, wenn ich euch erzähle, dass mein Kochbuch inzwischen in der Produktion ist.« Zoe nahm sich eine kleine Praline und knabberte daran.

»Was heißt das?«

Miss Gina antwortete. »Es heißt, Felix und die Crew kommen Ende des Monats in die Stadt und beginnen mit den Fernsehaufnahmen.«

»Wusste ich das schon?« Jo versuchte, diese Information in ihrem Kopf einzuordnen, scheiterte jedoch. »Ich erinnere mich, dass wir irgendwann darüber gesprochen haben, dass es *vielleicht* dazu kommen könnte …«

»Nicht ›vielleicht‹. Wahrscheinlich.« Mel stellte die Gläser auf den Tisch und begann einzugießen. »Felix hat alles arrangiert, richtig, Zoe?«

Zoe trug Jeans und ein übergroßes Shirt und hatte das lange schwarze Haar zu einem schlichten Pferdeschwanz zurückgebunden. »Felix hat ein kleines Team zusammengestellt …«

»Wie klein?« Jo war mehr an der Sicherheit von Wagenladungen Filmausrüstung, die längere Zeit irgendwo herumstanden, interessiert.

»Da bin ich mir nicht sicher.«

»Ungefähr.«

Zoe blickte zur Decke. »Nicht weniger als zehn Leute, vermutlich eher ein Dutzend.«

»Und Lkws? Wie viele Lkws?« Die Größe der Stadt und einfache Vorschriften bedeuteten, es mussten keine Drehgenehmigungen eingeholt werden, aber wenn jemand Schwierigkeiten machen wollte, böte die Bezirksbürokratie dazu Möglichkeiten.

»Ich würde sagen, nur einer«, antwortete Zoe.

»Warum fragst du?« Mel lehnte sich zurück, zog ihre nackten Füße unter sich und setzte sich bequem hin.

»Damit ich mögliche Schwierigkeiten von vornherein begegnen kann und so verhindere, dass sie ein Problem werden.«

»Du denkst, es gibt ein Problem?«, erkundigte sich Miss Gina.

Jo schüttelte den Kopf. »Nein. Die meisten Leute in der Stadt finden es toll, wenn Zoes Team hier ist. Es gibt allen das Gefühl, sie wären ebenfalls berühmt.«

Zoe verdrehte die Augen. »Ich bin nicht berühmt.«

Jo schüttelte den Kopf. »Klar, denn wer von uns hier war noch *nicht* wiederholt und auf der ganzen Welt im Fernsehen, zusammen mit allerlei Prominenten?«

Miss Gina, Mel und Jo hoben die Hände.

»Wer hat *nicht* wegen Film- und TV-Spots eine Milliarde Vielfliegermeilen bei der Fluggesellschaft seiner Wahl?«

Drei Hände wurden gehoben.

»Wer hier hat *keine* Fanpost? Muss *nicht* dauernd Autogramme geben und hat *keinen* Agenten …«

»Okay, okay, also bin ich ein *bisschen* berühmt.«

Jo lachte. »Wie auch immer. Wenn ich weiß, was auf mich zukommt, kann ich diejenigen, die gegebenenfalls Bescheid wissen müssen, vorwarnen, genau wie die Leute, die sich immer in alles einmischen müssen, um gar nicht erst Probleme aufkommen zu lassen.«

»Falls es doch irgendwas gibt, werde ich Felix drauf ansetzen. Er ist großartig darin, andere zu beschwichtigen.«

Jo nahm einen Schluck von ihrem Drink und beschloss, das Glas nicht auszutrinken. Sie hatte zwar keinen Bereitschaftsdienst, aber es behagte ihr nicht, wenn sie nicht in der Lage war, sich um irgendetwas zu kümmern, was überraschend aufkam.

»Hope kann es gar nicht erwarten, das Fernsehteam zu treffen.«

Hope, Mels neunjährige Tochter, entwickelte sich zur Diva von Miss Ginas Bed & Breakfast. Mit ihrem unschuldigen Lächeln und ein bisschen Wimpernklimpern flogen dem Mädchen die Herzen der Crew jedes Mal förmlich zu, sobald sie hier eintrafen.

»Sie möchte etwas Geld einnehmen mit dem Schimpfwort-Glas, das in der Küche steht.« Miss Gina stöhnte. In den zwei Jahren, die Hope jetzt in River Bend lebte, hatte ihr Portemonnaie ganz schön darunter gelitten, und sie fluchte auch viel weniger.

»Kluges Mädchen«, sagte Jo.

Mel nahm einen weiteren Schluck von ihrem Drink. »Der Highschool ist es gelungen, mich in das Ehemaligen-Komitee zu holen«, teilte sie ihnen mit.

»Für die Klassentreffen?«, fragte Zoe.

»Ja.«

»Wie schwer kann das sein? Wie viele waren wir in unserem Jahrgang, fünfzig?«

»Irgend so was«, erwiderte Jo.

»Ja, aber das diesjährige Zehnjahrestreffen wird ungefähr dreimal so groß.«

Zoe wählte eine weitere Praline aus und nagte daran weiter. »Die Babyboomer von River Bend?«

Sie lachten.

»Nein, in der Highschool von Waterville hatte es seinerzeit während der Ferien gebrannt«, unterrichtete Mel sie.

Jo kniff die Augen zusammen.

»Das hatte ich ganz vergessen«, bemerkte Miss Gina.

»Ich erinnere mich an nichts davon«, brummte Jo.

Miss Gina tätschelte ihr das Knie. »Du hattest ein schweres Jahr.«

Das stimmte. Vor dem Tod ihres Vaters hatte sie mehrere seltsame Jobs in Waterville übernommen und zur Untermiete bei einer geschiedenen Frau gewohnt, die das Geld brauchte. Wenn Jo nach River Bend gekommen war, war sie oft bei Miss Gina untergeschlüpft. Sie und ihr Vater hatten unmittelbar vor seinem Tod gerade erst wieder begonnen, normal miteinander zu reden, ohne sich binnen Minuten anzuschreien. Jo schrieb den Frieden der räumlichen Distanz zu.

»Ich kann einfach nicht glauben, dass es zehn Jahre her ist.« Mels Stimme wurde weich.

»Kommt einem wie eine Ewigkeit vor.«

Miss Gina murmelte etwas Zustimmendes, und ein Lächeln breitete sich auf ihrem Gesicht aus. »Dein Vater mochte Bier, hatte allerdings auch eine Schwäche für meine Limonade.«

»Mein Vater hatte ja noch nicht mal Bier im Haus.«

»Aber doch nur, weil du es getrunken hättest!« Miss Gina redete nicht um den heißen Brei herum.

»Wann hatte er denn Gelegenheit, deine Limonade zu trinken?«, erkundigte sich Jo.

»Joseph ist in eurem letzten Jahr in der Highschool ein paarmal hier herausgekommen.«

»Wirklich?« Jo konnte sich nicht daran erinnern, dass er irgendwann mal erwähnt hätte, er wolle zu Miss Gina fahren, höchstens zu den gelegentlichen Patrouillen, bei denen er nach den Einwohnern sah, wenn das Wetter schlecht war oder es einen Stromausfall gab. Was hier mit schöner Regelmäßigkeit der Fall war.

»Vor allem, um sich nach dir zu erkundigen.«

»Und warum hast du mir nichts davon erzählt?«

Miss Gina leerte ihr Glas. »Weil ich ihm das versprochen hatte. Außerdem, hätte ich dir damals verraten, dass dein Vater und ich über dich reden, wärst du nicht mehr zu mir gekommen, wenn du Schwierigkeiten hattest.«

»Ich bin mit jedem Mist zu dir gekommen.«

»Das haben wir alle so gemacht«, fügte Zoe hinzu.

Mel zog sich das Gummi aus dem Pferdeschwanz und fuhr sich mit den Fingern durch ihr honigblondes Haar. »Ich erinnere mich noch an den Tag, an dem die Frau von der Beratungsstelle in der Schule war und einen Vortrag über Teenagerschwangerschaften gehalten hat. Danach haben wir uns alle hier eingefunden, um uns die Fakten von dir zu holen.«

Miss Gina nickte lächelnd.

»Und du hast gesagt, Abstinenz wäre das, was die Pastoren ihren Töchtern predigen, ungefähr sechs Monate bevor ihre unehelichen Kinder zur Welt kommen.« Zoes Worte brachten die Erinnerung zurück.

»Dann haben wir alle einen Ausflug nach Waterville gemacht und sind mit Kondomen zurückgekommen und der Telefonnummer der Praxis für Familienplanung, falls wir die Pille brauchen sollten.«

»Ich hab die Nummer benutzt«, unterrichtete Jo sie.

»Das musste ich nicht. Miss Gina hat mir eine Dreimonatspackung gegeben, als sie gehört hat, dass Luke mich gefragt hat, ob ich mit ihm gehen möchte.«

»Dabei hattest du mit Luke im ersten halben Jahr gar keinen Sex«, entgegnete Mel.

»In den ersten sieben Monaten, aber ich hab trotzdem vorher mit der Pille angefangen.«

Jo lachte. »Weil du geglaubt hast, du wirst schon davon schwanger, dass du an Sex denkst.«

Zoe verdrehte die Augen. »Stimmt ja gar nicht.«

»Doch«, widersprach Mel.

»Du warst ein bisschen paranoid, Zoe.« Miss Gina schwenkte ihr Glas.

Eine Minute lang sah es aus, als wollte Zoe protestieren, dann nickte sie nur.

»Also, worüber hat mein Dad mit dir gesprochen? Ich hoffe, nicht über die Pille.«

Miss Gina schüttelte den Kopf. »Zu dem Teil deines Lebens hat er nie eine Frage gestellt, trotzdem hab ich ihm versichert, dass du intelligent bist und nicht als Teenagermutter enden möchtest.«

»Vermutlich wusste er ohnehin, dass ich Sex hatte.«

»Oh, aber sicher, nur nicht, mit wem. Hat ihn mächtig gestört, dass du nichts mit Jungs aus der Stadt angefangen hast.«

»Was der Grund ist, warum ich genau das nicht getan habe.«

»Du hast das nicht getan, weil sie alle deinen Vater kannten«, verbesserte Mel sie.

»Am Ende hat es sich allerdings bewährt. Es ist schon so schwer genug, hier in River Bend Sheriff zu sein, und jetzt stellt euch mal vor, wie es wäre, wenn ich an jeder Ecke einem Ex-Freund begegnen würde.«

Zoe grinste. »Ich würde mich die ganze Zeit totlachen.«

Miss Gina strich sich eine mit Silber durchzogene Haarsträhne hinters Ohr. »Dein Dad wollte wissen, ob es dir gut geht und du mit allem auskommst. Er hat mir ab und zu auch Geld angeboten, damit ich dir aushelfen konnte, wenn auch ohne dir zu verraten, dass es von ihm stammte.«

Das war Jo neu. »Und hat er dir auch welches gegeben?«

»Ja, und ich hab's auch genommen. Ihr habt meine Speisekammer jedes Mal, wenn ihr hier wart, völlig leer geplündert.«

Davon hatte Jo nichts geahnt. »Warum hast du mir davon nicht schon früher erzählt?«

»Direkt nach dem Tod deines Vaters warst du noch nicht bereit, das zu hören. Das hätte es nur schlimmer gemacht. Tatsache ist, dein Dad hat dich geliebt. Er wusste nicht immer, wie er mit dir umgehen sollte, und in dem Sommer nach der Highschool musste er hart durchgreifen, sonst hätte er riskiert, dass du mit den falschen Leuten rumhängst. Vor allem nachdem Zoe fort war und Mel in Kalifornien.«

»Ich *habe* mit den falschen Leuten abgehangen«, erklärte Jo und musste an die Monate voller Partys denken.

»Ja, aber du hast mich angerufen, damit ich dich abhole, wenn es haarig wurde, und du bist nie im Gefängnis gelandet.«

»Dad hat mich mehr als einmal bei sich eingesperrt.«

»Das ist nicht das Gleiche.« Während sie sprach, richtete Miss Gina ihren Blick über ihre Köpfe hinweg in die Ferne, als würde sie in die Vergangenheit schauen. »Er hat das getan, um dir Angst einzujagen.«

»Alles, was es bewirkt hat, war, mich zu nerven.«

»Es hat dir schon Angst gemacht, sonst wärst du in der Arrestzelle von irgendwem anders gelandet.«

Keine ihrer besten Freundinnen widersprach.

Mel füllte ihr Glas nach und stieß mit Zoe an. »Also ist Jos Dad häufig hier gewesen?«

»In dem Jahr, in dem Jo in Waterville gewohnt hat. Er ist meist gekommen, nachdem du wieder weg warst.« Miss Gina nickte Jo zu. »Er wollte wissen, ob ich deine Freunde mochte. Ob ich sie getroffen hätte, ob du genug isst. Er hat sich ganz schön um dich gesorgt.«

»Das hat er mich nie spüren lassen.« Jo war sich nicht sicher, ob sie erleichtert sein sollte, dass ihr Vater damals so oft an sie gedacht hatte, oder ob sie eher traurig sein sollte, dass er es ihr nicht direkt gezeigt hatte.

»Er musste es vor dir geheim halten, JoAnne. Du musstest auf eigenen Füßen stehen, um zu begreifen, wie viel du an ihm hattest. Und je härter du gearbeitet hast, desto weniger Zeit hattest du für Partys.«

»Es ist eigentlich gar nicht so anders, als wenn du Billy Ray mitteilst, er müsse mit dir an der Schule Runden drehen«, erklärte Zoe. »Das ist schon schwer genug, wenn man nüchtern ist, aber man kann es komplett vergessen, wenn man einen Kater hat oder gar betrunken ist.«

»Er hat nach dir geschaut. Hielt Kontakt zu dem Sheriff in Waterville, hat mit mir immer mal wieder hinten auf der Veranda ein Glas getrunken.« Miss Gina schwang erneut ihr halb leeres Glas. »Er wusste, du warst dabei, die Kurve zu kriegen.«

Ja, nur hatte er nicht lang genug gelebt, um es mit eigenen Augen zu sehen.

Jo verzog das Gesicht. Das Gewicht der Blicke im Raum, die alle auf ihr ruhten, brachte die Gedanken in ihrem Kopf zum Schweigen.

Mel lächelte sanft, und Zoe wechselte das Thema. »Luke und ich haben als Datum für die Hochzeit das erste Wochenende im September ausgesucht.«

Die Unterhaltung wandte sich Kleidern und Stofffarben zu, Zelten und Essen. Luke und Zoe hatten sich letzte Weihnachten offiziell verlobt.

Jo beteiligte sich an den Gesprächen, so gut sie konnte, doch ihre Gedanken kehrten immer wieder zu ihrem Vater zurück. Wie war es möglich, dass sie nichts von seinen Besuchen bei Miss Gina geahnt hatte? Dass er Miss Ginas großzügig mit Wodka versetzte Limonade gekannt hatte?

Was wusste sie sonst noch alles nicht?

Zu der Zeit, als ihr Vater ermordet worden war, hatten dreimal mehr Schüler als sonst die River-Bend-Highschool besucht. Das hatte sie nie berücksichtigt, während sie versucht hatte, seinen Mörder zu überführen. Und viele von ihnen würden in der Zeit um den Jahrestag seines Todes herum wieder in die Stadt kommen.

All diese Jahre hatte sie die Stadt und ihre Bewohner beobachtet, auf den Klatsch geachtet. Alle Berichte über den Tod ihres Vaters wiesen auf tragische Umstände hin, einen Unfall.

»Hey, Jo, bist du noch bei uns?«

»Doch, klar, bin ich. Ich hab gerade nur an etwas anderes gedacht.« Sie stand auf. »Ich muss mal rasch was nachschauen …« Sie ließ die Lüge unvollendet.

»Jo?« Mels unausgesprochene Frage wurde nicht beantwortet.

Jo schnappte sich ihre Autoschlüssel vom Tisch, lächelte und verabschiedete sich mit dem Versprechen, dass sie sich am nächsten Tag sehen würden.

* * *

»Ich mach mir Sorgen um sie.« Mel betrachtete die Rückleuchten von Jos Jeep, der von der Auffahrt fuhr.

»Sie ist nicht glücklich.« Zoe sprach aus, was Mel dachte. »Sie tut nicht mal mehr so, als wäre sie es.«

»Und heute Abend hat sie auch gar nichts getrunken.« Nicht, dass Jo Alkohol brauchte, um glücklich zu sein, aber sonst gönnte sie sich am Mädelsabend immer wenigstens einen Cocktail mit ihnen.

»All das Gerede über ihren Dad hat sie nachdenklich gemacht«, erklärte Miss Gina. »Sie zieht sich immer ganz in sich zurück, wenn sie an die Vergangenheit erinnert wird. Ich glaube nicht, dass sie sich je wirklich verziehen hat, ein rebellischer Teenager gewesen zu sein.«

»So schlimm war sie doch gar nicht.«

»Echt nicht«, stimmte Mel Zoe zu. »Allerdings hat ihr Vater das nicht so gesehen.«

Mel und Zoe blickten beide Miss Gina an.

»Joseph wusste mehr über das, was ihr Mädels so getrieben habt, als er sich hat anmerken lassen. Er hat nicht immer all seine Karten auf den Tisch gelegt.«

»Soll das ein Scherz sein?«, protestierte Zoe. »Er hat Jo und uns ständig überwacht. Die ganze Zeit.«

Miss Gina schüttelte den Kopf. »Er hat *über* euch gewacht, weil er wusste, wie problematisch es bei dir zu Hause war. Er hat auf Mel aufgepasst, weil sie die Einserschülerin war, die Jo immer mal wieder gerettet hat.«

»Ich hab sie nicht gerettet«, stellte Mel richtig.

»Doch. Du hast es nur nicht gemerkt«, erklärte Miss Gina. »Ihr beide habt dafür gesorgt, dass ihr nichts passiert ist, als es durchaus möglich gewesen wäre, dass sie außer Kontrolle gerät. Joseph hat euch alle im Auge behalten und dafür gesorgt, dass ihre Freundinnen in der Stadt die Guten waren.«

»Das hat er doch überhaupt nicht beeinflussen können.«

»Er hat es ermöglicht.« Miss Gina seufzte. »Ihr beide wart ja noch jung, ihr habt ihn nicht als Mann wahrgenommen oder begriffen, warum er etwas so gemacht hat, wie er es getan hat. Auf sich allein gestellt eine Tochter aufzuziehen, der Sheriff zu sein, das war nicht leicht für ihn. Dass er so verbohrt war, hat auch nicht geholfen, aber ich hab mir Mühe gegeben, dass er es lockerer sieht.«

»Ach ja?«, wollte Zoe wissen.

Miss Gina nahm ihr Glas und zwinkerte ihr zu. »Irgendwie schon.«

KAPITEL DREI

»Agent Burton?« Mit dem Telefon am Ohr saß Jo hinter ihrem Schreibtisch, starrte an die Wände des Büros ihres Vaters. *Ihres* Büros.

»Sheriff, wie geht's dir? Ich hab viel an dich gedacht.«

»Ich hoffe doch, gute Sachen?«

Shauna lachte leise. »Irgendwas Neues wegen der Augen im Dunkeln?«

Bei jedem anderen hätte Jo gedacht, er wäre sarkastisch. Aber Polizisten, Gesetzeshüter, selbst das FBI, wussten es besser, als Instinkte zu ignorieren. »Es ist ruhig gewesen. Im Grunde genommen sogar zu ruhig.«

»Ich traue Stille auch nicht. Gibt es etwas, was ich für dich tun kann?«

Jo klopfte mit dem Stift auf ihren Notizblock, das einzige Anzeichen, das sie sich gestattete, mit dem sie ihre Nervosität verriet. »Ich wollte wissen, ob das Angebot zu der Fortbildung noch steht, über die wir letztes Jahr geredet haben.«

»Möchtest du deine Fähigkeiten weiterentwickeln?«

»Es ist nicht so, als hätte ich viel Verwendung dafür in River Bend.«

Sie mussten beide lachen. »Ich glaube, der nächste Kurs ist Ende April. Außerhalb von Washington.«

Nur etwas über einen Monat hin.

»Das würde funktionieren.«

»Der Kurs dauert eine Woche. Kannst du so lange weg?«

Nein, aber sie würde es trotzdem möglich machen. »Ja. Ich hab noch Urlaub.«

»Ich melde mich später mit allen Details.«

Jo beendete das Telefonat mit einem Lächeln.

»Etwas unternehmen, statt abzuwarten«, murmelte sie vor sich hin. Zum ersten Mal in einer langen Zeit freute sie sich auf den nächsten Monat.

* * *

Es war nicht ganz einfach, ihren Trip nach Washington und Virginia zu realisieren. Der Kurs ging von Montag bis Freitag, doch Zoe und Mel überzeugten sie davon, dass sie sich das Wochenende vorher auch noch gönnen sollte – und zwar für sich selbst.

Sobald sie die Reiseflughöhe erreicht hatten, bestellte sich Jo einen Drink und erlaubte es sich, sich zu entspannen.

Sie war einfach eine Frau in einem Flugzeug, und bis der Kurs am Montag begann, würde sie auch einfach nur eine Frau bleiben. Keine Polizistin, für nichts verantwortlich als sich selbst, und sie war auch nicht Sheriff Wards Tochter aus River Bend.

Nur eine Frau.

In der ersten Bar, die sie betrat, waren fast ausschließlich Männer in Schlips und Anzug. Anwälte, Lobbyisten … lauter Bürohengste, die sie nicht im Geringsten interessierten. Sie sparte sich sogar den Drink. In ihren engen Jeans und einem Tanktop, auf dem Zoe bestanden hatte, damit sie allen, die hinschauten, bewies, dass sie eine Frau war, kam sich Jo völlig underdressed vor.

Die zweite Bar war ein Stück weiter von der Stadtmitte entfernt und etwas besser. Die Männer hier trugen zwar keine Schlipse, allerdings war es offensichtlich, dass sie sie erst kurz vor Betreten der Bar abgelegt hatten.

Sie nahm ihr Handy und schrieb Shauna eine Textnachricht.

Burton, bist du da?

Hey, Sheriff, was kann ich für dich tun?

Ich bin in Washington. Bin früher geflogen. Bist du schon hier?

Ich komme erst morgen. Was ist los?

Ich such eine entspannte Bar. Keine Anzüge oder Schlipse. Irgendwelche Vorschläge?

Die drei blinkenden Punkte, die darauf folgten, verrieten Jo, dass Shauna entweder nachdachte oder in einer Nachtclub-App suchte.

Fahr mit Uber zu Marly's. Eher eine bessere Kneipe, also keine Anzüge. Aber ordentlich genug, dass du niemanden verhaften musst, während du dort bist.

»Perfekt«, murmelte Jo vor sich hin.

Danke!

Während Jo Marly's in ihrem Handy aufrief, bewies die abschließende Antwort von Shauna, dass ihre Freundin zwischen den Zeilen lesen konnte. Sei vorsichtig. Benutz Kondome.

Marly's erwies sich als genau das Richtige. Es war laut und verqualmt trotz der Gesetze, die vorschrieben, dass in geschlossenen Räumen nicht geraucht werden durfte, und es gab jede Menge starke Männer und hochprozentigen Alkohol. Jo fühlte sich gleich wie zu Hause.

Ein paar Köpfe drehten sich nach ihr um, als sie zur Theke ging. Und da sah sie ihn.

Er saß mit dem Rücken zu ihr. Ein enges T-Shirt spannte sich über definierten Muskeln, wie man sie durch stundenlanges Training im Fitnessstudio erwarb – und vielleicht auch unterstützt von Steroiden. Sie hoffte wirklich, dass der Typ von Steroiden nichts hielt. Unter den Ärmeln auf beiden Seiten konnte sie den Rand von Tattoos sehen. Ultrakurze Haarstoppeln auf seinem Kopf verrieten, dass er sich bewusst für einen kahlen Schädel entschieden hatte, und er hatte einen knackigen Hintern. Wenn jetzt auch noch sein Gesicht passte …

Sie wartete, bis ihr Blick seinen Rücken hochgewandert war.

Er drehte sich um, und ihr blieb fast das Herz stehen.

Gütiger Himmel, hier hatte der liebe Gott aber nicht gegeizt. Der Goatee war exakt getrimmt. Seine Lippen waren voll, sein Kinn energisch und seine Augen … dunkel, unvergesslich. Gefährlich. Er musterte sie vom Kopf bis zu den Füßen, und als ihre Blicke sich trafen, hob sich einer seiner Mundwinkel zu einem schiefen Lächeln. Eines, das fragte: Wer zur Hölle bist du?

Sie wandte sich nicht ab, öffnete leicht die Lippen.

Sie würde ihre Polizeimarke darauf wetten, dass er ein Vorstrafenregister hatte. Alarmglocken schrillten in ihrem Kopf, als er den ersten Schritt auf sie zu machte.

Der Barkeeper wählte diesen Moment, um sie zu fragen, was sie trinken wollte.

»Jameson on the rocks«, antwortete sie, bevor sie dem Fremden, der zu ihr kam, den Rücken zukehrte. »Und ein Stella.«

Der Barkeeper drehte sich um, um ihre Bestellung auszuführen.

Er war hinter ihr, und sie spürte es, obwohl sie sich nicht umwandte.

Jo wartete, bis sie ihren Whiskey hatte, ehe sie das Kinn hob. »Hallo«, sagte sie, wusste, dass er zuhörte.

»Eine Frau, die weiß, wie man trinkt. Das ist selten.«

Seine Stimme war wie Schokolade, nicht rau, wie sie es erwartet hätte. Der Kontrast erregte sie weiter.

»Weinschorlen habe ich letzte Woche hinter mir gelassen.« Sie drehte sich um und betrachtete den Mann und seine Gesamtwirkung. So nah war er sogar noch größer, die Warnung noch unmissverständlicher. Jo ignorierte ihre innere Stimme, die ihr riet, das Weite zu suchen, und der Engel, der auf ihrer Schulter saß und ihr die ganze Zeit einreden wollte, das sei eine Falle, musste endlich lernen, die Klappe zu halten.

»Was bin ich doch für ein Glückspilz«, erwiderte er und grinste unwiderstehlich.

Sie reagierte, jede Faser von ihr. Physik war ihr in der Highschool immer ein Buch mit sieben Siegeln geblieben, aber sie wusste, es hatte zwischen ihnen mächtig gefunkt. *Los, flirte*, wies sie sich an.

»Und, was trinkst du?«

Der Barkeeper stellte ihr das Bier hin.

»Weinschorle.«

Jo lehnte sich gegen die Theke, bemerkte es, als sein Blick an ihrem Busen hängen blieb. Sie atmete tief ein und leerte ihren Whiskey in einem Zug.

»Beweise.«

Er gab dem Barkeeper ein Zeichen.

Jo wartete, wollte sehen, was er tun würde.

»Eine Weinschorle.« Die Tatsache, dass er das sagte, ohne eine Miene zu verziehen, bewirkte, dass der Barkeeper sich umdrehte, um die Order auszuführen, als würde das jeden Tag mehrmals bei ihm bestellt.

Dann jedoch fuhr er so rasch wieder herum, dass er beinahe das Gleichgewicht verloren hätte. »Was?«

Der Typ grinste und änderte seine Bestellung. »Ich nehme, was sie hat.«

Der Barkeeper, ein dünner Mann mit zu langem Haar und einem schmalen Gesicht, das dazu passte, nickte. »Das ist besser.«

»Ich hab dich hier noch nie gesehen«, bemerkte Mr »Groß, dunkel und gefährlich«.

»Ich bin auch noch nie hier gewesen.«

»Und hast du vor, noch mal wieder hier zu sein?«

Sie erwiderte seinen Blick, sah in seine Augen, in denen sie total versinken und sich verlieren könnte. »Nein.«

»Also bist du hier nur für eine Nacht?«

»Ja, genau.«

Der Barkeeper stellte ihm seine Drinks hin. Jo nahm einen Schluck von ihrem Bier. Der Whiskey entfaltete schon seine wärmende Wirkung und stieg ihr zu Kopf.

»Wie heißt du?«, fragte der Typ.

Ja, genau, aber so würde das nicht laufen. »Ist das wichtig?«

Sein Grinsen wurde breiter. »Nein, vermutlich nicht. Ich fände es einfach schöner, wenn ich nicht dauernd ›Hey, du‹ zu dir sagen müsste.«

»Wie wäre es mit Anne?«

»Du siehst nicht aus wie eine Anne.«

Das war ja genau der Punkt. »Und wie soll ich dich nennen?«

Er zögerte eine Sekunde. »Rocco.«

Auch nicht sein Name, darauf würde sie ebenso ihre Polizeimarke verwetten. »Rocco passt«, ließ sie ihn wissen.

»Das habe ich schon mal gehört.«

Ihre Augen richteten sich auf seine Brust. Es juckte sie in den Händen, ihn zu berühren, herauszufinden, wie er sich anfühlte.

Rocco kippte seinen Drink hinunter, spülte mit Bier nach.

Ihr Blick hing an seiner Kehle, folgte den Bewegungen, als er schluckte.

Er stand ganz still unter ihrer Musterung, bis sie wieder oben bei seinen Augen angekommen war.

Er lächelte. Volle Wattzahl. »Und, gefällt dir, was du siehst?«

Sie schaute wieder hin, hoffte wirklich, dass er seine Muskeln nicht irgendwelchen Mittelchen verdankte. »Ich hab ja gar nichts gesehen – noch nicht.« Die Einladung war ausgesprochen. Es war nun an ihm, sie anzunehmen.

Nachdem er in seine Gesäßtasche gefasst hatte, legte Rocco ein paar Banknoten auf die Theke und nahm ihre Hand. Er lehnte sich vor, bis seine Lippen ihre Ohrmuschel berührten. »Wenn du einen Rückzieher machen willst, dann jetzt.«

Doch statt eines Rückzugs streckte sie die Hand aus, umfasste seine muskulösen Oberarme.

Er knurrte leise, als er sie aus der Bar zog.

* * *

Rocco reichte Jo seinen Helm, bevor er sich auf seine Harley setzte. Washington im Frühling war kalt, wenigstens um elf Uhr nachts. Die Ablenkung durch die unangenehme Kälte würde alle Bedenken, die Jo vielleicht hegen mochte, vertreiben, während er mit ihr durch die Straßen von Washington fuhr. Als er die zweite, dritte und vierte Kurve scharf nahm, umklammerte

Jo seine Mitte und hielt sich fest. Erst da verlangsamte er das Tempo. Er war fest, wo immer sie ihn anfasste. Das war die Sache, die ihr in ihrem Leben am meisten fehlte. Die Sache, von der sie sich immer wieder einzureden versuchte, sie sei nicht wichtig.

Das Hotel für Dauermieter, vor dem sie anhielten, war kein Schock, aber doch eine Enttäuschung, wenn Jo ehrlich sein wollte, als Rocco auf den Parkplatz fuhr und die Maschine ausstellte.

Er brachte sie in sein Zimmer, das überraschend aufgeräumt war. Ein großes Doppelbett, eine Kommode mit einem alten Fernseher, ein Mini-Kühlschrank, eine Mikrowelle und zwei Lampen rundeten die Einrichtung des kleinen Raumes ab. Ihr blieben weniger als dreißig Sekunden dafür, sich umzuschauen, bevor Rocco die Schlüssel für sein Motorrad auf die Kommode warf und in ihre persönliche Distanzzone eindrang.

»Willst du einen Drink?«

Sie schüttelte den Kopf und leckte sich die Lippen.

Roccos Blick glitt über ihr Gesicht. »Bin gleich wieder da«, sagte er, bevor er im Bad verschwand. Sie hörte Wasser laufen und richtete ihre Aufmerksamkeit auf die Kommode im Zimmer. Was hatte er da wohl drin? Hatte er wohl stapelweise die gleichen Klamotten, die er jetzt trug? Das Verlangen, mehr über ihn zu erfahren, kämpfte mit dem Wunsch, am besten gar nichts zu wissen.

Jo saß auf der Bettkante, um zu verhindern, dass sie Schubladen aufzog und seine Geheimnisse aufdeckte. Da war eine Waffe irgendwo im Zimmer, das konnte sie riechen.

Als Rocco aus dem Bad kam, fiel sein Blick auf sie, und wieder erschien dieses Halbgrinsen.

»Du siehst aus, als würdest du dich schon ganz wohl fühlen«, erklärte er, ohne die Augen von ihrem Busen zu nehmen.

Sie lehnte sich nach hinten, stützte sich auf die Ellbogen, wodurch sich ihre Brüste ein wenig hoben. »Es ist allerdings noch Luft nach oben.« Es fühlte sich gut an, ihn aufzuziehen und die Dinge zu sagen, die sie sagen wollte, ohne irgendeine Zensur.

Roccos Lächeln ließ sie wissen, dass es ihm gefiel.

»Jemand, der so klein ist wie du, sollte Angst haben.«

Er kam langsam näher wie ein Raubtier. Nur sein Lächeln verriet ihn.

»Ich komme schon klar.«

Seine Augenbrauen zogen sich zusammen. »Ach ja?«

Sie beherrschte ein paar Tricks, um sich aus einer unangenehmen Situation zu befreien, wenn das nötig werden würde. Und hoffte, nächste Woche bei dem Fortbildungskurs ein Dutzend mehr dazuzulernen. Das Einzige, was sie nicht bei sich hatte, war ihre Waffe, aber sie glaubte nicht, dass sie die brauchen würde.

Statt ihm zu antworten, betrachtete sie die Tätowierungen auf seinen Armen. »Gehen die noch weiter hoch, oder hast du gerade erst angefangen?« Ihrer Erfahrung nach waren Leute, die Tätowierungen mochten, echte Fans. Wenn sie es sich leisten konnten, hatten sie mehr als ein Tattoo und weitere in Planung.

Rocco verstand das als Aufforderung, sich langsam das Shirt auszuziehen.

Jo stockte der Atem. Er war einfach fantastisch. Kein Gramm Fett. Am rechten Arm hatte er einen Oberarmring gestochen, der wie ein Seil aussah, auf dem linken war er aus Stacheldraht. Seine Brust war leer, aber sie würde einiges darauf wetten, dass sein Rücken es nicht war.

Sie hob einen Finger und machte damit eine kreisförmige Bewegung.

Er verstand, was sie wollte, und drehte sich um.

Jos Blick blieb an seinem Po hängen. Ihr lief das Wasser im Mund zusammen.

»Gefällt's dir?«

Mist, sie sollte sich ja seine Tätowierung angucken.

»Oh …« Es war ein Adler, der sich über seinen ganzen Rücken spannte, mit Flügeln, die seine Schultern streiften. Jo beugte sich vor und streckte eine Hand aus, strich mit den Fingerspitzen über die Ränder des Vogels.

»Das ist … Wow.« Sie stand auf und spürte die Muskeln unter dem Tattoo, konzentrierte sich auf den Mann.

Sein Brustkasten dehnte sich, als sie mit beiden Händen über seine Schultern strich, sie dann auf seine schmale Mitte legte. Am Bund seiner Jeans hielt sie inne. »Ich mag es definitiv.«

Rocco bewegte sich für einen Mann seiner Größe schnell. Er drehte sich um und nahm ihre Taille zwischen seine großen Hände, zog sie an sich.

Seine Lippen versengten ihre bei der ersten Berührung. Er schmeckte wie Feuer und Sünde. Als sie sich ihm öffnete, wurden seine hungrigen Küsse bald zu etwas, wonach sie sich verzehrte. So schnell war sie noch nie nach etwas süchtig gewesen. Sie hielt sich an ihm fest, stellte sich auf die Zehenspitzen, um seinen Kuss zu erwidern.

Obwohl ihre Libido manchmal jahrelang ignoriert wurde, wusste sie doch, was sie zu tun hatte, wenn sie gefragt war. Alles in ihr strebte zu diesem Hünen von einem Mann. So mussten Wikinger gebaut gewesen sein.

Seine Hände strichen über ihre Mitte, ihren Rücken, fassten sie an den Hüften.

Die Erektion, die sie spürte, aber nicht sehen konnte, schien nicht unter dem Einfluss von Steroiden gelitten zu haben. Sie lächelte unter dem Kuss und begann an ihrem Shirt zu zerren, um es loszuwerden.

Rocco half ihr.

Er grinste, während er sie anschaute, und Jo war dankbar, dass Zoe ihr zugeredet hatte, sich einen neuen BH zu kaufen, der all die Teile von ihr hübsch ins Bild setzte, die ganz Frau waren.

Der Wikinger zog mit seinen Lippen eine Spur von ihrem Kinn zum oberen Rand einer Brust.

Sie schloss die Augen, als sie seine Zähne durch den dünnen Stoff spürte. »Ja«, flüsterte sie mehr für sich als zu ihm. Er schmiegte sein Gesicht zwischen ihre Brüste, bevor er sich der auf der anderen Seite zuwandte.

Als er seine Hände auf ihren Po legte, verlor sie die Fähigkeit, still zu halten. Sie sprang hoch, schlang ihm die Beine um die Hüften, um möglichst viel Berührungsfläche zu haben, und zwang seinen Mund zurück auf ihren. Sie war sich nicht sicher, aber sie meinte, sie hätte ihn lachen gehört, als er sie auf die Matratze drückte und sie mit seinem Körper bedeckte.

Von da an war alles ein bisschen verschwommen. Klamotten flogen, Hände glitten über nackte Haut ... Und nein, der Wikinger benutzte keine Steroide.

Da waren ein Kondom, ein Fluch und dann die Befriedigung, von ihm ausgefüllt zu werden. Er hielt in dem Augenblick inne, als er in sie eingedrungen war.

»Hör nicht auf.«

»Lass mich nur kurz zu Atem kommen, Süße.«

Süße. Niemand nannte sie süß.

Jo zog ihre inneren Muskeln zusammen und hob ihre Hüften, so weit es ging, wenn hundertzehn Kilo Hüne auf ihr lagen. »Atme später«, verlangte sie.

Sein Lachen war tief, als er sich zu bewegen begann. Die Hitze seines Körpers, die Reibung seiner Berührung, die Wärme seines Kusses brachten sie zum ersten Höhepunkt und ließen sie zufrieden summen.

Er verlangsamte seine Stöße, war aber noch lange nicht fertig. »Fühlst du dich jetzt besser?«, wollte er wissen.

Als sie es wagte, die Augen zu öffnen, lächelte er auf sie herunter. Zufrieden mit dem, was er getan hatte.

Jo verschränkte ihre Knöchel hinter seinem Rücken. »Es wird langsam.«

Sein Lachen war ansteckend, dann beugte er sich vor, um sie ein weiteres Mal zu küssen.

* * *

Kurz vor vier am nächsten Morgen steckte Jo den Schlüssel in die Tür ihres Hotelzimmers. Der Wikinger hatte sich nicht gerührt, als sie das Bett verlassen, leise ihre Klamotten zusammengesucht und sie sich rasch übergestreift hatte, bevor sie aus dem Zimmer geschlüpft war. Der Uber-Fahrer hatte sie an der Ecke aufgelesen, und zehn Minuten später war sie zurück in ihrem Hotel gewesen.

So war es besser, sagte sie sich – schnell verschwinden, statt morgens eine peinliche Unterhaltung führen zu müssen. So gerne sie auch gesehen hätte, wie er sich im Tageslicht machte, hatte sie doch zu viel Angst, zu bleiben und es rauszufinden.

Sie duschte sich, bevor sie in ihr Hotelbett ging, und lächelte, kurz bevor sie einschlief. Für jemanden, der so groß war, war der Mann überraschend sanft gewesen. Morgen früh würde sie überall Schmerzen haben, doch die Erinnerungen von letzter Nacht waren alles wert. Die eine traurige Wahrheit lautete, dass es unmöglich war, einen Mann zu finden, der so war und in ihr Leben passte.

Der Sheriff der Stadt konnte nicht mit einem Mann wie Rocco zusammen sein.

Sie legte solchen Männern Handschellen an und steckte sie hinter Gitter. Aber vielleicht war er ja auch gar nicht so.

Andererseits – wem wollte sie etwas vormachen? Seine Harley war ihm wichtiger als ein Zuhause. Er lebte übergangsweise im Hotel. Es gab keinerlei Krimskrams oder andere persönliche Gegenstände, die in seinem Zimmer herumgelegen hätten, was bedeutete, er besaß keine. Männer ohne Bindungen waren entweder verheiratet und benutzten so ein Hotel für ihre Affären – der Gedanke ließ Jo an die Decke starren. Oder das Fehlen von persönlichen Gegenständen hieß, dass er gerade umzog. Vermutlich auf der Flucht vor jemandem. Ein Mann von der Größe von Mr Wikinger lief wahrscheinlich nicht vor Schwierigkeiten davon. Sondern viel eher vor dem Gesetz.

Sie überlegte, was ihr lieber wäre: ein Sträfling auf der Flucht oder ein verheirateter Mann, der seine Frau betrog … Eine echte Zwickmühle, denn das war beides übel.

Jo knuffte ihr Kopfkissen, drehte es um und versuchte, nicht länger an Rocco zu denken.

Doch das Letzte, was ihr durch den Kopf ging, bevor sie einschlummerte, war, wie er ihr *Süße* ins Ohr geflüstert hatte.

Kapitel Vier

Von Washington nach Quantico in Virginia nahm Jo den Zug. Sie fragte sich kurz, ob sie, bevor sie für immer von der Ostküste verschwand, über Nacht zurück nach Washington fahren und versuchen sollte, Rocco zu finden. Ihr Plan sah vor, sich, wenn der Kurs am Freitagnachmittag zu Ende war, ihre Wunden zu lecken – sie würde nicht ungeschoren davonkommen – und am Samstagnachmittag von Washington aus wieder nach Hause zu fliegen.

Der Wikingermann hatte sie in der ersten Nacht mit seinen Aktivitäten wach gehalten, in der zweiten mit den Erinnerungen daran.

Warum tat sie sich das an? Warum setzte sie sich dem aus, sorgte dafür, dass sie sich nach etwas sehnte, was sie nicht haben konnte? Nur um körperlich befriedigt zu sein, aber gleichzeitig verzweifelt nach mehr zu verlangen? Sie sollte sich vermutlich einfach ein paar Katzen zulegen, und fertig.

Burton hatte ihr erklärt, lässige Kleidung sei für den Kurs völlig ausreichend, auf keinen Fall Kleider – nicht, dass Jo irgendwelche besäße –, sowie genug bequeme Klamotten zum Wechseln für die praktischen Übungen. Und ihre Dienstmarke.

Ihr schulterlanges honigbraunes Haar war zu einem Pferdeschwanz zusammengenommen, und ein Hauch Rouge betonte ihre Wangenknochen. Sie hatte etwas Lippenstift aufgetragen, und das war es auch schon, was Make-up betraf. Da sie keinen Abdeckstift hatte, konnte sie auch nichts gegen den bereits verblassenden lila Knutschfleck unternehmen, der ihren Halsansatz zierte, das letzte Überbleibsel der Begegnung mit dem Wikinger.

In einer einfachen blauen Stoffhose, schwarzen Schuhen mit den niedrigsten Absätzen, die zu bekommen waren, und einer Seidenbluse, die sie sich von Zoe geliehen hatte, betrat Jo das Trainingscenter und ging zum Empfang.

Der Mann hinter der Theke trug einen Anzug und Schlips. Seine strenge Miene passte zu ungefähr jedem Film über Agenten und das FBI, den sie je gesehen hatte.

Jo versuchte ein Lächeln.

Er war nicht angetan.

»Agent Burton erwartet mich«, erklärte sie. »Sheriff Ward.«

Der Mann musterte sie von Kopf bis Fuß. »Marke und Personalausweis, Sheriff.«

Sie griff in ihre hintere Hosentasche, holte ihr Portemonnaie heraus und reichte ihm das Verlangte.

Er sah sich beides zweimal an – und sie dreimal –, bevor er den Hörer hinter der Theke hob und ein paar Tasten drückte. »Sheriff Ward ist hier« war alles, was er sagte.

Der FBI-Mann reichte ihr die Dokumente zurück und hielt dann eine Kamera hoch, die an den Computer angeschlossen war. Er bat sie nicht, zu lächeln, sondern machte einfach ein Bild und drehte sich zu seinem Computer. »Hier.« Er schob ihr einen Besucherausweis hin und wandte sich wieder seiner Tastatur zu. »Legen Sie ihn niemals und unter keinen Umständen ab, bis der Richtige ausgestellt ist.«

Jo befestigte den Ausweis an ihrer Seidenbluse und hoffte, er würde keinen dauerhaften Schaden hinterlassen. Sie wollte Zoe die Bluse ohne Löcher zurückgeben.

Sie wartete einen Moment, dachte, sie würde weitere Anweisungen erhalten.

Das war nicht der Fall.

Dankenswerterweise bewahrte Agent Burton sie vor weiterer Verwirrung darüber, wohin sie als Nächstes musste, indem sie einen Flur entlangkam, der zu einer Reihe Fahrstühle führte.

Jo war erleichtert, als Shauna in einem Outfit, das ihrem eigenen sehr ähnlich war, zu ihr trat. Sie wirkte geschäftsmäßig und vermischte das mit gerade genug Weiblichkeit, dass es nicht aussah, als wolle sie vorgeben, ein Mann zu sein.

Im Großen und Ganzen waren Frauen bei der Polizei und anderen Strafverfolgungsbehörden zwar akzeptiert, aber es gab trotzdem noch Zweifler in ihren Reihen. Männer, die glaubten, Frauen könnten den Job nicht erledigen. Jo hatte damit zu tun gehabt, seit sie die Ausbildung begonnen hatte.

Burton hatte ihr erzählt, dass es beim FBI ein wenig anders zuging. Frauen wurden auf alle Hierarchie-Ebenen befördert und an Stellen gebraucht, an die Männer einfach nicht gehen konnten. Und umgekehrt. Hier gab es auf beiden Seiten Respekt. Das war etwas, worauf Jo sich freute, selbst wenn es nur für eine Woche war.

»Agent Burton«, sagte Jo mit einem Lächeln.

»Sheriff … Schön, dich wiederzusehen.« Sie umarmten sich zur Begrüßung.

Shauna wandte sich an den Mann am Empfang. »Danke, Francis.«

Der verzog unwirsch das Gesicht.

»Ich hoffe, Sie waren freundlich zu unserem Gast.«

Francis nickte unverbindlich.

»Er hasst alle«, flüsterte Burton, während sie gemeinsam weitergingen.

Jo blieb an ihrer Seite und schaute sich um.

Burton redete weiter, als sie in den Fahrstuhl traten. »Ich habe heute früh noch einen Termin, stoße allerdings später am Tag zu euch, wenn es handgreiflich wird. Mein Partner Agent Clausen wird dir alles zeigen, bis ich Zeit habe.«

»Ich hoffe, ich werde ihr nicht zur Last fallen.«

»Ihm«, verbesserte Shauna sie. »Ganz bestimmt nicht. Er ist groß und sieht gefährlich aus, ist jedoch innerlich, wenn man ihn erst mal näher kennt, ein Miezekätzchen.« Sie verließen den Fahrstuhl, während sie noch weitersprach. »Die meisten Männer sind froh, dass auch Frauen dabei sind. Es gibt ein paar altmodische Typen, die meinen, wir hätten hier nichts verloren, aber die meisten von denen nehmen nicht mehr an diesen Trainings teil.«

Jo grinste. »Vermutlich, weil sie nicht mithalten können.«

»Ganz genau!«

Sie kamen um eine Ecke und gelangten in eine Art Lounge, in der mehrere Agenten beieinanderstanden, sich unterhielten und Kaffee tranken.

»Und hier ist Agent ›Groß, dunkel und Angst einflößend‹.«

Jos Haut begann zu prickeln.

»Gill?«, rief Shauna. »Sheriff Ward ist hier.«

Sie sprach zu einem Mann, der ihnen den Rücken zukehrte. Als er sich umdrehte, hatte Jo das Gefühl, ihr würde der Boden unter den Füßen weggezogen.

Heilige Scheiße!

»Agent Gill Clausen, Sheriff JoAnne Ward.«

»Jo«, gelang es ihr hervorzupressen.

Rocco, der sein T-Shirt gegen Anzug und Schlips eingetauscht hatte, musterte sie in Sekundenbruchteilen von oben bis unten. Seine Lippen verzogen sich zu dem schiefen Lächeln.

»Sheriff Ward.« Er streckte ihr die Rechte hin. »Ich habe schon eine Menge über Sie gehört.«

Jo zwang sich, ihre kalten Finger in seine zu legen. »Freut mich.«

Er drückte ihr die Hand … zweimal. »Kennen wir uns?«

Die Frage war dazu gedacht, sie zu verunsichern.

Und das tat sie.

»Ich glaube nicht.«

Er hob eine Augenbraue. »Doch, ich bin mir ganz sicher.«

Sie erwiderte den Druck, presste ihm, auch wenn sie bedauerlich kurz waren, die Fingernägel in die Handinnenfläche, bevor sie losließ.

»Niemand würde vergessen, dich getroffen zu haben, Gill«, rettete Shauna sie.

Shauna stellte sie auch den übrigen Agenten im Raum vor. Keiner der Namen sagte ihr etwas.

Reiß dich zusammen, Jo.

»Ich muss jetzt los«, erklärte Shauna nach einem Blick auf ihre Armbanduhr. »Sei lieb, Clausen. Vergiss nicht: Du bist für die, die dich nicht kennen, Furcht einflößend.«

Jo schaute Agent Gill Clausen in die Augen. »Sie sieht so aus, als könnte sie damit umgehen.«

Shauna kniff die Augen zusammen. »Ich bin gegen Mittag wieder zurück.«

Jo winkte ihr hinterher und atmete tief ein.

Also, das würde schwierig werden. Und dabei war sie immer so stolz auf ihre Fähigkeit gewesen, Leute richtig einzuschätzen. Nicht ein einziges Mal in der Zeit, in der sie mit ihm im Bett gewesen war, hatte sie »Rocco« – oder den Wikinger – gedanklich in die Nähe eines FBI-Agenten sortiert.

Immer mehr andere Kursteilnehmer trafen ein und hielten Jo und Gill davon ab, zu sagen, was sie dachten. Was dachte er also? Er musterte sie, als wäre sie ihm ein Rätsel. Was sie vermutlich für ihn war, wenn sie ihn so anschaute.

»Burton hatte einen Einsatz in Ihrer Stadt wegen des vermissten Mädchens vor ein paar Jahren, richtig?«

Jo richtete ihre Aufmerksamkeit auf den Mann, der sie angesprochen hatte. Sie hatte seinen Namen leider schon wieder vergessen. »Das stimmt.«

»Wie geht es der Kleinen?«

»Hope geht es großartig, danke der Nachfrage.«

Die fünf Männer im Raum betrachteten sie.

»Es ist immer schön, wenn alles ein gutes Ende nimmt«, erklärte ein anderer Agent.

»Ja, das ist es.«

Gill stellte seinen Kaffee ab und fing ihren Blick auf. »Nun, Sheriff, wir haben Sie nur eine Woche hier. Lassen Sie mich Ihnen zeigen, wo Sie hinmüssen.«

Jo zwang sich, ihn direkt anzusehen. Sie würde nicht den Kopf einziehen, nicht verlegen werden. Sie schob ihren Rucksack höher auf ihre Schulter. »Dann mal los, Agent Clausen.«

Schweigend führte er sie den Flur entlang, über den sie eben mit Shauna gekommen war.

Er machte große, schnelle Schritte, sodass Jo sich beeilen musste, wenn sie nicht zurückfallen wollte.

Gemeinsam stiegen sie in den Fahrstuhl, wurden aber an einer Unterhaltung unter vier Augen durch eine junge Frau gehindert, die noch rasch zu ihnen in die Kabine schlüpfte, bevor sich die Türen schlossen.

Sie umklammerte den Schultergurt ihres Rucksacks, und Gill lachte leise.

Sie weigerte sich, ihn anzuschauen.

Der Aufzug hielt im Erdgeschoss, und sie kamen wieder in die Lobby, wo er sie zu einem langen, geschäftigen Flur dirigierte.

Sie legte einen Zahn zu und hielt mit ihm Schritt. »Wohin gehen wir?«

»Zum Trainingskomplex.«

Er stieß eine Tür auf, und die Sonne blendete sie.

Gill fischte eine Sonnenbrille aus einer Innentasche seines Jacketts und setzte sie sich auf, ohne auch nur eine Sekunde innezuhalten.

Er trat zu einem dunkelblauen Wagen mit Stufenheck, der förmlich »FBI« schrie, und öffnete ihr die Beifahrertür.

Sah so aus, als ob das Schweigen vorüber wäre.

Gill gelang es, sich hinter das Lenkrad zu zwängen, und er startete den Motor, bevor er ein Wort sagte. »Du bist gegangen, ohne dich zu verabschieden.«

Sich dumm zu stellen würde nichts nützen. »Ich dachte nicht, dass ich dich wiedersehen würde.«

Er setzte aus dem Parkplatz zurück. Das Trainingsgelände befand sich auf einem Militärstützpunkt von über fünfhundert Hektar Größe. Es war auf jeden Fall vernünftig, die Entfernungen zwischen den einzelnen Gebäuden mit dem Auto statt zu Fuß zurückzulegen. »Burton hat erzählt, du wärst hier, um deine Fähigkeiten in den Bereichen Taktik, Investigation, Nahkampf und Survival zu verbessern.«

Jo fand in ihrem Rucksack ihre Sonnenbrille und war erleichtert, dass Gill nicht länger ihre Augen sehen konnte. »Das stimmt.«

Er wandte kurz den Kopf zu ihr. »Lektion eins: Lass dich nicht mit einem Fremden in einer Bar ein.«

Der Mann hatte wirklich Nerven. Ärger wallte heiß in ihr auf. »So wie du es getan hast?«

»Ich bin ein Mann.«

Sie konnte nicht anders. Jo lachte.

»Du denkst, ich mache Witze.«

»Ich denke, du bist ein Heuchler.«

Er schaute sie an, wartete, bis sie seinem Blick begegnete. »Ich hätte dich umbringen, zerstückeln und deine Körperteile an einen Ort schaffen können, der so abgelegen ist, dass sie dich nicht entdeckt hätten, bevor es ein anthropologischer Fund gewesen wäre.«

»Ich merke, du hast gründlich darüber nachgedacht.«

Seine Kiefermuskeln verkrampften sich, seine Augen zuckten zurück auf die Straße vor ihm, bevor er zu einem Gebäude abbog, das, wie Jo vermutete, das Trainingscenter war. »Tust du das oft?« Etwas in seiner Stimme hatte sich geändert.

Jetzt war Sarkasmus angesagt. »Jeden Samstagabend. Wenn man in einer Kleinstadt lebt, bietet sich alle naselang die Gelegenheit, Fremde aufzureißen und mit ihnen die Nacht zu verbringen. Das schäbige Hotel ist allerdings etwas schwierig. War das eins, das die Regierung empfohlen hat, oder eher eine persönliche Wahl?«

Er hielt den Wagen abrupt an und zog die Handbremse an. »Ich weiß, was mich an solchen Orten erwartet.«

»Kriminelle im Nachbarzimmer?«

»Manchmal.«

»Du hast deine Waffe im Bad gelassen, nachdem wir bei dir angekommen waren, oder?«

Gill nahm seine Sonnenbrille ab und starrte sie an. »Der Umstand, dass du gar nicht wusstest, dass ich eine bei mir hatte, sollte dir eigentlich zu denken geben.«

Genau genommen hatte sie gedacht, dass er eine hatte, hatte aber nicht geglaubt, dass er sie gegen sie einsetzen wollte. Er hatte etwas anderes gewollt.

Und sie auch.

»Ich bin nicht wehrlos, Rocco.«

Seine Augen wurden bei der Benutzung seines falschen Namens schmal.

»Und ich bin keine naive Idiotin. Wenn du mir etwas hättest antun wollen, hätte ich das gespürt, bevor wir die Bar verlassen haben.«

»Das kannst du nicht wissen.«

Jetzt war es an ihr, ihn über den Rand ihrer Sonnenbrille hinweg zu mustern. »Hast du mir etwas angetan?«

»Darum geht es nicht.«

Sie schob die Brille wieder hoch, fasste nach dem Türgriff. »Doch, genau darum.«

Kapitel Fünf

Es gab nicht viel, was Gill aus der Fassung brachte. Er hatte gewusst, dass irgendwas an *Anne* nicht stimmte. Aber ein Kleinstadt-Sheriff? Nein, das hatte er nicht geahnt.

Als er kurz vor Sonnenaufgang aufgewacht und sie nicht mehr da gewesen war, war er überraschend enttäuscht gewesen. Sie war fordernd gewesen, ja förmlich ausgehungert. Dann war da noch das Feuer, das sie mit einer Berührung in ihm entfesselte.

JoAnne Ward ... Little Miss River Bend im Nirgendwo, Oregon, gab genauso viel, wie sie nahm, und verlangte nach mehr. Sie hatten sich stundenlang geliebt. Das war nichts, was er oft tat. Es war, als hätte sie es sich aufgespart, alles in sich aufgesogen, um sich später daran zu erinnern.

Und dieser Witz darüber, in einer Kleinstadt Leute aufzureißen, war lächerlich. Er würde Burton dazu befragen müssen, was sie über das Liebesleben von Sheriff Ward wusste.

Er betrachtete ihren Hintern, als sie durch die Türen des Trainingscenters gingen. Es waren jede Menge Gesetzeshüter hier, für genau das gleiche Training wie Jo. Sie standen alle an der Seite, während mehrere Rezeptionisten sich um die Neuankömmlinge kümmerten.

Gill trat mit Jo an seiner Seite an den Tresen.

»Agent Clausen? Was tust du denn hier?«

Gill schüttelte die Hand seines alten Freunds. »Agent Ault, das hier ist JoAnne Ward. Sheriff von River Bend, Oregon. Sie ist diese Woche beim Training mit dabei.«

Agent Ault sah auf das bedruckte Blatt vor sich, fand ihren Namen und machte einen Haken dahinter.

»Willkommen in Quantico, Sheriff.«

»Vielen Dank«, erwiderte Jo.

Ault drehte die Seite mit der Verzichtserklärung zu ihr herum. »Sie müssen hier unterschreiben.«

Sie überflog das Dokument, das besagte, dass sie, wenn sie verletzt oder getötet wurde, nicht das Recht hatte, die Bundesregierung zu verklagen. Der Teil darüber, tot zu sein und nicht in der Lage, jemanden zu verklagen, wurde wohl nie angezweifelt.

»Sind Sie schon mal bei uns gewesen?«, erkundigte sich Ault.

»Nein, ich bin zum ersten Mal hier.«

Gill sorgte dafür, dass Ault wusste, er sollte sich um sie kümmern. »Sie ist eine enge Freundin von Agent Burton«, teilte er ihm mit.

»Ah, richtig. Shauna hat gesagt, dass sie später vorbeischaut, um beim Nahkampftraining zu helfen. Dass eine Freundin kommen würde.«

»Das ist sie.«

»Großartig. Die Umkleiden sind dahinten.« Er deutete einen Korridor hinunter. »Wir fangen in einer Viertelstunde an.« Er sah auf ihre Füße. »Ich hoffe, Sie haben Laufschuhe mitgebracht.«

Jo lächelte, das erste Mal, wie Gill auffiel, seit sie hier eingetroffen war.

Es gefiel ihm.

»Burton hat es empfohlen.«

»Dann sind Sie ja vorbereitet.«

Jo machte einen Schritt zurück und wandte sich an ihn. »Nun, Agent Clausen, danke, dass Sie mich hergebracht haben.«

»Ich möchte meine Partnerin doch nicht enttäuschen.«

Jo streckte ihm die Hand entgegen, als ob sie sich von ihm verabschieden wollte. »Es war mir ein Vergnügen.«

Er nahm ihre Hand kurz in seine beiden, bevor sie sie wegzog. »Ganz meinerseits.«

Ihr Gesicht rötete sich etwas, bevor sie den Flur Richtung Umkleidekabine hinunterging.

Während sie das tat, stellte er sich das Tattoo vor, das sie direkt über ihrem Po hatte. Das einfache geometrische Muster, das Frauen als eine Art von Rebellion wollten, wenn sie jung waren, aber noch keine Ahnung hatten, was sie wirklich vom Leben erwarteten.

Es war egal, ob es Rebellion oder sonst was war – Gill fand es sexy. Er hatte am Morgen danach sein Frühstück davon essen wollen.

Nur war sie da schon nicht mehr da gewesen.

»Du und Burton kümmert euch diese Woche um die Einweisung, richtig?«

»Wir haben angeboten zu helfen.«

»Dann sehen wir uns gleich da draußen.«

* * *

Von Kopf bis Fuß in Dunkelblau gekleidet, mit dem Schriftzug »FBI-Training« auf ihrem T-Shirt, ihrer Cap und selbst dem Gürtel, den sie ihr gegeben hatten, kam Jo mit mehreren anderen weiblichen Polizeibeamten heraus, die ebenfalls beim Training dabei sein würden.

Sie trafen ihre männlichen Kurskameraden in einem großen Raum, der mit fast zweihundert von ihnen gefüllt war.

Sie hatte weiter Gill im Kopf. Dass er tatsächlich angedeutet hatte, sie könnte nicht auf sich aufpassen, tat weh.

Er hatte keine Ahnung, wovon er redete. Und nach dieser Woche wäre sie sogar noch besser in der Lage, sämtliche Männer abzuwehren, die sie nicht wollte.

Sie hatte den Wikinger gewollt.

Arroganter FBI-Agent, der er war.

Sie verbannte sein Bild mit einiger Mühe aus ihrem Kopf und wandte ihre Aufmerksamkeit den Menschen um sie herum zu.

Genau wie in ihren Tagen an der Akademie stand Jo Schulter an Schulter mit anderen Beamten, während die Lehrer sich vor ihnen aufstellten.

Während sich die Reihe bildete, wurde es im Raum stiller.

Als Jo ihn bemerkte, fluchte sie leise. Sie konnte hinter der Sonnenbrille nicht erkennen, wo Gill hinsah, aber sie fühlte trotzdem das Gewicht seines Blicks auf sich.

»Ladys und Gentlemen, ich bin Agent Ault. Willkommen in Connecticut, wo wir Ihnen helfen werden, die Fähigkeiten, die Sie in Ihren lokalen Polizeibehörden erworben haben, zu analysieren, Ihre Schwächen festzustellen und diese anzugehen. Wir werden Sie ausbilden und alles lehren, was Sie noch nicht wissen, neu einüben, was Sie vergessen haben, und Sie jeden Tag daran erinnern, dass Sie nur eine Kugel davon entfernt sind, zu einer Zahl in einer Statistik zu werden. Wir sind hier, um dafür zu sorgen, dass Sie am Leben bleiben, Ihnen zu helfen, Zivilisten das Leben zu retten, und vor allem anderen, damit Sie wissen, wozu Sie fähig sind und wozu nicht. Wir befinden uns nicht aus Zufall auf einer Militärbasis. Diese Woche wird sich wie ein Bootcamp anfühlen. Es wird Sie vor Herausforderungen stellen und Sie wund und erschöpft zurücklassen. Nehmen Sie die Schmerzen an. Sie werden Sie stärker machen.«

Die Frau, die rechts von Jo stand, bewegte sich und murmelte etwas, das sie nicht verstand.

Jo sah wieder hoch und spürte immer noch Gills Blick auf sich.

Agent Ault erklärte, wie die Tage ablaufen würden, bevor er sie in ihre vorher eingeteilten Gruppen entließ.

Jo machte sich nicht die Mühe, nach ihrer Gruppennummer zu schauen. Sie ging direkt auf Gill zu, wusste von seinem breiten Lächeln – fast ein Grinsen –, dass es nur für sie bestimmt war. »Was für eine Überraschung«, sagte sie ohne Humor.

Er schob die Sonnenbrille weit genug herunter, um sicherzustellen, dass sie seine Augen erkennen konnte.

»Zeit, rauszufinden, was in Ihnen steckt, Sheriff.«

Jo wusste über jeden Zweifel hinaus, dass das hier wehtun würde.

* * *

Sie begann am Schießstand. Dort fühlte Jo sich zu Hause. Ihr Vater hatte sie mit Waffen im Haus aufwachsen lassen, und es gab keine Erinnerung, in der sie nicht sicher jede einzelne benutzte, die er besaß.

Doch in Kleinstädten gab es nicht viele. Und bei den Preisen, die für hochwertige Waffen verlangt wurden, hatte Jo auch nicht das Budget, sie zu ihrem persönlichen Arsenal hinzuzufügen.

Gill stellte die Gruppe dem Ausbilder am Schießstand vor, der sie durch den Plan für den Vormittag führte.

»Wir wollen wissen, was Sie können. Wollen, dass Sie es auch wissen. Ich bin mir sicher, dass Sie mit Ihrer Dienstwaffe gut schießen können. Aber wie sieht es mit der Waffe des Täters aus? Wenn es Ihnen gelingt, Ihren Verdächtigen zu entwaffnen, und Sie seine Waffe benutzen müssen?«

Gill machte da weiter, wo der andere aufgehört hatte. »Wir möchten, dass Sie mit einer anderen Person ein Team bilden, die eine andere Waffe als Sie selbst benutzt. Wer hat eine Kaliber 40?«, fragte er.

Mehrere Hände wurden in die Höhe gehalten.

»Neun Millimeter?«

Jo hob die Hand.

Er ging eine kurze Liste von weiteren Waffen durch, bevor er die Teams zusammenstellte.

Jo wurde mit Lenny zusammengesteckt, einem Deputy aus Ohio, und Sal, einem Polizisten vom Sittendezernat aus Chicago. Beide Männer waren mindestens fünfzehn Zentimeter größer und auch einige Jahre länger bei der Polizei als sie. Als sie sich als Sheriff von River Bend vorstellte, wechselten die Männer wenig überzeugte Blicke.

»Es ist eine kleine Stadt«, erklärte sie.

»Und sind Sie ein guter Schütze, Sheriff?«, erkundigte sich Sal. Er hatte ein langes, schmales Gesicht, das auf einen schmalen Körper gehörte, aber stattdessen auf einem dicken Hals saß, sodass er völlig unproportioniert wirkte.

»Ich komm zurecht«, erwiderte sie, während sie die Magazine für ihre Waffe befüllte.

»Ich wette gerne. Wie sieht's mit dir aus, Lenny?«, fragte Sal.

Lenny, etwas jünger als Sal, schaute Jo an. »Mädchen in Kleinstädten wachsen mit Waffen auf«, sagte er dem Mann von der Sitte. »Auf die Wette lass ich mich lieber nicht ein.«

Sal grinste, während er seine Kaliber-40-Glock durchlud. »Und wie ist es mit Ihnen, Sheriff? Bereit, etwas Geld auf Ihre Fähigkeiten zu setzen?«

Jo sah, dass Gill zu ihr kam.

Für zwei Sekunden hörte sie auf, Sheriff zu sein, und schenkte Sal das süßeste Lächeln, zu dem sie imstande war. »Ich weiß nicht so recht, Sal. In so großen Städten wie Chicago sind Sie wahrscheinlich wirklich gut in Übung.«

Sal legte den Kopf zur Seite. »Wo bleibt Ihr Selbstbewusstsein, Sheriff?«

Sie wusste, dass Gill die Wette gehört hatte. »Zwanzig Dollar darauf, dass ich mit meiner Neuner besser schießen kann als Sie mit Ihrer Vierziger.«

Sal stimmte mit einem Nicken zu.

»Und einfach nur so zum Spaß, zwanzig weitere, dass ich mit Ihrer Vierziger besser bin als Sie selbst.«

Er blinzelte überrascht. »Fünfzig.«

Jo überspielte ihre Unsicherheit, indem sie das Kinn vorschob. »In Kleinstädten verdient man nicht so viel.« Bevor er einen Rückzieher machen konnte, stimmte sie zu. »Aber ich nehme die Wette an.«

Um sie herum wurde geschossen, was laut war.

Jo setzte sich den Hörschutz auf und schob die Sonnenbrille höher auf die Nase.

Aus dem Augenwinkel bemerkte sie, dass Gill zusah.

Das Ziel war fünfundzwanzig Meter entfernt. Die erste Runde zeigte, dass das Visier an Sals Waffe etwas hoch eingestellt war. Sie stellte sich darauf ein und konzentrierte sich. Eine schnelle Abfolge von Schüssen peitschte durch die Luft, bis das Magazin leer war. Sie entlud die Waffe, legte die leere Pistole hin und trat zurück.

Lenny beobachtete alles mit über der Brust verschränkten Armen und einem Lächeln auf dem Gesicht.

Gill grinste.

Sal war nicht glücklich.

»Sie sind dran, Chicago«, sagte Jo.

Gill ging vorbei und klopfte Sal auf den Rücken. »Setzen Sie nie Ihr Geld gegen eine Frau auf dem Schießstand. Sie gewinnt jedes Mal.«

Siebzig Dollar reicher wandte Jo sich glücklich den Waffen zu, mit denen sie nicht so viel Erfahrung hatte.

Die Fünfundvierziger benahm sich wie ihre Neun-Millimeter mit etwas mehr Rückstoß. Ihre Achtunddreißiger-Ersatzwaffe war leicht, doch als sie eine kleinere nahm, musste sie feststellen, dass es schwieriger war, genau zu zielen. Zumindest traf sie das Ziel nicht mehr so leicht.

Sal erwies sich als guter Verlierer und gab ihr Tipps zu der kleineren Waffe.

Immer mal wieder kam Gill vorbei, meist mit einem nützlichen Hinweis, etwas, das sie bisher übersehen hatten, das ihnen aber half, besser zu werden.

Als sie nach draußen auf den Schießplatz gingen, fragte Jo Sal, ob er sein Geld zurückgewinnen wollte.

Er zögerte, und Lenny erinnerte ihn daran, dass es im ländlichen Oregon mehr Freiflächen gab als in Chicago.

Sal lehnte die Wette ab.

Hierher kamen die besten Scharfschützen der Armee, um zu trainieren. Es war etwas Inspirierendes an dem Schießplatz. Die Gruppe, die jetzt hier schoss, war nicht da, um ihre Ziele auf fünfhundert Meter Entfernung mit Zielfernrohr und Spotter zu treffen, sondern mit etwas, was ihr bei ihrer täglichen Arbeit tatsächlich zur Verfügung stand.

Agent Ault und die Beamten hier sprachen von Angriff und Verteidigung, wenn man als Verstärkung gerufen wurde.

Als Ault fragte, wie viele von ihnen jagten, hoben weniger als die Hälfte die Hand. Auch wenn das bei Jo nicht länger der Fall war, hatte sie es doch getan, als ihr Dad noch gelebt hatte. Die kleine Jagdhütte, die ihr Vater jahrelang benutzt hatte, befand sich im Wald hoch über River Bend und beherbergte unterdessen hauptsächlich Spinnen und Staub. Sie war nach seinem Tod bisher zweimal da gewesen, nur um sicherzustellen, dass keine Waschbären darin hausten, aber sie hatte es nie über sich gebracht, länger dort zu bleiben. Es war der eine Ort, den sie genau so gelassen hatte, wie er war, seit dem Tag, an dem ihr Vater gestorben war. Irgendetwas von seinen Sachen dort zu entfernen fühlte sich wie ein Sakrileg an. Also hatte sie darauf verzichtet und sich gedacht, vielleicht würde sie sich eines Tages überwinden können, die Hütte zu benutzen.

Oder vielleicht sollte sie sie einfach Luke und Wyatt zur Verfügung stellen, nicht dass einer von ihnen jagte. Die Hütte war ziemlich weit draußen, kommunikationstechnisch unerreichbar außer mit dem Funkgerät, das ihr Vater für Notfälle bei sich getragen hatte. Als er Sheriff gewesen war, war er stets in der Nähe von River Bend geblieben. Selbst die Hütte lag im gleichen Postleitzahlenbereich. Als sie später nicht mehr mit ihm dorthin gefahren war, war er von einem Wochenende dort erfrischt und bereit für einen neuen Monat, eine weitere Jahreszeit zurückgekommen.

Sie musste lächeln und erinnerte sich, dass er der Grund war, warum sie hier war.

»Sheriff?«

Sie zuckte zusammen. Wie jemand von Gills Größe sich so anschleichen konnte, blieb ein Geheimnis.

»Agent Clausen.«

Er blickte über den Schießstand und dann zu ihr. »Sie haben so gedankenverloren gewirkt. Fühlen Sie sich mit Gewehren nicht wohl?«

»Ich komme zurecht.«

Er lächelte.

»Ich habe nicht sehr viel Erfahrung mit automatischen Gewehren, nur von der Ausbildung her, und ich fahre keins im

Streifenwagen spazieren. Wenn wir auf der Jagd waren, hab ich natürlich ein Jagdgewehr benutzt«, gab sie zu.

»Wir?«

Sie sah an ihm vorbei, versuchte, sich nicht an die Tätowierungen zu erinnern, von denen sie wusste, dass sie unter seinem FBI-T-Shirt steckten. »Mein Vater und ich.«

Gill drehte einen Stuhl um und setzte sich darauf. »Burton hat mir von Ihrem Vater erzählt. Es tut mir leid.«

Er hörte sich aufrichtig an.

»Das ist schon lange her.«

Sie sah zu, wie Sal mit einer 558 kämpfte, passte auf, als Lenny ihm Hinweise gab.

»Ich war überrascht zu hören, dass Ihr Vater bei einem Unfall mit seiner Waffe ums Leben gekommen ist.«

Lenny sah über seine Schulter zu ihr und winkte sie heran.

»Ja«, erwiderte sie und erhob sich. »Ich auch.« Ohne ein weiteres Wort setzte sie sich den Hörschutz auf und ging zu Lenny und Sal, ließ Gill stehen.

Später, als sie zu den automatischen Gewehren gekommen waren, stellte Gill sich neben sie und übernahm die Unterweisung.

Der Mann war wirklich eine Ablenkung. Als er sie auf ihre mangelnde Konzentration ansprach, riss sie sich zusammen und gab sich Mühe, sich mit einer Waffe vertraut zu machen, mit der sie fast nie schoss. Das Problem war, so ein Gewehr konnte sich jeder kaufen, der das Geld hatte. Leider war die Strafverfolgungsbehörde im ländlichen Oregon nicht der Ansicht, dass sie eines brauchte, und veranschlagte dafür auch kein Geld in ihrem Budget. Doch als sie begann, damit zu schießen, vermerkte sie sich im Geiste, die Entscheider dazu zu bringen, ihre Ansicht zu ändern. Selbst ohne Zielfernrohr war die Waffe ein Traum.

Gill stand hinter ihr, als sie schoss, ein Fernglas in der Hand. Die Ziele waren hundert bis dreihundert Meter entfernt. Zu treffen war nicht einfach, und sie musste sich mehr konzentrieren, als das in realen Situationen möglich sein würde.

Wenn sie abgedrückt hatte, wartete sie, bis er ihr sagte, ob sie getroffen, zu hoch oder zu niedrig geschossen hatte.

»Hoch und zu weit nach rechts«, teilte er ihr mit.

Sie stellte sich darauf ein.

»Zu niedrig.«

Ein weiterer Atemzug, der Blick am Lauf entlang über die Zielvorrichtung, und sie schoss wieder daneben.

»Lehnen Sie sich in die Waffe, Sheriff«, sagte Gill.

Sie drückte ab.

»Näher.« Gill war jetzt direkt hinter ihr, seine Brust presste sich an ihren Rücken, sein Gesicht war dicht neben ihrem. »Näher an die Waffe.«

Er trat weit genug zurück, um nicht von den Patronenhülsen getroffen zu werden, als sie aus der Kammer flogen.

Beim nächsten Schuss musste sie nicht von ihm hören, dass sie das Ziel getroffen hatte. Genau wie bei den sechs folgenden.

Als sie das Magazin herauszog und sich zurücklehnte, lächelte Gill. »Ein-, zweihundert Treffer mehr, und ich würde Sie als effizient bezeichnen.«

Sie würde mit ihm streiten, wenn er nicht recht hätte.

Er winkte den Nächsten von ihrem Trio herüber. »Sie sind dran, Lenny.«

Beim Mittagessen war sie schon müde. Und das Nahkampftraining hatte noch nicht mal angefangen.

Kapitel Sechs

Shauna traf Jo beim Mittagessen. »Wie war die erste Hälfte deines Tages?«, erkundigte sie sich und setzte sich mit ihrem Sandwich und ihrer Limo neben sie.

»Anstrengend.« Jo schob ihr Tablett zur Seite, um Shauna Platz zu machen.

»Gill hat gesagt, dass du eine ziemlich gute Schützin bist.«

Jo konnte nicht verhindern, dass ihre Augen dorthin wanderten, wo Gill mit einigen anderen Ausbildern zusammensaß.

»Tatsächlich?«

»Hey, von ihm ist das ein Riesenlob.«

»Er ist ein ganz schön intensiver Typ.« Genau in diesem Moment spürte Gill wohl, dass ihr Blick auf ihm ruhte. Er schaute direkt zu ihr hinüber und erwiderte ihn.

Shauna spähte über ihre Schulter und dann wieder zurück zu Jo. »Na, sieh sich das einer an.«

Von der anderen Seite des Raumes aus wirkte es, als wenn Gill lachte, bevor er seine Aufmerksamkeit wieder den Leuten an seinem Tisch zuwandte.

»Sieh dir was an?« Jo nahm ihr Sandwich in die Hand und versuchte sich zu konzentrieren.

»Er ist Single«, erwiderte Shauna, ein breites Grinsen im Gesicht.

»Wer ist Single?«

»Gill.«

Jo fühlte, wie sie errötete. »Habe ich das gefragt?«

»Deine Augen schon.«

Genau wie der Rest von ihr, doch das verriet sie Shauna nicht. »Ich bin nicht interessiert«, erklärte sie.

»Lügnerin! Aber ich lasse dir das mal durchgehen. Wir hatten seit dem letzten Herbst gar nicht mehr die Gelegenheit, uns richtig zu unterhalten. Wie steht's in River Bend?«

Jo war nicht unglücklich, das Thema zu wechseln. »Ruhig.«

»Das ist gut.«

»Verglichen mit der Aufregung der letzten beiden Jahre auf jeden Fall. Andererseits ist es auch etwas unheimlich.«

Shauna setzte sich anders hin. »Ich hab auch nicht gerne nichts zu tun. In einem Ort wie River Bend würden mir sofort Spinnweben an den Füßen wachsen.«

»Ja, darum bin ich hier. Meine Marke fühlt sich wie ein Ziel oder eine Schlinge an.« Die Worte waren aus ihrem Mund, bevor sie sich zurückhalten konnte.

»Ziel verstehe ich, aber Schlinge?«

Jo redete normalerweise nicht über den emotionalen Stress des Jobs, doch falls es irgendjemanden gab, der es verstehen könnte, dann jemand, der selbst eine Dienstmarke trug. »Manche Kinder erben den Familienbetrieb – Autowerkstatt, Installationsbetrieb oder auch ein Restaurant. Irgendwie ist es mir gelungen, seinen Sheriffposten zu erben. Nicht gerade das, was mir für meine Zukunft vorgeschwebt hat.«

»Es gefällt dir nicht.«

Jo legte das Sandwich beiseite. »Es würde mir besser gefallen, wenn ich nicht mit der ganzen Stadt verheiratet wäre. Ich bin eine Frau, die sich gern alle Möglichkeiten offenhält.

Dieselbe Straße zu sehen, dieselbe Nachbarschaft Woche um Woche, Jahr um Jahr, da fühle ich mich alt.«

Shauna zuckte die Achseln. »Warum machst du es dann?«

Jo dachte an die Flagge, die über ihrem Kamin hing. Die, die bei der Beerdigung ihres Vaters über dem Sarg gelegen hatte. »Ich muss zu Ende bringen, was ich angefangen habe.«

»Irgendwas entgeht mir hier gerade, Jo.«

»Diesen Sommer ist der Tod meines Vaters zehn Jahre her.«

»Und?«

Statt es einfach auszusprechen und Agent Burton ihre Gedanken und ihre Ängste mitzuteilen, fragte Jo: »Wie viele Männer und Frauen in Uniform erschießen sich aus Versehen selbst mit ihrer eigenen Waffe?«

Shauna lachte, als wenn es ein Witz wäre, aber dann verschwand ihr Lächeln. »Moment, hat der untersuchende Beamte nicht festgestellt, dass dein Vater sich aus Versehen erschossen hat?«

»So steht es im Bericht.« Jo behielt ihre weiteren Gedanken für sich.

»Du glaubst das nicht.«

»Mein Vater war ein guter Cop. Ein erfahrener Jäger und ein Mann, der vor seinen Waffen vermutlich mehr Respekt hatte als alle Beamten hier. Ich glaube etwa genauso sehr, dass mein Vater sich aus Versehen erschossen hat, wie ich glaube, dass du deinen Partner im Armdrücken besiegen kannst.« Ihr Blick wanderte dorthin, wo Gill noch vor wenigen Minuten gesessen hatte.

Er war nicht mehr dort.

»Also bist du Polizistin geworden, um Antworten zu finden.«

Jo legte beide Arme auf den Tisch und lehnte sich vor. »Ich bin Polizistin geworden, weil es das war, was mein Vater gewollt hätte. Ich bin in seine Fußstapfen in River Bend getreten, um die Wahrheit aufzudecken.«

»Und was hast du nach all diesen Jahren herausgefunden?«

Jo ließ ein schmerzvolles Seufzen hören. »Dass mein Vater ein sehr langweiliges und unerfülltes Leben geführt hat. Der einzige Fleck auf seiner ansonsten weißen Weste waren meine Teenagersünden.«

»Hört sich deprimierend an«, sagte Shauna.

»Hört sich wie großer Mist an. Mein Vater war ein attraktiver Typ. Mehr als eine alleinstehende Frau in der Stadt hat versucht, seine Aufmerksamkeit zu erregen, wie ich mich erinnere, doch er hat nichts daraus gemacht. Jedenfalls habe ich nie was mitbekommen.«

»Vielleicht ist er für diesen Teil seines Lebens aus der Stadt weggefahren.«

Ja, darüber hatte sie auch schon mehr als einmal nachgedacht. Aber selbst in Waterville hatte sie nichts gefunden, als sie sich umgehört hatte.

»Wo gehst du hin, wenn du mal die Sau rauslassen willst?«

Wieder stellte Jo fest, dass ihr Blick durch den Raum wanderte und den Wikinger suchte. »Überallhin, nur nicht River Bend.«

»Dann scheint mir, dass du überall suchen musst, nur nicht in River Bend.«

Jo warf einen Blick auf ihre Uhr, als die anderen Schüler begannen, aufzustehen und ihre Tabletts wegzubringen.

»Nun, das ist so ziemlich am weitesten von River Bend weg, wie es geht, ohne das Land zu verlassen.«

Sie erhoben sich beide und räumten ihr halb aufgegessenes Mittagessen weg.

»Es würde mir nichts ausmachen, mir mal die Akten zum Tod deines Vaters anzusehen. Ich bin mir nicht sicher, ob ich helfen kann, aber ich bin willens.«

Jo lächelte. »Das wäre wirklich nett.«

* * *

Barfuß, auf Matten, in Jogginghose, das war nur attraktiv, wenn man Leuten in den Hintern trat, was Jo nicht tat.

Sie hatte sich immer für kompetent im Nahkampf gehalten, oder zumindest für fähig, einen Verdächtigen zu überwältigen. Aber für jeden Trick, den sie in ihrer Polizistinnen-Werkzeugkiste hatte, hatte Shauna einen mit dem gleichen oder einem höheren Wirkungsgrad, der Jos Bemühungen vereitelte. Während Shauna mit Jo und einer Handvoll anderer weiblicher Kursteilnehmer arbeitete, war Gill mit mehreren der Männer beschäftigt, versuchte, ihnen ihre Schwächen aufzuzeigen und Tipps zu geben, wie sie sich verbessern konnten.

Dann wechselten sie.

»Das ist der Zeitpunkt, wo mir der Hintern versohlt wird«, stellte Jo leise fest.

Immerhin grinste Gill nicht, als er näher kam. Warte, Moment, doch, das war genau der Ausdruck auf seinem Gesicht. Ein »Ich zeig dir, wer hier der Stärkere ist, Baby«-Ausdruck.

Sie war im selben Team mit einem halben Dutzend Frauen, keine von ihnen war so groß wie er, und nur eine war so breit. Und Bess sah nicht so aus, als würde sie ihre Zeit im Fitnessstudio verbringen. »Schwere Knochen« war der höfliche Ausdruck, den man in River Bend benutzen würde.

Von der einen Seite des Raums holte jemand einen Karren voll mit Übungswaffen und brachte welche zu jedem Ausbilder.

Gill sprach zu ihrer Gruppe, während die Waffen ausgeteilt wurden. »Die Chancen stehen gut, dass Sie eine Waffe bei sich haben werden, und Ihr Gegner weiß das. Also verbessern wir bei dieser Übung Ihre Chancen, Ihrem Gegner seine Waffen wegzunehmen oder sicherzustellen, dass Sie Ihre behalten.«

Gill sah hoch und blickte Jo an. »Jo*Anne*?« Er winkte sie heran.

»Jo reicht.«

»Großartig. Suchen Sie sich eine Waffe aus, *Jo*.«

Sie griff nach einem violetten Pistolenersatz, ähnlich wie ihre tatsächliche Waffe, und wandte sich Gill zu.

»Einige dieser Techniken werden Sie schon zuvor gesehen, einige vielleicht sogar geübt haben, aber ich würde davon ausgehen, dass Sie schon länger nicht mehr viel Zeit auf Übungsmatten verbracht haben, um Ihre Fähigkeiten zu perfektionieren, wie Sie es während Ihrer Ausbildung getan haben.« Gill sprach weiter. »Das ist eines der Dinge, die diese Abteilung von Ihrer unterscheidet.«

Jo stand neben ihm, wartete darauf, dass er fertig wurde.

»Jo, Sie arbeiten in einer Kleinstadt, richtig?«

»Das stimmt.«

»Wann war das letzte Mal, dass jemand versucht hat, Ihnen die Waffe wegzunehmen?«

Sie dachte an die Auseinandersetzung in Josies Bar und schüttelte den Kopf. »Das ist, glaube ich, noch nie vorgekommen.« Als sie es laut aussprach, wurde ihr klar, wie wenig Ahnung sie hatte.

»Also gut. Dann lassen Sie uns beginnen.«

Dreimal ließ Gill sie die Waffe direkt auf ihn richten, und dreimal nahm er sie ihr weg und zielte damit auf sie, bevor sie auch nur blinzeln konnte. Er machte es unterschiedlich, aus verschiedenen Winkeln und Positionen. Beim vierten Mal hatte er die Pistole und presste Jo selbst zu Boden.

»In winzig kleine Stücke, *Anne*«, sagte er so leise, dass allein sie es hören konnte.

Er stand auf und hielt ihr die Hand hin, um ihr aufzuhelfen.

»So, jetzt gehen wir das mal langsam durch und üben es«, wandte Gill sich an die Gruppe.

Mehrere Stunden später humpelte Jo von der Militärbasis, auf der Suche nach einem Eispack und einem Glas von egal was, Hauptsache, es war stark.

* * *

Gill saß neben Shauna an der Bar unweit vom Trainingsgelände.

»Also, wegen Sheriff Ward …«, begann er die Unterhaltung bei einem Bier.

Shauna blickte auf die Uhr, lachte schnaubend. »Unter zwei Minuten, Clausen. Nicht schlecht.«

Er wandte ihr seinen großen Körper auf dem kleinen Barhocker zu und funkelte sie an. »Was?«

»Sie ist Single.«

»Wer?«

»Jo. Sheriff Ward. Pass doch auf!« Shauna nahm einen Schluck und grinste. »Weiter. Du willst etwas über Jo wissen?«

Genau. Er wollte etwas über die geheimnisvolle Frau wissen, die ihn am Wochenende fasziniert hatte und dann so unvermutet hier aufgetaucht war. »Wie lautet ihre Geschichte?«

Shauna studierte den Inhalt ihres Glases. »Das habe ich dir schon erzählt. Sheriff von River Bend, hat einen klugen Kopf bewiesen, als ich da war und im Vermisstenfall mit dem Mädchen ermittelt habe. Wir unterhalten uns manchmal.« Ein besorgter Ausdruck trat auf ihr Gesicht, bevor sie einen weiteren Schluck nahm.

»Und?«

Sie schüttelte den Kopf. »Ich glaube, sie langweilt sich in dieser Kleinstadt. Am besten sollte sie sich, wenn sie in der Strafverfolgung bleiben will, eine neue Herausforderung suchen.«

Er und Shauna waren noch nicht lange Partner. Tatsächlich war er einige Monate nach dem Hope-Bartlett-Fall nach Eugene gezogen, um der Abteilung Vermisste Personen an der Westküste zur Hand zu gehen. Er wusste, wo River Bend auf der Karte war, war aber nie dort gewesen.

»Sie ist da aufgewachsen, richtig?«

»Ja, ihr Dad war vor ihr der Sheriff.«

»War?«

»Vor zehn Jahren«, Shauna hob die Hände und machte Anführungszeichen in die Luft, »Unfall beim Reinigen seiner Waffe. Jo ist auf die Akademie gegangen, und dann hat die Stadt sie, sobald sie dafür bereit war, gewählt.«

»Sie ist ein bisschen jung, um Sheriff zu sein.«

»Nicht für River Bend. Sie beten sie dort an.«

Das konnte er verstehen. Honigblondes Haar, ein sarkastisches Grinsen mit genug Feuer, dass er noch lange über sie nachgedacht hatte, nachdem sie aus seinem Bett verschwunden war. Er hatte gewusst, als er sie mit auf sein Zimmer genommen hatte, dass es nur eine einmalige Sache sein würde. Aber als sie am nächsten Morgen nicht mehr da gewesen war, hatte es ihm leidgetan.

Gill tat es sonst nie leid.

Er spürte Shaunas Blick und sah sie an.

»Ich hab ihre Handynummer.«

Die hatte er auch, hatte sie aus dem Papierkram herausgesucht.

»Sie ist Single«, wiederholte Shauna.

»Ich kann mich nicht erinnern, das gefragt zu haben.«

Shauna lachte und drehte sich auf ihrem Stuhl um. »Sie ist eine intelligente Polizistin. Ruhig und bestimmt. Zu gut für da, wo sie lebt, wenn du mich fragst.«

»Du glaubst, diese Woche dient dazu, festzustellen, ob sie für etwas anderes bereit ist?«

»Ich glaube, dass es ein paar Dinge gibt, die Jo beschäftigen. Eins davon ist ihr Wunsch, irgendwo anders hinzuziehen, zu etwas Größerem als dem Nirgendwo in Oregon.«

Gill wartete, dass Shauna weitersprach.

Nur dass sie einen Schluck Bier trank und schwieg.

»Und was würde diese andere Sache …«

Sie unterbrach ihn. »Wenn ich glauben würde, dass du aus beruflichen Gründen an Jo interessiert bist, würde ich es dir sagen, aber da ich vermute, dass dies eine Mann-Frau-Sache ist, werde ich die Frauenloyalitätskarte spielen und vorschlagen, dass du sie anrufst und sie selbst fragst.«

Shauna warf ihm einen Blick von der Seite zu und grinste.

»Wann ist diese Scheidung von dir eigentlich durch?«, erkundigte er sich, obwohl er genau wusste, dass sie mittendrin war und im Moment darum kämpfte, ihre Pensionsansprüche zu behalten. Ihr Demnächst-Ex arbeitete als Sicherheitsmann, aber er war kein FBI-Agent. Sein Pensionsplan war nichts verglichen mit ihrem.

»Nicht schnell genug.«

Jetzt war es an Gill, zu grinsen. »Ich werde mich daran erinnern, die Männerloyalitätskarte zu spielen, wenn es so weit ist.«

»Touché.«

Kapitel Sieben

Die verbeulten Limousinen hatten getönte Scheiben und Extra-Stoßstangen, um die Insassen auf der gut eineinhalb Kilometer langen Strecke, die zum Trainingscenter gehörte, so gut wie möglich zu schützen. Jo lächelte aufgeregt, während sie auf dem Beifahrersitz ihres Autos saß. Lenny war hinter dem Steuer, und sie sollte ihn darüber auf dem Laufenden halten, was um sie herum passierte, wenn die Dinge brenzlig wurden.

Und die Dinge würden jetzt brenzlig werden!

»Bring mich nicht um«, sagte sie zu Lenny, während sie ihren Gurt anlegte.

»Ha!«

Über das Funkgerät im Wagen waren sie mit einem Ausbilder verbunden, genau wie die anderen Autos auf der Strecke, in denen sich ebenfalls Kursteilnehmer befanden.

»Hast du das vorher schon mal gemacht?«, wollte sie wissen.

»Nicht hier. Du?«

»Auf der Akademie. Verfolgungsjagden, Grundlagen von Hochgeschwindigkeitsfahrten. Nichts, wofür ich bisher viel Verwendung hatte.«

Lenny startete den Motor.

»Du hast Glück. Ich habe schon einige Verfolgungsjagden hinter mir, und bisher habe ich meine Partner noch nie umgebracht.«

»Dann fang jetzt auch nicht damit an, Deputy.«

»Wagen fünf. Sind Sie bereit?«

Sie saßen in Wagen fünf, insgesamt waren sechs auf der Strecke.

»Bereit«, sagte Jo ins Sprechfunkgerät.

»Okay, Kinder. Fahrt auf der Strecke grundsätzlich in der dritten Position. Lasst euch nicht überholen.«

Jo warf Lenny einen Blick zu. »Irgendetwas sagt mir, dass es mehr als eine Person geben wird, die auf Position drei sein will.«

Und tatsächlich war innerhalb weniger Sekunden Wagen sechs an ihrer Seite. Als das Schrittmacher-Auto schneller wurde, wurden das alle anderen auch.

Wagen sechs ließ sich zurückfallen.

»Wo ist er hin?«

Jo drehte sich um und bemerkte, dass sich die anderen Autos auf der Strecke verteilt hatten. Wagen sechs wurde schneller.

»Kommt bei dir aus dem toten Winkel.«

Lenny lenkte den Wagen so, dass Sechs hinter ihnen bleiben musste und sich nicht neben sie drängen konnte.

Sie wurden in der Kurve langsamer, und Nummer sechs geriet einige Sekunden lang in den Dreck neben der Spur, bevor er sich wieder hinter sie setzte.

»Sieht so aus, als wenn sie sich zu einem PIT-Manöver in Position bringen.« Alle anderen Autos hatten sich zurückfallen lassen, und die zwei vor ihnen hielten die Geschwindigkeit.

Tatsächlich, Wagen sechs rammte die Ecke ihrer hinteren Stoßstange, als Lenny schneller wurde. Sie drehten sich einige Male, aber es gelang Lenny, den Wagen auf der Strecke zu halten.

»Wagen fünf. Setzen Sie sich an die vorderste Stelle.«

Jo ließ ihre Augen von Auto zu Auto wandern. »Anscheinend haben wir das bestanden.«

Lenny trat aufs Gas und überholte alle anderen Fahrzeuge, bis sie in der Poleposition waren.

Mehrere Runden später verließen vier der Autos die Strecke, und zurück blieben nur sie und Wagen zwei.

Sie bekamen die Anweisung, die Geschwindigkeit zu halten und am Leben zu bleiben. Das war alles an Warnung, was sie erhielten, bevor aus dem Beifahrerfenster von Wagen zwei der lange Lauf einer Paintgun auf sie gerichtet wurde.

»Bremsen!«, schrie Jo.

Lenny tat es, und die rote Farbkugel sauste vorn an ihrem Auto vorbei.

»Da sind Zivilisten auf der Straße, Wagen fünf«, sagte der Ausbilder über das Funkgerät.

»Ramm ihn«, schlug Jo vor.

Lenny legte an Geschwindigkeit zu, entging haarscharf einer weiteren Farbkugel, während er versuchte, sich in Position zu setzen.

Jedes Mal, wenn sie nah genug kamen, wich ihnen der gepanzerte Wagen geschickt aus.

Plötzlich trafen Farbkugeln den Wagen.

Jo wirbelte herum. »Mist, ein weiteres Auto ist hinter uns.«

»So ein Scheiß.« Lenny trat auf die Bremse und ließ das Fahrzeug herumwirbeln, wobei es über den Asphalt schlitterte.

Jo hielt sich an der Tür und dem Armaturenbrett fest, damit sie nicht herumgeworfen wurde. Als sie begriff, was Lenny getan hatte, hatte der den Wagen schon um hundertachtzig Grad gedreht und sich hinter beide Autos gesetzt.

»Gut gemacht, Wagen fünf. Und was jetzt?«, forderte sie der Ausbilder heraus.

Jo griff sich das Sprechfunkgerät. »Gibt's Verstärkung?« Sie warf einen Blick zu Lenny. »Einen Versuch ist es wert.«

Lenny wich weiteren Farbkugeln aus.

Für einen Augenblick dachte Jo, dass das dritte Auto, das sich hinter sie setzte, ihre Verstärkung wäre.

Bis grüne Farbe ihr Fenster traf.

Sie schafften eine weitere Runde, bevor sie von der Straße gedrängt und von den anderen Wagen eingekesselt wurden.

Als die Ausbilder die Übung beendeten, seufzten sowohl Lenny als auch Jo erleichtert auf.

Lenny hob eine Faust in die Luft. »War nett, mit dir zu sterben, Jo.«

Ihr gelang ein Fistbump, bevor sie aus dem Auto ausstiegen.

Jo war nicht überrascht, als sie sah, dass der Schütze aus dem ersten Auto ein bekanntes Gesicht hatte.

Gill kam zu ihnen, legte seine Paintgun vorn auf ihren Wagen. »Sheriff, Deputy … Nicht schlecht.«

»Auch nicht besonders gut. Wir wären tot, wenn das das wahre Leben wäre«, erwiderte Lenny.

»Normalerweise erledigen wir Anfänger mit zwei Autos.«

Jo schlug Lenny anerkennend gegen den linken Arm. »Ausgezeichnet, Ohio.«

Die Strecke füllte sich mit neuen Fahrern, während Gill und ein anderer Ausbilder mit ihnen die Manöver durchgingen, ihnen erklärten, was sie richtig gemacht hatten und was sie noch verbessern konnten. Am Nachmittag saß dann Jo hinter dem Lenkrad und war etwas besser darauf vorbereitet, was sie erwarten würde.

Doch als sie an der Reihe war, brauchte es nur zwei Autos, um sie zum Stillstand zu bringen.

Obwohl sie frustriert war, fühlte sie auch, wie ihr das Adrenalin durch die Adern schoss.

Am Ende des Tages, bevor sie die FBI-Klamotten aus- und ihre Zivilkluft wieder anziehen würden, unterhielt sich Jo mit Lenny, Bess und einigen anderen Schülern.

Aus dem Augenwinkel bemerkte Jo, dass Shauna auf sie zukam.

»Hallo, Fremde«, sagte sie. »Ich hab dich den ganzen Tag nicht gesehen.«

»Ich habe beim Nahkampf ausgeholfen. Wie ist es bei dir gelaufen?«

Jo lehnte sich gegen ein verbeultes Auto, die Arme über der Brust verschränkt. »Am liebsten würde ich mir eine Strecke wie diese hier zu Hause bauen, um zu üben.«

»So gut, was?«

»Man müsste alte Autos finden«, gab Lenny zu bedenken.

Jo dachte an die vielen Wagen, die liegen blieben und aus River Bend abgeschleppt werden mussten oder vergessen auf den ungenutzten Feldern der Farmen standen. »Autos zu finden wird nicht schwer sein. Dafür zu sorgen, dass sie auch fahren, wäre die größere Herausforderung.«

»Oder wir können uns alle zwei Jahre oder so hier treffen.«

Jo gefiel Bess' Vorschlag.

»Ich glaube nicht, dass meine Abteilung sich darauf einlassen würde. Es war schon schwer genug, für dieses Mal das Okay zu bekommen.« Jo wischte sich die Hände an der Hose ab. »Also, Kinder, ich bin fertig.«

Ein Chor von »Bis morgen« ertönte, als sie sich in Richtung Umkleide begab.

»Wollen wir uns was zu essen besorgen?«, fragte Shauna Jo, als sie sich umgezogen hatten. Sie blickte die anderen in der Gruppe an. »Es gibt da ein tolles Lokal. Gute Burger. Gutes Bier.«

Lennys Gesicht strahlte auf. »Ich war schon beim Burger überzeugt, das Bier macht es sogar noch besser.«

Ein, zwei andere beschlossen mitzukommen, und die übrigen verabschiedeten sich schon, wollten sich lieber ausruhen.

So wie Jo das sah, konnte sie sich ausruhen, wenn sie wieder zu Hause war.

Shauna fuhr Jo zu dem Lokal.

Stilechte Stühle und Tische standen in der Bar, die über hundert Jahre alt sein musste. Zwei Wände bestanden aus unverputztem Mauerwerk, und die einzigen Fenster gingen zur Vorderseite des Gebäudes hinaus. Klasse wurde an diesem Ort durch Alter bestimmt. Dem Geruch aus der Küche nach zu schließen, würden die Burger wunderbar sein.

Wie in vielen Bars befanden sich auch hier zwei Dartboards und ein Pooltisch, um den etwa ein Dutzend Spieler standen.

Lenny drängte sich nach vorn und zählte kurz. »Ich besorge uns einen Tisch für acht.«

»Mach neun draus«, sagte Shauna über den Lärm der Menge hinweg.

Lenny warf sich ins Getümmel.

In Jeans und einem etwas weniger enthüllenden Shirt als dem, das sie angehabt hatte, als sie Gill in Washington getroffen hatte, fühlte Jo sich ein bisschen heimischer. Sie hatte ihr Haar offen gelassen, etwas, was sie in River Bend weniger und weniger tat. Nur wenn sie mit Freunden zusammen war, versuchte sie, sich zu entspannen. Aus irgendeinem Grund änderte sich ihre Einstellung, wenn sie ihr Haar zusammenband, von Spaß zu Arbeit.

»Ziemlich voll hier für einen Samstagabend.« Jo ließ ihren Blick über die Menge schweifen.

»Hier es ist immer ziemlich voll.«

»Viele Jungs von der Armee?«

»Ja.« Shauna musterte beifällig den Oberkörper eines Mannes, der gute zehn Jahre jünger als sie sein musste. »Frischfleisch.«

Jo lachte. »Du hast mir nicht viel über deine Scheidung erzählt. Wie läuft es?«

90

»Nicht schnell genug.« Shauna beugte sich zu ihr. »Lass uns darüber reden, wenn wir allein sind.«

Jo ließ das Thema fallen.

Lenny winkte ihnen von der anderen Seite des Raumes aus zu, und sie machten sich auf den Weg zu ihm.

Musik dröhnte aus Lautsprechern in der Wand, aber es gab auch eine kleine Bühne für Live-Acts an der Hinterseite des Raums. Die Kellnerin nahm ihre Getränkebestellung entgegen und verließ den Tisch, nachdem sie ihnen die Karte ausgehändigt hatte.

»Wie häufig kommen Sie hierher, Agent Burton?« Lenny hatte ein Gespür dafür, das Gespräch in Gang zu halten und jeden miteinzubeziehen.

»Ich bin ein paarmal im Jahr in Washington, versuche wenigstens einmal hierherzukommen.«

»Müssen Sie den Test nicht jedes Jahr machen?«, erkundigte sich die Frau neben Lenny. Jo versuchte, sich ihren Namen ins Gedächtnis zu rufen. Nina … Oder vielleicht Mina? Jo hatte es vergessen, erinnerte sich jedoch noch, dass sie aus Kansas City kam. Warum sie sich ausgerechnet *daran* erinnerte, wusste Jo auch nicht.

»Es gibt viermal im Jahr Tests, einmal im Jahr für Fitness. Clausen und ich haben außerdem eine Waffen-Zertifizierung, und die müssen wir jedes Jahr erneuern.«

»Hört sich nach ziemlich vielen Prüfungen an«, stellte Bess fest.

Jo lehnte sich vor. »Stimmt. Aber wenn man das FBI ruft, ist es nett, zu wissen, dass sie nicht irgendeinen übergewichtigen, unterqualifizierten Typen schicken, der nur seine Zeit bis zur Pensionierung absitzt.«

Shauna nickte. »So ist es.«

»Von denen haben wir ein paar in meiner Abteilung.«

»Es gibt ein paar von denen in jeder Abteilung«, stellte Lenny fest.

»Hier habe ich auf jeden Fall keinen mit Übergewicht und zu wenig Qualifikation gesehen«, erwiderte Jo.

»Es gibt sie. Sie sind nur gut versteckt.«

»Wer ist gut versteckt?« Jo drehte sich um und sah neben ihrem Stuhl Gill stehen, der die Frage gestellt hatte. Er hatte ein T-Shirt an, das seine Brust umschloss wie ein Handschuh. Es unterschied sich nicht groß von dem T-Shirt, das er in der Nacht getragen hatte, als sie ihn zum ersten Mal getroffen hatte.

Jo lief das Wasser im Mund zusammen.

»Sie nicht, das ist mal sicher«, stellte Bess von der anderen Seite des Tisches aus fest. Sie zog den Stuhl zu ihrer Rechten heraus und klopfte auf die Sitzfläche. »Ich hab hier einen Platz für Sie frei gehalten, Agent.«

Gill warf einen Blick zu Jo, grinste und begab sich auf die andere Seite des Tisches.

Gut, er war nicht so nah, dass sie ihn riechen konnte, und er war weit genug entfernt, dass sie ihn beobachten konnte, ohne dass es zu offensichtlich war.

»Ich habe gerade erklärt, wie häufig wir uns vor unserem Boss behaupten müssen.«

Gill zuckte die Achseln, als wäre es keine große Sache. Es half, dass er aussah, als würde er im Fitnessstudio leben.

»Jo?« Lenny lenkte die Unterhaltung am Tisch zu ihr. »Wie viele Deputys arbeiten mit dir zusammen?«

»River Bend ist eine kleine Stadt.« Hier, mit so vielen Polizeibeamten, umgeben vom FBI und von Marineinfanteristen von der Basis, fühlte sich Jo unwillkürlich wie ein kleiner Fisch in einem ziemlich großen Teich.

»Wie klein?«, erkundigte sich Bess.

»Ich habe einen Vollzeit-Deputy und zwei in Teilzeit, die ich aus Waterville hinzurufen kann und die einspringen, wenn ich oder mein Deputy beschäftigt sind.«

»Dann sind es also nur Sie zwei?«, erkundigte sich Mina/ Nina.

»Es ist eine wirklich kleine Stadt«, erklärte Shauna.

»Ich bin mir nicht sicher, ob das gut oder schlecht ist«, kommentierte Lenny.

»Ich würde komplett durchdrehen.«

»Oh, ich weiß nicht«, warf Gill ein. »Es gab genug Ärger in River Bend, um einen beschäftigt zu halten.«

Jo sah von Shauna zu Gill. Die beiden hatten sich offensichtlich unterhalten.

»Ärger in River Bend bedeutet normalerweise Ärger mit Leuten, die ich kenne, was das Verbrechen persönlich macht.«

Lenny warf die Hand in die Luft. »Dann bin ich raus. Ich möchte nicht meine Freunde verhaften.«

»Vergiss Freunde, was ist mit Familie?«, fragte Mina/Nina.

»Vielleicht *deine* Familie«, neckte Bess sie.

Die Diskussion wandte sich missratenen Brüdern und Cousins zu. Jo war glücklich, dass sie nicht länger im Zentrum der Aufmerksamkeit stand. Wer hätte geahnt, dass es derart peinlich sein könnte, wenn man Polizistin in einer so kleinen Stadt war? Damit hätte sie nie gerechnet. Seit sie Sheriff geworden war, hatte sie ihre Dienstmarke mit Stolz getragen und alles, was sie tat, ernst genommen.

Jo hatte sich immer für stark gehalten, für jemanden, der sich nicht unterkriegen ließ. Doch in der nächsten Stunde, während ihre Gruppe mehrere Drinks trank und einige der besten Burger aß, die sie je zu sich genommen hatte, sagte sie so wenig wie möglich, um die Unterhaltung nicht unnötig wieder auf sich zu lenken.

* * *

Gill beobachtete, wie Jo sich ausklinkte. Fast wie bei einem Computer, der heruntergefahren wurde, wurde das Feuer in ihren Augen zu einem matten Funken, bis sie ihm nicht anders erschien als eine leere Hülle. Er wartete, bis sie mit dem Essen fertig waren und sie sich einen weiteren Drink bestellt hatte, bevor er sie ansprach.

»Hey, Jo.«

Sie sah ihn über den Tisch hinweg an.

»Ja?«

»Sie sind doch ziemlich ehrgeizig.« Er nickte zu dem leeren Dartboard auf der anderen Seite des Raumes. »Lust, herauszufinden, wer der bessere Dartspieler ist?«

Jo drehte sich um und verengte die Augen. »Was ist der Einsatz?«

Ihm gefiel ihr kleines Lächeln. »Eine Runde Drinks, zwanzig Mäuse? Was immer Sie wollen.«

Shauna stieß Jo am Arm an, während sie sich weiter mit Lenny unterhielt.

»Eine Runde Drinks und zwanzig Mäuse.« Sie stand auf. »Bin dabei.«

»Geben Sie ihr das Geld lieber gleich, Clausen. Ich habe sie am Schießstand gesehen«, riet ihm Lenny.

Der Stuhl scharrte über den Boden, als Gill den Tisch verließ und Jo zum Dartboard folgte. Er konnte nicht verhindern, dass sein Blick an ihrem Hintern hängen blieb. Es half auch nicht, dass er wusste, wie der ohne die engen Jeans aussah, die sie jetzt trug.

Jo Ward war viele Dinge, aber sie war ganz sicher keine abgehalfterte Kleinstadt-Polizistin, die nur auf ihre Pensionierung hinarbeitete.

Sie leerte ihr Glas und stellte es auf den Tisch, wo sie spielen würden.

»Ich nehme ein Stella«, sagte sie ihm, bevor sie ans Board trat, um die Darts zu holen.

»Angst, zu verlieren, und dann lieber gleich einen schlechteren Drink nehmen?«, zog er sie auf.

»Ich mach nur langsamer, damit ich dich schlagen kann.« Sie nickte der zierlichen Cocktail-Kellnerin mit dem blauen Haar zu, als sie vorbeikam. »Du bestellst, was immer du willst. Du wirst ohnehin bezahlen.«

Etwas von den Funken war wieder da.

»Zwei Stella«, orderte er.

Sie schrieb es auf und ging zum nächsten Tisch.

Jo wischte die Ergebnisse der vorigen Spieler von der Tafel, bevor sie ihre Namen aufschrieb. Nur schrieb sie statt »Jo« und »Gill« ein A und ein R.

Er lachte leise.

»Spielen wir 501?«, wollte sie wissen.

»Sicher.«

»Double, um zu gewinnen, oder einfach nur runter auf Null?«

»Double.«

Ihre Hüften wiegten sich leicht, als sie zurückkam. »Du bist viel zu selbstsicher«, sagte er.

Sie nahm sich ihre drei Darts und wandte sich zu der Scheibe. »Du lebst in Eugene, richtig?«

»Jap.«

Sie sah ihn nicht an. »Große Stadt.«

»Es ist nicht New York.«

Sie nahm einen Dart zwischen die Fingerspitzen und visierte ein Feld auf dem Board an. »River Bend hat eine Bar und sonst absolut kein Nachtleben.« Sie warf und traf das Single Bull für 25 Punkte. Als sie sich ihm wieder zuwandte, hatte sie ein breites Grinsen im Gesicht.

Gill gefiel sie so, entspannt und frech.

Die Kellnerin brachte ihr Bier, und Gill ließ anschreiben.

Er nahm einen von seinen Darts und stellte sich dicht genug neben Jo, um ihren Duft einzuatmen. »Wo ich jetzt lebe, das hat wenig mit meinen Dartspiel-Fähigkeiten zu tun.«

»Oh?«

Jetzt war er an der Reihe, er zielte sorgfältig und ließ los. Sein Dart bohrte sich gleich neben ihrem in die Zielscheibe, aber direkt ins Bull's Eye, wo ein ordentlicher Dart so früh im Spiel auch hingehörte.

Er griff um sie herum, sodass sein Arm ihre Schulter berührte, als er sich sein Bier nahm. »Ich bin außerhalb von Spokane aufgewachsen, wo mein Dad immer noch eine kleine Bar betreibt. Meine Mutter macht die Buchhaltung.«

Jo sah zum Board und dann zu ihm. »Ich geh mal davon aus, dass du deinem Dad geholfen hast. Rausschmeißer?«

Gill antwortete mit einem Nicken und einem Grinsen, während er einen Schluck Bier nahm.

Sie griff nach ihrem Glas und lächelte ihn mit den Augen an, während sie trank.

Mit einem Seufzen stellte sie es wieder ab, musste sich dabei an ihm vorbei vorlehnen und atmete tief ein. »Und ich dachte schon, das hier würde leicht werden.«

Sie rollte den Kopf hin und her, schüttelte ihren rechten Arm aus, bevor sie den nächsten Dart warf. Statt auf die Mitte zu zielen, wo ihr Dart an seinem abprallen konnte, versenkte sie ihn in der Triple 20.

»Oh, okay!«

Sie grinste stolz, als sie sich umdrehte.

Er hielt sich gerade noch davon ab, ihr den Hintern zu tätscheln, als sie ein weiteres Mal nach ihrem Bier griff. Er warf einen Blick über seine Schulter zu dem Tisch mit ihrer Gruppe. Ja, Hinterntätscheln würde warten müssen.

Weniger als zehn Minuten später händigte Jo ihm die zwanzig Mäuse aus und bestellte eine weitere Runde. »Ich will Revanche.«

Er warf einen Blick auf ihre Drinks. »Du fährst nicht, oder?«

»Ich kenne Uber«, sagte sie zu ihm.

»Gibt es Uber in River Bend?«

Ihre Augen waren leicht glasig, was vermutlich nicht besonders häufig passierte.

»River Bend hat mich.«

Er wischte ihre Ergebnisse ab.

»Du fährst Leute herum?«

»Ich bin ein paarmal gerufen worden, vor allen Dingen von Josie.«

Er setzte sich, wartete auf ihre Drinks, bevor er mit dem nächsten Spiel anfing.

»Wer ist Josie?«

»Ihr gehört das R&B, die Bar, von der ich dir erzählt habe.«

»Josie ruft den Sheriff an, um Betrunkene nach Hause kutschieren zu lassen?« Gill war sich nicht sicher, ob sein Vater das jemals getan hatte. Die Kleinstadt, in der er aufgewachsen war, hatte allerdings auch eine echte Polizeistation mit mehr als zwei Mann, die dort stationiert waren. Und sein Vater war nicht der einzige Barbesitzer.

»Die meisten von ihnen können laufen, aber ja … manchmal.«

»Da bieten Sie ja einen ganz schönen Service, Sheriff.«

»Es ist extrem nervig«, gab sie zu.

Die Kellnerin brachte die nächste Runde, stellte eine Schüssel mit gesalzenen Nüssen auf den Tisch. Das Salz würde dafür sorgen, dass sie mehr Drinks bestellten. Ein Trick, den Gill von seinem Vater kannte.

»Warum machst du es dann?«, wollte Gill wissen.

»Ist besser, als den Ärger zu haben, sie wegen Trunkenheit am Steuer verhaften zu müssen oder Schlimmeres. Und außerdem ruft nicht jeder an. Polizistin in einer Stadt zu sein, wo man aufgewachsen ist, hat Vorteile und Nachteile. Der Nachteil ist, die, die mich kennen, rufen an.«

»Und die Vorteile?«

Jo blinzelte einige Male, verengte die Augen. »Essen umsonst.«

Gill lachte. Er würde ihr nicht sagen, dass sein Essen auch immer mal wieder umsonst war. Und die meisten der Polizisten hier im Raum bekamen jede Menge freie Mahlzeiten von den ansässigen Lokalen, ohne dass sie irgendjemandes betrunkenen Onkel nach Hause befördern mussten.

Sie stand auf, schnappte sich ihre Darts und deutete zum Board. Technisch gesehen sollte er beim nächsten Spiel den ersten Wurf haben, aber er nickte zustimmend, und Jo wandte sich dem Board zu, während sie sprach. »Das Schlimmste ist nicht, die Betrunkenen rumzukutschieren.«

»Ach?«

Der Dart flog, und sie schaute nicht mal hin, wo er landete.

»Das Schwierigste daran, Polizistin in River Bend zu sein, ist, zu versuchen, meine Jugendsünden vergessen zu machen.« Sie setzte sich wieder und drehte das Bier in den Händen.

»Du hattest eine wilde Jugend?«, erkundigte er sich.

»Die typische Polizistentochter. Ich war aufsässig, habe die Schule geschwänzt und früh angefangen zu trinken.«

Wie sie an ihm vorbei in die Ferne blickte, verriet ihm, dass sie in Gedanken bei diesen Teenagertagen war. »Hört sich wie bei vielen Leuten an, die ich gekannt habe, als ich aufgewachsen bin.«

Sie nahm einen Schluck von ihrem Bier, zeigte mit dem Glas auf ihn. »Aber dein Dad hatte eine Bar. Mein Dad war Sheriff.«

»Ich vermute, es wurde erwartet, dass ich trank, und davon ausgegangen, dass du trocken bliebst.«

»Ich habe es gehasst.« Die Worte hörten sich wie eine Beichte an.

Er stützte sich auf seine Ellbogen, das Dartspiel war vergessen. »Wie ist es dann dazu gekommen, dass du den Job deines Vaters übernommen hast?«

Wenn Gill sie nicht so genau beobachtet hätte, hätte er die Welle des Schmerzes verpasst, die über ihr Gesicht lief. »Er ist gestorben, bevor ich meinen Ruf reparieren konnte. Bevor ich alt genug war, um zu wissen, dass ich mich wie ein Idiot benommen hatte. Zur Akademie zu gehen, mit den richtigen Leuten zu sprechen, um mich für die Wahl zum Sheriff aufstellen zu lassen, obwohl ich zu jung und zu unerfahren war, das ist es, was mein Dad gewollt hätte.«

Vermutlich. Aber war es auch, was sie gewollt hatte?

Es lag ihm gerade auf der Zunge, das zu fragen, als ihm jemand auf die Schulter tippte.

Er drehte sich um und sah in Shaunas lächelndes Gesicht. »Habt ihr Spaß, Kinder?«

»Ich knöpfe Jo ihr Taschengeld ab«, erwiderte er.

»Ich fahre jetzt ein paar von diesen Clowns zurück zu ihrem Hotel.«

Gill bemerkte, dass Jo auf die Uhr sah und aufstand. »Ich sollte mich vermutlich auch auf den Weg machen.«

Er versuchte sich eine Ausrede einfallen zu lassen, damit sie noch blieb. »Du würdest dein Geld ohnehin nicht zurückbekommen.«

Sie setzte sich wieder hin, und Gill grinste.

Er stellte fest, dass er das bei dieser Frau häufig tat.

»Ich habe sowieso keinen Platz mehr in meinem Auto«, informierte Shauna sie. »Du kannst sie nach Hause bringen, richtig, Clausen?«

Die Erinnerung, wie sie hinten auf seinem Motorrad gesessen hatte, ihre Hitze an seinem Rücken, sandte das Blut von seinem Kopf Richtung Süden. »Klar, ich kümmere mich darum.«

»Sehr gut. Wir sehen uns morgen.«

Gill fiel auf, dass die Frauen Blicke wechselten. Jos wirkte verwundert, während Shauna ihr zuzwinkerte.

KAPITEL ACHT

Jo brauchte ein paar Kilometer, um sich an das Sitzen auf dem Motorrad zu gewöhnen und sich mit den Armen um seine Mitte festzuhalten.

Gill hätte gerne einen längeren Weg zu ihrem Hotel genommen, aber es gab nicht viele Alternativstrecken, die die Fahrt nicht abkürzen würden.

Es war nach Mitternacht, der Parkplatz war verlassen und nur von den Straßenlaternen vor dem Hotel beleuchtet.

Er stellte den Motor ab, sobald er in der kleinen Parkbucht stand.

Jo zögerte einen Moment, bevor sie von der Maschine stieg. Sie nahm den Helm ab und schüttelte ihr Haar aus.

Die Röte in ihren Wangen von der kalten Nachtluft verlieh ihr ein beinahe kindliches Strahlen – niedlich. Ein Wort, bei dem sich Gill ziemlich sicher war, dass es ihr nicht gefallen würde, daher behielt er es für sich.

»Danke fürs Heimbringen, Clausen.« Sie reichte ihm den Helm.

Er hängte ihn an die eine Seite des Lenkers. »Jederzeit wieder.«

Sie scharrte mit einem Fuß im Sand auf dem Asphalt. »Und danke auch, dass du mir die vierzig Mäuse abgenommen hast.«

Ja, das war nicht unbedingt ritterlich von ihm gewesen, aber hey, eine Wette war eine Wette. »Ich hab deine Drinks bezahlt.«

Er mochte ihr Lächeln.

»Ja, stimmt.« Sie blickte hoch zu dem Hotel hinter ihnen. Er schwang ein Bein über die Maschine, blieb jedoch sitzen, schaute Jo an, und die Stille wurde nur durch das Zirpen der Grillen unterbrochen.

»Ich sollte gehen.«

Trotzdem tat sie es nicht.

»Vermutlich schon.«

Sie verdrehte die Augen und lachte. »Okay, ich gehe jetzt. Wir sehen uns morgen.«

Er wartete, bis sie sich gerade abgewendet hatte, sprach jedoch, bevor sie den ersten Schritt machen konnte.

»Jo?«

Sie hatte auf den Boden gestarrt, aber jetzt hob sie den Blick. Gill umfing ihre Taille und holte Jo zwischen seine Schenkel.

»Was hast du ...«

Mit seiner freien Hand umfasste er ihren Hinterkopf und zog sie für einen Kuss zu sich.

Jo stöhnte und öffnete den Mund, damit er ihn erkunden konnte.

Als er spürte, wie sich ihre Finger in seine Schulter pressten und sie noch näher zu ihm trat, dachte er: *Da bist du ja.*

Er zwang sich, auf dem Motorrad zu bleiben, hörte allerdings nicht auf, sie zu küssen, bis sie sich von ihm löste. Das Verlangen, das in ihren Augen glomm, bewirkte nur, dass er sie noch heftiger begehrte. Doch nein. Er hatte, schon bevor dieser Abend begonnen hatte, entschieden, dass er mit dieser Frau keine Affäre nur für eine Nacht wollte. Und nachdem er viele ihrer Geheimnisse erfahren hatte, was sie hasste und was sie sich für ihr Leben ersehnte, hatte er zwei Sachen begriffen: Erstens, JoAnne Ward glaubte nicht, dass sie mehr verdiente als einen One-Night-Stand, und zweitens, Sheriff Ward hatte noch gar nicht richtig gelebt.

»Möchtest du ...?«

Er unterbrach ihre Einladung in ihr Hotelzimmer mit einem Finger, den er ihr auf die Lippen drückte.

»Ich möchte sehr gerne«, gestand er. »Dennoch werde ich es nicht tun.«

Ihre Augen wurden schmal.

Gill spreizte seine Finger langsam unten auf ihrem Rücken. »Du verdienst mehr als ein paar Stunden meiner Zeit.«

»Wir haben die ganze Nacht miteinander verbracht.«

»Du brauchst mehr.«

Es war schwierig, die Einladung einer Frau auszuschlagen, die einen in ihrem Bett haben wollte.

»Ach, du weißt also, was ich brauche?«

»Ich bin wirklich gut im Zuhören, Jo. Außerdem hast du morgen einen wichtigen Tag.«

»Also lässt du mich allein schlafen, damit ich meine Kräfte schone.«

Er schüttelte den Kopf. »Nein, meine.«

Etwas von der Enttäuschung wich aus ihrem Blick.

»Ich bin nur noch ein paar Nächte hier.«

»Ich weiß.«

Ihre Brust hob und senkte sich langsam, bevor sie aus seinen Armen trat.

Gill nahm den Helm, den er sie hatte tragen lassen, und setzte ihn sich auf. »Gute Nacht, JoAnne.«

»Das heißt Jo.«

Er zwinkerte ihr zu und wendete die Maschine.

* * *

»Ist es bei dir nicht Mitternacht oder so?«

»Er hat mich geküsst, und dann ist er gegangen, Zoe. Welcher Mann tut so was?« Jo sprach in ihr Handy, während sie in ihrem Hotelzimmer umherlief und sich die Schuhe abstreifte.

»Also, hallo, Jo. Wie war dein Tag?« Zoe lachte.

Jo hielt inne. »Hi, Zoe. Ja, es ist nach Mitternacht. Und jetzt beantworte meine Frage.«

»Wegen ›küssen und dann gehen‹?«

»Ich hab mich ihm angeboten. Und es ist schließlich nicht so, als hätten wir es nicht schon getan, also warum sollte er Nein sagen?«

»Ich hab dich wirklich gern, Jo, aber du musst mich erst mal auf den neuesten Stand bringen. Wir haben nicht mehr miteinander geredet, seit du nach Washington geflogen bist, also fang am besten vorne an.«

Jo seufzte und betrat das Badezimmer. »Ich habe diesen Mann in Washington kennengelernt. Genau mein Typ.«

»Lass mich raten: groß, muskulös, tätowiert und verfügbar.«

Der Spiegel enthüllte die Spuren von Gills Kuss. Ihre Lippen waren geschwollen, ihre Wangen gerötet.

»Richtig. All das. Supersexy. Es war …«, sie machte eine Pause, »episch.«

»Ich höre immer noch zu.«

Jo schüttelte die Erinnerung an seinen nackten Hintern ab. »Wir waren im Bett. Ich bin gegangen, bevor er aufgewacht ist. Ich komme ja nicht so bald wieder an die Ostküste. Es bestand also keine Notwendigkeit, noch zu bleiben und den Zirkus am Morgen danach mitzunehmen, oder?«

»Richtig.« Zoes Stimme wurde weich.

»Und dann treffe ich in Virginia ein, und rate mal, wer ausgerechnet Agent Burtons Partner ist?«

»Nein!«

»Doch.«

»Wie passiert so was denn?«

»Weiß ich nicht. Sonst gibt es das ja nur in Filmen. Jedenfalls habe ich herausgefunden, dass mein Rocco in Wahrheit Agent Clausen ist.«

»Rocco?«, fragte Zoe lachend.

»Das ist nicht sein echter Name. Ich hab auch einen falschen benutzt.«

»Also, was ist das Problem?«

Jo ließ das Wasser ins Waschbecken laufen, tauchte einen Lappen hinein, als es heiß war. »Die letzten beiden Tage haben wir praktisch kein Wort miteinander gewechselt. Am Anfang haben wir es kurz gestreift, aber danach kam das Thema nicht wieder auf.«

»Bis heute Abend?«

»Wir haben nicht drüber geredet. Wir sind bis spät in der Bar geblieben, alle anderen waren schon gegangen. Dann hat er mich zurück zu meinem Hotel gefahren …« Sie wischte sich das Gesicht ab, wechselte das Handy ans andere Ohr. »Ich hatte gar nicht vor, irgendwas zu machen, doch dann hat er mich geküsst.«

»Aha«, lautete Zoes Antwort.

»Hör auf, so war es nicht.«

»Oh, wie war es denn?«

Jo hielt beim Waschen ihres Gesichtes inne, dachte daran, wie zart seine Berührung heute Abend gewesen war, im Gegensatz zu dem ungeduldigen Drängen, das ihr Zusammensein in Washington gekennzeichnet hatte.

»Anders«, gestand sie.

»Auf eine gute Weise anders?«

»Ja«, erwiderte Jo mit einem Seufzen.

Das Bild, wie er fortgefahren war, holte sie zurück. »Dann ist er weg. Sagte, er müsse sich für morgen schonen.«

»O Jo, das ist ja fabelhaft.«

»Wieso ist das *fabelhaft*? Ich hab nicht so viele Nächte weg von River Bend.« Sie warf den benutzten Waschlappen auf die Ablage und nahm sich ihre Zahnbürste, drückte Zahnpasta drauf.

»Hast du nicht gesagt, er ist Shaunas Partner?«

Jo antwortete um die Zahnbürste in ihrem Mund herum. »Ja.«

»Und sitzt Shauna nicht in Eugene?«

Jo unterbrach ihr Zähneputzen. »Ja.«

»Vielleicht macht sich Agent Rocco gar nicht so viele Gedanken wegen der begrenzten Zeit an der Ostküste.«

Jo begann sich wieder die Zähne zu putzen, allerdings langsamer. »Sein Name ist Gill.«

»Wie auch immer.«

Jo putzte energischer, spuckte den Schaum aus, spülte rasch nach und verließ das Badezimmer. »Das erklärt trotzdem nicht, warum er zu heute Nacht Nein gesagt hat.«

»Aber sicher doch.«

»Wie?«

»Weil er nichts überstürzen möchte. Seine Uhr tickt nicht wie deine.«

»Wenn ich nach Hause komme, heißt es wieder rund um die Uhr River Bend.«

»Ich denke nicht, dass dein Agent das so sieht. Oder wenn, ist ihm klar, dass du ein Leben haben kannst und trotzdem unser Sheriff sein.«

Jo setzte sich auf die Bettkante. »Ha!«

»Ich mag ihn schon jetzt«, erwiderte Zoe.

Jo runzelte die Stirn. »Er ist nervig.«

»Was genau der Grund ist, warum ich ihn mag.«

»Du bist nicht hilfreich, Zoe.«

Die Antwort ihrer Freundin bestand nur aus Lachen.

* * *

106

Jo schlug die Augen auf, noch bevor die Sonne am Himmel erschien. Nachdem sie sich ein paarmal herumgewälzt hatte, ihr Kissen ungefähr ein Dutzend Mal geknufft hatte, seufzte sie und stand auf.

Da sie sich aus vielerlei Gründen unruhig fühlte, tat sie, was sie immer tat: Sie zog sich ihre Laufschuhe an und verließ das Hotel zu Fuß.

Beim dritten Kilometer hatten sich ihre Muskeln erwärmt, und ihr Kopf wurde endlich klar. Sie versuchte über die Kurse nachzudenken, die sie bislang belegt hatte, und darüber, was sie gelernt hatte und mit nach Hause nehmen wollte, wenn sie Virginia verließ.

Dann erschien Gills Bild vor ihrem geistigen Auge.

Sie schob ihn beiseite. Er hatte sie den Großteil der Nacht wach gehalten, indem er nicht mitgekommen war. Sie wollte nicht, dass er sie auch noch beim Morgenlauf störte. Manche der Kurse heute behandelten Ermittlungstechniken, etwas, woran sie brennend interessiert war. Jo dachte über das nach, was sie bereits wusste. Das, was man ihr beigebracht hatte, war im Wesentlichen, wie man einem Verdächtigen Geständnisse entlockte. Befragungsmethoden bei polizeibekannten Kriminellen und noch unbekannten – alles Sachen, mit denen sie nicht viel Erfahrung hatte, da River Bend praktisch verbrechensfrei war. Es war eher die Kunst des Beobachtens – zu bemerken, was andere nicht wahrnahmen –, die sie anwenden musste. Das war es wenigstens, was sie sich sagte, als sie den dritten Kilometer vollendet hatte.

Die meisten Morde werden von jemandem verübt, der das Opfer kennt.

Sie dachte an ihren Vater und seinen Fall. Es gab keinen einzigen Verdächtigen. Nicht einen. Selbst die Trinker und Kleinkriminellen waren nüchtern zu seiner Beerdigung erschienen.

Es gibt keine Zufälle.

Wann immer etwas sich zu einfach anfühlte oder zu gut passte, war es angebracht, misstrauisch zu sein.

Wie beispielsweise, dass der Tod ihres Vaters ein »Unfall« gewesen sein sollte.

Es war zu leicht. Jo glaubte das nicht.

Sie bog um die Ecke, kam zurück zum Hotel, die Muskeln gelockert, im Kopf entspannt und bereit für den Tag.

Sie joggte die zwei Treppen hoch und zog ihre Schlüsselkarte aus dem Sport-BH, während sie den Flur entlangging.

Als sie aufschaute, zögerte sie. Und dann lächelte sie. »Was tust du denn hier?«

Gill hob seine Hände, in der einen hielt er eine Tüte, in der anderen etwas, das verdächtig nach Kaffee duftete. »Den Polizisten, der weder Kaffee noch Donuts mag, muss ich erst noch kennenlernen.«

Ihr Magen knurrte, und ihr Herz machte einen Extraschlag … Beinahe, als wollte es sie auf etwas hinweisen.

Sie hielt den Schlüssel ans Schloss und öffnete die Tür. Dann zögerte sie auf der Schwelle.

»Da du mir gestern mein Geld abgenommen hast, vermute ich, dass es das Mindeste ist, was du tun kannst.«

Er lächelte und folgte ihr ins Zimmer.

Was macht er hier? Gestern hat er mir eine Abfuhr erteilt, nur um sich heute Morgen auf mich zu stürzen?

Sie nippte an ihrem Kaffee, bevor sie in die Tüte spähte.

Mein Gott, Donuts waren gezuckerte Geschenke des Himmels. Sie entschied sich für einen mit Schokoladenglasur und biss hinein, lehnte sich gegen die Kommode.

»Laufen und Donuts?«, fragte Gill.

»Ich laufe, um den Kopf klar zu bekommen«, ließ sie ihn wissen und nahm einen weiteren Bissen.

Er roch frisch, anders als sie, und seine Kleidung war professionell, aber nicht überkorrekt. Der ganze Stoff an seinem Körper verbarg die Tätowierungen komplett. Beinahe fühlte es sich an wie ein Geheimnis, das sie kannte, andere jedoch nicht. Bei dem Gedanken musste sie lächeln.

Er schnappte sich die Tüte und fischte sich einen der übrig gebliebenen Teigringe raus. »Das«, erklärte er und deutete mit seinem Kinn auf sie, »ist ein durchtriebenes Lächeln.«

Jo hörte auf zu kauen und trat dicht genug vor ihn, um sein Aftershave zu riechen. Sie beugte sich vor, biss ein Stück von dem Donut ab, den er sich gerade in den Mund stecken wollte, dann drehte sie sich um und ging in Richtung Badezimmer.

An der Tür blieb sie stehen.

Es gibt keine Zufälle.

Zoes Frage schoss ihr durch den Sinn.

»Was hast du an dem Abend im Marly's eigentlich getan, als wir uns getroffen haben?«

»Was trinken, bisschen abhängen?«

Sie kniff die Augen zusammen. »Bist du da oft?«

»Wenn ich in Washington bin, schon, warum?«

»Was ist mit Shauna? Geht sie mit dir dorthin?«

Er schüttelte den Kopf. »Das ist nicht ihr Typ Bar. Ich hab sie ein paarmal mit dorthin geschleift, aber für sie ist es zu wenig stylish.«

»Hm.« Jo steckte sich den Rest ihres Donuts in den Mund und wandte Gill den Rücken zu.

Sie würde ihm nicht sagen, dass er gehen sollte, ihn allerdings auch nicht bitten, zu bleiben.

Jo stellte das Wasser in der Dusche an, schälte sich aus ihrer Kleidung und trat hinter den Vorhang. Sofort füllte sich der kleine Raum mit Dampf.

Im Spiegel konnte sie Gills großen Körper in der Tür erkennen. Sie zwang sich, nicht hinzuschauen, während sie sich Shampoo auf die Hand tat und es sich dann in die Haare massierte.

»Du bringst mich um, JoAnne.«

Sie lächelte, wie es eine Frau tat, die wusste, dass sie die Aufmerksamkeit eines Mannes gefesselt hatte. Außerdem konnte er nicht sehen, dass sie lächelte, er konnte das höchstens raten.

»Du bist doch derjenige, der hier uneingeladen aufgekreuzt ist. Ich muss in einer halben Stunde wo sein.«

»Magst du meine Donuts nicht?«

»Oh, deine Donuts sind klasse«, sagte sie halb zu sich. Sie begann, sich den Körper einzuseifen und den Schweiß abzuspülen, fragte sich, ob ihre Silhouette durch den Duschvorhang zu erkennen war. »Sie waren okay«, antwortete sie ein bisschen lauter.

Sie hörte ihn lachen, sah einen Schatten, der sich bewegte.

Sie duschte zu Ende und nahm sich ein Handtuch, um sich rasch die Haare trocken zu reiben und es sich dann um den Körper zu wickeln, ehe sie hinter dem Vorhang hervortrat.

Aus dem Schlafzimmer erklang ein Geräusch, das sich so anhörte, als wäre jemand über das Bett gestolpert.

Jo zwang sich, nicht hinzuschauen. »Alles okay bei dir?«

»Jap, äh … Alles okay. Ich werde … Ich werde sehen, ob ich in Sachen Backwaren nächstes Mal noch was drauflegen kann.«

Sie ließ das Handtuch um sich und trat in die Badezimmertür.

Gill war dabei, das rechte Hosenbein über die Socke runterzuziehen.

»Hast du vor, mir jeden Tag, den ich hier bin, Frühstück zu bringen?«

Die Hitze in seinen Augen, als er sie musterte, sammelte sich in ihrem Unterleib.

»Dazu könnte ich mich überreden lassen.«

»Das habe ich ja gestern Nacht versucht.«

Sein Lächeln verschwand.

»Außerdem bin ich eng mit einem echten Starkoch befreundet. Zu schlagen, was ich da serviert bekomme, dürfte dir ziemlich schwerfallen.«

»Ist dieser Koch weiblich?«, erkundigte er sich.

»Ja.«

»Dann kann ich sie schlagen.« Gill verließ das Hotelzimmer, rief über seine Schulter: »Wir sehen uns gleich.«

* * *

Sie waren bei einem Taktik-Trainingskurs, von dem sie vor ihrer Abreise am Freitag noch eine weitere Einheit haben würden. Die Teilnehmer durchliefen mehrere lebensechte Szenarien, von Geiselnahmen bis hin zu Amokläufen mit Schusswaffen.

Jo beobachtete vom Rand aus, wie mehrere andere in eine Art Arena geholt wurden, wo die Kursleiter neben ihnen standen und sie bei jedem Schritt anleiteten.

Allein schon beim Zuschauen stieg ihr Adrenalinpegel, wie sie es noch von ihrer ursprünglichen Ausbildung her kannte.

»Sheriff Ward?« Einer der Trainer tippte ihr auf die Schulter.

»Ja?«

»Sie haben einen Anruf.«

Als sie aufstand und sich an die Gesäßtasche griff, merkte sie, dass sie ihr Mobiltelefon im Schließfach gelassen hatte. Sie folgte dem Trainer in ein Gebäude. Dort nahm sie den Hörer und drückte auf die Zahl der Leitung, auf der ihr Anruf wartete.

»Hier ist Sheriff Ward.«

»Jo, Gott sei Dank, dass ich dich erwische. An dein Handy bist du nicht rangegangen.«

Beim Klang von Glynis' aufgeregter Stimme erschien ein Bild vor Jos geistigem Auge, wie die ältere Frau auf der Wache an ihrem Schreibtisch saß, umgeben von sich türmenden Aktenstapeln.

»Ich hab mein Handy bei den Kursen nicht dabei, Glynis. Was ist los?«

»Deputy Emery geht diese Hundegeschichte völlig falsch an. Der Mann mag keine Tiere. Weißt du noch, was für einen Stress er dem Sohn von seinen Nachbarn gemacht hat, als dessen Hund nachts immer mitgebellt hat, wenn die ganzen anderen Köter losgelegt haben?«

»Glynis.«

Die Frau redete so schnell wie nur menschenmöglich. »Ich schwöre dir, als der kleine Beagle verschwunden ist ...«

»Glynis!« Dieses Mal schrie Jo.

»Kein Grund, laut zu werden, Jo, ich hör dich auch so.«

Jo kniff die Augen zu. »Fang einfach vorne an. Was für eine Hundegeschichte?«

»Du klingst sauer.«

»Bin ich nicht.« »Sauer« war nicht ausdrucksstark genug.

»Glaub ich dir nicht. Ich hätte ja die Millers angerufen, aber Zoe und Luke sind mit ihnen nach Los Angeles. Die Autowerkstatt hat zum ersten Mal seit Jahren zu.«

»Zoe ist nicht da? Ich hab gestern Nacht noch mit ihr gesprochen.« Jo hatte ihr die Ohren vollgejammert, ohne überhaupt zu fragen, wie es ihrer Freundin ging.

»Sie sind seit zwei Tagen in L. A. Hast du sie auf dem Handy angerufen?«

»Ja.« Jo schüttelte den Kopf. »Und warum solltest du wegen einer Hundegeschichte die Millers anrufen? Und was ist das überhaupt für eine Geschichte?«

»Cheries Rottweilermischling hat wieder Welpen.«

Cherie Miller, Lukes alleinstehende Tante, wohnte ungefähr einen Kilometer außerhalb des Zentrums von River Bend und besaß mindestens acht Hunde. So viele hatte Jo ihrer

Erinnerung nach gezählt, als sie zuletzt bei der Frau vorbeigeschaut hatte.

Acht ausgewachsene Hunde plus ein Wurf Welpen bedeuteten eine Menge Lärm für die Nachbarn, selbst wenn das nächste Haus einen halben Kilometer entfernt lag.

»Ich hatte heute Morgen drei Nachrichten auf der Mailbox, als ich hier ankam. Niemand von ihnen wollte Deputy Emery anrufen.«

Ja, Jo würde auch nicht Karl Emery anrufen wollen. Der Mann mochte Tiere wirklich nicht. Sie blickte hoch und sah Gill auf sich zukommen.

»Hör mal, Glynis, ich werde Karl anrufen. Und Cherie auch.«

»Dabei viel Glück, denn sie geht nicht ans Telefon. Vermutlich hat sie keine Lust, sich die Beschwerden anzuhören. Und wahrscheinlich wird sie das Klingeln auch gar nicht hören bei dem ganzen Gekläff.«

Gill hatte Jo erreicht und stand vor ihr. »Alles okay?«, erkundigte er sich leise.

Jo schüttelte den Kopf und verdrehte die Augen.

»Ich kümmere mich drum, Glynis.«

»Ich wusste, dass du das tust. Es tut mir so leid, dass ich dich bei deinem Spezialtrainingslager stören muss.«

»Es ist kein Trainingslager.«

»Deputy Emery hat das aber gesagt.«

Jo hätte am liebsten geknurrt. »Ich muss jetzt los.«

»Okay, Jo. Tut mir echt leid, dass ich dich gestört hab. Du weißt …«

»Glynis, ich lege jetzt auf.«

»Oh, okay … natürlich. Dir noch einen tollen Tag.«

Jo beendete das Gespräch und lehnte sich gegen die Wand hinter ihr.

»Worum ging's bei dem Anruf?«, fragte Gill.

»Glynis ist die Zentrale. Sie koordiniert die Einsätze auf meiner Wache.«

»Allein?«

Jo hätte ihn am liebsten finster angestarrt. »Es ist eine kleine Stadt.«

Gill verzog das Gesicht. »Und was war so dringend?«

Sie setzte schon dazu an, das mit den Welpen zu erklären, erkannte dann allerdings, wie dumm es sich anhören würde, und verkniff es sich. »Nichts«, erwiderte sie stattdessen.

»Irgendwas muss doch gewesen sein.«

»Nichts Wichtiges.« Sie stieß sich von der Wand ab und machte sich auf den Rückweg.

Gill folgte ihr. »Wenn du's mir nicht sagen willst, gut, aber lüg mich bitte nicht an.«

Verärgert blieb Jo stehen und drehte sich um. »Hunde, Gill. Bellende Hunde.« Das war so unfassbar albern, dass sie lachen musste, wenn die Tränen auch nicht weit entfernt waren. »Ich werde aus einem Fortbildungskurs geholt, bei dem ich Verteidigungstechniken gegen ein Dutzend möglicher Verdächtiger beigebracht bekomme, weil eine Bewohnerin von River Bend sich einbildet, sie hätte eine Hundezucht. Und mein Deputy hasst Hunde. Er hasst sie so sehr, dass Glynis denkt, es sei eine Option, mich zur Lösung des Problems anzurufen, obwohl ich knapp fünftausend Kilometer vom Ort des Geschehens entfernt bin.« Jo wischte sich mit der Faust eine Träne von der Wange.

»Hey …«

Jo blickte zu der Tür, die zum Trainingsgelände zurückführte. »Ich sollte nicht hier sein. Ich werde in River Bend nie irgendetwas von dem Zeug hier gebrauchen können. Nachbarschaftsstreitigkeiten schlichten und gelegentlich einen Betrunkenen aus der Bar am Ort abführen, mehr hab ich praktisch nicht zu tun.« Ihre Verärgerung wuchs, während sie sprach. Ärger über sich selbst.

Ärger über River Bend.

Ärger über das Universum.

»Wenn du das wusstest, warum hast du dich dann hierfür angemeldet?«

Obwohl Gill seine Frage ruhig stellte, brach ihre Antwort beinahe gewaltsam aus ihr hervor. »Weil ich ganz offensichtlich den Mörder meines Vaters nicht finden kann, wenn ich weiter das tue, was ich die letzten acht Jahre meines Lebens getan habe. Und es die nächsten acht Jahre auch noch zu tun klingt wie die schlimmste Hölle überhaupt.«

Sie spürte eine weitere Träne, wischte sie wieder mit der Faust weg und starrte auf die Tür.

Statt zum Kurs zurückzukehren, wandte sie sich in die entgegengesetzte Richtung und marschierte weg.

Kapitel Neun

Gill hielt mit ihr Schritt.

Die Frau lief ganz schön schnell für jemanden, dessen Beine so viel kürzer waren als seine. Sie verließ das Gebäude und trat in das helle Licht. Sie griff nach ihrer Sonnenbrille und sagte, ohne ihn anzublicken, zu ihm: »Du musst mir nicht folgen.«

Gill setzte ebenfalls seine Sonnenbrille auf. »Ich muss eine Menge Sachen nicht tun.«

Er belästigte sie nicht mit Fragen, obwohl er eine Million hatte.

Es war offensichtlich, dass sie Dampf ablassen musste. Und der Art und Weise nach, wie sie vor sich hin murmelte, schlug sie sich gerade mit mehreren Dämonen gleichzeitig herum.

»Müsstest du nicht eigentlich jemandem beibringen, wie man ein richtig harter Typ wird?«, warf ihm Jo über die Schulter zu.

»Nope. Ich bin praktisch fertig für heute.«

»Der Tag hat doch gerade erst angefangen.«

Er musste eigentlich überhaupt nicht hier sein, er kam nur wegen der Gesellschaft.

Und zwar der Gesellschaft, die gerade um das Gebäude marschierte, eindeutig auf einer Mission. Es war ihm ziemlich schwergefallen, sie aus seinem Kopf zu vertreiben, seit sie die Bar in Washington betreten hatte. Die kleine Show heute Morgen von der Tür ins Bad aus hatte ihm den Rest gegeben. Gestern Abend hatte sie ihm alles angeboten, und heute früh hatte sie ihm unter die Nase gerieben, wozu genau er da Nein gesagt hatte.

Er musste zugeben, Jo, wenn sie sauer war, törnte ihn an. Es war ihm lieber, er sah sie stinksauer, als mit Tränen in den Augen. Dabei zu sein, wenn eine starke Frau einknickte, war seine Achillesferse.

Die Sonne an der Ostküste gab sich Mühe, ihm einzuheizen, und die Schwüle bewirkte, dass er den Kragen seines Hemdes lockerte, um besser Luft zu bekommen.

Jo umrundete das Gebäude und ging zum Parkplatz. Sie blieb vor einem Auto stehen, das wie ein Mietwagen wirkte, und klopfte sich auf die Hosentaschen. Ein frustrierter Atemzug entwich ihr.

»Verdammt.« Sie schlug auf das Dach des Wagens und barg den Kopf an ihrem Arm.

Für seinen Geschmack sah sie viel zu entmutigt aus. Er legte ihr eine Hand auf die Schulter, war tatsächlich überrascht, dass sie sie nicht abschüttelte. »Jo.«

»Weißt du, wie die Skateboard-Kids die nennen, die nicht selbst fahren, aber trotzdem diese engen Jeans tragen?«

Ihre Frage lag weit außerhalb seines Erfahrungsschatzes. »Keine Ahnung.«

»Poser.« Sie hob den Kopf, nickte in Richtung des Gebäudes hinter dem Parkplatz, wo ihr Kurs gerade trainierte. »Genau das ist es, was ich hier bin. Ich trage die Jeans und tu so, als wäre ich jemand, der ich gar nicht bin.« Sie drehte sich um, und seine Hand fiel von ihrer Schulter.

Gill lehnte sich gegen das Auto neben ihrem, sodass er ihr gegenüberstand, und versuchte nicht, sie noch einmal zu berühren.

»Das stimmt nicht, Jo.«

Sie wirkte nicht überzeugt. »Bist du jemals in River Bend gewesen?«

»Nein.«

»Du würdest das vermutlich anders sehen, wenn du mal da gewesen wärst.«

Er verschränkte die Arme vor der Brust. »Ich habe durchaus vor, River Bend zu besuchen. Und danach sage ich dir, was ich denke.«

Sie öffnete den Mund, um etwas darauf zu erwidern, doch er fiel ihr ins Wort. »Was war das mit deinem Dad?«

Die Gedanken entgleisten. »Vergiss es.«

»Hm, das kann ich nicht. Dazu bin ich genetisch bedingt nicht in der Lage. Er wurde umgebracht?«

Sie nickte einmal. »Im Bericht stand ›Unfall‹ und ›versehentlicher Schuss‹. Mein Vater war ein guter Polizist und ein noch besserer Jäger. Mit seinen Waffen war er immer peinlich genau. Mit allen.«

Dass jemand versehentlich erschossen wurde, kam vor, aber wenn es einem Gesetzeshüter passierte, dann praktisch immer, wenn er mit jemand anders zusammen war.

»War irgendjemand bei ihm, als es geschah?«

»Nein.«

»Wo hat sich dieser *Unfall* ereignet?«

»In seiner Jagdhütte. Es sah so aus, als wäre er dabei gewesen, seine Schusswaffen zu reinigen.«

»Er hat sich mit seinem Jagdgewehr erschossen?«

Jo wischte sich mit dem Handrücken den Schweiß von der Stirn. »Seiner Dienstwaffe. Direkt in den Kopf.«

Gill verzog das Gesicht. »Hat dein Vater immer seine Dienstwaffe mitgenommen, wenn er auf die Jagd gegangen ist?«

Sie zuckte die Achseln. »So genau hab ich nicht darauf geachtet. Das letzte Mal, dass ich mit ihm jagen gegangen bin, war ich vielleicht vierzehn. Dann habe ich Jungs entdeckt und wollte nichts mehr damit zu tun haben.«

»Du bist davon überzeugt, dass er sich nicht selbst erschossen hat.«

»Ich *weiß*, dass er sich nicht selbst erschossen hat. Pistolen waren nie Spielzeuge bei uns zu Hause. Ich hatte noch nicht einmal eine orangefarbene aus Plastik, die man mit Wasser befüllt. Pistolen waren *Waffen*. Mir wurden die Sicherheitsvorkehrungen beigebracht, bevor meine Sauberkeitserziehung begann. Er war immer vorsichtig und viel zu klug, um eine Kugel in der Kammer zu lassen, während er die verdammten Dinger reinigte.« Sie spreizte die Hände und deutete auf den Gebäudekomplex um sie herum. »Ich dachte, etwas hiervon könnte helfen. Mir einen neuen Blickwinkel verschaffen ... Ich weiß nicht ... Irgendwas.«

Einfach bloß über ihren Vater zu reden hatte ihr schon geholfen. Gill fragte sich, ob sie wusste, wie stark ihre Augen ihre Gefühle widerspiegelten. Sie war überzeugt, restlos und vollkommen überzeugt, dass sie recht hatte.

»Ich werde dir helfen.«

Ihr intensiver Blick fand seine Augen. »Das musst du nicht.«

»Und ich musste dir auch nicht nach hier draußen folgen.«

Einer ihrer Mundwinkel hob sich. »Ich weiß nicht.«

»Ich bin gut in dem, was ich tue, Jo. Und nach dem, was ich gesehen habe, bist auch du gut in dem, was du tust. Und nach dem, was du vorher gesagt hast, sieht es ganz so aus, als ob wir eine gute Polizistin verlieren würden, wenn wir keine Antworten finden.«

»Ich wollte nie Polizistin sein.«

»Das habe ich begriffen. Das heißt jedoch nicht, dass du für den Job nicht geeignet wärst.«

Sie hob die Schultern, erwiderte nichts darauf.

Er deutete auf das Gebäude. »Komm. Du machst das heute fertig, und hinterher nehme ich dich mit zu einem Freund von mir. Er verhilft dir vielleicht zu einem neuen Blickwinkel.«

»Dein Freund ist ein Ermittler?«

»Nicht wirklich. Aber du wirst es verstehen, wenn wir dort sind.«

Sie blickte über seine Schulter, atmete lang gezogen aus. »Ich muss meinen Deputy anrufen. Dafür sorgen, dass er nichts Dummes tut.« Ihre Stimme klang entschlossen.

»Treffen wir uns um sechs an deinem Hotel?«

Ihr Lächeln war seine Antwort.

* * *

Jo begann sich auf dem Rücksitz von Gills Harley richtig wohlzufühlen. Sie konnte ihre Arme um ihn schlingen und beinahe alles vergessen außer dem Vibrieren des Motorrads und die Empfindungen, die er in ihr auslöste.

Nach dem Anruf von Glynis hatte sie beinahe die Beherrschung verloren. All die Gründe, aus denen sie den Mörder ihres Vaters finden und sich selbst ein neues Leben suchen wollte, erhoben sich und versetzten ihr mit dem einen Anruf eine schallende Ohrfeige. Hunde. Hunde waren ein Notfall in River Bend. Sie musste ihren Deputy kontaktieren und ihn stoppen, bevor er alles nur noch schlimmer machte, und die Nerven ihrer sogenannten Telefonzentrale beruhigen.

Als Jo Cherie erreicht hatte, hatte die Frau zunächst gedacht, sie riefe an, um ein Schwätzchen zu halten. Es waren zehn Minuten nötig gewesen, bis sie den Klatsch in der Nachbarschaft durchgekaut hatte und Jo auch nur zu Wort gekommen war. Cherie hatte immerhin versprochen, die Hunde nachts im Haus zu lassen, damit die Nachbarn sich nicht beschweren konnten, dass sie wegen des Gebells nicht schlafen konnten. Jo hatte sie noch darauf hingewiesen, dass ihr Grundstück in einem reinen Wohngebiet liege und sie dort daher keine Hundezucht betreiben dürfe und dass die Nachbarn, wenn sie die Menge der Hunde an die große

Glocke hängen wollten, es dürften und Jo dann keine andere Wahl hätte, als den Tierschutz aus Waterville einzuschalten.

Cherie war einsichtig, aber Jo wusste, es würden nur wenige Tage vergehen, bevor die Beschwerden wieder beginnen würden. Doch dann würde sie wieder zu Hause sein und hoffentlich in der Lage, die Wogen zu glätten. Und bis dahin würde sie es genießen, mit Gill auf der Maschine zu sitzen und die Freiheit zu spüren, die es bedeutete, von River Bend fort zu sein.

Gill folgte gewundenen Wegen abseits der Interstate, bis er abbremste und in eine Straße einbog, die von Bäumen gesäumt war. Das bescheidene einstöckige Haus schien auf einem halben Hektar großen Grundstück zu stehen, das größtenteils mit Bäumen und Hecken bewachsen war, darunter mehrere Rhododendren in verschiedenen Schattierungen von Rot.

Sobald Gill den Motor ausschaltete, stieg Jo von der Maschine. Der Ablauf, den Helm abzusetzen und sich mit den Fingern durchs Haar zu fahren, war ihr mittlerweile schon ziemlich vertraut.

Gill lächelte sie an, als sie ihm den Helm reichte.

»Die Fahrt hat dich entspannt«, stellte er fest.

»Ein bisschen«, räumte sie ein. Jo wickelte sich fester in ihre Jacke und wusste, die Rückfahrt würde vermutlich kälter werden. »Wer lebt hier?«

»Ein alter Freund.« Er nahm ihre Hand und führte sie über den gepflasterten Weg zur Eingangstür.

Er klopfte einmal, bevor er öffnete und eintrat.

»Das sollte besser ein wirklich guter Freund sein«, murmelte Jo. Da Gill sich selbst einließ, musste sie wohl davon ausgehen, dass sie erwartet wurden. Der Duft nach köstlichem Essen erfüllte das Haus, und Jos Magen knurrte.

»Lee?«, rief Gill, sobald sie in der Diele standen.

»Hier hinten.« Die rauchige Stimme klang noch nicht alt, aber etwas barsch.

Gill führte sie durch das Haus, als würde er sich hier gut auskennen, bis ins Wohnzimmer, das sich an die Küche anschloss.

Vor dem Herd stand eine winzige Frau spanischer Herkunft, die Ende dreißig zu sein schien. Sie legte ein Küchenhandtuch auf die Theke und kam dahinter hervor, um sie zu begrüßen.

Jos Blick wanderte zu dem Mann, dem die raue Stimme gehören musste. Er war vielleicht knapp vierzig, allerdings nicht viel älter. Sein T-Shirt dehnte sich an seinem Oberkörper, als ob er sich fit hielte, und er saß im Rollstuhl. Jo zwang sich, ihn nicht weiter anzustarren, nachdem sie gemerkt hatte, dass sie das tat.

Gill ließ ihre Hand los, um die Frau zu umarmen und auf die Wange zu küssen, bevor er mit der Vorstellung begann. »Consuela, das ist meine Freundin Jo.«

Consuela hatte langes, dunkles Haar, das ihr über den Rücken fiel. »Jede Freundin von Gill ist auch eine Freundin von uns.«

Jo streckte eine Hand aus und schüttelte die der anderen. »Ich freue mich, hier zu sein.«

»Und dieser Glückspilz da ist Lee.« Gill machte einen dieser komplizierten Handschläge mit ihm, der in einer Männerumarmung endete.

»Du bist der Einzige, der genug Mumm hat, um mich so zu bezeichnen«, erklärte Lee und schob Gill beiseite, um mit seinem Rollstuhl näher zu Jo zu kommen. »Lass mich mal durch, damit ich sie mir näher anschauen kann.«

Jo hielt ihm die Hand hin, und er nahm sie zwischen seine beiden, wie Männer das gerne taten, wenn sie flirten wollten. »Schön, dich kennenzulernen.«

Lee ließ sie nicht los und musterte sie vom Kopf bis zu den Füßen. »Du bist ein bisschen klein, um dich mit diesem Hünen einzulassen.«

»Moment mal.« Jo gelang es, ihre Hand zurückzubekommen, und sie schaute zu Gill.

»Ignorier ihn einfach.«

»Du kannst mich nicht ignorieren, ich bin der Elefant im Raum. Hey, Baby, wie wäre es mit etwas Bier?«

Consuela rührte um, was auch immer sich im Topf befand, und drehte sich zum Kühlschrank. »Ist Bier okay, Jo? Ich hab auch Wein. Keinen guten, aber immerhin aus Trauben.«

»Bier ist super«, sagte Jo.

»Wie fährt sich meine Maschine?«, wollte Lee von Gill wissen.

Gill setzte sich ans Ende des Sofas und klopfte auf die Stelle neben sich, während er Jo anschaute.

»Wie ein Traum. Eines Tages werde ich dich überzeugen, sie mir zu verkaufen.«

»Warte mal«, warf Jo ein. »Die Harley gehört dir gar nicht?«

Gill schüttelte den Kopf. »Wann immer ich in der Nähe bin, sorgt Lee dafür, dass ich sie bewege.«

Lee lachte, und Jo ertappte sich dabei, wie sie auf die Beine des Mannes schaute. Beine, die offensichtlich nicht einmal mehr gehen konnten.

»Jemand muss das schließlich tun«, erklärte Lee und schmunzelte.

»Ich weigere mich, das Ding zu fahren«, verkündete Consuela, während sie die Getränke brachte.

»Hast du geglaubt, ich hätte die ganze Strecke von Oregon hierher damit zurückgelegt?«, fragte Gill Jo.

»Ich hab nicht wirklich darüber nachgedacht.« Sie war leicht enttäuscht, dass das Motorrad nicht ihm gehörte.

Gill öffnete eine der Bierflaschen und reichte sie ihr.

»Gill hat mir erzählt, dass du diese Woche einen Kurs belegt hast«, bemerkte Lee zu Jo.

»Stimmt.«

»Spielst du mit dem Gedanken, zum FBI zu wechseln?«

Sie schüttelte den Kopf. »Nein.«

»Jo ist Sheriff von River Bend, einer Kleinstadt in Oregon.«
Lee musterte sie erneut. »Ziemlich jung für einen Sheriff.«

»Es ist ja auch eine kleine Stadt.« Jo hatte langsam das Gefühl, sie sollte sich das auf die Stirn tätowieren lassen, so oft, wie sie das während dieses Trips gesagt hatte.

»Jos Vater war dort bis zu seinem Tod der Sheriff.«

Lee verlor etwas von dem Lächeln, das er auf dem Gesicht gehabt hatte, seit sie hier eingetroffen waren. Der Mann war ziemlich attraktiv, auch wenn er eine Narbe wie von einer Verbrennung auf der linken Seite seines Gesichts hatte, die ungefähr ein Viertel seiner Wange überzog und die Hälfte seines Kinns. »Das tut mir leid.«

»Ist inzwischen zehn Jahre her, also irgendwie okay.«

Jetzt starrte Lee sie an. »Also ist dein Vater verstorben, und du hast seine Stelle übernommen.«

Gill legte ihr eine Hand aufs Knie und ließ sie dort liegen. Anders als in Quantico machte er in Gegenwart seiner Freunde aus der Tatsache, dass sie mehr waren als nur Bekannte, kein Geheimnis.

»So könnte man es ausdrücken.«

»Wusstest du, dass du Polizistin werden würdest?«, erkundigte sich Lee.

Jo blickte zu Gill, bevor sie antwortete. »Nein. Das hatte ich eigentlich nicht auf der Liste meiner Lebensziele.«

Lee nickte ein paarmal, bevor er seine Aufmerksamkeit Gill zuwandte. »Interessant.«

Es gab irgendeine Form von nonverbaler Kommunikation zwischen den Männern, aber Jo hatte keine Ahnung, worum es ging.

»Woher kennt ihr euch?«, wollte sie wissen, versuchte, das Gespräch von sich selbst wegzulenken.

»Von einer dieser Fundraising-Veranstaltungen von Motorradfahrern, die zu Weihnachten Geld für Kinder sammeln«, antwortete Lee.

Gill lachte. »Lee hatte diesen abgefahrenen Rollstuhl mit einem Harley-Kennzeichen. Ich wusste sofort, dass wir uns kennenlernen mussten.«

»Gill?«, rief Consuela aus der Küche, die Hand an einem Tablett. »Kannst du das hier auf den Grill legen? Fünf Minuten von jeder Seite, auf keinen Fall mehr.«

Gill tätschelte Jo das Knie und erhob sich von der Couch. »Für dich tu ich alles.«

Sobald Gill zur Hintertür hinaus war, sprach Lee weiter, als hätte Jo das Thema nicht gewechselt. »Lass mich raten, dein Vater hätte gewollt, dass du für ihn übernimmst.«

»Nichts hätte ihn glücklicher gemacht.« Jo trank von ihrem Bier.

»Aber du nicht, würde ich sagen.«

Sie versuchte es abzustreiten. »So schlimm ist es nicht.«

»Aber auch nicht gut.«

Sie setzte zu einem Protest an, zuckte stattdessen die Schultern.

»Du weißt doch, was geschieht, wenn du dein Leben für andere Leute lebst, Jo, oder?«

Jo wollte keine Antwort einfallen, daher schwieg sie.

»Du landest in irgendeinem gottverlassenen Sandloch, ein M14 auf den Rücken geschnallt, während dein Kumpel auf eine Landmine tritt. Von ihm ist nicht mehr viel übrig, was man aufsammeln könnte, und du verbringst die nächsten sechs Monate auf dem Rücken liegend in irgendeinem versifften Lazarett in dem Wissen, dass du nie wieder wirst gehen können. Dabei hattest du Glück. Du hast überlebt.« Lee berichtete, was ihm zugestoßen war, als knappe Zusammenfassung, allerdings ohne Bitterkeit, einfach nur eine Auflistung der nackten Fakten.

»In welchem Bereich im Militär warst du?«

»Army. Dad hatte sich gleich nach der Highschool eingeschrieben. Meine Mutter hat er kennengelernt, nachdem er sich zum Hauptgefreiten hochgearbeitet hatte. Als ich dann kam, war er Sergeant und schleppte uns von einem Militärstützpunkt zum nächsten. Wie die meisten Army-Kinder wollte ich nie was damit zu tun haben.«

»Aber du bist trotzdem eingetreten.«

Lee nickte, trank von seinem Bier. »Hab versucht, es zu vermeiden. Bin zum College gegangen, zwei Jahre lang, hab es gehasst. Hab mich noch ein Jahr treiben lassen, um herauszufinden, was ich mit meinem Leben anstellen wollte. Schließlich habe ich nachgegeben. Wollte, dass mein alter Herr denkt, dass ich was Vernünftiges mit meinem Leben anfange. Doch er konnte nicht wissen, dass im Mittleren Osten die Hölle losbrechen und ich einer der Ersten sein würde, die dorthin geschickt wurden.«

Jo blickte auf seinen Rollstuhl. »Das ist drüben passiert?«

»Ja. Sechs Monate bevor meine Dienstzeit enden sollte. Alles, weil ich versucht habe, jemand anders glücklich zu machen.«

Jo sah durch die Glasschiebetür auf der Rückseite des Hauses zu Gill. Jetzt wusste sie, warum er gewollt hatte, dass sie Lee und seine Frau kennenlernte.

* * *

»Was hältst du von Jo?«, fragte Gill seinen Freund.

Consuela und Jo saßen an der Feuerstelle hinten im Garten, während Lee in einiger Entfernung eine Zigarette rauchte.

»Brauchst du meinen Segen?«

Gill lehnte sich vor, stützte die Ellbogen auf seine Knie und sprach mit leiser Stimme. »Ich kenne sie noch nicht sehr lang.«

»In Anbetracht der Tatsache, dass du noch nie was von ihr erzählt hast, habe ich mir das schon gedacht.«

Gill schaute zu ihr, genoss den Anblick, wie der Feuerschein der Flammen Muster auf ihr Gesicht malte. »Sie ist viel zu gut für so eine kleine Stadt.«

»Sie scheint ihren Job nicht besonders zu mögen.«

Gill war nicht überzeugt. »Das dachte ich auch erst, aber dann habe ich sie während dieses Kurses in Aktion gesehen. Sie ist wirklich gut. Ich glaub nur nicht, dass sie an der richtigen Stelle ist.«

Lee nahm einen Zug von seiner Zigarette. »Es ist schwierig, aufzuhören, Gespenstern nachzujagen, wenn man erst mal angefangen hat. Auch wenn sie gut bei dem ist, was sie tut, heißt das nicht, dass es auch wirklich ihre Berufung ist.«

»Ich habe schon vermutet, dass du so etwas sagen würdest. Sobald sie mit dem Tod ihres Vaters abgeschlossen hat, denke ich, kann sie den nächsten Schritt angehen.«

Lee kniff die Augen zusammen. »Was meinst du damit?«

Gill erklärte ihm Jos Theorie und fügte hinzu, dass auch er nicht davon überzeugt sei, dass es sich tatsächlich um einen Unfall gehandelt habe. »Ich muss natürlich erst mal die Akten einsehen, nachlesen, wo man ihn gefunden hat.«

»Du willst einen abgeschlossenen Fall wieder ausgraben?«

»Die Ermittlungen sind vielleicht offiziell abgeschlossen. Aber für Jo sind sie das nicht, keinen Tag ihres Lebens. Und das nimmt ihr die Luft zum Atmen.«

Lee drückte seine Zigarette aus. »Für jemanden, der sie gerade erst kennengelernt hat, scheinst du eine Menge über sie zu wissen.«

Gill spürte Jos Blick auf sich. »Nicht annähernd genug.«

KAPITEL ZEHN

Der Leiter zählte rückwärts, und Jos Herz blieb ruhig, bis das rote Licht anzeigte, dass die Simulation begonnen hatte. Ihre Waffe erhoben, die Augen weit geöffnet, wartete sie.

Die erste Person, die sie auf der linken Seite des Raumes sah, war ein Zivilist, der auf dem Bildschirm aus einem Supermarkt kam. Ein Geräusch hinter ihr zog ihre Aufmerksamkeit auf die Darstellung eines Autos. Dahinter hielt ein Mann eine Waffe an den Kopf einer Geisel. Der Typ brüllte in die Kamera, was dazu dienen sollte, eine realitätsnahe Situation zu simulieren, aber so konnte Jo mit dem Mann nicht reden. Bei dieser Übung ging es um Bauchgefühl, darum, wann man schießen sollte und wann besser nicht.

Das Opfer auf dem Bild schrie auf und versuchte, sich von dem Pistolenlauf, der an seine Schläfe gedrückt wurde, wegzulehnen.

Der Täter mit der Waffe blickte plötzlich zu einer Stelle irgendwo hinter Jo, war abgelenkt.

Sie weigerte sich, ebenfalls dorthin zu schauen.

Einen Sekundenbruchteil später richtete der Typ die Waffe auf sie, und das Opfer konnte einen Schritt zur Seite machen.

Jo schoss.

Der Typ ging zu Boden.

Erst da sah sie hinter sich.

Aus dem Supermarkt kamen mehrere Leute gerannt, die alle schrien.

Jo zwang ihren Herzschlag zu normalem Tempo und wartete.

* * *

Gill stand neben Shauna, während sie Jo im Simulator zuschauten.

»Sie ist gut«, sagte Shauna, die Arme vor der Brust verschränkt.

»Ich frage mich, ob sie weiß, wie gut.«

Jo verpasste einem Verbrecher einen Streifschuss und schaltete ihn mit dem nächsten Abdrücken aus. »Ich glaube nicht, dass sie sich selbst vorher jemals so ausprobiert hat. Furcht ist eine mächtige Antriebsfeder dafür, die eigenen Fertigkeiten zu schärfen«, bemerkte Shauna.

Gill blickte seine Partnerin an. »Furcht vor was? Bei ihr hört es sich an, als sei River Bend eine Familienserie aus den Fünfzigern.«

Shauna ließ Jo keinen Moment aus den Augen, nahm jede Bewegung wahr. »Als die Tochter ihrer besten Freundin verschwunden war, war sie sich jederzeit aller Möglichkeiten bewusst, ihre Instinkte und ihr Verstand arbeiteten wie ein Computer. Wie bei einem erfahrenen Agenten.«

»Hände weg von Kindern.«

»Ja.« Shaunas Augen wurden schmal. »Und dann letzten Herbst.«

»Was war denn letzten Herbst?«

»Sie war davon überzeugt, dass jemand sie gestalkt hat.«

Gill stand ganz still, ihm wurde plötzlich kalt.

»Sie gestalkt hat?«

»Beobachtet. Wir alle haben diesen sechsten Sinn, wenn uns jemand anblickt, allerdings klang es viel ernster als das. Wenigstens, wie sie es mir beschrieben hat. Und da Jo nicht leicht Angst bekommt, neige ich zu der Ansicht, dass sie recht hatte.«

Gill richtete seine Augen wieder auf die Frau im Raum vor ihnen. »Aber es ist nichts rausgekommen?«

»Ich hab ihr ein paar Tipps gegeben, wie sie ihre Routine ändern kann, bin kurz nach ihrem Anruf mal hingefahren. Sie hat gesagt, das Gefühl hätte nach den Feiertagen aufgehört. Es waren ein paar stressige Monate für sie.«

Gill gefiel der Gedanke nicht, dass jemand sie so lange beobachtet hatte. Oder überhaupt für irgendeine Zeitspanne. »Du denkst, das ist der Grund, warum sie hier ist?«

Jo feuerte unterdessen mehrere Runden im Simulator ab, traf drei von fünf bewaffneten Tätern auf dem Schirm. Sie rollte über den Boden, um dem Laserfeuer auszuweichen, das angezeigt hätte, dass sie selbst angeschossen worden war.

Vom Boden aus gelang es ihr, die übrig gebliebenen Schurken auszuschalten.

Nachdem sie fertig war, gingen die Lichter über ihr an, und sie legte den Kopf nach hinten. Ihr Körper hob und senkte sich mit den tiefen Atemzügen, die Waffe hielt sie entspannt in den Fingern.

Mehrere Agenten schauten zu, und viele der Teilnehmer von Jos Kurs belohnten ihren Erfolg mit Applaus.

Gill verspürte ein seltsames Gefühl von Stolz auf das, was ihr gelungen war.

Jo erhob sich, schüttelte ihrem Kursleiter die Hand. Gill hörte nicht, was gesprochen wurde, wusste aber, Agent Gutierrez würde sie gleichermaßen loben wie ihr erklären, was sie noch besser machen konnte. Als sie sich abwandte, tätschelte ihr Gutierrez den Rücken, bevor sie den Raum verließ.

Später, nachdem der letzte Test stattgefunden hatte und der letzte Teilnehmer fertig war, gönnten sich Gill, Shauna, Jo und eine größere Gruppe Gesetzeshüter aus dem ganzen Land in der gleichen Bar, in der Gill seine Dart-Fähigkeiten unter Beweis gestellt hatte, eine Auszeit.

Anders als bei ihrem vorigen Besuch hier war es brechend voll. Natürlich war es Freitag, doch es ging auch darum, sich voneinander zu verabschieden, denn es war unwahrscheinlich, dass die Teilnehmer sich irgendwann wieder treffen würden. Auf der winzigen Bühne war eine Band, und auf der kleinen Fläche davor war Platz zum Tanzen.

Gill fragte sich, ob Jo wohl tanzen würde.

Eine Kellnerin in einem engen Minirock kam vorbei, ein Tablett mit Schnapsgläsern in der Hand. Sie blieb bei den Leuten stehen, unter denen sich auch Jo befand.

Der Geräuschpegel war zu hoch, um die genauen Worte zu verstehen, aber der Körpersprache nach zu urteilen, forderte sie einer der Teilnehmer von Jos Kurs heraus. Alles, was Gill erkennen konnte, war, dass Jo mit der Hand jemandem zuwinkte, bevor sie nach einem Glas griff.

Anfeuerungsrufe ertönten, als sie sich den Inhalt die Kehle hinunterschüttete und es leer auf das Tablett stellte, bevor sie ein weiteres nahm.

Gelächter erklang, als sie das dritte Glas geleert hatten.

Ihr Gegenüber gab auf, und sie griff nach einer Flasche Wasser, die vor ihr auf dem Tisch stand.

Jemand stellte sich neben ihn, lenkte ihn ab. »Sieht ganz so aus, als besäße jemand deine ungeteilte Aufmerksamkeit.«

Shauna stieß seinen Arm an.

Er drehte sich zu ihr um und stellte fest, dass sie ein Top anhatte, dessen Ausschnitt einiges zeigte. Und obwohl er natürlich grundsätzlich wusste, dass sie weibliche Attribute besaß, waren sie ihm vorher nie aufgefallen. Ihr Haar trug sie offen, und wenn er sich nicht irrte, war da auch mehr Make-up, als er sonst auf ihrem Gesicht sah.

»Was …?«

Sie wich einen Schritt zurück und drehte sich einmal um sich selbst.

Zu dem stoffarmen Oberteil trug sie enge Jeans. Offensichtlich half Shauna ihre Scheidung, sich daran zu erinnern, dass sie eine Frau war.

»Da ist jemand auf der Jagd«, bemerkte er ganz neutral.

»Du kannst ja nicht der Einzige sein, der was anfängt.«

»Wer sagt denn …?«

Shauna brachte ihn mit einem Blick zum Schweigen, der ihn an seine Mutter erinnerte, der, mit dem allein sie ein Geständnis zu den fehlenden Keksen erzwingen konnte.

»Genau das habe ich mir schon gedacht«, erwiderte sie.

Die Band begann zu spielen, was Gespräche in der überfüllten Bar weiter erschwerte.

Sobald die Musik eingesetzt hatte, begaben sich mehrere Paare zur Tanzfläche.

Ohne weiter darüber nachzudenken, setzte sich Gill in Bewegung. Er hielt inne, blickte über seine Schulter zurück zu Shauna. »Falls du Back-up brauchst, ruf einfach.« Er musterte Shauna noch einmal, dann zwinkerte er ihr zu.

»Verschwinde endlich.« Sie schob ihn weg. »So kann ich nicht arbeiten.«

Gill wusste, dass er zu groß war, als dass die Leute ihn ignorieren konnten. Mehrere machten ihm Platz, während er weiter auf Jo zuging. Als die direkt vor ihr zur Seite traten, hob sie den Blick zu ihm.

»Agent Clausen.«

Sie war ein bisschen beschwipst, das verrieten ihm die rosige Farbe auf ihren Wangen und das Glänzen ihrer Augen.

»Sheriff.«

»Da hat unsere Kleinstadt-Polizistin heute wirklich mächtig auf den Putz gehauen, was, Clausen?«

»Aber so was von.«

Falls Jo sich an der Bezeichnung störte, ließ sie es sich nicht anmerken.

Jemand links von ihr begann etwas zu fragen, doch Gill ignorierte das und griff nach Jos Hand. »Wie wäre es mit einem Tanz?«

Eine der Frauen zu ihrer Rechten pfiff leise, und jemand anders gab Jo von hinten einen kleinen Schubs.

Sie lächelte. »Weil du so nett gefragt hast.«

Pfiffe und Anfeuerungsrufe folgten ihnen auf dem Weg zur Tanzfläche.

Die Musik war schnell, aber es ging eng zu, sodass er sie die ganze Zeit anfassen konnte, während sie den richtigen Takt fanden.

Sie bewegte sich zur Musik und berührte mit den Händen Teile ihres Körpers, bei denen ihm das Wasser im Mund zusammenlief. Das hier war die Jo, die er in Washington getroffen hatte. Die, die sich nicht zurückhielt. Er konnte nicht umhin, sich zu fragen, wie locker sie wohl sein könnte, wenn sie mal wirklich die Chance dazu erhielte.

Die Musik änderte sich, und sie machten weiter. Beim dritten Song zog er sie von der Tanzfläche und zur Bar.

»Gar nicht so schlecht für jemanden, der so groß ist wie du.« Jos halbherziges Kompliment entlockte ihm ein Grinsen.

Er beugte sich vor und sprach in ihr Ohr. »Ich glaub, du hast mindestens drei Typen dort drüben eine Erektion beschert.«

Sie wandte sich um, um zu sehen, wen er meinte.

Gill drehte sie wieder zurück zu sich und reichte ihr ein Bier. Er legte ihr besitzergreifend eine Hand ins Kreuz und führte sie ein Stück zur Seite.

Es gab keine ruhige Ecke, nur welche, wo es nicht ganz so verrückt zuging, sodass sie sich unterhalten konnten.

Er hob seine Flasche zu ihrer. »Auf eine erfolgreiche Woche.«

Sie stieß gegen seine und trank.

»Bist du froh, dass du durchgehalten hast?«, erkundigte er sich.

Jo nickte. »Schon. Ich hab eine Menge gelernt, auch wenn ich es nie brauchen werde.«

»Wir hoffen alle, dass wir es nie brauchen werden.«

»Ja, vermutlich schon.«

»Wann geht morgen dein Flieger?«

»Um elf. Ich brauche ja noch etwas Zeit, um nach Washington zu kommen.«

Er würde erst am Sonntag die Heimreise antreten, da er einen Extratag für Lee und Consuela eingeplant hatte.

»Ich werde Montag zurück in Eugene sein.«

Sie nagte an ihrer Unterlippe, dann trank sie etwas.

Er trat von einem Fuß auf den anderen, damit ihm die Hose nicht zu eng wurde, bevor er die Hand ausstreckte.

»Was?«, fragte sie und schaute sie an.

»Dein Handy.«

Als sie keine Anstalten machte, es hervorzuholen, griff er um sie herum, legte ihr eine Hand auf den Po und zog ihr das schmale Smartphone aus der Hosentasche.

Es überraschte ihn, zu sehen, dass sie den Bildschirm nicht gesperrt hatte. Andererseits lebte sie ja auch am Ende der Welt und trug eine Waffe. Er konnte sich nicht vorstellen, dass irgendjemand versuchen würde, ihr Handy zu hacken.

Gill speicherte seine Nummer zusammen mit seinem Namen bei ihren Kontakten und steckte es ihr zurück in die Gesäßtasche.

Jo beugte sich vor, die Lippen dicht an seinem Ohr. »War es gut für dich?«

Er lachte, und statt zuzulassen, dass sie zurückwich, hielt er sie an den Hüften fest und zog sie auf seinen Oberschenkel und an die Hitze der Erektion, die sie provoziert hatte.

Das verspielte Lächeln auf ihrem Gesicht verschwand, und ihre Nasenflügel bebten.

Ach, zur Hölle. Er hatte warten wollen … warten wollen, bis sie beide wieder zu Hause waren. Aber ihr offener Blick, wie sie sich an ihn presste, das Heben und Senken ihrer Brust hatten eine verheerende Wirkung auf seine Entschlusskraft.

Gill stellte sein Bier hin, nahm ihr ihres aus der Hand und ließ es neben seinem stehen, bevor er ihr beide Hände auf die Hüften legte, um sie durch die Hintertür aus der Bar zu dirigieren.

Nachdem sie den Lärm hinter sich gelassen hatten, zog er sie an die Seite des Gebäudes und presste sie gegen die Ziegelsteinmauer. Seine Lippen bedeckten ihre mit derselben Hitze und Leidenschaft, die sie in der ersten Nacht erlebt hatten.

Nur war es dieses Mal so viel besser.

Ihre Hände ruhten auf seiner Brust, glitten über seine Hüften, seinen Hintern. Währenddessen erkundete Gill jeden Zentimeter ihres Mundes, bis sie beide völlig atemlos waren.

Er löste sich von ihr. »Nicht hier.«

»Mein Hotel«, erwiderte sie.

Gill küsste sie noch einmal kurz, zog sie dann mit sich zu seinem Motorrad.

Anders als die vorherigen Male auf der Maschine war diese Fahrt unfassbar erotisch. Sie hatte ihre Hände nicht um seine Mitte gelegt, um sich festzuhalten, nein, sie ließ sie weiter nach unten wandern, streichelte ihn durch den Stoff der Jeans. Er überfuhr einige Stoppschilder und verstieß gegen ein paar Geschwindigkeitsbeschränkungen, während er die kurze Strecke zu ihrem Hotel zurücklegte. Dort angekommen, folgte er ihr zu ihrer Tür und wartete, bis sie die Schlüsselkarte aus dem Portemonnaie gefischt hatte, das sie in der Gesäßtasche ihrer Jeans hatte.

Gill ließ sie durch die Tür vorausgehen, schloss sie hinter ihnen und griff nach ihr. »Komm her, Süße.«

Jo stöhnte in seinen Armen, zerrte an seinen Kleidern.

Er kniff ihre Brustspitzen durch ihre Bluse und spürte, wie ihre Knie nachgaben, wusste, dass es ihr gefiel. Dann hob er sie auf seine Arme und ging mit ihr die paar Schritte zum Bett.

Er ließ sich mit ihr darauffallen, sie schlang ihre Beine um ihn. Die Art und Weise, wie ihre Hüften sich an seinen rieben, war beinahe zu viel für ihn. »Du bist die leidenschaftlichste Frau, die ich je gekannt habe«, flüsterte er ihr zu, während er Küsse auf der Haut an ihrem Hals und am oberen Ansatz ihrer Brüste verteilte.

»Ich brauche Übung«, sagte sie und fuhr mit den Händen zu dem Reißverschluss seiner Jeans.

Er meinte Sterne zu sehen, als ihre Hand ihn berührte. »Ich stecke in Schwierigkeiten.«

Sie lachte, schob ein Bein über seines und benutzte eine Technik, die er ihr beigebracht hatte, um ihn auf den Rücken zu werfen.

»In großen Schwierigkeiten«, wiederholte er.

Jo beugte sich über ihn und zog sich das Shirt aus, öffnete ihren BH und ließ beides zu Boden fallen.

Gill wurde der Mund ganz trocken, bevor er sie mit der Zungenspitze berührte. Ihre Brüste passten perfekt in seine Hände und schmeckten wie Zucker. Oder vielleicht waren das auch die Kurzen, die sie getrunken hatte, bevor sie die Bar verlassen hatten. Er grinste bei dem Gedanken und neckte ihre Brustspitzen mit den Zähnen. Wie auch immer, sie war köstlich, und er wollte mehr.

Ihre Hände waren überall, und sie hatte viel zu viele Kleidungsstücke an.

Gill rollte sich mit ihr herum, sodass er oben war, und knöpfte ihre eng sitzenden Jeans auf. Jo hob die Hüften, um ihm behilflich zu sein.

Sie fuhr mit ihrer freien Hand in den Bund ihrer Unterhose, und er starrte sie an. Als sie weiter nach unten vordrang, zog er sie an den Kniekehlen auf dem Bett abwärts und strich ihr mit den flachen Händen über die Beine.

»Zu viel Gucken, nicht genug Taten«, beschwerte sie sich mit heiserer Stimme.

Er befreite sie von der Unterhose, schleuderte sie quer durchs Zimmer und ließ sich auf die Knie fallen. Er begann an der Innenseite ihrer Oberschenkel, knabberte, küsste und arbeitete sich, so langsam, wie er nur konnte, weiter nach oben vor. Er neckte sie mit dem Kitzeln seines Bartes, der Hitze seines Atems.

Jo versuchte, sich näher zu ihm zu drängen, und fluchte.

Trotzdem ließ sich Gill Zeit, bis er es war, der es nicht länger aushielt.

Zucker und Sex überwältigten seine Sinne, und Jos Stöhnen musste laut genug sein, um die Zimmernachbarn zu wecken. Er wollte sie kennen, erfahren, was sie mochte, was sie wild machte.

Wie eine Landkarte studierte er sie und lernte aus den Signalen, die sie ihm gab, bis sich schließlich ihre Hüften von dem Bett hoben, sie schwer atmete und ihm befahl, auf keinen Fall aufzuhören, als er den entscheidenden Punkt gefunden hatte.

Er lächelte, als sie aufschrie und die Empfindungen sie überwältigten, sie ihn schließlich von sich stieß.

Gill blickte an ihr entlang, wie sie dort lag, den Kopf zur Seite gedreht, das Haar wild auf dem Bett ausgebreitet, und das Lächeln auf ihrem Gesicht war das einer restlos befriedigten Frau. Er beugte sich über sie, nahm einen Schluck von dem Wasser, das sie auf ihrem Nachttisch stehen hatte, und fand ein Kondom in seiner Brieftasche.

»Wie wär's mit einer zweiten Runde?«, schlug er vor.

Jo strich sich über den Bauch, bevor sie ihm mit dem Latex half und ihn dann auf den Rücken drückte. Sie setzte sich auf ihn und übernahm die Führung, und er ließ sie. Erst als sie ihn anflehte, es zu Ende zu bringen, gab er alle Bemühungen auf, sich zu beherrschen.

Als sie beide schließlich wieder normal atmeten und sich Jo von ihm herunterrollte und in seine Arme schmiegte, sagte sie: »Das können wir wirklich gut.«

Er hauchte einen Kuss auf ihren Scheitel. »Allerdings.«

Eine halbe Stunde später, nachdem sie eingeschlafen war und er sich aus ihren Armen befreit hatte, um ins Bad zu gehen, stand er am Bett, schaute sie an und erkannte, wie gern er sie hatte.

Er schlüpfte unter die Decke, zog sie ihr über die Schultern und legte die Arme um sie.

Für eine Frau, die behauptete, stets allein zu schlafen, hatte sie erstaunlich wenig Schwierigkeiten, seine Körperwärme zu suchen und sich an ihn zu schmiegen. Gill machte es sich bequem, wusste, wenn sie alleine aufwachen wollte, würde diesmal er derjenige sein, der gehen musste.

Aber er hatte nicht vor, irgendwohin zu gehen.

KAPITEL ELF

So befreiend es auch gewesen war, River Bend hinter sich zu lassen, das Gefühl verblasste schnell, je näher die Landung rückte. Bei ihrer Ankunft in Eugene regnete es, was irgendwie passte.

Zoe winkte von den Türen hinter der Gepäckausgabe, durch die Jo musste, auch wenn ihr gesamtes Gepäck nur aus ihrem Rucksack bestand.

»Jetzt schau nur, wer quer durchs Land jetsettet«, zog Zoe sie auf, während sie sie umarmte.

»Ich hab noch keine Vielfliegermeilen wie du.«

Zoe trug zwar Jeans, eine Bluse und eine Jacke, aber sie sah aus, als wäre sie geradewegs aus den Seiten eines Modemagazins gestiegen. Der Unterschied zwischen der Art und Weise, wie sie sich jetzt kleidete, und der, wie sie es als Jugendliche getan hatte, verblüffte Jo jedes Mal, wenn sie sie nach einer Woche Abwesenheit wiedersah.

»Sag mir, dass du Spaß hattest.«

Jo lächelte. »Ich hatte Spaß.«

Zoe kniff die Augen zusammen. »Also hat Agent Sexy sich noch gesteigert?«

Jos Lächeln wurde breiter. »Ja, hat er.« Trotzdem behielt sie die Einzelheiten für sich.

Ihre Freundin atmete lang gezogen aus und wandte sich zu den Türen des Flughafens, durch die man auf den Gehsteig gelangte, wo Reisende darauf warteten, abgeholt zu werden. »Gut. Sonst hätte ich dir im Frühling noch einen Flug buchen müssen, und ich glaube nicht, dass River Bend das überleben würde.«

»War es so schlimm?«

»Aus meiner Perspektive schon. Cherie und Deputy Emery sind sich beinah an die Kehle gegangen. Einer der Nachbarn hat Luke gerufen, weil das Gebrüll lauter war als das Bellen der Hunde.«

Jo schlüpfte in ihre Jacke, während sie zu dem überdachten Parkplatz liefen. Mittlerweile fiel der Regen beständig und gleichmäßig, sodass sie sich fragte, wie wohl die Straßenverhältnisse in River Bend wären. Andererseits lag die Stadt eine zweistündige Autofahrt vom Flughafen entfernt, und das Wetter könnte dort klar sein. Auch wenn ihre Wetter-App etwas anderes behauptete. »Ich dachte, ich hätte alle Eventualitäten abgedeckt. Cherie sollte die Hunde über Nacht im Haus behalten.«

»Ich glaube, das hat sie auch getan, aber laut Emery kam eine Beschwerde während des Tages, daher musste er zu ihr fahren und mit ihr Tacheles reden.«

Jo überprüfte ihre Textnachrichten auf dem Handy. Nichts von Glynis. »Wann ist das passiert?«

»Gestern. Emery hat den Tierschutz in Waterville angerufen …«

»Er hat was?«, unterbrach Jo sie.

»Er hat gesagt, ihm wäre keine andere Wahl geblieben.«

»Er hat immer eine Wahl«, stieß Jo halblaut aus. Sie würde mit dem Mann mal ein Wörtchen reden müssen. Etwas, was sie tunlichst vermied, es sei denn, es war unumgänglich. Er war doppelt so alt wie sie und hatte schon unter ihrem Vater gearbeitet. Es hatte eine ganze Weile gedauert, bis er akzeptiert hatte, dass sie der Boss war, doch unterdessen kamen sie recht gut miteinander aus, solange sie ihm nicht dauernd vorschrieb, was er wie zu tun hatte.

»Das ist es, was die Millers auch finden. Wie auch immer, die Leute von der Tierschutzbehörde sind gekommen, haben sie vorgeladen, ihr eine teure Verwarnung ausgesprochen und ihr gesagt, sie hätte zwei Wochen, um ein Zuhause für vier ihrer Hunde zu finden.«

»Nicht für die Welpen?«

»Die Welpen müssen zwar auch untergebracht werden, aber erst wenn sie acht Wochen alt sind.«

Zoe öffnete die Heckklappe ihres SUV, und Jo warf ihren Rucksack hinein, bevor sie auf der Beifahrerseite einstieg.

»Was für ein Durcheinander«, bemerkte Jo, sobald sie angeschnallt war.

»Ja. Die Frau hat zu viele Hunde, das wissen wir alle, doch wie Emery die Sache angegangen hat, das war schlicht und ergreifend falsch.«

»Er hat vermutlich das Gesetz auf seiner Seite, allerdings stimme ich dir voll und ganz zu. Wenn sie besser auf ihre Hündin aufgepasst hätte, wäre all das nicht passiert.«

Zoe fuhr rückwärts aus der Lücke und vom Parkplatz.

»Alle wissen, Emery hasst Tiere.«

»Seine persönlichen Vorlieben und Abneigungen dürfen keine Rolle spielen«, erklärte Jo.

Zoe lächelte. »Ich bin jedenfalls froh, dass du zurück bist.«

Jo stöhnte. »Noch irgendwelche Krisen, die mich erwarten?«

»Da ist ein großes Schlagloch vor Sams Diner.«

»Schlagloch?«

»Na ja, eher ein Krater.«

Großartig!

»Noch irgendwas?«

»Ja. Ich glaube, Mel ist schwanger.«

141

Jo riss ihren Kopf herum. »Sie ist was?«

Zoe hob ihre Hände. »Sie hat nichts zu mir gesagt, wobei ich mir nicht sicher bin, warum nicht, aber sie war in der Küche und hat mir beim Backen für die Gäste geholfen, und ich hab gesehen, wie sie zwei Eclairs und eine halbe Tüte Kartoffelchips in sich reingestopft hat, bevor sie ein Glas eingelegte Rote Bete verputzt und dazu ein Glas Milch getrunken hat.«

Jo zuckte bei dem Gedanken zusammen, wie all das zusammen schmecken musste. »Das ist ja entsetzlich.«

Zoe nickte. »Und eine Stunde später hat sie von Abendessen geredet.«

Ja, das klang eindeutig so, als ob bei ihrer Freundin hormonell was in Schieflage geraten wäre. »Ich frag mich nur, weshalb die Geheimnistuerei?«

»Vielleicht will sie es uns gemeinsam mitteilen.«

Das klang nach Mel. Sie war diejenige, die es immer allen recht machen wollte, und da sie mit Hope bereits eine Tochter hatte, war sie mit dem ganzen Schwangerschaftskram vermutlich vertraut genug, um zu wissen, wann man es der Welt verkündete und wann man wartete.

»Also stellen wir uns dumm und warten, oder sagen wir es ihr auf den Kopf zu?«

»Lass uns warten und sehen, was geschieht.«

Jo zuckte die Achseln.

Sie fuhren ein kurzes Stück auf der Interstate-Autobahn, bevor sie auf den Highway abbogen, der sie nach Hause bringen würde. Die Scheibenwischer rieben in einem gleichmäßigen Takt über die Windschutzscheibe, der sie an den Tanz mit Gill gestern Abend erinnerte.

Als sie am Morgen aufgewacht war, als ihr Wecker geklingelt hatte, hatte sie verblüfft bemerkt, dass Gill immer noch in ihrem Bett lag.

Sie konnte sich nicht an das letzte Mal erinnern, dass jemand die Nacht mit ihr verbracht hatte. Es musste gewesen sein, bevor ihr Vater gestorben war.

Da war also Gill, nackt und halb erregt, der sie zu sich zog, als sie versuchte, aus dem Bett zu schlüpfen.

Sie hatten sich noch einmal langsam geliebt, und dann hatte sie schnell unter die Dusche gemusst, um noch rechtzeitig zum Flughafen zu kommen.

Er hatte ihr gesagt, er würde sie besuchen, bevor sie ihn vermissen konnte.

Sie hatte ihm gesagt, sie vermisse Männer nie.

»Wir werden ja sehen«, hatte seine Antwort gelautet.

Arroganter Kerl.

»Was ist das für ein Ausdruck auf deinem Gesicht?«, wollte Zoe wissen und warf ihr vom Fahrersitz aus einen prüfenden Blick zu.

Jo schüttelte den Kopf.

»Denk nicht einmal dran, irgendwas vor mir geheim zu halten. Ich erzähle dir *alles*.«

Und das stimmte, von ihren und Lukes Sex-Eskapaden bis zu der richtigen Art und Weise, Kräuter zu schneiden, sodass sie ihren Geschmack behielten. Nicht dass Jo das interessierte, denn ihre Kräuter kamen gefriergetrocknet aus einem Glas, wie es sich gehörte.

Jo behielt ihr Grinsen bei. »Ich hab jemanden kennengelernt.«

Zoes Lächeln verschwand. »Wie in ›wirklich kennengelernt‹, oder bloß jemanden, den du nie wiedersehen wirst, für ein kurzes Abenteuer getroffen?«

Gills Stimme ertönte in ihrem Kopf.

Wir werden uns wiedersehen, bevor du mich vermisst.

»Shaunas Partner.«

Zoe quietschte und schlug in ihrer Aufregung auf das Lenkrad. »Nein! Es ist Agent McSexy?«

»Ja.«

Während Jo einen Kurzbericht über Gill abgab und dabei genau wusste, dass sie das in allen Einzelheiten noch einmal bei Mel und Zoe gemeinsam würde tun müssen, erkannte sie, dass Gill sich geirrt hatte – sie vermisste ihn bereits jetzt.

* * *

Jahrelang hatte Jo gedacht, ihr Anrufbeantworter wäre reine Stromverschwendung.

Als sie ihren Rucksack auf ihr Sofa fallen ließ und auf den blinkenden Knopf an dem Gerät drückte, musste sie schockiert zur Kenntnis nehmen, dass sie fünfzehn Nachrichten erhalten hatte.

Die erste war von Glynis. Offenbar hatte die Frau binnen zehn Stunden nach ihrem Aufbruch schon vergessen, dass Jo nicht da war. Glynis stotterte ein paarmal, dann lachte sie über ihr löchriges Gedächtnis und legte auf. Zwei von Cheries Nachbarn hatten sich mehrmals gemeldet, eine davon hatte noch einmal angerufen, um sich dafür zu entschuldigen, dass sie sie während ihres Urlaubs störte. Der Anrufbeantworter hatte die Aufnahme beendet, bevor sie fertig gewesen war, daher hatte sie danach noch mal draufgesprochen, um Jo zu versichern, dass sie ihr nicht böse war, weil sie auch mal Zeit für sich brauchte.

Es gab mehrere Leute, die einfach aufgelegt hatten, und zwei Anrufe wegen des Schlaglochs, von dem Zoe ihr schon erzählt hatte. Die letzte Nachricht war von Cherie selbst, die ihr mitteilen wollte, dass Deputy Emery es nicht verdiente, eine Dienstmarke zu tragen.

Jo schaute auf die Uhr.

Wenn sie nur rasch duschte, würde sie es vor halb sechs zur Wache schaffen, also bevor Glynis ging und alles zu war. Jo wusste, vor ihr lag eine Nacht voller Arbeit. Sie erinnerte sich nicht genau, ob heute Emery den Tag über Dienst gehabt hatte oder ob es eine von den Aushilfen aus Waterville gewesen war. Wie auch immer, sie brauchte Informationen, was adäquat versorgt war und was nicht.

Der Regen hatte nachgelassen, als sie vor der Polizeistation parkte.

Glynis hatte einen Country-Radiosender laufen, der die Stille auf der Wache vertrieb.

Sie sprang auf, als Jo die Tür hinter sich schloss.

»Jo!«

Sie umarmte sie.

»Du hast mir so gefehlt. Der ganzen Stadt. Ich kann gar nicht glauben, dass du eine ganze Woche weg warst. Wie war es denn?« Die ältere Frau machte einen Schritt zurück, aber die Fragen hörten nicht auf. »Hast du das Loch vor Sams Diner gesehen? Ich wette, der Regen heute hat nicht geholfen. Fitzpatrick wird jeden Moment zurück sein. Er kann dich bei all dem Irrsinn, der sich ausgerechnet immer dann zuzutragen scheint, wenn du nicht da bist, auf den neuesten Stand bringen.«

»Ich bin sonst *nie* nicht da.«

Glynis winkte ab. »Du warst zu Melanies und Wyatts Party in Vegas, und dann war da die Reise nach Texas, als Zoe noch dort gelebt hat, und jetzt das hier.«

Jo weigerte sich, sich schuldig zu fühlen wegen fünfzehn Tagen Urlaub in acht Jahren Dienst in River Bend. »Ich habe mehr Resturlaub als sonst irgendjemand.«

»Das liegt allerdings nur daran, dass wir Emery auffordern, seinen zu nehmen.« Sie senkte die Stimme. »Wir mögen dich lieber als ihn.«

Jo ging um ihre langjährige Mitarbeiterin herum und zu ihrem Büro. »Das mag sein, doch es muss möglich sein, dass ich auch mal ein paar Tage wegfahre, ohne dass River Bend auseinanderfällt.«

Glynis setzte sich auf den Stuhl auf der anderen Seite von Jos Schreibtisch, während Jo die Post durchblätterte, die darauf lag und ihren Namen trug.

»Wir sind nicht auseinandergefallen, wir sind nur am Rand ein bisschen ausgefranst.«

Da waren Rechnungen für die Wache. Eine Nachricht von der Firma, von der die Streifenwagen kamen, die sie und Emery benutzten. Den öffnete sie zuerst, sah eine Rückrufnachricht für beide Fahrzeuge.

»Was wird gegen die Unfallgefahr vor Sams Diner unternommen?«

»Fitzpatrick hat mit einem Bauunternehmer für Asphaltarbeiten aus Waterville gesprochen.«

Jo schaute von ihrer Post auf. »Ein paar Säcke Beton würden da nicht reichen?«

Glynis blinzelte ein paarmal. »Du hast es noch nicht gesehen.«

Nein, sie war auf dem Weg nach Hause nicht an Sams Diner vorbeigekommen. »So schlimm?«

»Hat ein ganzes großes Rad von einem der Trucks von Zoes Produktionsfirma geschluckt.«

Das ließ Jo innehalten. »Hat der Truck es verursacht?«

»Glaube nicht. Es war schon dort, bevor die Crew in die Stadt kam.«

Etwas sagte ihr, dass das ein Problem werden würde.

»Luke hat sie rausgezogen, aber es werden mehr als ein paar Säcke von irgendwas nötig sein, um es vernünftig zu reparieren.«

»Wie lange, bis das behoben ist?«

Glynis zuckte die Achseln, deutete zu dem rückwärtigen Fenster. »Der Regen muss erst für länger als fünf Minuten aufhören.«

Die Glocke von der Eingangstür läutete, kündigte Gesellschaft an.

Glynis stand auf und spähte um die Ecke.

»Deputy Fitzpatrick, schauen Sie nur, wer zurück ist.«

Jo kam um ihren Schreibtisch herum, hielt ihm die Hand hin. »Hey, Stan.«

Stan Fitzpatrick war schon länger Deputy in Waterville, als Jo sich erinnern konnte. Er hatte ihren Vater persönlich gekannt. Stan hatte ihren Vater auch immer vertreten, wenn der sich ein Wochenende freigenommen hatte, um es in der Jagdhütte zu verbringen, oder während eines der seltenen Urlaube, die er sich gegönnt hatte, in denen er die Gegend auch mal ganz verlassen hatte. Ein paar Fast-Food-Burger zu viel hatten sich um Stans Bauch angesammelt, und sein zurückweichender Haaransatz war mit Grau durchzogen.

Er kannte die Leute von River Bend, und sie mochten ihn. Daher bat Jo ihn immer, wenn sie mal fortmusste, sie zu vertreten.

Und er tat es immer.

»Du siehst erholt aus«, ließ er sie wissen.

»Das wird nur von kurzer Dauer sein, bedenkt man die Sachen, die hier auf mich warten«, erwiderte sie und winkte mit der Post, die sie in der Hand hielt.

»Die Nachteile davon, der Chef zu sein, Jo.«

»Ja …« Sie begab sich wieder zurück zu ihrem Schreibtisch. »Irgendwas passiert, was ich wissen sollte?«

Stan blickte zu Glynis, dann zurück zu Jo. Der Blick hieß, dass er etwas zu sagen hatte, aber ohne Zuhörer.

»Glynis, danke, dass du alles am Laufen gehalten hast, während ich weg war. Wir sprechen uns morgen früh ganz in Ruhe.«

Die andere Frau verstand den Hinweis und begab sich zu ihrem eigenen Schreibtisch, um ihre Tasche zu holen. »Jedenfalls schön, dass du wieder da bist, Jo.«

Sobald sich die Tür hinter ihr geschlossen hatte, bot Jo Stan einen Stuhl an. »Du hast etwas auf dem Herzen.«

Stan zog seinen Gürtel ein Stück nach oben, sodass er auf dem Stuhl sitzen konnte, ohne dass seine Waffe außer Reichweite rutschte. »Ich bin sicher, du hast die Geschichte mit den Hunden schon gehört.«

»Ja. Zoe hat mich am Flughafen abgeholt und mich auf den aktuellen Stand gebracht.«

»Das wurde nicht ordentlich gehandhabt, Jo. Ich bin hier in River Bend immer eingesprungen, wenn Not am Mann war, seit dein Vater Sheriff war. So unerbittlich aufzutreten ist vielleicht in Waterville nötig, hier jedoch bringt es nur böses Blut.«

»Nachbarn von allen Seiten haben mir Nachrichten auf den Anrufbeantworter gesprochen und sich über das Gebell beschwert. Hat Cherie die Hunde nicht über Nacht ins Haus geholt?«

»Doch. Trotzdem hat Karl sich aufgeplustert und behauptet, er hätte vor dem Haus unangemessenen Lärm gehört und gedacht, er müsse sich aus Sorge um das Wohl der Tiere einmischen.«

Jo schüttelte den Kopf. »Cherie ist ohne Zweifel die verrückte Hundelady, aber sie liebt ihre Fellbabys. Sie würde sich eher selbst was vom Munde absparen, bevor sie ihre Hunde vernachlässigen würde.«

»Ja, also, jetzt hat sie die Gesellschaft für Tierschutz an den Hacken, und sie werden zurückkommen, um sich davon zu überzeugen, dass sie tatsächlich weniger Tiere hat, und dann werden sie noch einmal kommen, wenn diese Welpen acht Wochen alt sind.«

Jo spürte, wie die Kopfschmerzen von ihrem Hinterkopf nach vorn wanderten.

»Selbst die Nachbarn, die sich beschwert hatten, sind der Ansicht, dass die Strafe dem Verstoß nicht angemessen ist.«

»Sie zu zwingen, vier ihrer Lieblinge abzugeben, ist ungefähr das Gleiche, als würde man von dir verlangen, eines deiner Kinder wegzugeben.«

Stan lachte. »Also, mein Ältester geht mir im Moment mächtig auf die Nerven. Verdammte Teenager.«

Jo lächelte. »Sonst noch was?«

Stan erzählte ihr von einem umgefallenen Baum, der nach wie vor von der Nebenstraße entfernt werden musste, an der Miss Ginas Bed & Breakfast lag. Er hatte nach Mrs Kate geschaut, ob bei ihr alles in Ordnung war, und dafür etwas von ihrem Schmorbraten vorgesetzt bekommen. Er berichtete, dass er extra ein paarmal an Jos Haus vorbeigefahren war, um sicherzugehen, dass keiner der Teenager aus dem Ort es für eine gute Idee hielt, alles mit Toilettenpapier zu dekorieren.

Dafür bedankte sie sich bei ihm. Es sah ganz so aus, als würde es eine regelmäßige Aufgabe für sie werden, Klopapier aus Bäumen zu pflücken. Sie konnte nur vermuten, dass Teenager dafür verantwortlich waren.

Jo musste sie auf frischer Tat ertappen und sie mit Zahnpasta und Toiletten bekannt machen – und Lob Hill, wo sie laufen konnten, bis ihnen schlecht wurde. Sie würden zu müde sein, um ihr Haus in Toilettenpapier zu wickeln, und vielleicht auch andere davon abhalten, zu glauben, es wäre ein Witz.

In Wahrheit hatte sie die Verantwortlichen letztes Jahr beinahe bewundert. In all der Zeit, in der sie selbst noch Häuser mit Toilettenpapier umwickelt hatte, war sie nie auf die Idee gekommen, das mit dem eines Polizisten zu versuchen. Der Grund dahinter war vermutlich der, dass das dann ja ihr eigenes gewesen wäre. Aber selbst Emerys Haus, das nicht weit entfernt stand, hatte sie nie in Erwägung gezogen. Jetzt, da sie sich so über ihn ärgerte, wünschte sie sich, sie hätte es getan.

»Alles andere, was nicht viel war, habe ich in meinem Bericht aufgeschrieben.«

Jo stand auf und brachte Stan zur Tür. »Ich kann dir gar nicht genug dafür danken, dass du mich vertreten hast.«

»Hast du bei dem FBI-Training was Nützliches gelernt?«

Jo stellte sich die abschließende Simulationsübung vor, das Lob derer, die sie in Aktion gesehen hatten. »Das eine oder andere schon.«

»Ich bin mir nicht sicher, ob ich verstehe, warum du dachtest, dass du da hinmüsstest. Du hast hier ein ruhiges Städtchen.«

»Ach, da bin ich mir nicht so sicher. In den letzten paar Jahren haben wir hier schon einiges an Medienpräsenz gehabt. Selbst Kleinstädte haben ihre Probleme.«

»Da hast du wohl recht.«

»Noch mal danke, Stan.«

»Jederzeit wieder, Jo.«

Sie setzte sich vor ihren Briefstapel und machte sich an die Durchsicht. Es war nach halb acht, als sie ihr Büro verließ und zu Sams Diner ging, um sich mal selbst den Krater anzuschauen, über den alle redeten.

Der Regen hatte wieder eingesetzt, sodass die Straße glänzte.

»Wirklich beeindruckend«, murmelte sie, während sie die Ausmaße des Schadens abschätzte. Das war jedenfalls ein Loch, das den Klatsch der Kleinstadt auf Wochen hinaus am Leben erhalten konnte.

Ihr Magen erinnerte sie daran, dass sie nichts gegessen hatte, seit sie sich das Sandwich am Flughafen von Washington gekauft hatte, daher betrat sie Sams Diner und setzte sich auf einen der vielen leeren Barhocker an der Theke.

Sie kannte den Namen zu jedem Gesicht, das sie hier sah. Die meisten Leute begrüßten sie mit einem »Hallo« oder einem »Willkommen zurück«. Ein paar Leute, die zu weit entfernt saßen, winkten ihr zu.

»Willkommen zu Hause«, empfing Brenda, die langjährige Bedienung im Diner, sie und hob die Kaffeekanne, aber Jo schüttelte den Kopf.

»Ich muss heute Nacht schlafen.«

Brenda schnupperte an der Kanne, rümpfte die Nase und stellte sie zurück auf die Warmhalteplatte.

Jo sparte sich den Blick auf die Speisekarte, da sie die seit der Highschool auswendig kannte.

»Was ist heute besonders gut?«

Brenda stellte ein Glas Eiswasser vor sie. »Schmorbraten. Es ist Zoes Rezept, und ich glaube, Sam hat es endlich verinnerlicht.«

Jo legte den Kopf schief. »Ist Zoe zufrieden?«

»Sie probiert es jede Woche. Neulich hat sie gesagt, wenn er es noch etwas besser hinkriegt, lässt sie Sam ihren Namen unter das Gericht auf der Speisekarte schreiben.« Brenda schmunzelte. »Stell dir das mal vor, dass Sams Diner ein ›Gericht‹ haben könnte. Selbst wenn es Schmorbraten ist.«

»Ich hatte schon seit einer Ewigkeit keinen Braten mehr. Bring mir mal eine Portion, bitte.«

Jos Telefon vibrierte in ihrer Gesäßtasche. Sie fischte es heraus und sah Gills Namen auf dem Display.

Es war eine Textnachricht. **Wie war dein Flug?**

Jo grinste – das alberne Lächeln eines Schulmädchens, und sie schaute sich sogleich um, ob es irgendjemand im Diner bemerkt hatte.

Ohne besondere Vorfälle, schrieb sie zurück.

Und, ist deine Stadt ohne dich auseinandergefallen?

Jo blickte zum Fenster hinaus auf die gestreiften Warnhütchen, die rund um das große Schlagloch auf der Straße standen. **Ein bisschen.**

Nichts, womit du nicht zurechtkommst, da bin ich mir sicher.

Sein Lob schmeichelte ihr, selbst wenn sie nicht wusste, wie er das beurteilen wollte. Ist es nicht spät bei dir?

Nicht so spät wie letzte Nacht. Jemand hat mich stundenlang wach gehalten.

Jo biss sich auf die Lippe, und ihre Finger flogen schneller über die Tastatur auf dem Display als zu ihrer Teenagerzeit.

Die sollte sich schämen.

Man sollte ihr den Hintern versohlen. Gill hatte hinter den Text ein Smiley gesetzt.

Da wirst du mich erst fangen müssen, und ich wette zwanzig Mäuse darauf, dass ich schneller bin als du.

Eine Reihe von blinkenden Punkten folgte für eine ganze Weile. Jo blickte sich im Restaurant um, sah nicht, dass irgendjemand ihr Beachtung schenkte.

Herausforderung angenommen.

Jo lachte, und Brenda, die gerade ihren Salat zusammenstellte, schaute auf.

Gute Nacht, Gill.
Er antwortete darauf mit: Schlaf gut, Süße.
Der Salat zu ihrem Essen wurde vor sie gestellt. Als sie den Blick hob, lächelte Brenda breit. »Muss was Gutes sein.«

Jo antwortete darauf nichts, steckte ihr Handy weg und griff nach ihrer Gabel.

Selbst der Beilagensalat in Sams Diner schmeckte besser als vor ihrer Abreise.

Brenda klopfte mit ihren Fingern auf die Theke. »Mir gefällt das Lächeln, JoAnne. Und ich hatte es eine ganze Weile lang nicht mehr gesehen.«

Kapitel Zwölf

Gill sah von seinem Schreibtisch hoch, als er bemerkte, dass Shauna vorbeiging. »Burton«, rief er und lenkte ihre Aufmerksamkeit auf sich.

Sie blieb stehen. »Ja?«

»Hast du die Akten von Jos Fall? Dem Tod ihres Vaters?«

Shauna schaute ihn mit gerunzelter Stirn an. »Ja, hab ich.«

»Ich würde da gerne mal einen Blick drauf werfen.« Es war Montag, und sie hatten Überstunden gemacht bei dem Versuch, den Dealer dingfest zu machen, der eine örtliche Highschool mit Heroin versorgte. An den Ermittlungen war nicht nur die lokale Polizei beteiligt, weil es so viele Schüler waren, die inzwischen an einer Überdosis gestorben waren. Einer von ihnen war zufällig der Neffe des örtlichen Kongressabgeordneten gewesen.

Mit dem Ward-Fall würde er sich in seiner Freizeit befassen müssen, doch er wollte nicht, dass es unterging.

»Ich lass sie dir zukommen. Wenn du sie gelesen hast, würde ich gerne ein paar Dinge mit dir durchsprechen«, sagte Shauna.

»Ist dir irgendwas Verdächtiges aufgefallen?«

Shauna verzog das Gesicht. »Es scheint alles zu einfach. Als wenn jemand den Fall viel zu schnell zu den Akten gelegt hätte, aber ich bin mir nicht sicher, dass er ermordet worden ist.«

»Du widersprichst dir selbst.«

Sie entfernte sich. »Du wirst es ja selbst sehen.«

Gill wandte seine Aufmerksamkeit wieder seinem Computer und den Highschools zu, die in seinen aktuellen Fall verwickelt waren. Zwei der größten staatlichen Schulen in Eugene stellten die Mehrheit der Fälle, doch es begann jetzt auf die Privatschulen überzugreifen. Man sollte denken, dass es leichter wäre, in einem kleineren Umfeld eine Verbindung zu finden, aber sie kamen trotzdem nicht weiter.

Was Gill tun musste, war, in die Köpfe dieser Kids zu kommen. Das Problem war, es war vierzehn Jahre her, dass er selbst auf der Highschool gewesen war. Die wenigen Freunde von ihm, die Nachwuchs hatten, hatten sehr junge Kinder, was ihm nicht weiterhalf.

Er sah die Schulfotos der verstorbenen Teenager durch.

Sie wirkten so normal. Schmerzhaft normal.

Kids, die sich Bier aus den Kühlschränken ihrer Eltern stibitzen sollten oder sich einen Joint von einem Einundzwanzigjährigen besorgen.

Heroin passte nicht.

Gill öffnete eine Formularmaske und sandte eine Anfrage zu Drogenmissbrauch im Staat, außerhalb von Eugene. Es würde einige Zeit dauern, bis die Information in seiner Inbox landen würde, also klickte er weiter, um die Liste mit allen Highschools im Staat Oregon aufzurufen. Es waren wirklich viele.

Es scrollte sie durch, nicht ernsthaft auf der Suche nach etwas Bestimmtem, und entdeckte die River-Bend-Highschool. Folgte dem Link. Die gar nicht so kleine Highschool ging von der neunten bis zur zwölften Klasse, mit durchschnittlich zweihundert Schülern pro Jahrgang. Die Schule besuchten auch Jugendliche von außerhalb der Stadt, und sie war in einem echten Backsteingebäude untergebracht statt in diesen portablen Containern, die überall aus dem Boden schossen.

Einfach aus Spaß klickte er sich durch die Site der Highschool, bis er bei der Leichtathletik-Seite ankam, wo er innehielt.

Sheriff Ward, oder Coach Ward, wie sie auf der Website genannt wurde, stand bei irgendeinem Wettkampf neben mehreren Schülern. Einer der Absolventen von River Bend wurde auf der Seite zitiert. »Coach Ward kennt die Worte ›Ich kann nicht‹ nicht. Wenn sie uns nicht trainiert, ist sie als Polizistin hinter uns her, also ist es nicht so, als könnten wir uns weigern.«

Ein weiteres Zitat von einem Schüler zeigte sie aus einem anderen Blickwinkel. »Sie ist nicht die Art Trainer, die nur andere laufen lässt. Sie macht selbst mit und sagt einem, man solle mit ihr mithalten.«

Gill dachte an die Textnachrichten, die er am Samstag mit Jo ausgetauscht hatte. Er vermutete, er sollte ihr einfach gleich die zwanzig Dollar geben, weil er wusste, er würde sie nicht einholen, wenn sie um die Wette rannten.

Er kopierte sich ein Bild von ihr von der Webseite, bevor er sie schloss.

Als er aufstand, um sich Kaffee zu holen, fragte er sich, wie bald er ihr wohl nachlaufen könnte. Dann wurde ihm plötzlich etwas klar.

JoAnne Ward verbrachte jeden Tag mit Highschool-Schülern.

* * *

Zwei Tage und drei Nächte lang nach ihrer Rückkehr bestimmten Unwetter Jos Leben. Weil Deputy Emery sich als Ausgleich für Überstunden freigenommen hatte, war sie fast ganz allein. Glücklicherweise konnte sie bis nach Waterville hinein Leute zu Hilfsarbeiten heranziehen.

Damit jemand in den Außenbezirken von River Bend nach älteren Personen sah, die wegen des schlechten Wetters oder überschwemmter Straßen von der Versorgung abgeschnitten waren, wandte sie sich an die Nachbarn. Und als nicht alle Telefonleitungen funktionierten, hatte sie keine Probleme, die Inhaber der Geschäfte zu bitten, für sie hinauszufahren, weil sie nicht an fünf Stellen gleichzeitig sein konnte.

Mittlerweile war »Sams See«, wie das Loch vor dem Diner unterdessen genannt wurde, von Stunde zu Stunde größer geworden.

Es war erst halb acht Uhr abends, aber wegen des dunklen Himmels fühlte es sich schon wie mitten in der Nacht an. Zu diesem Zeitpunkt funktionierte ihr Funkgerät besser als ein Handy.

Das Funkgerät knackte, und sie hörte eine bekannte Stimme. »Jo, bist du da?«

Sie nahm das Mundstück und drückte den Knopf. »Ich hör dich, Luke.«

»Ich bin etwa acht Kilometer hinter Graysons Farm. Ich ziehe gerade Steve aus dem Graben.« Luke Miller hatte den einzigen Abschleppwagen in der Stadt. In Nächten wie diesen fuhr er Patrouille, bis die meisten der Einwohner von River Bend in ihren Betten lagen.

»Brauchst du Hilfe?«

»Er ist von der Straße gerutscht, als er einem Felsbrocken ausgewichen ist, der vom Hügel herabgestürzt ist. Vielleicht willst du die Unfallstelle ausleuchten, während ich ihn nach Hause bringe. Dann komme ich zurück und schaffe den Brocken aus dem Weg.«

»Bin schon unterwegs.« Jo wendete und fuhr durch die stille Stadt, bog schließlich in Lukes Richtung ab. Die Straßen im Hinterland waren wirklich dunkel, und meist war es ein Reh, das vor einem vorbeifahrenden Auto hervorsprang, das einen Unfall verursachte und dafür sorgte, dass Luke jemanden abschleppen musste.

Es schien ganz so, als ob alle Bambis, die etwas auf sich hielten, bei diesem schlechten Wetter lieber zu Hause blieben, sodass als Unfallursache vor allem unbelebte Objekte vorkamen.

Jo parkte ihr Auto neben dem Felsbrocken, der die halbe Straße versperrte, und schaltete das Blaulicht ein.

Sie drückte sich den Sheriff-Hut tief in die Stirn und zog den Regenmantel enger um sich, als sie aus dem Wagen stieg.

Luke war bis auf die Knochen durchnässt, und Steve winkte ihr vom Beifahrersitz von Lukes Pick-up aus zu.

»Scheint so, als wäre die Vorderachse hinüber«, schrie Luke, um über den Regen und den laufenden Motor seines Pick-ups hinweg gehört zu werden. »Ich hatte gehofft, er könnte nach Hause fahren, aber das sieht nicht so aus.«

Jo blickte die dunkle Straße entlang.

»Ich denke, die Rushhour ist vorbei«, bemerkte sie mit ironischem Tonfall.

Luke befestigte eine Kette an der Winde seines Wagens und startete den Motor. Steves Pick-up wurde langsam auf die Hinterräder gehoben, sodass er abgeschleppt werden konnte.

Jo ignorierte den Regen, der allmählich unter ihre Schutzkleidung drang, und wartete neben Luke.

Der lehnte ihr Angebot ab, ihm zur Hand zu gehen, und arbeitete schweigend weiter.

In den zehn Minuten, die er brauchte, um den Pick-up zu sichern, tauchte kein anderes Auto auf.

Jo wusste, in der Minute, in der sie wegfuhr, würde ein Anruf kommen, dass es einen Unfall gegeben hätte, und sie wäre sofort zurück.

»Ich muss Steve nach Hause bringen und dann das Auto zur Werkstatt fahren. Ich brauch wahrscheinlich eine gute halbe Stunde«, teilte Luke ihr mit.

»Du weißt, wo du mich findest.«

Luke nickte, bevor er zur Fahrerseite des Pick-ups joggte und einstieg.

Jo folgte seinem Beispiel und wartete in ihrem trockenen Dienstwagen auf seine Rückkehr.

Sie ließ den Motor laufen und öffnete das Beifahrerfenster einen Spaltbreit, während sie dem Knistern des Funkgeräts zuhörte. Die einzigen anderen Geräusche waren ihr Atem und das Prasseln des Regens.

Zu Zeiten wie diesen hätte sie gerne einen größeren Pool von Deputys gehabt.

Wenn es jetzt irgendwo einen Notfall gäbe, würde sie sich entscheiden müssen. Natürlich konnte sie Warnlichter auf die Straße stellen und hoffen, dass jeder, der vorbeifuhr, sie bemerken würde. Aber die Sicht war so schlecht, dass die Wahrscheinlichkeit hoch war, dass was passierte.

Also saß Jo in ihrem Auto und wartete.

Der Regen ging von einem Wolkenbruch in einen stetigen Landregen über.

Es war zu still.

Die Haut auf ihren Armen begann zu prickeln.

Sie sah aus dem Rückfenster. Nichts.

Als sie sich wieder umdrehte, bemerkte sie etwas aus dem Augenwinkel. Ihr Herz begann zu rasen, und sie stellte den Scheinwerfer, der oben auf ihrem Auto befestigt war, weg von dem Felsen und schwenkte ihn über die Straße. Regen und mehr Regen. Und Dunkelheit.

»Schlafmangel und Unterzuckerung«, flüsterte sie sich selbst zu.

Dennoch öffnete sie das Holster ihrer Waffe und suchte mit den Augen die dunklen Schatten um ihr Auto ab.

* * *

»Details. Ich will Details, Jo«, verkündete Mel und fuchtelte mit der Flasche Wein in der Luft herum, als wäre es ein Wahrheitsserum.

Jo sah ihre besten Freundinnen an, die mit Taschen, voll mit Gott weiß was, vor ihrer Tür standen und sie erwartungsvoll anschauten. »Habt ihr irgendeine Ahnung, wie wenig Schlaf ich hatte, seit ich nach Hause gekommen bin?«, fragte sie sie und trat von der Tür weg.

Mel ging an ihr vorbei und direkt in die Küche. Zoe folgte ihr.

»Zoe hat behauptet, du hättest einen Mann kennengelernt«, begann Mel, während sie das Essen auspackte, das sie mitgebracht hatte. »Und Brenda hat dich beobachtet, wie du neulich Abend bei Sam auf dein Handy gestarrt und gekichert hast.«

Jo stöhnte, während sie die Tür schloss. »Kann das nicht warten?«

»Ich hab versucht, es ihr zu erklären«, erwiderte Zoe. »Du kennst Mel. Wenn sie sich mal was in den Kopf gesetzt hat, ist es praktisch unmöglich, sie davon abzubringen.«

»Okay, okay. Aber ihr bekommt nur die Kurzversion. Ich bin zu Tode erschöpft und werde ohne den geringsten Skrupel einschlafen.«

Zoe legte den Arm um sie. »Du siehst schrecklich aus.«

»Danke, *Freundin*.« Wenn Zoe nicht die Wahrheit sagen würde, wäre Jo verletzt. »Ich bin auf den Beinen, seit ich zurückgekommen bin.«

Zoe holte eine Schüssel aus der Tasche und begab sich zur Mikrowelle. »Luke hat behauptet, die Straßen sähen schlimm aus.«

»Und dieses riesige Loch vor Sams Laden ist eine Katastrophe«, fuhr Mel fort. »Wyatt, Luke und Sam nehmen sich das gleich morgen früh vor.«

Jo wusste, dass die Stadt sich darum kümmern würde, lange bevor sie jemanden vom zuständigen Bezirksstraßendienst herbekommen könnte, der es reparierte.

»Mich haben zwei Dutzend von River Bends wichtigsten Einwohnern zu Hause angerufen, um mir von dem verdammten Krater zu erzählen. Als wenn ich das in irgendeiner Form übersehen könnte.« Jo atmete langsam durch die Nase ein und ging in die Küche. Sie schaute in die Mikrowelle.

»Pasta«, erklärte Zoe. »Penne mit Huhn und Spargel.«

»Ich hab keinen Hunger.« Jos Magen knurrte.

Zoe sagte nichts, nahm das Essen aus der Mikrowelle und stellte es auf den Tresen.

Mel holte Teller aus Jos Schrank. »Ich bin am Verhungern«, stellte sie fest.

Jo und Zoe betrachteten Mel von oben bis unten.

Mel spürte ihre Blicke und drehte sich um. »Was?«

»Nichts«, antwortete Jo und wandte sich als Erste ab.

Zoe grinste und zog eine Flasche Weißwein aus ihrer Tasche. »Mel, kannst du ein paar Gläser besorgen?«

Jo schaute zu, wie Mel zwei Gläser aus ihrem Schrank holte.

Mel sah auf. »Ich muss noch fahren.«

»Ein Glas macht doch nichts«, versicherte ihr Zoe.

Und bisher hatte Mel auch nie Probleme gehabt, ein Glas zu trinken, solange sie nicht sofort wieder wegmusste und es auch Essen gab. Ja, ihre Freundin hatte ihnen definitiv etwas mitzuteilen.

»Die Straßen sind furchtbar. Außerdem könnte es wieder anfangen zu regnen.«

Der Himmel hatte aufgeklart, bevor Jo für den Abend Schluss gemacht hatte. »Wie du meinst«, erwiderte sie.

Zoe tat allen etwas auf.

Jo lief das Wasser im Mund zusammen.

Mel zog eingewickeltes Knoblauchbrot aus der magischen Tasche.

»Ich bin so froh, dass eine von uns kochen kann«, stellte Jo fest.

»Wir haben alle unsere Talente.« Zoe grinste und reichte ihr einen Teller.

Sie gingen ins Wohnzimmer. Mel setzte sich im Schneidersitz aufs Sofa, Zoe auf den Boden, wobei sie ihren Wein auf dem Couchtisch abstellte, und Jo machte es sich in einem alten Fernsehsessel bequem, der ihrem Dad gehört hatte.

»Also schieß los, Schwester«, forderte Mel sie auf.

»Das hier ist fantastisch«, sagte Jo zu Zoe.

»Jo!«

»Ich bin mir sicher, Zoe hat dir das meiste schon erzählt.«

Mel sprach um ihre Gabel herum. »Sein Name ist Gill, er arbeitet mit dieser Agentenfreundin von dir zusammen, du hast ihn in Washington kennengelernt, und er lebt in Eugene.«

Jo kaute weiter. »Mhm. Das ist es so ziemlich.«

Mel verdrehte die Augen. »Wie sieht er aus?«

»Ich habe ihn in einer Kneipe getroffen, und da hat er perfekt hingepasst. Dann habe ich ihn im FBI-Trainingszentrum in Anzug und Krawatte gesehen, und da hat er ebenfalls perfekt hingepasst.« Jo stach die Gabel in ihre Pasta, sprach, bevor sie sich etwas in den Mund steckte. »Ich denke, man kann, ohne zu lügen, behaupten, er ist ein Chamäleon.«

Mel war nicht amüsiert. Sie warf Zoe einen Blick zu und sagte zu ihr: »Sie datet eine Eidechse.«

»Hast du ein Bild?«, wollte Zoe wissen.

Jo schüttelte den Kopf.

»Du bist nicht hilfreich, Jo!« Mel wirkte genervt.

Jo verdrehte die Augen. »Er ist, ich weiß nicht, so knapp eins neunzig groß, breit, denn das, ihr wisst schon … das fand ich schon immer heiß. Groß und mmm! Er trägt das Haar ultrakurz und hat einen Goatee. Ist das besser, Mel?«

Mel nickte, während sie weiteraß. »Ich fühle mich besser.«

»Du wirst ihn wiedersehen. Das ist der Teil, bei dem ich kichern möchte wie ein Mädchen«, erklärte Zoe. »Ich erinnere mich nicht an das letzte Mal, dass das passiert ist.«

Jo blickte zur Decke. »Ich auch nicht.«

»Ich hätte nie gedacht, dass du einen Cop daten würdest.« Zoe nippte an ihrem Wein, nachdem sie nur etwa die Hälfte des Essens zu sich genommen hatte, das sie sich auf den Teller gefüllt hatte.

»Er ist ein FBI-Agent, kein Cop.«

»Gibt es da einen Unterschied?«, erkundigte sich Mel.

»Vermutlich nicht. Aber hallo, ich hätte auch nie gedacht, dass ich Polizistin werden würde, also kann einen zu daten nicht komplett außerhalb meiner neuen Norm liegen.«

»Wann wirst du ihn wiedersehen?« Mel war wie ein Kind im Spielzeugladen.

»Das weiß ich nicht. Eugene ist nicht gerade nebenan.«

»Es ist allerdings auch nicht irre weit weg.«

»Ich werde dafür sorgen, dass dir alle Einzelheiten meines Liebeslebens genau mitgeteilt werden, sobald ich weiß, was sie sind«, neckte Jo sie. »Doch genug von mir. Wann kommt das Baby?«

Mel zuckte nicht einmal, dachte offensichtlich nicht nach, bevor sie antwortete. »November.«

Zoe quietschte auf.

Melanie ließ die Gabel fallen und schlug sich die Hand vor den Mund.

»Ich wusste es!«

Jo und Zoe starrten beide ihre Freundin an.

»Ich wollte es noch nicht verraten.«

»Warum?«, wollte Zoe wissen.

Mel stellte den Teller zur Seite und sah auf ihren flachen Bauch hinunter. »Ich hätte Hope im ersten Trimester fast verloren. Ich denke, ich wollte nicht, dass sich alle ganz doll freuen, bis das heil überstanden ist.«

Jo streckte die Hand aus und berührte Mel an der Schulter. »Wenn etwas mit diesem Baby passieren würde, glaubst du nicht, dass du uns an deiner Seite haben wolltest, damit wir dir da durchhelfen? Wie können wir für dich da sein, wenn du uns nicht erzählst, was los ist?«

Mel hatte feuchte Augen. »Ich glaub, da hast du recht.«

»Ich hab immer recht«, sagte Jo mit ernstem Gesicht.

Zoe setzte sich auf den Platz neben Mel auf dem Sofa und schlang die Arme um sie. »Du bekommst ein Baby!«

Jo schloss sich ihnen zu einer Gruppenumarmung an.

»Und du hast einen Freund«, ergänzte Mel.

Sie umarmten sich wieder.

»Er ist nicht mein Freund.«

»Ja, genau«, erwiderten Mel und Zoe gleichzeitig.

Kapitel Dreizehn

Der Nebel kam vom Meer, hüllte River Bend in eine so dicke Schicht, dass man meinte, die Luft schneiden zu können. Das hielt Jo allerdings nicht auf.

Sie war um sechs auf der Bahn, lief sich warm und wartete, dass ihre Trainingsgruppe eintraf.

Tim, ihr Team-Captain, war der Erste. Direkt hinter ihm folgten Maureen und Tina, ihre besten Läuferinnen, die zusammen aufs Feld kamen, die Köpfe zusammengesteckt, und tuschelten.

»Hallo, Coach«, begrüßte Tim Jo. »Endlich hat es genug aufgeklart, dass wir trainieren können.«

Jo lächelte. »Es bringt niemandem was, wenn sich jemand so kurz vor der Landesmeisterschaft noch den Knöchel bricht.« Die Bahn entwässerte ziemlich gut dafür, dass sie schon vor drei Jahren hätte ersetzt werden müssen, aber wenn es dermaßen schüttete, wie es das getan hatte, erinnerte das Ganze eher an einen See als an einen Untergrund, auf dem man laufen konnte.

Maureen und Tina redeten weiter, während sie ihre Rucksäcke oben an die Latten des Zauns hängten.

Jo schaute auf die Uhr und über die Tribüne zum Parkplatz.

Ihr jüngster Läufer Louis joggte gerade vom Auto seiner Mutter herüber.

Der Junge schien nur aus Beinen zu bestehen und war bisher nicht in seinen Körper hineingewachsen. »Hallo, Coach«, rief er ihr aus ein paar Metern Entfernung zu. »Ich bin nicht zu spät.«

»Nein, keine Sorge.«

Der Rest hatte noch drei Minuten. »Tim?«, wandte sie sich an den Jungen.

»Ja?«

»Du hast alle über das heutige Training unterrichtet, richtig?«

»Ich hab gestern Abend Textnachrichten rausgeschickt.«

»Und haben alle geantwortet?«

»Ja.«

Jo holte ihr Handy aus dem Armband, wo sie es trug, wenn sie lief, und checkte ihre Nachrichten.

Hinter sich hörte sie die Stimme eines Mädchens. »Wir sind da!«

Jo sah hoch. Ella und Gustavo gingen nebeneinanderher. Ella war Jos Elftklässlerin, und Gustavo war als Teil einer Strafe hier, sodass er es sich nicht leisten konnte, zu spät zu kommen.

Die beiden wirkten sehr vertraut miteinander.

Um genau sechs Uhr dreißig holte Tim alle zum Aufwärmen zusammen. Um sechs Uhr zweiunddreißig kam der andere Zwölftklässler.

Jo warf ihm einen Blick zu und hob zwei Finger in die Luft.

Er beschwerte sich nicht.

Eine Extrarunde nach dem Training für jede Minute, die sie zu spät kamen. Das war die Regel.

Darüber zu diskutieren führte nur zu mehr Runden. Und so gerne diese Kids auch liefen, wenn sie mit ihrem Training durch waren, waren sie fix und fertig.

Die, die nicht freiwillig dabei waren, wie Gustavo, liefen Extrarunden und leisteten Arbeitsstunden ab. Worunter Jo verstand, den Müll vom Feld zu sammeln, die Ausrüstung zu säubern und die Sprunggrube zu harken. Und wenn es etwas gab, was Teenager hassten, dann war es, hinter anderen Teenagern herzuräumen.

»Coach?«, lenkte Tim ihre Aufmerksamkeit auf sich.

»Ja?«

»Kommt Billy heute?«

»Billy muss seine Mutter zu einem Arzttermin nach Waterville fahren.«

Tim salutierte und forderte den Rest des Langstreckenteams auf, mit den ersten Runden anzufangen.

Bei der zweiten Runde fiel Jo auf, dass Tina und Maureen den Pfützen auswichen, die immer noch auf der Bahn waren. Statt sie darauf hinzuweisen, entschied sie, dass ihnen etwas Zeit im Gelände guttun würde. Sie schloss sich ihnen in der dritten Runde an und dirigierte sie von der Bahn weg.

Die Mädchen stöhnten, aber das gab sich, nachdem es unmöglich wurde, Pfützen auszuweichen, und ihre Beine mit Matschspritzern übersät waren.

Als sie ihre fünf Kilometer beendeten, waren ihre Neuntklässler außer Atem, und Gustavo hielt sich die Seite.

»Du musst nicht das Gefühl haben, dass du mit den Zwölftklässlern Schritt halten musst, Louis«, erklärte sie ihrem jüngsten Teammitglied.

Louis nahm das mit einem Nicken zur Kenntnis, versuchte aber gar nicht erst, zu antworten.

Jo legte für einige Meter an Geschwindigkeit zu, um zu Gustavo aufzuschließen.

»Sieht so aus, als hättest du während des Regens etwas an Dampf verloren.«

Er sah sie an und runzelte die Stirn. »Sie haben das Training abgesagt.«

»Hab ich. Du hast recht.«

Sie joggten einige Zeit Seite an Seite.

»Hey, Drew«, rief Jo nach vorne. Drew hielt sich neben Tina. Sie waren im vorigen Sommer immer mal miteinander ausgegangen. Jo wusste nicht, ob sie zurzeit zusammen waren oder nicht.

»Ja, Coach?«

»Wenn ich das Training abblase, läufst du dann trotzdem?«

Die Mädchen begannen zu lachen, und Drew drehte sich um und joggte rückwärts weiter, als er antwortete. »Wenn ich mich nicht übergeben will, wenn ich das nächste Mal zum Training komme, ja.«

»Im Regen?«, fragte Gustavo ungläubig.

»In was auch immer, Kumpel. Mindestens drei Kilometer, außer Gott selbst schüttet die Eimer über River Bend aus.«

»O Mann.«

Gustavo war nicht glücklich. Aber er war ja auch nicht freiwillig hier. Er hatte versucht, im Supermarkt etwas mitgehen zu lassen. Der Besitzer hatte ihn mit Kaugummi und Süßigkeiten in der Tasche erwischt und Jo angerufen. Jo wollte nicht, dass sich Gustavo wegen so einem Mist die Zukunft verbaute, und wenn es nach ihr ging, würde es das letzte Mal sein, dass er so was versucht hatte.

Er war im Herbst für das Cross-Country-Team eingeteilt gewesen und im Frühling für die Langstrecke. Sie würde ihm im Sommer freigeben, wenn sie ihn nicht erneut erwischte oder ihr irgendwelche anderen Probleme zu Ohren kamen.

Doch das hier war River Bend. Und Jo war mit allem hier vertraut, wie Seeleute, die einen aufziehenden Sturm riechen konnten. Sie wusste, wo sie die Teenager am Freitagabend finden konnte, wusste, wo sie sich ihren Alkohol besorgten und wo sie ihr Gras versteckten. Ihr Laufteam von Jahr zu Jahr gut bestückt zu halten war nicht schwierig.

Einige, wie Drew, brachten die Extrarunden mit einem frechen Grinsen hinter sich. Er leistete sich manches, aber insgesamt war er ein anständiger Junge mit einem ziemlich guten Gefühl für das, was um ihn herum vorging, vermutlich weil er Deputy Emerys Sohn war. Er erinnerte sie sehr an sie selbst in dem Alter.

Immer wenn sie Insider-Informationen über eines der Mitglieder ihres Teams bekam, selbst wenn es nicht in der Langstreckengruppe war, behielt sie es für sich und sorgte dafür, dass sie diejenige war, die sie bei ihren Missetaten erwischte.

Sie wussten es alle, jeder Einzelne von ihnen, dass sie sie anrufen konnten, falls es brenzlig wurde.

Und manchmal taten sie das sogar.

Bisher hatte jeder der unfreiwilligen Läufer die Highschool beendet. Was ihr Ziel gewesen war. Nun, das und sie davon abzuhalten, etwas wirklich Dummes mit weitreichenden Konsequenzen zu tun. Drei ihrer Läufer hatten Sport-Stipendien bekommen. Angesichts des typischen Einkommens in River Bend waren das für sie Homeruns.

Das sollte nicht bedeuten, dass sie nicht genauso glücklich war über die Schüler, die zum Community College in Waterville gingen und dann von dort an eine Uni oder in einen Beruf, um sich ihren Lebensunterhalt zu verdienen. Das Beste war, dass keiner ihrer Läufer bisher im Gefängnis gelandet war.

Sie rannten über einen baumbestandenen Pfad und zurück zur Tartanbahn an der Highschool. Es folgten zwei Runden zum Abkühlen, wobei sie langsamer machten.

»Also, Sheriff?«, fragte Drew laut genug, dass es alle hören konnten.

»Ja?«

»Haben die Ihnen beim FBI beigebracht, wie man ein richtig harter Scheißkerl wird?«

Sie verzog das Gesicht. »Keine Schimpfworte.«

Drew verdrehte die Augen.

Sie machte sich nicht die Mühe, ihn weiter zurechtzuweisen. Dafür hatte er Eltern. »Ich habe ein paar Sachen gelernt.«

»FBI-Lehrgang hört sich cool an«, bemerkte Louis, der sich durch seine letzte Runde keuchte.

»Haben Sie viel geschossen?«, erkundigte sich Tina.

»Haben wir.«

»Ich hab mir das online angeguckt«, erklärte Tim. »Durften Sie wie eine Irre fahren?«

Jo lachte. »Man nennt das defensives Fahren, Tim. Nicht irre.«

Sie brachten ihre letzte Runde hinter sich, und der Geräuschpegel vom Parkplatz verriet ihr, dass langsam die anderen Schüler eintrafen.

»Ich finde es toll, dass unser Stadtsheriff mit dem FBI trainiert hat.« Tina sah aus, als würde sie es sich selbst anrechnen.

»Es war harte Arbeit, aber das war es wert.«

»Mussten Sie auch laufen?«, fragte Gustavo mit einem Lachen.

»Nein. Ich habe trotzdem täglich fünf Kilometer runtergerissen.« Bis auf zwei Tage, aber das würde sie nicht zugeben.

Gustavos entsetztes Gesicht ließ sie auflachen.

Tim und Drew sprinteten ihre letzten hundert Meter, auch wenn sie sich eigentlich langsam abkühlen sollten. Drew hatte den Fuß als Erster über der Ziellinie. Die Hände auf die Knie gestützt, heftig keuchend, zogen sie sich gegenseitig damit auf, was sie nächstes Mal machen würden und wer der schnellere Läufer war.

»Hallo, wer ist das denn?« Der Tonfall von Maureen verriet, dass ihr gefiel, was sie sah.

»Oh …«, seufzte Tina.

Jo folgte ihren Blicken. Ihr stockte der Atem, und sie verschluckte sich fast.

Gill lehnte am Zaun. Er trug eine schwarze Lederjacke und Jeans. Die Sonnenbrille, die man eigentlich noch nicht brauchte, hatte er auf der Nase, sodass sie nicht erkennen konnte, wo er hinschaute.

Aber Jo spürte es.

»Hallo, JoAnne.« Seine Stimme war leise und sexy. Das »Hallo« allein klang schon intim.

Jo wartete eine Sekunde, und dann hörte sie es. Das leise Pfeifen von einem der Jungs, sie vermutete, von Drew. Die Mädchen kicherten.

Sie machte einen Schritt auf Gill zu.

»Er sieht ein bisschen gefährlich aus, Sheriff. Sie sollten vielleicht lieber vorsichtig sein«, neckte Drew sie.

Sie hob die Hand, mit ihrem Rücken zu ihrem Team. Mit zwei Fingern in der Luft wies sie ihn an: »Zwei Extrarunden, Drew. Pass auf, dass es nicht drei werden.«

Der Junge lachte, als er sich aufmachte, um seine Strafe abzulaufen.

»Was tust du hier?«, flüsterte sie, als sie nahe genug bei Gill war, dass nur er sie verstehen konnte.

»Ich hab dir doch gesagt, ich würde vorbeikommen, bevor du mich vermissen könntest.«

Jo lächelte und versuchte, nicht auf die Teenager zu achten, die sie von hinten beobachteten.

»Ich hab gedacht, du würdest vorher anrufen.«

Gill nahm die Sonnenbrille ab, und ja, richtig, er starrte sie an. »Ich war in der Gegend.«

Eugene war zwei Stunden entfernt!

171

Jo wollte erröten, tat es vermutlich auch, aber es war unwahrscheinlich, dass man das bei ihren ohnehin erhitzten Wangen erkennen konnte. »Sehr lustig. Wir sind gleich fertig.«

Gill musterte sie von oben bis unten. »Ich warte.«

»Hör auf, mich so anzusehen.«

»Wie denn?«, flüsterte er zurück.

»Als wenn du mich aufessen möchtest.«

Er lehnte sich näher, seine Lippen dicht an ihrem Ohr. »Aber das will ich doch.«

»Du bist unmöglich.«

Sein Grinsen verhieß Sünde, bevor er seine Augen wieder mit der Sonnenbrille verdeckte und sich an den Zaun lehnte.

Jo wandte sich ihrem Team zu, das komplett stehen geblieben war, um sie zu beobachten.

»Habt ihr die Dehnübungen vergessen?«

Die Mädchen hatten Handys in den Händen.

Damit dürfte der River-Bend-Klatsch dann begonnen haben.

* * *

Wusste die Frau nicht, wie sie aussah, wenn sie so winzige Shorts und ein enges Oberteil trug und noch dazu schweißgebadet war? Gill fragte sich unwillkürlich, ob die Oberstufenschüler an der River-Bend-Highschool Fantasien über ihren attraktiven Sheriff hatten.

Herr im Himmel, wenn er während der Schulzeit eine Trainerin gehabt hätte, die wie Jo ausgesehen hätte, wäre er vielleicht auch im Laufteam gewesen.

Er stellte fest, dass es ihm Spaß machte, wenn sie seinetwegen rot wurde. Es war offensichtlich, dass sein unerwartetes Auftauchen sie aus der Fassung gebracht hatte. Und wenn es etwas gab, was er über Frauen wusste, dann, dass sie interessiert waren, wenn sie verwirrt waren.

JoAnne Ward war total verwirrt.

Er hatte bei ihren Unterhaltungen genug über ihre tägliche Routine erfahren, um zu wissen, dass sie jeden Morgen, bevor sie zur Arbeit ging, mit ihrem Team auf der Laufstrecke war. Nach all dem Regen, den Oregon abbekommen hatte, seit sie von der Ostküste zurück waren, war es eine ziemlich sichere Nummer gewesen, sie an diesem ersten trockenen Tag hier anzutreffen.

Gill hatte es genossen, nach River Bend runterzufahren, und er war im Hinterland recht schnell unterwegs gewesen. Er machte sich nicht viele Gedanken über Strafzettel, und sein Motorrad gab ihm genug Bewegungsfreiheit, um Hindernissen auszuweichen, die nach dem Sturm noch immer die Straße blockierten.

River Bend, oder zumindest die wenigen Straßen da, wo sich das Stadtzentrum befand, war genauso klein, wie sie es beschrieben hatte. Allerdings gab es Bereiche, die weiter von der Hauptstraße entfernt lagen, die Farmen und Randgebiete, die auch noch zum Ort gehörten. Und es gab jede Menge Wald, um für alles andere zu entschädigen.

Es war ruhig. Das war es, was ihm am meisten auffiel. Es war fast halb acht, und die Stadt wachte gerade erst auf.

Die Highschool, dachte Gill, war größer als jeder andere Teil der Stadt.

Der Parkplatz war nicht besonders riesig, aber er hatte sich schnell gefüllt, als Gill daraufgefahren war und seine Maschine neben Jos Dienstwagen abgestellt hatte.

Ein Chor von »Auf Wiedersehen« erregte seine Aufmerksamkeit.

Jos Team verabschiedete sich von ihr. Zwei der Mädchen blickten in seine Richtung und kicherten, während sie sich schnell entfernten.

Gill dachte nicht, dass Jo sich häufig mit Männern traf, sonst würde sein Auftauchen nicht diese Art von Reaktion heraufbeschwören.

Jo schwang sich ihren Rucksack über die Schulter. »Du weißt genau, was du getan hast, oder?«

Er schüttelte den Kopf.

»Du hast den Klatsch losgetreten.«

»Was für Klatsch?«

Jo stand direkt vor ihm, den Kopf zurückgelegt.

»Nur mein Vater hat mich JoAnne genannt. Und niemand, und ich meine *niemand*, ist je zum Trainingsplatz gekommen, ohne dass ich ihn zum Laufen verdonnert hätte.«

Ihm gefiel, was das bedeutete.

»Also, deinen Vornamen zu benutzen und hier zu sein ist schon genug Anlass für Klatsch, was?«

»Du hast ja keine Ahnung.« Sie sah sich um.

Gill nahm die Sonnenbrille ab und steckte sie in die Innentasche seiner Jacke. »Nun, weißt du, was wir dann tun sollten?«

Jo wandte ihre Aufmerksamkeit wieder ihm zu. »Was?«

»Ihnen etwas geben, worüber sie klatschen können.« Er fasste sie um die Taille und zog sie zu sich.

Sie widersetzte sich ihm nicht, aber andererseits verriet ihm ihr Gesichtsausdruck auch, dass er sie überrascht hatte.

»Ich habe dich vermisst«, erklärte er, direkt bevor er sie küsste.

Er war sich ziemlich sicher gewesen, dass sie ihn von sich stoßen würde.

Doch das tat sie nicht.

Also ließ er seine Lippen auf ihren, bis sie stöhnte, erst dann löste er sich von ihr. »Na also«, sagte er. »Etwas, über das sie reden können.«

»Damit dürfte mein Ruf als harter Typ dann erledigt sein«, stellte sie fest und leckte sich die Lippen.

Gill nahm ihr den Rucksack von der Schulter. »Ist dir aufgefallen, wie groß ich bin? Dein harter Typ ist gerade aufgetaucht.«

* * *

»Ich spring mal schnell unter die Dusche.«

»Brauchst du Hilfe?«, erkundigte sich Gill.

Jo verschwand um die Ecke in Richtung ihres Schlafzimmers, wie er vermutete.

»Haha! Du tauchst hier auf, und ich komm zu spät. Keine tolle Kombination.«

Gill ging hinüber zum Kamin und murmelte: »Ich finde, das ist eine super Kombination.«

In den Rohren in den Wänden rauschte es, als Jo das Wasser anmachte. »Fühl dich ganz wie zu Hause.«

Eine gerahmte amerikanische Flagge hing mitten über dem Kamin, die Plakette darunter verkündete »Sheriff Joseph Allen Ward«, zusammen mit dem Todesdatum. Rechts von der Flagge gab es ein Bild von Jo als Teenager mit ihrem Vater in Uniform neben sich.

Gill nahm es, um es genauer zu betrachten.

Jo war jünger, aber genauso hübsch. Da war etwas in ihrem Lächeln, etwas Geheimnisvolles. Ihr Vater hatte eine Hand auf ihrer Schulter und drückte sie an sich, und es wirkte fast, als ob diese Nähe etwas Seltenes wäre und er sie so lange festhalten wollte, wie er nur konnte.

Eine plötzliche Traurigkeit, dass der Mann tot war, durchzuckte Gill.

Das nächste gerahmte Bild war neuer. Und ließ ihm das Wasser im Mund zusammenlaufen.

Jo stand neben zwei Frauen, eine im Brautkleid, die andere genauso angezogen wie Jo. Eine Hochzeit offensichtlich und drei enge Freundinnen. JoAnne Ward war zurechtgemacht wirklich verdammt attraktiv. Ein Kleid, Make-up … schicke Frisur inklusive kleiner Blumen. Er fragte sich, ob sie diese Details und die Blumen gehasst hatte oder ob sie sich heimlich danach gesehnt hatte. Sie war wunderschön, wie jede Brautjungfer es sein sollte. Hier schien sie weniger zurückhaltend, entspannter, als sie auf dem Bild mit ihrem Vater gewesen war.

Gill stellte das Foto wieder zurück, wollte mehr wissen.

An der Wand hing eine Aufnahme von ihrem Vater, wieder in Uniform. Diese war von einem Profi geschossen worden. Es war eine von denen, die die Polizei an dem Tag, an dem man die Akademie abschloss, anfertigen ließ. Direkt daneben hatte Jo ihr eigenes, fast identisches Bild aufgehängt.

Gill erkannte ein Thema.

Er blickte von den Fotos weg und schaute sich im Zimmer um. Es fühlte sich schwer an, dunkel. Das Heim eines Mannes mit nur einem kleinen Hauch von weiblichem Einfluss. Wie der Fernsehsessel, der neben dem Sofa stand. Er schrie förmlich »Mann«, es lag aber eine weiche elfenbeinfarbene Wolldecke über der Rückenlehne.

Das Haus war aufgeräumt, nicht wie das eines Junggesellen, sondern wie das einer Frau, die ohne Ehemann und Kinder lebte. Die wenigen persönlichen Gegenstände, die sich auf dem Couchtisch oder dem Küchentresen befanden, waren absichtlich dort, nicht fallen gelassen und vergessen worden.

Gill hätte gedacht, dass Jo eher eine Frau wäre, die alles fallen ließ. Es überraschte ihn, dass sie so ordentlich war.

Unwillkürlich fragte er sich, ob diese Ordnung noch natürlich war. Er trat in die Küche und öffnete einen Schrank. Ordentlich.

Er öffnete den nächsten. Ordentlich.

Gill runzelte die Stirn, bis er den Kühlschrank aufmachte.

Das Chaos darin entlockte ihm ein Lächeln. Okay, also war Jo nicht krankhaft ordentlich.

»Hungrig?«, hörte er ihre Stimme hinter sich.

Er schloss die Tür und drehte sich ohne Erklärung um.

Jos Haar war nass und in einem Knoten oben auf ihrem Kopf zusammengebunden. Ihr Gesicht war gänzlich frei von Make-up, mit Ausnahme von einem kleinen bisschen Lipgloss. Mehr brauchte sie auch nicht.

Sie war halb angezogen. Nun, sie hatte die Standarduniform an, wobei ihre Bluse nicht zugeknöpft war, darunter ein T-Shirt, das ihm die Aussicht versperrte.

»Ich bin hungrig«, erwiderte er, seine Stimme tief.

Jo errötete.

Er liebte es, wenn er sie dazu brachte. Gill stellte sich neben sie, hielt sie davon ab, sich die Bluse weiter zuzuknöpfen, indem er sie in seine Arme zog. »Hi«, sagte er, als würde er sie zum ersten Mal an diesem Tag sehen.

»Das ist verrückt«, flüsterte sie, bevor sie ihre Lippen auf seine presste.

Ihr Gloss schmeckte nach Kirschen, ihr Kuss nach Wein. Er erkundete jeden Teil ihres Mundes und hörte erst auf, als sie sich von ihm löste, um Luft zu holen. »Ich wusste, dass du mich vermissen würdest«, verkündete er.

Sie strich ihm mit einem Daumen über die Lippen. »Ich hab nie behauptet, dass ich dich vermisst hätte.«

»Dein Kuss hat es mir verraten.«

Er ließ sie los, und sie zog sich zu Ende an. »Ich muss zur Arbeit.«

»Das hab ich mir schon gedacht. Ich bin mir sicher, es macht dir nichts aus, wenn ich mitkomme?«

»Es ist eine langweilige Stadt, Gill. Ich hoffe, du hast ein Buch mitgebracht.«

Er betrachtete sie, hatte das Gefühl, dass etwas nicht stimmte. »Kein Buch ...« Seine Worte verklangen. »Hey, wo ist deine Weste?«

Sie hatte sich die Bluse fertig zugeknöpft und steckte sie sich in die Hose.

»Weste?«

Er tippte ihr gegen die Brust.

Das beschwichtigende Lächeln sagte alles. »Es ist River Bend«, erwiderte sie, als wenn der Name der Stadt hinreichend erklärte, warum sie keine schusssichere Weste anhatte.

»Niemand in River Bend hat eine Waffe außer dir?«

Jo hielt sich offensichtlich gerade noch davon ab, die Augen zu verdrehen. »Du wirst es gleich selbst sehen.« Sie verschwand wieder in ihrem Zimmer, kehrte mit ihrem Dienstgürtel um die Hüften und ihrem Hut in der Hand zurück. »Komm mit.«

Selbst in den unvorteilhaften Hosen, mit den Werkzeugen ihres Polizeiberufes um die Hüften, machte sie es ihm unmöglich, seine Augen von ihrem Hintern loszureißen, als sie vor ihm durch die Tür ging.

Kapitel Vierzehn

Drew lief zwischen den Autos hindurch, die über den Parkplatz der Highschool kurvten, und bemerkte Tina, die an dem Civic ihres Vaters lehnte. Ihre engen kleinen Laufshorts hatten ihn den ganzen Morgen abgelenkt, und falls er sich nicht täuschte, wusste sie das.

Sie schaute auf, als er näher kam.

»Hey«, sagte er.

»Ich dachte, du wolltest nach Hause, um zu duschen«, erwiderte sie.

»Gerade auf dem Weg.«

Ihr Handy vibrierte.

Er sah auf das Display, entdeckte dasselbe Foto bei jeder gesendeten Nachricht. »Sind das der Sheriff und der Typ?«

Tina machte das Bild für ihn auf, damit er es genau betrachten konnte. »Er ist wirklich heiß.«

Drew richtete den Blick vom Hintern ihrer Trainerin auf den Mann. »Wenn du auf alte Typen stehst.«

»Er ist nicht alt.«

Drew verdrehte die Augen. »Für dich schon.«

Tina zog ihr Handy weg. »Was auch immer.« Sie stieß sich von der Seite des Autos ab und glitt hinters Steuer.

Drew trat einen Schritt zurück, als sie den Motor startete.

Er würde darauf wetten, dass sie immer noch wütend war, weil er nicht mit ihr zum Schulfest hatte gehen wollen. Man sollte eigentlich denken, mit dem Abschlussball direkt vor der Tür würde sie etwas netter zu ihm sein.

* * *

Mel schenkte den Gästen, die zum Frühstück runtergekommen waren, Kaffee nach. Weil es mitten in der Woche war, stand Zoe nicht in der Küche, um das Frühstück zuzubereiten. Aber sie hatte das Menü geplant und Mel genug beigebracht, dass die etwas anderes auf den Tisch bringen konnte als Rührei und Schinken. Nicht dass ihre kulinarischen Bemühungen sie jemals zu einer Berühmtheit machen würden. Dennoch, die Bananenpfannkuchen und die Quiche sorgten dafür, dass die Gäste nicht das Gefühl hatten, sie wären zu Hause und würden nur all das bekannte Zeug essen.

Mel spürte ihr Telefon in der Hosentasche vibrieren, aber sie griff erst danach, als sie die Teller von einem Tisch abgeräumt und die Saftgläser an einem anderen nachgefüllt hatte.

Sie räumte den Geschirrspüler ein, als sie wieder in der Küche war, und merkte erneut, dass ihr Telefon vibrierte.

Eine Textnachricht von Brenda aus Sams Diner war ungewöhnlich.

Mel tippte darauf, um das Bild zu öffnen. Sie quietschte und ließ ihr Telefon in den Geschirrspüler fallen. Sie fluchte leise und hoffte, dass das Display nicht gesplittert war. Ihrem erleichterten Seufzen folgte schnell ein weiteres leises Quietschen.

Sah ganz so aus, als ob Jos heißer Typ in der Stadt wäre.

Mel vergrößerte das Bild. Oh, der Mann war perfekt für ihre Freundin. Sie führte einen kleinen Freudentanz auf, kopierte schnell das Bild und sandte es an Zoe.

Nachdem das Foto ausgeliefert worden war, wartete sie.

»Komm schon, Zoe.«

Endlich sah sie die drei Punkte auf dem Display, die verrieten, dass Zoe dabei war, zu antworten.

OMG, er ist so Jo!

Ich weiß!, schrieb Mel zurück.

Ich muss sofort zur Wache.

Nicht ohne mich!

Sie verabredeten sich, und Mel eilte zur Hintertür hinaus, um Miss Gina zu suchen und ihr die Neuigkeiten mitzuteilen.

* * *

Luke stieß seine Schaufel in den nassen Zement und zog weiter Luft aus der Mischung, während Wyatt und Sam mehr Säcke zusammenmixten, um das Loch zu füllen.

Sein Telefon vibrierte.

Wyatt, der über einen weiteren Sack gebeugt stand, griff nach seiner Gesäßtasche. Er grinste.

Lukes Telefon vibrierte wieder. Als er hinsah, erblickte er Jo, die bei der Tribüne der Highschool von einem Mann geküsst wurde, der doppelt so groß war wie sie. »Wird auch Zeit«, murmelte er, bevor er das Handy zurück in die Hosentasche steckte.

Sam griff sich ins Kreuz und beschwerte sich: »Wie viele Säcke werden wir noch brauchen?«

Wyatt schaute sich um. »Fünf, vielleicht sechs.«

»Das verdammte Ding ist der totale Krater.«

Luke nickte. »Das kannst du laut sagen.«

* * *

Jo parkte vor der Polizeiwache, wie sie es immer tat.

Glynis' Auto war schon auf dem ihr zugewiesenen Platz. Sie war früh da.

Gill stand vor dem Dienstwagen, blickte die Straße runter. »Was geht da vor sich?«, erkundigte er sich.

»Schlagloch.« Jo winkte, als sie erkannte, dass Wyatt den Kopf hob.

»Sieht nach einer ernsthaften Gefahr aus.«

»Die kriegen das schon hin.«

Falls Gill weitere Fragen hatte, stellte er sie nicht.

Glynis zuckte zusammen, als Jo durch die Tür kam, und ihre Hand verschwand hinter ihrem Rücken.

»Guten Morgen, Glynis.«

Ihre Sekretärin starrte Gill an und errötete.

Die Klatschmühle lief schon auf Hochtouren. Jo konnte es fühlen.

»Glynis, das ist Agent Gill Clausen. Er arbeitet mit Agent Burton zusammen. Du erinnerst dich an sie, richtig?«

Glynis nickte. »Natürlich erinnere ich mich. Sie beide waren Partner?«

»Sind es noch«, korrigierte Gill sie. »Unser Büro ist in Eugene.«

»Oh, das ist nett. Äh, kann ich Ihnen irgendetwas bringen? Kaffee?«

Jo grinste. Seit wann spielte Glynis die gute Gastgeberin?

»Ich bin mir sicher, ich komme selbst zurecht«, erwiderte Gill. »Trotzdem danke für das Angebot.«

»Oh, kein Problem. Jeder Freund von Jo ist auch ein Freund von uns.«

»Uns?«, fragte Gill und schaute sich in der leeren Station um.

»Der Stadt. Ich meine, ich spreche nicht für die ganze Stadt, aber, nun ja ... Oh, ich weiß auch nicht, was ich meine. Willkommen in River Bend.«

»Danke, Glynis.«

Jo fürchtete, dass die Frau gleich ohnmächtig werden würde, so rot war ihr Gesicht angelaufen.

Als Jo in ihr Büro ging und außer Hörweite von Glynis war, sagte sie: »Du wirst hier ziemlich vielen Leuten den Kopf verdrehen. Versuch, dein Ego unter Kontrolle zu halten.«

»Ich werde mir Mühe geben.« Gill trat in ihr Büro. Groß, wie er war, nahm er ziemlich viel Platz ein. »Wie viel ist hier verändert worden, seit dein Dad gestorben ist?«

Die Frage traf sie unvermutet.

»Nicht viel. Er war effizient und hatte keine Angst vor Computern und Technologie. Es war nicht so, als hätte ich herkommen und seine Welt auf Vordermann bringen müssen.«

»Seine Welt«, wiederholte Gill.

Jo trat um den Schreibtisch herum, warf einen Blick auf die Post vom Vortag, um die sie sich kümmern musste. »Im ersten Jahr hat es sich wie seine Welt angefühlt.«

»Ich hab die Vermutung, es fühlt sich immer noch wie seine Welt an.«

Jo sah sich um: dieselben Wände, dieselben Bilder, dieselbe Farbe. »Manchmal. Hier verändert sich nur wenig.«

»Das sollte es einfacher machen, einen zehn Jahre alten Fall zu untersuchen.«

Jo verengte die Augen. Hoffnung regte sich in ihrer Brust. »Ist das der Grund, warum du hier bist? Du denkst, dass es etwas gibt, was man ermitteln sollte?«

Er stellte sich dicht genug vor sie, dass sie sein Mundwasser riechen konnte ... Oder vielleicht war das ihrs.

»Ich bin hier, um dich zu sehen. Der Fall deines Vaters ist nur ein Extra, und mein Fall ist ein Vorwand.« Er küsste sie auf die Nasenspitze.

Er war echt geschmeidig, das musste sie ihm lassen.

Die Glocke über der Eingangstür der Wache ertönte, und Jo hörte, wie ihre besten Freundinnen Glynis begrüßten.

»Und jetzt geht's los.«

»Was?«

Jo antwortete nicht, sondern zwang nur ein Lächeln auf ihr Gesicht und starrte zur Bürotür.

Mel war die Erste, die hereinkam, aber Zoe folgte ihr auf dem Fuße. Mel sah so aus, als wäre sie direkt aus Miss Ginas Küche losgerannt, bevor sie die Frühstückstische abgedeckt hatte. Wenn Jo sich nicht täuschte, war das auf ihrer Wange Mehl. Und Zoe trug tatsächlich eine Yogahose und ein T-Shirt. Ein Outfit, das Jo gut kannte, weil sie ihre beste Freundin war, aber auch eines, in dem Zoe sich normalerweise nicht außerhalb ihrer eigenen vier Wände zeigte.

»Hey, Jo«, begrüßte Zoe sie.

Keine von beiden sah zu ihr, beide starrten Gill an.

»O mein Gott. Könntet ihr zwei noch offensichtlicher sein?«

Mel trat vor und streckte ihre Hand aus. »Ich bin Mel, das ist Zoe. Wir sind Jos beste Freundinnen. Sie müssen Gill sein.«

Gill schüttelte Mel die Hand. »Ich denke, es ist eine gute Sache, dass Sie meinen Namen kennen.«

Jo verdrehte die Augen.

»Sie hat Sie perfekt beschrieben«, teilte Zoe ihm mit.

Jo wäre am liebsten unter den Tisch gekrochen. »Hab ich nicht.«

»Du hast ›groß‹ gesagt und ›mmm‹!«

Gill lachte und trat vor, um Zoe die Hand zu schütteln. »Ich glaub, ich mag deine Freundinnen, JoAnne.«

Mel warf einen Blick zu Zoe. »Er nennt sie JoAnne. Ist das nicht niedlich?«

»Meine Güte ...«, seufzte Jo. »Wie habt ihr so schnell herausgefunden, dass er hier ist?«

»Mel hat mir eine Nachricht geschickt«, erklärte Zoe.

»Brenda vom Diner hat mir eine geschickt. Ihre Tochter Tina ...«

Jo seufzte. »Schon klar.« Sie wandte sich an Gill. »Tina ist eine von meinen Läuferinnen, die dich an der Schule gesehen hat.«

»Ah.« Er zuckte die Achseln.

»Ich bin mir sicher, halb River Bend hat schon das Foto von euch beiden, wie ihr euch küsst.«

»Uns küssen?«

Mel zog das Telefon aus ihrer Hosentasche und zeigte Jo das Bild.

Jo schlug Gill mit der Hand gegen die Brust. »Das ist alles nur deine Schuld«, hielt sie ihm vor.

Er sah das Foto an, wirkte vollkommen ungerührt. »Das ist nicht meine beste Seite, aber ich bin nicht unzufrieden.«

»Du bringst mich um«, verkündete Jo und ließ sich auf ihren Stuhl fallen. Den Tag konnte sie vergessen, bald würden die Telefone nicht mehr stillstehen.

»Ich geh mal davon aus, dass der Sheriff Ihrer Stadt hier nicht viele Männer hat, die sie küssen.«

Zoe lehnte sich gegen den Schreibtisch. »Nicht seit sie achtzehn war.«

»Und selbst da war es eher in Waterville und nicht in River Bend. Richtig, Jo?«

Jo antwortete nicht. »Führen wir wirklich diese Unterhaltung?«

Mel machte eine wegwerfende Handbewegung. »Sie sind FBI-Agent?«

»Ja, genau.«

»Und Sie leben in Eugene?«, wollte Zoe wissen.

»Tu ich.«

»Eugene ist nicht so weit weg«, bemerkte Mel.

Jo stand auf und stemmte die Fäuste auf die Tischplatte. »Okay, es reicht.« Sie kam um den Schreibtisch herum und scheuchte ihre Freundinnen mit beiden Händen Richtung Tür. »Ich liebe euch beide, das wisst ihr. Aber jetzt verschwindet. Das hier ist total peinlich.«

Zoe spähte über Jos Schulter. »Ich kann heute Abend was Leckeres kochen.«

»Raus!« Jo schob, bis die beiden durch die Tür waren, dann schloss sie sie hinter ihnen.

Gill stand an ihrem Schreibtisch und lachte. »Groß und mmm?«

Kapitel Fünfzehn

Die Ablenkung, auch bekannt als Gill, machte es ihr beinah unmöglich, irgendetwas zu erledigen. Der Papierkram, der wegen des Regens aufgeschoben worden war, stapelte sich inzwischen, sodass sie sich dringend darum kümmern musste.

Nach einer Stunde im Büro entschied Jo, dass die einzige Möglichkeit, heute überhaupt irgendetwas zu schaffen, darin bestand, den hünenhaften Mann aus ihrem Büro zu verbannen. Dann würde sie sich mit doppeltem Eifer auf das Liegengebliebene stürzen, bis sie fertig war und Zeit hatte, sich zu überlegen, wie sie ihn am besten in ihren Tagesablauf integrieren konnte.

»Okay, Goliath«, sagte sie, während sie sich ihren Hut nahm. »Dann wollen wir mal.«

»Oh, Goliath. Das gefällt mir.«

Jo verdrehte die Augen und verließ das Zimmer, erwartete, dass er ihr folgte.

»Gehst du schon?«, fragte Glynis, als sie an ihr vorbeilief.

»Ich komme bald wieder«, unterrichtete Jo sie.

Die Frau lächelte und winkte, ohne Gill aus den Augen zu lassen. »Tschüss.«

Gill hielt mit ihr Schritt.

»Also, hier sind die Regeln«, begann Jo.

»Regeln?«

»Ja. Dieser Kuss, den jeder in der Stadt inzwischen auf seinem Smartphone hat? Damit ist jetzt Schluss in der Öffentlichkeit.«

»Ehrlich?« Er klang enttäuscht.

»Ich muss schließlich irgendeine Form von Ruf wahren, Gill. Die Stadt hatte viele Jahre einen männlichen Sheriff. Einige der Bewohner haben lange gebraucht, um sich an mich zu gewöhnen. Wenn sie jetzt denken, ich wäre sexsüchtig, möchte ich mir nicht vorstellen, wie das enden wird.«

Gill versuchte, nach ihrer Hand zu greifen.

Sie schüttelte ihn ab.

»Das auch nicht.«

»Nein?«

»Nein!«

»Du bist echt eine harte Nuss.« Sein Lächeln verriet, dass er nicht beleidigt war. Außerdem hatten sie ja auch in Virginia auf eine öffentliche Zurschaustellung von Zuneigung verzichtet. Das musste in Oregon ja nicht anders sein.

Sie schob kurz ihre Sonnenbrille hoch, damit er ihre Augen sehen konnte. »Ich mach's nachher wieder gut.«

Gill leckte sich die Lippen und schob seine Hände in die Vordertaschen seiner Jeans. »Deal.«

»Das hier ist River Bend«, sagte sie, als wüsste er das nicht. Sie deutete quer über die Straße. »Drogeriemarkt und Apotheke. Also, die einzige hier im Ort. Ja, drüben im Supermarkt kann man sich Ibuprofen kaufen, aber Bensons Apotheke verkauft alles andere.«

»Teuer?«

»Konkurrenzfähig. Charlie, der Besitzer, weiß genau, wie viel es kostet, nach Waterville zu fahren, um sich mit allem einzudecken, und achtet darauf, dass es sich für einen lohnt, es bei ihm zu besorgen. Seine Preise für rezeptpflichtige Medikamente entsprechen dem, was man online bezahlen muss, allerdings ohne die Versandkosten.«

»Kluger Mann«, bemerkte Gill.

»Bisher läuft sein Laden. Außerdem macht seine Schwester die beste Erdbeermarmelade im ganzen Bezirk und verkauft sie in der Saison gläserweise.«

Gill grinste.

Jo deutete auf die nächsten Schaufenster. »Eisenwaren, wiederum konkurrenzfähige Preise und ein Angebot, das durch Landwirtschaftszubehör und Samen ergänzt wird, die es im Futtermittelladen nicht immer gibt.«

»Ihr habt noch einen Futtermittelladen in der Stadt?«

»Gleich außerhalb der Stadt, gar nicht so weit vom R&B.«

»Die Bar, an der ich vorbeigefahren bin?«

»Genau die«, bestätigte sie.

»Ich hab eine Scheune gesehen …«

Jo nickte. »Das wird Codys Futterladen gewesen sein.«

»Cody?«

»Genau genommen ist es Codys Sohn. Aber so läuft das hier.«

Gill deutete auf die nächste Markise. »Sams Diner, nehme ich an?«

Jo blieb stehen, spreizte die Hände. »Frühstück.«

Sie traten durch die Glastüren und wurden von den neugierigen Blicken mehrerer Leute aus der Stadt und denen von mehr als einem halben Dutzend Freunden empfangen.

Luke und Wyatt waren ein willkommener Anblick. Genau die Männer, die sie brauchte, um Gill ein paar Stunden zu unterhalten.

Sie näherte sich der Theke mit einem Lächeln.

»Hey, Luke«, sagte sie, da er zuerst Augenkontakt mit ihr gehabt hatte. »Die Straße sieht aus, als würde es langsam werden.«

»Stimmt.« Luke musterte Gill.

»Luke, Wyatt, das hier ist Gill.«

Sie schwiegen beide eine halbe Sekunde lang.

»Der Typ auf euren Handys. Tut noch nicht mal so, als hättet ihr die Nachricht nicht bekommen. Sowohl Mel als auch Zoe waren bereits auf der Wache.«

Luke und Wyatt drehten sich auf ihren Barhockern um und streckten ihre Rechte aus.

»Mel ist meine Frau«, erklärte Wyatt mit Stolz in der Stimme.

Luke war als Nächstes an der Reihe. »Ich bin Zoes Verlobter.«

Gill schüttelte beiden die Hand. »Jo und ich haben was miteinander.«

Jo kniff die Augen zusammen und betete zu Gott, dass Gills Stimme nicht so weit trug, wie es ihr vorkam.

Luke stand auf und hielt Gills Hand noch etwas länger als notwendig. »Sie sind vielleicht ein bisschen zu groß, als dass es klug wäre, sich mit Ihnen anzulegen, aber Jo ist wie eine Schwester für mich.«

Die Männer hielten inne, und zum ersten Mal überhaupt, seit Jo sich erinnern konnte, rührte Lukes Erklärung sie.

»Verstanden«, sagte Gill, bevor er vorschlug, dass Jo sich setzte.

Jo hob eine Hand in die Luft. »Eigentlich habe ich gar keinen Hunger. Ein Bagel auf die Hand reicht mir völlig.«

Gill versuchte aufzustehen.

»Nein, nein, bleib sitzen. Hier gibt es ein großartiges Schnitzel mit Eiern. Soße nach Zoes Spezialrezept.« Sie deutete auf Wyatt. »Du zeigst Gill alles.« Sie wandte sich an Luke. »Stell ihn vor. Am besten allen.«

»Ich werde abgeschoben.« Der Mann war wirklich nicht auf den Kopf gefallen.

»Du«, sie tippte ihm auf die Brust, »bist unangekündigt hier aufgekreuzt.«

Sie setzte sich nicht hin, winkte nur Brenda, die Gill fasziniert anschaute.

»Wir sehen uns zum Lunch. Bei Miss Gina oder hier … irgendwo.«

»Wer ist Miss Gina?«, wollte Gill wissen.

Jo blickte zu Luke.

»Schon gut, ich hab's verstanden«, erwiderte der. »Und jetzt geh.« Er machte eine scheuchende Handbewegung. »Kümmer du dich um die Verbrecher dieser Stadt, ich übernehm das hier.«

Gill blickte ihr in die Augen, und seine Züge wurden weich. Für eine Sekunde schürzte er die Lippen, beinahe als wollte er ihr einen Luftkuss senden.

Jo ging.

* * *

Jo machte den Hausbesuch, den sie seit ihrer Rückkehr schon so lange aufgeschoben hatte.

Sie klopfte an Cherie Millers Tür, was mit einem Chor von Hundegebell quittiert wurde. Jo trat einen Schritt zurück, damit Cherie, wenn sie durch den Türspion schaute, Jos ganzen Körper erkennen konnte. Die Chancen standen gut, dass die Frau nicht vielen Leuten öffnete, seit der Tierschutz gerufen worden war.

Die Tür ging einen Spalt weit auf, und Jo konnte Cherie die Hunde anschreien hören: »Aus. Sampson, zurück.«

Die Frau wirkte leicht mitgenommen, als hätte sie nicht viel Schlaf gefunden, aber immerhin noch für eine Dusche Zeit gehabt, dann jedoch prompt vergessen, sich die Haare zu föhnen. Lukes Tante hatte nie geheiratet. Und anders als die typische alte Jungfer sammelte sie Hunde, nicht Katzen.

»Schau mal, wer schließlich doch noch den Weg hierher gefunden hat«, empfing Cherie sie vorwurfsvoll, sobald sie genug Platz geschaffen hatte, um hinauszuschlüpfen und die Tür hinter sich zu schließen, damit die Hunde im Haus blieben.

Anstatt sich zu verteidigen, lächelte Jo und tat so, als hätte die andere Frau etwas Nettes gesagt. »Hallo, Cherie. Wie geht es dir heute?«

»Ganz klasse, vor allem wenn man bedenkt, dass ich für meine Babys ein neues Zuhause finden muss.«

»Und wie läuft das so?«

»Laufen? Ich sag dir, wie es läuft – überhaupt nicht. Weißt du, wie viele Hundefreunde wir in dieser Stadt haben?« Die Frage war offensichtlich rhetorisch. »Null.«

»Cherie, das stimmt doch gar nicht.«

»Hörst du mein Telefon klingeln, weil Leute Schlange stehen, um mir aus der Klemme zu helfen, während ich diese kleinen Welpen aufziehe?« Wie um das zu unterstreichen, öffnete sie die Tür, bückte sich, um drei ihrer Hunde am Halsband zu packen, ein Trick, den man mit zwei Händen erst mal bewältigen musste, und winkte Jo herein.

Die Hunde bellten, schnupperten aber nur an ihr, nachdem sie drinnen waren. Cherie begann die Namen ihrer Hunde zu rufen, wie eine Mutter bei ihren Kindern.

Alles in dem kleinen Haus drehte sich um die Tiere. Hundebetten lagen auf dem Boden, verdeckten beinahe den Teppich darunter. Ein mit Hundehaaren übersäter Überwurf lag auf dem einen Ende des Sofas, und in der kleinen Diele zwischen Wohnzimmer und Küche drängten sich Schüsseln für Hundefutter.

Cherie ließ ihre Hunde los, sobald sie die Küche hinter sich gelassen hatte und durch die Schiebetür die mit Fliegengitter verkleidete Veranda erreichte.

Jo tat gar nicht erst so, als wüsste sie die Namen der Vierbeiner, die sich um sie drängten. Die wedelnden Schwänze und heraushängenden Zungen verrieten ihr immerhin, dass sie nicht in Gefahr schwebte, gebissen zu werden.

Die Fliegengittertür an der rückwärtigen Veranda trennte die erwachsenen Hunde auf der einen Seite von den Welpen und ihrer Mutter auf der anderen.

Der unverkennbare Geruch nach Hundebabys überwältigte sie, als sie in den hinteren Raum traten.

»Das hier ist Jezebel«, stellte Cherie die Mutter vor.

Die Hündin betrachtete Jo einen Moment lang, dann leckte sie Cherie die Hand, als die Frau sich hinkniete, um einen der sechs Welpen zu streicheln, die um Jezebels Beine wuselten.

Jos Herz zog sich zusammen. Die winzigen Fellknäuel bewegten sich auf unsicheren Beinen, ihre Köpfe wirkten viel zu groß für ihre Körper, und ihr leises Bellen klang so zart wie das Fiepen von jedem neugeborenen Geschöpf.

»Jetzt sag mir, dass das hier nicht die herzallerliebsten Tierchen auf der ganzen Welt sind«, verlangte Cherie, nahm einen der Kleinen hoch und hielt ihn in ihren Händen.

»Sie sind süß«, bestätigte Jo ihr.

Cherie nötigte Jo, den Welpen einmal selbst zu halten. Der verdammte kleine Racker gab einen Laut von sich, der fast wie ein Miauen von einem Kätzchen klang, dann bellte er leise, was ihr ein Lächeln entlockte.

»Jeder einzelne meiner Hunde war einmal so ein süßer kleiner Winzling, Jo. Wie soll ich auswählen, welche ich behalte und welche ich abgebe?«

Jo blickte hinter sich, sah die größeren Versionen der kleinen Fellknäuel. Sie bückte sich, um den Welpen wieder zu seinen Geschwistern zu setzen, und bedankte sich bei der Mutter, indem sie ihr den Nacken kraulte. »Ich weiß, dass sie deine Babys sind. Ich verstehe das. Trotzdem: Selbst Eltern mit Kindern trennen sich irgendwann von ihrem Nachwuchs.«

Cherie öffnete den Mund, um zu widersprechen, doch Jo ließ sie nicht zu Wort kommen.

»Ich bin nicht glücklich darüber, wie sich all das hier entwickelt hat. Aber ...« Sie holte tief Luft. »Es gibt eine Beschränkung dafür, wie viele ausgewachsene Hunde man in einem Haus halten kann, bevor es offiziell nicht mehr tragbar ist.«

»Ich schaffe das doch prima«, widersprach Cherie. »Meine Hunde kriegen genug zu fressen, und sie sind sauber. Mein Haus ist kein Fall für einen Einsatz des Messie-Teams.«

»Hunde bellen.«

»Das ist ihre Aufgabe. Vor allem, wenn Leute vom Tierschutz auftauchen und Ärger machen wollen. Und von deinem Deputy will ich gar nicht anfangen. Der Mann hasst mich.«

»Karl hasst dich nicht.«

Ein Kratzen an der Hintertür der Veranda erklang, und Cherie hob den Kopf.

Sie machte auf, ohne die Unterhaltung abreißen zu lassen. Zwei weitere Hunde kamen herein. »Dem Mann fehlt jegliches Gespür für Diplomatie. Kam hier reinmarschiert und hat sich aufgeführt, als gehörte alles ihm, hat mir gesagt, das hier wäre außer Kontrolle geraten.«

Jo schaute zu all den Augen, die sie beobachteten. »Geraten die sich nicht manchmal in die Wolle?«

Cherie bedachte sie mit einem Blick, als wäre sie dumm. »Selbstverständlich. Es sind Hunde. Sampson ist der Alpha, er weist alle in ihre Schranken.«

»Haben sie gekämpft, als Karl hier war?«

»Sie haben nicht gekämpft, sie waren nur einfach nicht glücklich. Sie spüren Gefahr, und Deputy Emery ist so eine Gefahr. Und die Leute aus Waterville waren sogar noch schlimmer.«

Jo atmete aus, zählte rasch die Hunde. »Ich dachte, du hättest acht ausgewachsene Tiere.« Sie hatte sechs gezählt.

»Die beiden ganz alten sind im Schlafzimmer«, erklärte Cherie. »Die kann ich nicht abgeben, Jo. Es ist nicht fair, die Alten rauszuwerfen, wenn die Babys kommen.«

»Wann wollen die Leute vom Tierschutz wiederkommen?«

»Sie haben gesagt, in drei Wochen.«

»In Ordnung. Drei Wochen. Wir können in drei Wochen ein Zuhause für vier Hunde finden.«

»Aber …«

»Cherie. Mir gefällt das nicht. Wirklich nicht. Aber das Gesetz lässt keinen Spielraum, was Hundezwinger, Zucht und Wohngebiete angeht.«

»Ich hab doch keinen Zwinger.«

Jo bückte sich und streichelte dem Hund, der ihr am nächsten stand, den Kopf. »Das Gesetz ist da anderer Meinung.«

Cherie schüttelte den Kopf.

»Sampson ist der Boss hier, richtig?« Der Hund, dessen Namen sie genannt hatte, richtete seine Augen auf sie.

»Richtig.«

»Und Jezebel muss bleiben wegen der Welpen, und deine alten Hunde gehen auch nirgends hin.«

Cherie begriff, was Jo da tat.

»So, wie ich das sehe«, fuhr die fort, »sind das die vier Hunde, die du behältst.«

»Aber …«

»Alte Hunde leben nicht ewig«, rief Jo ihr ins Gedächtnis. »Es ist möglich, dass ein oder zwei von ihnen wieder bei dir landen, bevor du weißt, wie dir geschieht.«

Die Frau sah aus, als wollte sie weinen.

»Und wenn wir für alle ein Zuhause in River Bend finden, kannst du sie besuchen.«

Als Cherie schniefte, war es nicht leicht, angesichts ihres Kummers nicht weich zu werden. »Wir schaffen das.«

»Ich hasse es.«

Jo mochte es auch nicht. »Und sobald der Tierarzt es für machbar erklärt, wirst du Jezebel sterilisieren lassen. Es gibt keinen Grund, so ein Drama zu wiederholen.«

Cherie brachte sie zur Eingangstür, und zwei Hunde folgten ihnen, während die anderen sich auf ihre Lager zurückzogen und für ein Morgennickerchen zusammenrollten.

»Jo.« Cherie hielt sie auf, bevor sie durch die Tür gehen konnte.

»Ja?«

»Sampsons Sohn Noah gäbe sicherlich einen wunderbaren Polizeihund ab.«

Der Hund auf Cheries linker Seite hob den Kopf und stieß ihre Hand an.

Jo lächelte. »Lass uns jetzt erst mal versuchen, für Noah ein schönes Zuhause zu finden.«

Cherie seufzte leidgeplagt und schloss die Tür.

Kapitel Sechzehn

Gill hätte am liebsten mit Miss Gina eine Party gefeiert. So, wie die Limonade roch, die sie trank, war sie ihm schon um einiges voraus.

Wyatt und Luke hatten ihn beim Frühstück unter ihre Fittiche genommen, ihn mehr Leuten vorgestellt, als Gill gedacht hätte, dass in einer kleinen Stadt wohnen konnten, und ihn dann hier heraus zu Miss Gina gebracht, wo er den Großteil des Tages damit verbracht hatte, Kisten vom Dachboden runterzuschleppen.

Es hatte ganz den Anschein, als hätte Miss Gina keine Probleme damit, einen völlig Fremden binnen Sekunden, nachdem sie ihn kennengelernt hatte, für sich arbeiten zu lassen.

»Suchen wir denn nach etwas Bestimmtem?«, erkundigte sich Luke und wischte sich den Schweiß von der Stirn.

»Ich habe hier irgendwo eine Schachtel mit alten Fotografien, auf Papier und nicht nur digital in irgendeinem Telefon. Felix hat nach alten Bildern von hier gefragt, weil er sie für Zoes Show braucht.«

Offenbar war Zoe eine berühmte Fernsehköchin, die sich beim Zubereiten ihrer Speisen filmen ließ, was dann in einer dieser Kochsendungen gezeigt wurde. Nicht, dass Gill je von ihr gehört oder auch nur eine dieser Sendungen gesehen hätte. Aber nach den ganzen Lobeshymnen, die auf sie gesungen worden waren, seit er hier bei Miss Gina eingetroffen war, freute sich Gill schon auf eine Kostprobe ihres Könnens.

»Wenn wir nach Bildern suchen, warum habe ich dann zehn Kisten auf die hintere Veranda tragen müssen?«, wollte Wyatt wissen.

»Da ich drei muskulöse Männer zur Verfügung habe, setze ich sie auch ein.« Miss Gina kniete sich neben einen Pappkarton und blies den Staub vom Deckel, ehe sie ihn öffnete. Drinnen befand sich Weihnachtsdekoration. »Die hatte ich ja völlig vergessen. Hier, Luke, nimm das mit runter.«

»Reicht es nicht langsam, Miss Gina?«

»Zoe würde das gut finden.« Sie stand auf und schob den Karton mit ihrem Fuß in Lukes Richtung.

»Ist es das, wonach wir suchen?« Wyatt hielt eine Handvoll Bilder hoch.

Miss Gina trug einen langen Rock und ein langärmeliges Shirt, das in das Jahr 1965 gehörte. Das Einzige, was fehlte, um das Bild komplett zu machen, war die Blume in ihrem langen, grau melierten Haar. »Lass mal sehen.«

Die Frau pflückte Wyatt die Fotos aus der Hand und ging sie rasch durch.

Sie lächelte. »Ah, ja.«

Wyatt lehnte sich vor, hob den Karton, aus dem er die Fotos genommen hatte, hoch. »Dann sind wir hier ja fertig.«

Miss Gina blickte sich um, zog eine Decke von altem Kinderspielzeug, zu dem auch eine unheimlich aussehende Puppe gehörte, die ideal für einen Horrorfilm gewesen wäre.

Gill nahm beruhigt zur Kenntnis, dass Wyatt bei dem Anblick erschauerte. »Was zum Teufel ist das?«

Miss Gina antwortete darauf nicht. »Vielleicht sollten wir das auch runterbringen. Schließlich ist ja ein Baby unterwegs.«

Wyatt nahm Miss Gina die Decke aus der Hand und warf sie wieder über die Puppe. »Ich werde nicht zulassen, dass eines meiner Kinder von so was Albträume bekommt.«

Miss Gina verdrehte die Augen. »Weichei.«

»Meinetwegen.« Wyatt nahm die Kiste. »Der Mist bleibt hier.«

»Nimm den Karton dort, Gill. Ich bin sicher, darin sind noch mehr von diesen Bildern.«

»Ja, Ma'am.«

Miss Gina runzelte die Stirn. »Ich bin nicht sicher, dass mir das mit diesem ›Ma'am‹ gefällt. Ich bin schließlich nicht alt.«

»Da hast du dich in gefährliche Gewässer begeben, Gill«, warnte Luke, während er zu der schmalen Ausziehleiter ging, über die sie auf den Dachboden gekommen waren.

Er stieg zuerst hinunter und wartete dann, um Miss Gina behilflich zu sein.

Die Frau machte eine Bemerkung, dass Luke ihr so unter den Rock schauen könnte, über die Gill lachen musste.

»Die ist wirklich ein Original«, sagte er zu Wyatt.

»Du hast ja keine Ahnung.«

Sie verließen ebenfalls den Dachboden, verstauten die zusammengeschobene Leiter wieder oben und schleppten dann die übrigen Kisten hinaus auf die Veranda zu den anderen. Miss Gina wies Gill und Wyatt an, die Dekorationsartikel in ihre Garage zu bringen, damit sie sie dort später sortieren konnte. In der Zwischenzeit öffneten sie und Luke eine Schachtel voller Fotografien und breiteten sie vor sich aus.

»Deine Frau ist schwanger?«, erkundigte sich Gill.

Wyatt grinste. »Ja, verrückt, was?«

»Meinen Glückwunsch.«

»Danke. Wir sind ganz aufgeregt. Sie wollte, dass wir es noch für eine Weile für uns behalten, aber Jo und Zoe haben es erraten.«

»Die Frauen scheinen wirklich gute Freundinnen zu sein«, stellte Gill fest.

»Wie Schwestern. Sie achten aufeinander, sind füreinander da und ziehen sich gegenseitig gnadenlos auf. Das ist wirklich schön.« Wyatt räumte die Kartons in der Garage auf ein Regal über den Gartengeräten.

»Wie lange lebst du schon in River Bend?«

»Knapp acht Jahre inzwischen.«

»Also hast du Jos Vater nicht gekannt?«

»Nope. Aber Luke hat ihn gekannt, und natürlich Miss Gina.«

Ein Range Rover bog in die kiesbestreute Einfahrt ein, in dem Zoe und Mel saßen.

Die Frauen stiegen aus dem Wagen. »Wir haben eingekauft«, verkündete Mel.

Wyatt ging zu ihr, küsste sie kurz, bevor er sich die Arme mit Papiertüten belud. »Gill kennt ihr ja schon«, sagte er.

»Ja, tun wir. Ist Jo hier?«, wollte Zoe wissen.

»Nope.«

»Gut.«

Gill wusste, was gut für Zoe war, war schlecht für ihn. »Ich verfüge über einige Erfahrung mit Verhörmethoden«, unterrichtete er sie, während er ihr die Tüte abnahm und die letzte aus dem Kofferraum des SUV holte.

»Das ist mir klar.«

Sie folgten den Frauen ins Haus. »Habe ich Grund zur Sorge?«, wollte Gill halb im Scherz wissen.

»Ich weiß nicht so recht. Seit ich hergezogen bin, ist Jo mit niemandem ausgegangen. Ich war mir nicht mal sicher, ob sie überhaupt an Sex interessiert ist, bis Mel in die Stadt zurückgekommen ist und ich sie reden gehört habe.«

Und wie sie an Sex interessiert ist, dachte Gill, sprach es aber nicht aus.

Sie gingen durch das Gebäude im viktorianischen Stil und stellten die Einkäufe auf die Arbeitsfläche in der Küche, bevor sie zur Hintertür traten.

Miss Gina saß im Schneidersitz auf dem Boden neben den Kisten mit alten Fotos, schwelgte in Erinnerungen.

»In dem Park in der Stadtmitte gab es Konzerte«, erzählte sie gerade Luke.

»Ich erinnere mich an eine Band in dem alten Pavillon, bevor er eingestürzt ist.«

Miss Gina reichte die Bilder an Wyatt weiter. Gill sah eine Gruppe Musiker in Schlaghosen und engen Hemden. »So was solltest du bauen«, ließ Miss Gina Wyatt wissen.

Wyatt schaute sich die Aufnahme genauer an. »Ist das die Stelle, wo die Spielsachen im Park aufbewahrt werden?«

»Ja, irgendein Idiot dachte, ein Spielplatz wäre besser als eine Bühne für Live-Unterhaltung.« Die Frau war eindeutig anderer Meinung. »Jeder Garten in dieser Stadt hat eine Schaukel oder einen Baum, der groß genug für ein Schwungseil und einen alten Reifen ist. Ich bin mir nicht sicher, warum das hier eigentlich nicht wieder aufgebaut wurde.«

Mel trat durch die Hintertür, ein Glas Wasser in der Hand. »Wow, wo habt ihr die denn alle gefunden?«

Die Männer antworteten im Chor: »Auf dem Dachboden.«

»Erinnerst du dich an den Pavillon?«, wollte Luke von Mel wissen.

»Vage.« Sie blickte auf die Fotos.

»Mir scheint, dass eine Menge los war«, bemerkte Gill, als das Bild bei ihm ankam.

»Natürlich. In dieser Stadt geschieht nicht viel ohne eine Menge Leute, die zuschauen. Die Freiluftkonzerte waren am besten.«

Er gab ihr das Foto zurück.

Sie beugte sich vor, deutete auf ein Paar. »Das sind Joseph und Debora.«

Die Namen sagten ihm nichts.

Mel stellte sich neben Gill. »Wow, die waren ja so jung.«

»Das war, bevor ihr geboren wurdet – oder vielleicht auch gleich danach. So genau erinnere ich mich nicht mehr.«

»Wer sind Joseph und Debora?«, erkundigte sich Gill.

»Jos Eltern«, antwortete ihm Luke.

Gill schaute sich die beiden mit neuerem Interesse an. Das Paar war nicht groß abgebildet und ihre Gesichter nicht in allen Einzelheiten zu erkennen. Aber Jos Mutter hatte die gleiche Figur und die gleiche Haarfarbe wie sie. Selbst auf der verblassten Fotografie konnte man das sehen. Beim zweiten Hinschauen fiel ihm auf, dass Joseph Uniformhosen trug und einen Gürtel mit einem Holster. Er hatte keinen Hut auf, und sein Hemd hatte einen Freizeitlook, der ihn nicht schon von Weitem als Polizist verriet.

»Sie haben die beiden gekannt?«, fragte Gill Miss Gina.

»Ich hab alle in der Stadt gekannt.«

Die Information notierte er sich im Geiste.

Die Fliegengittertür öffnete sich quietschend. Das vertraute Geräusch von schweren Schuhen und Leder, das sich an einer Taschenlampe und Handschellen rieb, entlockte ihm ein Lächeln.

»Seht mal, wen ich aufgegabelt habe«, verkündete Zoe neben Jo.

Die Frau war wunderschön. Selbst in Uniform und mit dem Stress, der mit ihrem Job verbunden war, wollte er sie den ganzen Tag lang anschauen.

»Wie ich sehe, hast du Miss Ginas Frühstückspension gefunden.«

»Natürlich hat er das«, antwortete die ältere Frau. »Ich musste ihn schließlich beschäftigen, während du Polizistin gespielt hast.«

Gill war sich nicht sicher, ob diese Antwort Jo störte oder nicht.

Anders als im Diner stellte sich Jo dicht zu ihm und legte ihm eine Hand auf den Arm. »Und lebst du noch?«, wollte sie wissen.

»Diese Frau ist ein Sklaventreiber.«

»Diese Frau sitzt genau hier!«, protestierte Miss Gina.

»Sie hat uns ihren Dachboden ausräumen lassen«, fügte Luke hinzu, blieb ohne Rücksicht auf den Einwurf bei der dritten Person Singular.

Ein paar Minuten lang sprachen sie über die Kartons mit Kram, die sie hatten runtertragen müssen, und die verstörende Puppe, die unter der Decke versteckt lag.

Jo lehnte sich zu Gill, während die anderen redeten. »Alles okay bei dir?«

Er küsste sie auf die Wange. »Du kannst es nachher wiedergutmachen.«

Sie drückte seine Hand.

Offenkundig war öffentliche Zurschaustellung von Zuneigung in diesem Kreis gestattet.

Gill legte ihr einen Arm um die Schultern und nutzte diese neue Information nach Kräften aus.

»Also, Luke«, wandte sich Jo an ihren alten Freund. »Ich glaube, die Werkstatt braucht einen Wachhund.«

Luke blinzelte ein paarmal verwirrt. »Oh, nein. Nein, braucht sie nicht.«

»O doch, ganz sicher.«

»Ich vermute, du warst bei meiner Tante.«

Jo setzte sich mit Gill auf die Hollywoodschaukel und erklärte das Hundeproblem, das sie bis nach Virginia verfolgt hatte. Seinerzeit hatte es trivial geklungen, aber jetzt hatte es einen hässlichen Beigeschmack. Trotzdem ging es letzten Endes nur um die ungeschickte Handhabung einer Beschwerde durch einen Deputy und das wenig nachbarschaftliche Verhalten einiger Einwohner. Und außerdem hörte es sich an, als hätte Jo die Rolle der Vermittlerin für vier Hunde übernommen, die ein neues Zuhause brauchten.

»Schau mich nicht an«, unterbrach Miss Gina Jo, bevor die überhaupt fragen konnte. »Ich brauche keine großen Hunde, die meinen Gästen Angst machen.«

»Wir haben bereits einen Hund«, meldete sich Mel als Nächstes zu Wort.

Zoe hielt eine Hand hoch. »Frag nicht mal. Wir sind zu oft gar nicht in der Stadt.«

»Du hast oft außerhalb der Stadt zu tun, Luke jedoch nicht.«

Jetzt war Luke an der Reihe, Einspruch zu erheben. »Ich überlege mir das mit einem Hund für die Werkstatt, wobei ich allerdings bezweifle, dass mein Vater da mitmacht, daher bedräng mich nicht. Wir wehren uns seit Jahren gegen einen von Tante Cheries Hunden.«

Jo lenkte ein. »Die Welpen sind wirklich niedlich.«

»Welpen sind immer niedlich, bis sie wachsen.«

Jo stöhnte. Da klingelte ihr Telefon, und sie zog es aus ihrer Tasche. »Hallo, Jo hier«, meldete sie sich.

Sie stand auf und entfernte sich ein Stück von der Schaukel und Gill.

Die anderen debattierten noch weiter über das Hundeproblem, während Jo mit etwas ganz Neuem zu tun hatte. »Er hat was?«

Gill hörte ihr mit halbem Ohr zu.

»Moment. Ich bin in zehn Minuten da. Keine übereilten Entscheidungen. Ja, ich weiß.« Sie legte auf und wandte sich zurück zu ihren Freunden.

»Was ist los?«, wollte Mel wissen.

Jo blickte direkt Wyatt an. »Sieht ganz so aus, als ob unser Langstreckenläufer sich gerade aus dem Team kegelt.«

»Was? Wie?«

»Ein Streich in der Schule.«

»Wir brauchen ihn«, erklärte Wyatt.

Gill hatte beim Frühstück erfahren, dass Wyatt der Cheftrainer des Leichtathletikteams der Highschool war, unterstützt von Jo, die die Querfeldein- und Langstreckenläufer betreute.

»Ich muss los«, teilte sie ihnen mit.

Gill erhob sich. »Ich komme mit.«

»Du kannst nicht …«

»Das ist rein beruflich«, antwortete er. »Erinnerst du dich noch an den Fall, an dem ich arbeite?«

»Na gut«, erwiderte sie, stieg die Stufen von der hinteren Veranda hinunter, statt durchs Haus zu gehen. »Wir sind zum Abendessen zurück.«

»Wer hat behauptet, dass ich Dinner koche?«, rief ihr Zoe hinterher.

»Ha!« Jos Bemerkung wurde mit Lachen quittiert.

* * *

Jo schritt durch die Hallen der River-Bend-Highschool, als wäre sie ein Elternteil, der sein eigenes Kind aus irgendeiner Klemme rausholen musste.

In gewisser Weise stimmte das ja auch. Die Kids, die sie im Leichtathletikteam betreute, waren für sie so etwas wie eigene Kinder. Nur dass sie gar nicht alt genug war, um tatsächlich schon siebzehnjährigen Nachwuchs zu haben. In diesem Fall handelte es sich mit Drew Emery nicht nur um einen erzwungenen Zugang aus seinem ersten Jahr hier, der inzwischen dabei war, weil er wirklich Spaß daran hatte, sondern er war auch noch der Sohn ihres Deputys. Was die ganze Sache schwierig machte.

Außerdem mochte sie ihn. Er erinnerte sie an sie selbst in dem Alter. Er bewegte sich oft an der Grenze des Erlaubten, überschritt sie manchmal auch, wie heute beispielsweise.

Jo hatte ihren Hut im Auto gelassen und hätte am liebsten auch ihren Gürtel abgelegt, aber das war auf dem Parkplatz der Highschool ausgeschlossen. Sie begrüßte die Lehrer der Schule mit Namen, während sie über die Flure ging. Gill lief neben ihr, seine Miene ausdruckslos. Hier versuchte er nicht, sie zu berühren, ihre Hand zu halten oder – das wollte sie sich lieber gar nicht erst ausmalen – sie zu küssen. Sie begab sich direkt zu Rektor Masons Tür und klopfte zweimal an. Als »Herein« gerufen wurde, öffnete sie sie und fand sich einer jüngeren Version von sich selbst gegenüber, die auf der falschen Seite des Schreibtisches saß.

Drew warf ihr einen Blick zu und seufzte.

Richard erhob sich, als sie das Büro betraten, schaute zu Gill.

Jo übernahm rasch die Vorstellung und die Erklärung für seine Anwesenheit. »Richard, Agent Clausen arbeitet fürs FBI. Er begleitet mich heute.«

»Begleitet dich?«

Sie winkte ab, sparte sich weitere Worte dazu. »Das erkläre ich später.« Drew wand sich unter ihrem ernsten Blick. »Erzähl mir noch mal, warum ich heute hier bin.«

Richard bedeutete ihnen beiden, Platz zu nehmen. »Es sieht ganz so aus, als hätte Mr Emery hier gedacht, es wäre unterhaltsam, Mrs Walters glauben zu machen, in ihrem Klassenzimmer gäbe es einen Geist.«

Mrs Walters müsste inzwischen eigentlich kurz vor der Pensionierung stehen. Die Frau hatte schon Englisch unterrichtet, als Jo die Schule geschwänzt hatte.

»Und wie ist dir das gelungen?«, wollte Jo von Drew wissen.

Er wechselte einen Blick mit dem Rektor. »Ich habe eine App runtergeladen.«

Jo dachte über diese Worte nach, glaubte, er redete von irgendwelchen gespenstischen Geräuschen oder irgendwas anderem, was aus einem Gruselladen stammen könnte.

»Eine App.«

Drew nickte. »Ja, für den Fernseher.«

Jetzt war Jo verwirrt. Das musste sich auf ihrer Miene widergespiegelt haben.

»Jedes Mal, wenn Mrs Walters am Fernseher vorbeikam, habe ich ihn mit der Fernbedienung auf meinem Handy eingeschaltet. Wenn sie dann hinlief, um ihn wieder auszumachen, habe ich das mit meiner App getan, bevor ihre Finger den Knopf berühren konnten.«

Über das Bild der alten Frau, die jedes Mal erschrak, wenn der Fernseher anging, musste Jo innerlich lachen.

Gill räusperte sich und hielt sich eine Hand vor den Mund. Jo war sich ziemlich sicher, dass er ein Grinsen verbarg.

»Und wie lange hast du das getan?« Jo achtete darauf, dass ihrer Stimme nichts anzuhören war.

»Drei Wochen!«, rief Mason. »Betty hat den Technikwart schließlich gebeten, den Fernseher in ihrem Klassenzimmer zu überprüfen. Wir haben ihn ausgetauscht, aber dann begann sie anzudeuten, dass es nicht mit rechten Dingen zugehen könne. Sie war letzte Woche sogar drei Tage krank, genau um die Zeit der Halbjahresprüfungen, glaube ich. Sie hat behauptet, in ihrem Zimmer würde es spuken, sodass sie sich nicht sicher dabei fühlte, dort zu arbeiten.«

Jo atmete bewusst durch die Nase ein, ein Trick, um zu verhindern, dass sie eine Miene verzog. Es war nur gut, dass Drew nicht lachte, sonst würde sie vermutlich die Beherrschung verlieren. Das Bild von Betty Walters, wie sie völlig verschreckt aus ihrem Klassenzimmer lief, weil dort ein Geist im Fernseher spukte, erfüllte Jo mit einem seltenen Gefühl des Stolzes auf den Missetäter.

Richard deutete mit zwei Fingern auf Drew. »Mrs Walters ist keine junge Frau mehr. Diese Art von Stress kann für sie ernsthafte gesundheitliche Folgen haben.«

»Daran hatte ich nicht gedacht.« Drew senkte den Blick, und da sah Jo, wie es um seine Mundwinkel leicht zuckte.

»Okay.« Jo biss die Zähne zusammen, um nicht laut loszulachen. »Drew, geh bitte vor die Tür, damit ich und Rektor Mason besprechen können, welche Auswirkungen dieses Verhalten auf deine Leichtathletiksaison haben wird.«

Sobald sich die Tür hinter Drew geschlossen hatte, schlug sich Jo die Hand vor den Mund, um das Lachen zu dämpfen. Ein Blick auf Gill, der stumm mit zuckenden Schultern dasaß, reichte, und Jo wurden die Augen feucht vor Erheiterung.

»Pass nur auf, dass er dich nicht hört«, verlangte Richard, dessen eigene Augen belustigt funkelten.

»Das ist wirklich komisch«, erklärte Jo.

Mr Masons Brustkorb bebte. »Betty war hysterisch. Ich dachte, sie bekommt einen Herzanfall.«

»Der Streich hätte mit einem jüngeren Lehrer nicht funktioniert«, warf Gill von der Seitenlinie ein.

»Allerdings.«

Jo beugte sich vor, sprach mit leiser Stimme. »Okay. Niemand ist zu Schaden gekommen, es gab keine Sachbeschädigung.«

»Der Junge beweist technisches Geschick, das er auf irgendetwas Produktives lenken sollte«, fügte Richard hinzu.

»Du kannst ihn dieses Jahr nicht aus dem Leichtathletikteam nehmen. Er ist nicht nur gut, er braucht auch die Disziplin des Trainings. Stell dir nur vor, was er sich ausdenkt, wenn er mehr freie Zeit hat.«

»Ich weiß. Trotzdem kann ich ihn nicht ungestraft davonkommen lassen.«

»Vielleicht könnte er für Betty in den nächsten beiden Monaten jeden Samstag den Rasen mähen? Oder beim nächsten Jahrgangstreffen helfen?«, machte Jo ein paar Vorschläge.

»Ich lass mir was einfallen, Jo. Aber sorg dafür, dass ihm klar ist, wie knapp er an was Schlimmerem vorbeigeschrammt ist, damit er sich dieses Jahr nichts Weiteres zuschulden kommen lässt.«

Sie stand auf, schüttelte ihm die Hand. »Das tu ich.«

Mason blickte Gill an. »Und Sie arbeiten also fürs FBI?«

Gill nickte und schüttelte Mason ebenfalls die Hand. »Genau. Gegenwärtig bin ich mit einem Fall in Eugene beschäftigt, wo die Schulen mit einem echten Heroinproblem zu kämpfen haben.«

Mason schaute ihn mit offenem Mund an. »Sie machen Scherze.«

»Ich wünschte, es wäre so.«

»Puh … Das rückt alles irgendwie in die richtige Perspektive, was?«

Gill grinste. »Allerdings. Ich vermute, Sie haben hier nicht solche Schwierigkeiten damit.«

Mason wechselte einen Blick mit Jo. »Gelegentlich taucht etwas Hasch auf. Es wird mal zu viel getrunken, aber nichts, was sich mit Heroin vergleichen ließe.«

»Dann gibt es für Ihre Probleme immerhin Lösungen«, erklärte Gill. »Ich würde mich gerne ein wenig umschauen, solange ich in der Stadt bin, die Interaktionen der Teenager beobachten. Das könnte mir bei meinen Ermittlungen in Eugene helfen.«

Mason nickte wie ein Aufziehspielzeug. »Natürlich. Natürlich. Alles, was hilft, um die Kids von solchem Mist fernzuhalten.«

Nachdem das geklärt war, gingen sie zu dritt zur Tür, setzten ernste Mienen auf und holten Drew wieder rein.

Zehn Minuten später, allein mit Gill in ihrem Streifenwagen, konnte Jo endlich ihrer Erheiterung freien Lauf lassen, bis sie und Gill sich vor Lachen förmlich ausschütteten.

Kapitel Siebzehn

Jo hatte zwei sehr unterschiedliche Persönlichkeiten, oder sogar drei, wenn er richtig zählte. In Gesellschaft ihrer Freunde ließ sie ihre Wachsamkeit fallen, trotzdem war sie auch dann nicht die gleiche Frau wie die, die er an der Ostküste kennengelernt hatte. Aber die Einzelteile setzten sich langsam zu einem Gesamtbild zusammen.

Sie waren von der Highschool heimgefahren, nachdem sie dem armen Drew eine Gardinenpredigt darüber gehalten hatten, was er tun und was er besser lassen sollte. Gill war davon überzeugt, dass der Junge sie durchschaut hatte. Er wusste, dass sie sich insgeheim mit ihm amüsierten, und in ein paar Jahren würden sie alle gemeinsam bei einem Drink darüber lachen.

Sie blieben ein paar Stunden auf der Wache, dann fuhren sie durch die Straßen und an den Stadtgrenzen entlang Streife. Als der Dienst offiziell beendet war, kehrten er und Jo zurück zu Miss Gina, wo Gill eine kulinarische Erleuchtung hatte, wie er sie nie zuvor erlebt hatte.

Er hatte keine Ahnung, wer Zoe Brown war, aber er war fest entschlossen, sie zu googeln, wenn er wieder zu Hause war.

Die Frau konnte wirklich kochen.

Miss Gina gelang es, ein paar Fotos ans Tageslicht zu fördern, auf denen die drei Mädchen als junge Erwachsene zu sehen waren, alle mit dem gleichen Haarschnitt und schlaksigen Körpern.

Er mochte sie. Alle drei.

Sie waren eine merkwürdige Art von Familie, deren Mitglieder nicht wirklich miteinander verwandt waren. Aus irgendeinem Grund machte es das umso schöner.

Er folgte Jo in ihr Zuhause und schaute zu, wie sie durch das Haus ging, die Uniform auszog und damit auch die Persönlichkeit ablegte, die dazuzugehören schien.

Gill beobachtete sie von der Türschwelle ihres Schlafzimmers aus. Ihr Bett war gemacht, allerdings ohne irgendwelche Rüschen oder so. Keine üppigen Kissenstapel für Jo, um die sie sich jeden Tag kümmern müsste. Auf ihrem Nachttisch lag ein Buch, aber von der Tür aus konnte er den Buchtitel nicht entziffern. Das würde er nachholen müssen, bevor er ging. Was jemand las, verriet viel über die Person.

»Du hast jetzt jede Ecke von River Bend mindestens zweimal gesehen«, erklärte Jo vom angrenzenden Badezimmer aus. »Was denkst du?«

Was dachte er? »Ich bin irgendwie überrascht, dass der Ort das letzte Jahrzehnt des wirtschaftlichen Niedergangs überstanden hat.«

Jo zog sich das Gummiband aus den Haaren und ließ sich die seidige Masse über den Rücken fallen. »Wir sind sogar gewachsen. Und mit den neuen Häusern zwischen hier und Waterville gibt es mehr Nachfrage und mehr Verkehr. Die Geschäftsleute lieben es.« Sie blickte ihn im Spiegel an, während sie sich das Haar bürstete.

»Wenn die Stadt wächst, müsste dann nicht das Budget angepasst werden, sodass es für einen weiteren Vollzeit-Deputy reicht?«

»Eine neue Teilzeitstelle ist bereits im Gespräch.«

»Also seid es im Moment nur du und Deputy Emery?«

Sie nickte, als sie das Badezimmer verließ, sich auf die Bettkante setzte und ihre Schuhe aufschnürte. »Jap. Deputy Fitzpatrick hilft stundenweise aus und kommt in Vollzeit, wann immer Emery oder ich freihaben oder ausfallen.«

»Und die Männer haben schon mit deinem Vater zusammengearbeitet?«

»Ja.«

»Wollte einer von ihnen deinen Job haben?«

Sie streifte sich mit der Zehe einen Schuh ab, begann mit dem nächsten. »Ich glaube, Karl schon. Er hatte eine Weile lang die Vertretung, nachdem mein Vater gestorben war, doch die Stadt war nicht so begeistert, dass sie ihn dauerhaft zum Sheriff hier machen wollten. Und sie hatten auch keine Lust, jemanden zu wählen, den sie nicht kannten.«

Gill kam zum Bett und setzte sich neben sie, während sie sich den anderen Schuh auszog. »Und wer war Sheriff zwischen dir und deinem Vater?«

»Karl hatte die Stelle vorübergehend, aber unter Aufsicht der Polizeistation in Waterville.«

»Dann hast du deinen Abschluss an der Polizeiakademie gemacht, und die Stadt hat dich gewählt.«

»Stark gestrafft, allerdings war es nicht so leicht. Ich musste ziemlich zu Kreuze kriechen, während ich in Waterville gearbeitet habe.«

Gill lehnte sich auf die Ellbogen zurück und schaute sie an, während sie sich bemühte, sich an alle Einzelheiten zu erinnern. »Zu Kreuze kriechen?«

»Ich war in meiner Jugend nicht gerade ein Musterkind. Ich hab jede Grenze getestet, sobald ich eine entdeckt hatte, und sie überschritten, wenn gerade niemand hinsah.«

Sie ging wirklich zu hart mit sich selbst ins Gericht. »Du warst ja noch ein Teenager.«

»Ich war rebellisch und hab mich gegen alles gesträubt.«

»Hast du deinen Abschluss an der River Bend High gemacht?« Die Antwort kannte er bereits, wollte ihr aber etwas vor Augen führen.

»Mit Ach und Krach.«

»Warst du im Gefängnis?«

»Mein Vater hat mich mal in eine Zelle gesperrt, um mir etwas zu beweisen.«

»Wurdest du verhaftet?«

Sie senkte den Kopf. »Nein.«

»Hast du Drogen genommen? Die Wochenenden vergammelt?«

»Ich wurde gezwungen, im Leichtathletikteam mitzumachen, sonst wäre das schon passiert. Und wir haben uns trotzdem genug Alkohol besorgt.«

Gill griff nach ihrer Hand und zwang sie, ihn anzuschauen. »Mit siebzehn wurde ich wegen Körperverletzung verhaftet. Hatte einem Jungen die Nase blutig geschlagen, weil er meine Freundin aus der Schule angemacht hatte.«

Jo legte den Kopf schief. »Also …«

»Alkoholkonsum in der Öffentlichkeit mit einundzwanzig«, fuhr er fort, seine Vergehen aufzulisten. »Hätte mit zweiundzwanzig für Trunkenheit am Steuer zur Verantwortung gezogen werden sollen. Nebenstraße in meiner Heimatstadt, es war spät, aber das alles ist keine Entschuldigung. Ich bin den Marines beigetreten und hab die nächsten vier Jahre Sand gefressen und um Regen gebetet.«

Jo verschränkte ihre Finger mit seinen, beobachtete sein Gesicht, während er sprach. »Wie passt da das FBI hinein?«

»Wenn ich nicht Dienst an der Waffe hatte, habe ich mich im Bereich Ermittlung und Informationsbeschaffung weitergebildet. Nachdem ich aus der Armee raus war, hab ich noch zwei Jahre draufgelegt, bis ich meinen Abschluss hatte, und dann war das FBI da und hat mich gefragt, ob ich nicht in seine Dienste treten wollte.«

Sie lächelte. »Klingt für mich so, als hättest du die Kurve gekriegt.«

»Du auch. Wir sind gar nicht so verschieden.« Er streichelte die Innenseite ihres Armes, genoss die Weichheit ihrer Haut.

»Du hattest am Schluss den besseren Job.«

»Ich habe mir einen anderen Job ausgesucht. Du kannst auch irgendetwas anderes auswählen. Nichts hält dich davon ab.«

Sie sah aus, als wollte sie widersprechen, änderte dann aber ihre Meinung.

»Weißt du«, sagte sie, während sie ihm mit ihrer freien Hand über die Brust strich, »ich habe die ganze Zeit über River Bend gesprochen, meinen Job hier und mein Leben, während ich dir doch seit Stunden eigentlich nur behilflich sein möchte, das hier auszuziehen.«

Der Ausdruck in ihren Augen verhieß ihm viel, und er freute sich schon. Er hob beide Hände über den Kopf und ließ sich rückwärts aufs Bett sinken. »Tu, was du tun musst.«

Jo kletterte über ihn, setzte sich rittlings auf seine Hüften und fuhr ihm mit beiden Händen über die Brust.

Alles südlich seiner Gürtellinie erhitzte sich. Ihm stockte der Atem, als Jo ihre Fingernägel in seine Haut grub. Sie beugte sich über ihn, sodass ihr Busen seine Brust streifte, und bedeckte seine Lippen mit ihren.

Jemand klopfte an die Eingangstür.

Sie erstarrten und warteten.

»Jo?«

Die Stimme gehörte einem Mann, allerdings erkannte Gill sie nicht.

»Ich weiß, Sie sind zu Hause. Wir müssen reden.«

Jo stieß den angehaltenen Atem aus, lehnte ihren Kopf für einen Moment an Gills Schulter, bevor sie sich aufrichtete.

»Wer ist das?«

»Karl Emery.«

»Dein Deputy.«

»Mein Deputy.«

Gill fasste Jo mit beiden Händen um die schmalen Hüften und hob sie von sich.

»Jo!« Mehr Gepolter an der Tür.

»Der ist ganz schön hartnäckig, was?«

Sie schnappte sich ein Haargummi von ihrer Kommode und band sich ihr Haar zu einem Pferdeschwanz zusammen, bevor sie zur Haustür ging.

* * *

Das hier war albern. Es war, als ob die Stadt einen Radar für ihr Leben hätte und es wüsste, wenn sie mal versuchte, sich eine Pause zu gönnen.

Sie öffnete die Tür mit genug Kraft, um zu zeigen, dass sie über die späte Störung nicht erfreut war. Karl hatte keine Uniform an, nur seinen Waffengürtel. Er hatte heute Abenddienst, allerdings war es nicht so, als müsste er in River Bend auf Streife gehen. Hauptsächlich würde er sich um Anrufe kümmern, die vielleicht reinkamen, und sie hinzuholen, wenn er Unterstützung brauchte. Was nicht oft geschah.

»Ich hoffe doch sehr, das hier ist wichtig«, erklärte sie, nachdem sie die Tür aufgezogen hatte.

»Sie waren heute mit Drew im Büro des Schuldirektors.«

Also ging es um etwas Persönliches. »Ja. Als seine Trainerin.«

»Warum habe ich keinen Anruf bekommen?«

Jo spürte, dass Gill hinter ihr Stellung bezog.

»Ich bin eigentlich davon ausgegangen, dass Richard Sie angerufen hat.«

»Hat er aber nicht. Darum hätten Sie das tun müssen.«

In dem Moment bemerkte Karl Gill, der hinter ihr stand. Karls Augen weiteten sich, ehe er sie zusammenkniff.

Jo machte einen Schritt zurück, ließ ihn eintreten. »Klären wir das doch im Haus, abseits neugieriger Nachbarn«, erklärte sie.

Sobald sie drin waren, hob sie beide Hände, deutete auf die beiden Männer. »Karl, das hier ist Gill, mein Freund. Gill, das hier ist mein Deputy Karl.«

Gill hielt dem andern seine Hand hin, und einen Moment lang sah es aus, als wollte Karl sie nicht schütteln. Als er es dann doch tat, war es nur ganz kurz und ohne Worte.

»Ich sollte es nicht vom Vater der Freundin meines Sohnes hören, dass mein Junge heute beinahe einen Verweis erhalten hätte.«

»So schlimm war es ja nicht«, widersprach Jo. Sie nahm sich die Zeit, ihm die Zusammenfassung dessen zu liefern, was geschehen war. Allerdings beschwichtigte ihn das nicht.

»Wenn die Polizei wegen meines Kindes gerufen wird, muss ich darüber informiert werden!« Karl ließ nicht locker.

»Trainerin. Ich war als seine Trainerin da. Richard wollte, dass ich Drew klarmache, dass er aus dem Leichtathletikteam fliegt, wenn er sich weiter so ein Zeug leistet. Ich bin wirklich davon ausgegangen, dass Richard Sie und Caroline anruft, um mit Ihnen darüber zu sprechen.«

»Das hat er aber nicht getan.«

»Dann müssten Sie eigentlich auf seiner Türschwelle stehen, nicht auf meiner.« Jo blickte ihm direkt in die Augen und wich nicht zurück.

»Ich vermute, Sie sind heute zu beschäftigt gewesen, um bei mir vorbeizuschauen und mich darüber zu unterrichten, was gewesen ist.« Karls Augen richteten sich auf Gill.

Jo biss die Zähne zusammen, seine Unterstellung war nicht misszuverstehen. »Ja, Karl. Ich hatte heute wirklich viel zu tun. Ich musste ein neues Zuhause für Hunde finden und dafür sorgen, dass die Straßen in der Stadt ausgebessert werden, außerdem noch Wartungstermine für unsere Streifenwagen organisieren. Es war wirklich ein geschäftiger Tag für mich.«

»Nicht, dass der Sheriff Ihnen über ihren Tag Rechenschaft ablegen müsste, Deputy.« Gill sprach ihre Gedanken mit einer tiefen Stimme aus, die bewirkte, dass Karl seine Aufmerksamkeit auf den anderen Mann im Zimmer richtete.

Karl beugte sich vor. »Ich bin hier als Bürger dieser Stadt und frage den Sheriff, warum ich nicht von ihrer Anwesenheit in einer Situation unterrichtet wurde, in der mein Sohn betroffen war.« Jo hätte die Verbitterung mit einem Messer schneiden können.

»Sie haben Streit mit Richard, nicht mit mir.«

»Ich arbeite mit Ihnen.«

Sie lenkte ein. »Und hätte ich Sie heute gesehen, hätte ich es erwähnt.« Sie musste die Spannung aus der aufgeladenen Situation rausnehmen. Mit dem Mann arbeitete sie nun mal in der Tat zusammen. »Ich komme morgen vorbei und rede mit Ihnen und Caroline darüber. Es war ehrlich keine große Sache, aber Drew weiß, dass er Mist gebaut hat.«

Karls Atmung beruhigte sich. »Sie hätten mich rufen sollen.«

»Ich habe es verstanden, Karl. Und jetzt, wenn es Ihnen nichts ausmacht, es war wirklich ein geschäftiger Tag.« Sie griff nach der Klinke hinter ihm und öffnete die Haustür.

Er ging ohne einen Blick zurück.

Sie schloss die Tür und lehnte die Stirn dagegen.

Gill kam zu ihr, schlang von hinten die Arme um sie, zog sie an sich.

»Ich hab es so satt.«

Er küsste die Stelle zwischen ihrer Schulter und dem Nacken und flüsterte ihr ins Ohr: »Ich weiß, Süße. Komm. Lass dir von mir helfen, das Ganze für ein paar Stunden zu vergessen.«

Jo griff nach ihm und drückte seine Arme an sich, bevor sie den Kopf zu ihm umwandte. »Ein paar Stunden?«, neckte sie ihn.

»Ich tue mein Bestes.«

Er hob sie auf seine Arme und trug sie zurück ins Schlafzimmer.

KAPITEL ACHTZEHN

Gill stöhnte, als Jo, kaum dass der Morgen anbrach, aufwachte und sich ihre Laufschuhe überstreifte.

»Du kannst mitkommen.«

Er griff nach ihr, zog sie komplett bekleidet auf sich. »Ich würde viel lieber mit dir Bankdrücken machen.«

Sie verzierte seinen Bizeps mit einem Knutschfleck. »Die einzige Hantelbank, die wir besitzen, steht in der Highschool, und selbst wenn, ich bezweifle, dass das eine richtige Herausforderung für dich wäre.«

Während sie sich aufrichtete, ließ er sie los. »Ich suche mir eine Harley und wuchte die.«

»Wie die, auf der du hergefahren bist?«

»Am Ende lass ich sie fallen.« Das würde er nicht. Schließlich war das Motorrad sein liebster Besitz. Das kleine Haus, das er in Eugene gekauft hatte, konnte seinetwegen in Flammen aufgehen, aber sein Motorrad, das war eine völlig andere Geschichte.

»Heute ist wieder das Gleiche wie gestern.«

Er verstand langsam, warum sie so frustriert war. »Mit weniger Drama, hoffe ich.«

»Das wäre nett.«

Er stützte sich auf einen Ellbogen und beobachtete, wie sie Schlüssel und Laufjacke suchte. »Weißt du, ich hab die Akten zu deinem Vater durchgesehen.«

Jo blickte ihm in die Augen. »Ja, weiß ich. Ich bin davon ausgegangen, dass du keine neuen Erkenntnisse gewonnen hast, sonst hättest du's mir erzählt.«

»Stimmt. Allerdings würde ich mir gerne mal die Hütte anschauen. Hättest du was dagegen, wenn ich das täte, während du arbeitest?«

Unsicherheit stand in ihren Augen. »Ich fahre da nicht hoch.«

»Das musst du auch nicht. Miss Gina hat mir gesagt, sie wüsste, wo sie ist.«

Ihr halbes Lächeln enthielt einen Anflug von Verletzlichkeit.

»Auf der Veranda ist eine Schaukel, rechts davon ist eine Hundestatue. Der Schlüssel ist unter dem Hund versteckt.«

Er musste lachen. »Wo jeder zuerst gucken würde.«

Sie lachte ebenfalls. »Ja. Mein Vater würde die Benutzung niemandem verwehren, der sie braucht.«

Gill schwang die Beine aus dem Bett, ging nackt zu ihr.

Jos Blick ruhte auf ihm, und er richtete sich unwillkürlich auf. Sie machte aus ihrer Bewunderung für seinen Körper kein Hehl und war auch selbst nicht schüchtern.

»Wir sehen uns heute Nachmittag.«

Er gab ihr einen kurzen Kuss.

»Erwarte kein Essen auf dem Tisch«, warnte sie ihn.

»Ich hab Tiefkühlpizza gesehen. Wir werden nicht verhungern.«

Sie löste einen Schlüssel von ihrer Schlüsselkette. »Für meinen Jeep. Die Straßen dort oben werden nicht kontrolliert, und der Regen von neulich würde deinem Motorrad vermutlich schwer zu schaffen machen.«

»Ich glaube auch nicht, dass Miss Gina von der Harley so begeistert wäre.«

Jo lachte laut. »Miss Gina würde ihre rechte Brust für deine Maschine geben. Das Problem ist nur, sie würde dir nach einer Stunde darauf unsittliche Anträge unterbreiten.«

Gill blinzelte ein paarmal verwirrt, dann kniff er die Augen zu, um das Bild von Miss Gina loszuwerden, die von seiner Harley angetörnt war. »Fürchterliche Vorstellung«, stöhnte er.

»Sie ist harmlos.« Jo küsste ihn noch einmal und gab ihm einen Klaps auf den nackten Hintern. »Wir sehen uns später.«

* * *

Die Straße war in einem furchtbaren Zustand.

Miss Gina hielt sich am Beifahrersitz fest, beschwerte sich aber nicht ein Mal. Genau genommen grinste sie die ganze Zeit, während sie unterwegs waren.

»Ich bin schon seit Jahren nicht mehr hier gewesen. Zu schade. Es ist wirklich wunderschön.«

Gills Augen waren auf die Schlaglöcher gerichtet, die Spurrinnen und die Felsbrocken, die von weiter oben am Berg runtergefallen waren und den Weg zu der Jagdhütte der Wards beinah unpassierbar machten.

»Jo hat erzählt, sie käme gar nicht mehr hier hoch.«

»Das stimmt auch. Nach Josephs Tod hat sie es einmal getan, nachdem wir alles aufgeräumt hatten. Und einmal, nachdem sie unser Sheriff geworden war.« Miss Gina blickte aus dem Fenster. »Zu viele Erinnerungen.«

»Dass ihr Dad hier oben gestorben ist, kann da nicht hilfreich sein.«

»Siehst du diese Bäume dort?« Sie deutete auf ein paar Ahorne. »Da geht's rechts rein.«

Gill bremste ab. »Ist da eine Straße?«

»Mehr oder weniger.«

Eher weniger. Gill bog nach rechts ab, steuerte zwischen ein paar Baumstämmen hindurch und kam auf ein offenes Feld voller Grün und Wildblumen. Jos Jeep schien die traurige Ausrede für einen Weg nicht zu stören, während sie sich dem einsamen Haus näherten, das sich über dem Wäldchen erhob.

Gill stoppte den Wagen am Fuß der Treppe und spähte durch das Seitenfenster. »Wow.«

»Das ist eine Männerhütte. Komplett abgeschnitten vom Versorgungsnetz«, erklärte Miss Gina. Sie hatte ihre Tür bereits geöffnet, bevor er auch nur den Motor ausgeschaltet hatte. Draußen breitete die Frau beide Arme aus und atmete tief ein. »Jetzt könnte ich einen Joint gebrauchen«, verkündete sie und warf den Kopf nach hinten.

Gill konnte nicht anders, er musste lachen. »Die Sechzigerjahre waren klasse, was?«

»Die besten überhaupt.« Sie öffnete ein Auge und schaute ihn damit an. »Kein Joint?«

»Sorry, hab zufällig gerade keinen dabei«, unterrichtete er sie.

»Mist. Aber okay.« Sie ließ die Arme wieder sinken und erklomm die Stufen, immer schön eine nach der andern.

Die Holzhütte war aus echten Baumstämmen gefertigt, nicht aus irgendwas Nachgemachtem, das nur so aussah, als wäre es echt. Von draußen wirkte es, als wäre die Hütte weniger als sechzig Quadratmeter groß. Auf der einen Seite gab es eine schmale Veranda, die sich auf der gesamten Länge erstreckte, und eine zweisitzige Schaukel, die den Großteil des Platzes einnahm. Gill entdeckte die verblasste Hundestatue, die Jo erwähnt hatte, und dann auch den Schlüssel.

Miss Gina lehnte sich ans Geländer und schaute nach unten. »Ich warte noch darauf, dass Jo besser mit dem Tod ihres

Vaters zurechtkommt, bevor ich sie frage, ob ich hier ab und zu rauffahren kann.«

»Sie hätte vermutlich nichts dagegen.« Soweit Gill es beobachtet hatte, hing sie nicht wirklich an dieser Hütte, konnte sich aber auch nicht davon trennen.

»Erst wenn sie den Mörder ihres Vaters gefunden hat. Dann wird sie bereit sein.«

Gill zögerte, bevor er den Schlüssel im Schloss umdrehte. »Sie hat Ihnen von ihrer Theorie über ihren Vater erzählt?«

Miss Gina schüttelte den Kopf. »Nein. Ich weiß, sie hat es Mel und Zoe gegenüber erwähnt. Mir gegenüber allerdings mit keinem Wort.«

»Es könnte ein Unfall gewesen sein«, gab er zu bedenken.

Alle Belustigung wich aus Miss Ginas Gesicht. »Joseph Ward wurde ermordet.«

»Wie können Sie sich da so sicher sein?«

»So, wie Jo sich sicher sein kann. Der Mann war übergenau mit seinen Waffen, achtete im Umgang damit penibel auf Sicherheit. Der hatte fast so was wie einen Kontrollzwang, wenn es darum ging. Dass er sich versehentlich selbst erschießt, wäre das Gleiche, wie wenn ich versehentlich mein Haus mit einem Flammenwerfer und Benzin anstecke.«

»Wenn Sie sich so sicher waren, warum haben Sie dann nicht stärker protestiert, als er gestorben ist?«

Miss Gina blickte ihn an, als wäre er ein wenig minderbemittelt. »Schau mich an.«

Sie trug Pluderhosen, ein Top, das ihr Altersbäuchlein verbarg, und ihr langes, mit Grau durchzogenes Haar wehte im Wind. Sie sah aus, als hätte sie die Sechzigerjahre nie hinter sich gelassen. »Die Hälfte der Stadt hält mich für leicht verrückt. Die Kids von hier haben mein Haus immer als Zufluchtsort genutzt, wenn sie nirgendwo anders mehr hinkonnten. Wenn man das alles zusammensetzt und sich dann vorstellt, wie ich den Finger hebe und behaupte, es wäre Mord gewesen, als Sheriff Ward mit einem Loch im Kopf gefunden wurde, vermute ich, dass ich jede Menge Schwierigkeiten bekommen hätte. Außerdem habe ich damals Marihuana geraucht. Und da war es noch nicht legal.«

»Nicht jeder fragwürdige Charakter ist auch gleich suspekt.«

»Wenn jemand von einer Strafverfolgungsbehörde hergekommen wäre und sich umgehört hätte, hätte ich dafür gesorgt, dass sie wissen, was ich davon halte. Aber das war nicht der Fall. Und als Jo zurückgekehrt ist und den Job ihres Vaters übernommen hat, wusste ich, dass sie der Sache nachgeht. Ich hab mir gedacht, es wäre nur eine Frage der Zeit, bis sie etwas finden würde.«

»Nur dass sie nichts gefunden hat.«

»Das liegt daran, dass sie persönlich betroffen ist. Es gibt Sachen über ihren Vater, von denen sie nichts weiß und die sie vielleicht auch gar nicht hören möchte, wenn sie ihr zu Ohren kommen.«

Gill starrte Miss Gina an. »Was für Sachen?«

Sie verzog das Gesicht. »Ich werde es dir sagen, aber ich will erst noch sehen, ob du auch ein guter FBI-Agent bist, Mister McSexy.«

Er lachte. »McSexy?«

»So nennen die Mädchen dich.« Sie betrachtete ihn mit einem Lächeln.

Ihm wurde mehr als nur ein bisschen unbehaglich.

»Ich gehe rein«, erklärte er und drückte die Türklinke runter.

Miss Gina lachte.

* * *

Jo blickte auf ihre Armbanduhr. Jetzt müssten sie oben bei der Hütte angekommen sein. Waren umgeben von den Sachen ihres Vaters. Sie sollte eigentlich bei ihnen sein.

Die Hütte zerriss sie innerlich. Zuzulassen, dass Gill sie so sah, würde sie ihm auf eine Art und Weise öffnen, für die sie noch nicht bereit war. Nein, es war besser, wenn er ohne sie und ihre Voreingenommenheit dort war, die sie bei ihrer Ermittlung zum Tod ihres Vaters einfach nicht ablegen konnte.

Während Gill und Miss Gina über den Berg kraxelten, fuhr Jo die kurze Strecke hinüber zu Karl und Caroline, um mit ihnen zu sprechen, während Drew in der Schule war.

Sie hätte Karl anrufen sollen, sobald sie aus der Schule heraus gewesen war. Wenn es ihr Sohn gewesen wäre, hätte sie das auch gewollt. Gill in der Stadt zu haben war eine Ablenkung, was durch ihr Verhalten bewiesen worden war. Selbst wenn Karl ihr den Job unablässig schwer machte, war Drew sein Sohn, und er war zu Recht über ihr Verhalten verärgert.

Jo klopfte an die Tür der Emerys, machte einen Schritt zurück und wartete.

Caroline öffnete. Sie war Mitte fünfzig, wäre allerdings problemlos als Mittvierzigerin durchgegangen. Sie war mit guten Genen gesegnet und hielt sich an eine gesunde Diät, wenn man dem glaubte, was Glynis Jo über die Jahre erzählt hatte. Mit etwas über einem Meter sechzig konnte die Frau nicht auf eine Vergangenheit als Model zurückblicken, aber sie war eine anerkannte Schönheit, die den Männern die Köpfe verdrehte. Anders als Karl hatte Caroline ein freundliches Gesicht und wurde in der Stadt allgemein gemocht und respektiert. Nicht dass die Stadt keinen Respekt für Karl hatte, in seinem Fall jedoch nur, weil den Bürgern nichts anderes übrig blieb.

»Hi, Caroline«, sagte Jo, als die Frau ihr aufmachte.

Ihr verlegenes Lächeln und dass sie die Augen niederschlug, verriet Jo, dass Caroline ihre Anwesenheit hier unangenehm war. »Hi, Jo.«

»Ist Karl da? Ich würde gerne mit Ihnen beiden über das sprechen, was gestern passiert ist.«

»Dann kommen Sie doch bitte rein.«

Jo folgte ihr ins Haus, und ihr Polizeigürtel klapperte beim Gehen leise.

Caroline rief Karls Namen, bevor sie sich zu ihr umdrehte. »Es tut mir leid, dass Karl Sie gestern Abend belästigt hat. Ich habe ihm gesagt, es könnte warten, dass Sie, wenn irgendetwas Schlimmes passiert wäre, direkt zu uns gekommen wären.«

»Danke dafür, Caroline, aber ich hätte auch so zu Ihnen fahren müssen.«

»Verdammt richtig.« Karl stand hinter ihr, lehnte sich gegen den Rahmen der Tür zum Wohnzimmer.

»Karl!« Carolines Stimme enthielt eine leise Mahnung.

»Können wir uns hinsetzen?«, fragte Jo.

»Natürlich.« Caroline wechselte in den Gastgeberinnen-Modus, erkundigte sich, ob Jo etwas trinken wolle, und nahm Platz, als die ablehnte.

»Ich muss mich entschuldigen«, begann Jo und schaute ihren Deputy an.

Er wartete.

»Es tut mir leid. Ich hätte Sie anrufen sollen, und das, gleich nachdem ich aus der Schule raus war.«

Karl starrte sie schweigend an.

Jo redete weiter. Sie erklärte, was Richard ihr gesagt hatte, was Drew bestätigt hatte. »Außer dass Betty geglaubt hat, dass es in der Highschool spukt, ist nichts Schlimmes passiert. Mason hat ihn darauf hingewiesen, dass Betty gesundheitlich angeschlagen ist und dass er daran hätte denken müssen.«

Caroline hielt den Kopf schief und legte eine Hand über Karls. »Es ist ja keine große Sache.«

Karl und sie wechselten einen Blick, und dann wurden seine Züge weicher. »Das zu entscheiden lag bei uns.«

Der Mann wollte einfach nicht einlenken. »Es wird nicht wieder geschehen«, versicherte Jo ihm.

Er nickte, und Jo ging ohne ein weiteres Wort.

* * *

Lob Hill hochzulaufen war Mist. Sein Vater redete nicht mehr mit ihm, und Coach Ward nahm ihn härter ran und verpasste ihm Ehrenrunden, hatte null Sinn für Humor.

Drew wusste, sie hatte sich mindestens einmal während der Szene in Rektor Masons Büro gestern ein Lachen verkneifen müssen, aber heute war davon nichts mehr zu merken. Man könnte meinen, er hätte sich völlig zugedröhnt in den Toiletten der Sporthalle finden lassen.

Jeden Tag hasste er River Bend mehr. Wie seine Eltern in einer so kleinen Stadt hatten landen können und dass sie auch noch hiergeblieben waren, war etwas, das sich Drew einfach nicht erklären konnte. Wenn sein Vater es wenigstens geschafft hätte, sich zum Sheriff wählen zu lassen, würde sein Verlangen, hier zu leben, vielleicht noch Sinn ergeben. Doch sein Vater war nicht Sheriff, sondern Deputy. Und verdammt noch mal, sein Vater könnte überall Deputy sein.

Drew quälte sich die letzten dreihundert Meter Lob Hill hoch, schlug gegen den Baum, der schon von Hunderten von Teenagerhänden berührt worden war, und machte sich auf den Weg zurück zur Schule. Seine Gedanken wandten sich dem Wochenende zu. Einem Wochenende ohne Leichtathletik, das hieß, dass er feiern konnte. Er konnte wirklich mal eine Pause gebrauchen. Erwachsene waren nicht die Einzigen, die Stress hatten. Mit der Schule, dem Sport, seinen Eltern, Tina, die viel zu schwierig rumzukriegen war, und der ständigen Frage »Was willst du auf dem College als Hauptfach belegen?« war Drew wirklich genervt. Die einzige Möglichkeit, Dampf abzulassen, war der Scherz mit dem Fernseher in Miss Walters' Klassenzimmer gewesen. Das hatte ihn im Abschlussjahrgang beinahe zu so etwas wie einer Berühmtheit gemacht. Die CIA sollte ihn anwerben.

Drew verlangsamte sein Tempo, als er ans Ende der Laufstrecke kam und Coach Gibson dastehen sah.

Er stützte die Hände auf die Knie, um genug Luft in seine Lungen zu bekommen. »Ich bin restlos fertig«, teilte er dem Cheftrainer mit.

Coach Gibson stand mit vor der Brust verschränkten Armen da, sein Blick ruhte auf den Sprintern, die ihr Konditionstraining absolvierten. »Coach Ward hat dich für die ganze nächste Woche dafür eingetragen, Lob Hill raufzulaufen.«

Drew verdrehte die Augen. »Ich weiß.« Und er musste Rasen mähen. War nur gut, dass Mrs Walters eine Blumenliebhaberin war, sodass der Großteil ihres Gartens aus Beeten bestand und die Rasenfläche, die er sich am Wochenende vornehmen musste, nicht so groß war.

Er hörte Coach Gibson aus dem Mundwinkel fragen: »Also, die App, die du benutzt hast, um den Fernseher einzuschalten, wie heißt die?«

Drew benötigte einen Moment, bis das zu ihm durchgedrungen war. »Äh, davon gibt es ein paar. Hängt von Ihrem Smartphone ab. Ich hab Gizmode benutzt.«

Coach Gibsons Kopf bewegte sich auf und nieder. »Im App Store?«, hakte er nach.

»Ja.«

»Gut zu wissen.« Der Coach blickte auf die Stoppuhr in seiner Hand und entfernte sich ohne weitere Fragen.

Kapitel Neunzehn

Jos Nerven lagen nach dem Gespräch mit den Emerys blank. Sie verließ die Wache früher, überprüfte noch, ob Glynis die Telefonweiterleitung angeschaltet hatte, sodass die Anrufe auf ihrem Handy landeten.

Gill hatte Miss Gina nach Hause gebracht und parkte kurz danach hinter Jos Wagen in der Auffahrt.

Jo war keine gute Köchin. Sie konnte ein paar Steaks und etwas Gemüse auf den Grill werfen, aber das war es auch schon. Sich irgendwie häuslich zu geben wäre, wie zwei linke Schuhe zu tragen. Es passte einfach nicht.

»Ich habe Bier, Wasser oder Milch«, verkündete sie, als Gill aus dem Garten zurückkam, wo er den Grill angeschmissen hatte.

»Milch ist fürs Frühstück.«

Jo reichte ihm ein Bier, öffnete auch sich selbst eins.

»Die Hütte von deinem Dad ist der Traum eines jeden Jägers.«

»Bist du einer?«, erkundigte sie sich, wollte den Small Talk schnell hinter sich bringen, damit sie herausfinden konnte, was er entdeckt hatte.

»Nein. Nach allem, was ich gesehen habe, hat dein Dad seine Zeit dort auch nicht ausschließlich der Jagd gewidmet.«

»Hier und da hat er mal ein Reh geschossen. Doch es war ihm nicht besonders wichtig. Die Hütte war eher ein Ort dafür, mal rauszukommen, ohne zu weit fahren zu müssen.«

»Weil er mit seiner Arbeit verheiratet war.«

Gills Aussage ließ sie innehalten. »Nach meiner Mom, ja.« Jo würzte die Steaks, während sie sich unterhielten.

»Weiß jeder in der Stadt von der Hütte?«

Sie nickte.

»Selbst die Jugendlichen?«

»Bei denen, die erst nach seinem Tod Teenager geworden sind, bin ich mir nicht sicher. Aber ja, als ich aufgewachsen bin, wusste jeder, mit dem ich rumgehangen habe, von der Hütte. Ich wäre nicht überrascht, wenn einige hingefahren wären, um zu knutschen.«

Gill sah sie über sein Bier hinweg an. »Du nicht?«

Jo schauderte. »Das da oben hat immer meinem Dad gehört. Die Vorstellung, dort mit einem Jungen rumzumachen, war etwa so ansprechend wie Sex auf der Polizeistation.«

Sie griff sich den Teller mit dem Essen und bedeutete Gill, ihr nach draußen zu folgen. Dort nahm Gill ihr das Fleisch ab und machte sich an die Zubereitung.

Jo ließ ihn.

»In dem Bericht aus der Akte deines Vaters sind mehr als ein Dutzend Namen von Männern aufgezählt, mit denen er zum Jagen dort war.«

»Ich würde vermuten, dass da viele gar nicht drauf sind. So ziemlich jeder hier mit einem Gewehr ist irgendwann mal mit meinem Dad da hingefahren. Es gab einige, die häufiger da waren, und das sind wahrscheinlich die auf der Liste.«

»Sein Tod wurde von Anfang an als Unfall deklariert.«

Sie nickte. »Ich hab protestiert, und weil er Sheriff war, haben sie die Hütte noch mal durchsucht, doch zu dem Zeitpunkt waren da schon so viele Hände am Werk gewesen, dass alle Fingerabdrücke, die sie gefunden haben, irgendjemandem zugeordnet werden konnten.«

»War dein Vater ein Ordnungsfanatiker?«

»Definiere ›Fanatiker‹.«

»Alles hat seinen Ort, alles wird gereinigt, nachdem es benutzt wurde?«

»Er war ordentlich«, erwiderte Jo. »Aber supersauber? Nein. Nicht wirklich. Er hat es gehasst, wenn Zeug rumstand, allerdings hat er nicht obsessiv Staub gesaugt oder so.«

Gill drehte die Steaks um und stellte die Flammen am Gasgrill kleiner. »An dem Wochenende war er allein dort oben, keine Besucher?«

»Zu dem Zeitpunkt habe ich in Waterville gelebt. Aber das ist das, was Karl in den Bericht geschrieben hat. Er hatte Lukes Vater gefragt, ob er mit ihm kommen wollte, nur war in der Werkstatt ungewöhnlich viel zu tun, wahrscheinlich wegen des Klassentreffens.«

Gill nahm einen Schluck von seinem Bier und fragte: »Klassentreffen?«

»Ja, jedes Jahr, meist in den zwei Wochen um den Todestag meines Vaters herum, findet das Klassentreffen der River-Bend-Highschool statt. Die zehnjährigen sind immer in der Sporthalle.«

»Wie ist es mit den zwanzig- oder dreißigjährigen?«

Jo schüttelte den Kopf. »Die Schule kümmert sich um die zehnjährigen, doch es liegt bei den ehemaligen Schülern, alles andere danach zu organisieren.«

»Gab es in dem Jahr ein zwanzigjähriges?«

Jo kratzte sich am Kopf. »Ich bin mir nicht sicher. Ich müsste mal rumfragen.«

»Miss Gina wusste nicht, ob noch ein anderer Weg zur Hütte hin- und von ihr wegführt. Kennst du einen?«

Jo schüttelte den Kopf.

Gill schob das Gemüse etwas auf dem Grill herum, behielt die Steaks im Auge. »Also auf den ersten Blick müsste ich den damaligen Ermittlungsergebnissen zustimmen, Jo.«

Ihre Nasenlöcher weiteten sich. »Auf den ersten Blick?«

»Ja. Aber da ist irgendwas, was mich an der ganzen Sache stört.«

Das war es, was sie hören wollte. »Und was?«

»Es ist zu einfach.«

»Was meinst du damit?«

»Jeder wusste es, wenn sich dein Vater freigenommen hat, richtig?«

»Richtig.«

»Und den meisten war auch klar, wo er dann hinfuhr.«

»Jap.«

»Wenn dein Vater also einen Feind gehabt hätte, hätte der genau gewusst, wo er ihn allein antreffen kann, und er hätte auch eine gute Erklärung für seinen Tod gehabt, außer es wäre zu einem Kampf gekommen.«

Jo gefiel das nicht, auch wenn es stimmte.

»Es gab keinen Kampf«, sagte Gill, während er das Essen vom Grill nahm.

»Was bedeutet, dass ihn die Person, die ihn umgebracht hat, kannte.« Jo war schon zu demselben Schluss gekommen. »Mein Vater hatte keine Feinde.«

Gill warf ihr einen Blick von der Seite zu. »Jeder hat Feinde.«

Weil Jo keine Terrassenmöbel hatte, gingen sie zurück ins Haus, wo sie das Essen auf Teller verteilten und sich an den kleinen Küchentisch setzten. »Frag in der Stadt rum, Gill. Jeder hat meinen Dad geliebt. Er war eine Stütze der Gesellschaft, von allen geschätzt und respektiert.«

Gill stach mit seiner Gabel in sein Steak und schnitt sich ein Stück ab. »Wenn du glaubst, dass er ermordet worden ist, muss er einen Feind gehabt haben.«

»Ich habe keinen Hinweis gefunden, wer das hätte sein können«, erwiderte sie.

»Jemand, der von der Hütte wusste. Jemand, dem er komplett vertraut hat.«

»Das dürfte so ziemlich jeder gewesen sein. Sicher, es gab ein paar Leute in der Stadt, die immer mal wieder über die Stränge geschlagen haben und die mein Dad wieder zur Vernunft bringen musste. Zoes Vater war einer von ihnen, aber er war zu der Zeit im Gefängnis, und außerdem hätte mein Vater Ziggy auf keinen Fall vertraut.«

Gill hielt inne und fing an zu lachen. »Zoes Vater heißt Ziggy?«

Jo winkte ab. »Lange Geschichte.«

»Was ist mit Zoes Mom?«, wollte er zwischen zwei Bissen Steak wissen. »War sie aufgebracht, als ihr Mann verhaftet wurde?«

»Das alles liegt weit zurück, lange bevor mein Dad gestorben ist. Nach dem, was Zoe mir erzählt hat, war es für ihre Familie eine Erleichterung, dass Ziggy ins Gefängnis musste, und erst danach konnten sie sich endlich entspannen und haben gelernt, auch mal zu lächeln. Der Mann war wirklich furchtbar«, erklärte Jo. Sie steckte sich das erste Stück von ihrem Steak in den Mund, hatte kaum bemerkt, dass sie noch gar nichts gegessen hatte. »Das schmeckt wirklich gut.«

»Fleisch ist das Einzige, was ich zubereiten kann.«

»Großartig, ich auch. Ich sehe Fehlernährung in unserer Zukunft.«

Das hielt ihn nicht davon ab, sich mehr zu nehmen.

»Ich werde weiter schauen, Jo. Ich bin mir nur nicht sicher, ob ich irgendwas finden werde.«

Die Tatsache, dass er überhaupt suchte, reichte ihr. »Danke.«

Gills Telefon klingelte in seiner Tasche. Er schluckte den Bissen herunter, trank einen Schluck von seinem Bier und ging ran. »Hey, Shauna.«

Jo hörte sich die eine Seite der Unterhaltung zwischen Agent Burton und Gill an, beobachtete Gills Körpersprache. Sein Lächeln wurde zu einem Stirnrunzeln, seine Brauen zogen sich zusammen, und er sah auf seine Uhr.

»Wann geht's los?«, wollte er wissen.

Jo aß weiter.

Gill schob seinen Stuhl vom Tisch zurück. »Ich werde da sein.«

Das Steak in Jos Mund wurde kalt. Genau wie es Gills Dinner bald sein würde, wenn sie nicht falschlag.

Er seufzte, während er sein Telefon zurück in die Tasche steckte. »Ich muss los.«

»Hab ich mir schon gedacht. Was ist passiert?«

»Die Kids, die wir beobachten, haben einen Rave organisiert.«

»Also crashst du einen Rave?«

Er lachte, sah an sich hinab. »Ich pass da nicht wirklich rein, JoAnne. Aber die Überwachung wird mit etwas Glück vielleicht was ergeben.«

Jo folgte ihm ins Schlafzimmer, wo er die kleine Tasche mit Wechselkleidung und Zahnbürste holte, die er mitgebracht hatte.

»Tut mir leid, dass ich so überstürzt aufbrechen muss.«

»Nicht nötig. Ich versteh das.« Selbst wenn sie etwas enttäuscht war, dass sie heute Nacht nicht mit diesem Mann kuscheln würde.

Gill schlang ihr den Arm um die Taille und zog sie an sich. »Ich werde dich vermissen.«

»Du bist eine ziemliche Ablenkung«, erwiderte sie, noch nicht bereit, irgendwas von Vermissen zu sagen.

Er küsste sie mit einem Lächeln, zog den Kuss in die Länge, bevor er sich von ihr löste. »Okay. Ich bin weg.«

Sie ging mit ihm zur Garage, öffnete das Tor, sodass er sein Motorrad herausholen konnte. »Fahr vorsichtig.«

Er setzte sich den Helm auf, zog sich die Handschuhe über und startete die Maschine. Mit einem Zwinkern rollte er rückwärts aus ihrer Einfahrt und winkte ihr noch einmal zu, dann war er fort.

Sie schaute ihm nach, bis er komplett verschwunden war, wartete eine weitere Minute, bevor auch der Lärm der Harley verklungen war. Als sie sich umdrehte, um wieder ins Haus zu gehen, prickelte ihre Haut, und sie wirbelte herum. Keiner ihrer Nachbarn war zu sehen, aber sie war sich ziemlich sicher, dass sie beobachtet wurde.

* * *

Mel hatte Jo dazu überredet, ihr den ganzen Montag bei Bastelarbeiten für das bevorstehende Klassentreffen zu helfen, und später kam Zoe herüber, um weitere Ideen beizusteuern. Sie tranken Cocktails – mehr als zwei –, was für Jo ungewöhnlich war. Montags hatte sie normalerweise frei, und seit sie Gill getroffen hatte, bemühte sie sich, ein Leben außerhalb des Jobs zu haben. Wenn er seiner Pflicht beim FBI entkommen konnte, sollte auch sie einen Tag ohne Pistole und Uniform hinkriegen.

Am Mittwoch war sie wieder zurück in ihrer Routine, ihr morgendlicher Lauf abgehakt, der Nachmittag verplant, wozu eine Fahrt mit ihrem Dienstwagen zur Werkstatt in Waterville gehörte, da es einen Rückruf gegeben hatte. Irgendetwas von wegen Bremsversagen nach achtzigtausend Kilometern. Fitzpatrick stand auf Abruf bereit, und Emery hielt die Stellung.

All ihre Pläne waren mit einem hektischen Telefonanruf beim Teufel.

»Jemand hat sie gestohlen. Meine Jezebel. O mein Gott. Du musst sie finden.«

Cherie war fast hysterisch.

Der Anruf kam gerade, als Jo am R&B vorbeifuhr. Sie hielt an, wobei sie feststellte, dass die Bremsen noch immer gut funktionierten, und nahm den Anruf entgegen. »Cherie, beruhige dich erst mal. Und dann fang bitte ganz von vorne an.«

»Jemand hat sie gestohlen, Jo. Ich hab Jezebel rausgelassen, damit sie ihr Geschäft erledigt. Sie braucht nie lange. Ich lasse die Hintertür für sie offen. Jetzt ist sie weg. Weg!« Cherie sprach in kurzen Sätzen und Worten. »Die Welpen jaulen. Dabei ignoriert sie die Kleinen nie.«

»Wie lange ist das her?«

»Eine halbe Stunde.«

Jo sah auf die Uhr. Die Chancen standen ziemlich gut, dass der Hund ein Eichhörnchen oder irgendetwas Ähnliches gejagt hatte und auf der anderen Seite des Zauns gelandet war. Doch im Licht der ganzen Hundegeschichte konnte sie nicht einfach wegfahren, ohne die unmittelbare Umgebung zu überprüfen.

»Halte weiter nach ihr Ausschau. Ich bin schon unterwegs.«

Als Jo bei Cheries Haus ankam, das auf der anderen Seite der Stadt lag, war der Hund schon eine Dreiviertelstunde weg.

Aus dem Inneren des Hauses hörte Jo Hunde bellen. Sie ging hintenherum, statt an die Haustür zu klopfen. Cherie sorgte dafür, dass ihr Zaun gesichert war. Der automatische Türschließer und die straff eingestellten Federn waren für die Tiere ein unüberwindliches Hindernis.

Cherie war auf der anderen Seite des Gartens und rief nach ihrer Hündin.

Jo vergewisserte sich, dass das Tor hinter ihr zu war, und ging am Zaun entlang zu Cherie, hielt nach Stellen Ausschau, wo der Hund hätte entkommen können.

Der Frau standen Tränen in den Augen. »Das passt überhaupt nicht zu ihr. Selbst bevor sie geworfen hat, war sie keine, die weggelaufen ist.«

Jo legte Cherie eine Hand auf die Schulter. »Wir werden sie finden.«

Sie liefen den Zaun ab. In der Nähe der südlichen Ecke des Gartens gab es ein zweites Tor, durch das man auf das Feld dahinter gelangte. Es war sicher versperrt. »Wie häufig benutzt du diesen Ausgang?«, wollte Jo wissen.

»Täglich. Ich gehe mit den Hunden im Wald spazieren, um meinen Nachbarn nicht zu begegnen.«

Vom Tor verlief ein Trampelpfad zu einem kleinen Wäldchen. »Hast du da schon nachgesehen?«

»Ich war nur am Waldrand. Ich wollte die Welpen nicht alleine lassen oder nicht da sein, wenn sie wieder nach Hause kommt.«

»Sie wird schon wieder auftauchen«, versuchte Jo Cherie zu beruhigen.

»Das passt überhaupt nicht zu ihr. Ich kenne meine Hunde. Das ist ihr zweiter Wurf, und sie ist eine sehr gute Mutter. Sie hat geweint, als ich beim ersten Mal ein neues Zuhause für die Welpen gefunden habe.«

Das gefiel Jo gar nicht. »Verschwinden die Hunde manchmal zu den Nachbarn?«

»Die Nachbarn, die wegen des Gebells Deputy Emery gerufen haben? Nein.«

Dieselben Nachbarn hatten Jo auf den Anrufbeantworter gesprochen, aber das behielt sie für sich.

Sie öffnete das Tor. »Du bleibst hier, falls sie wieder nach Hause findet. Ich schau mich mal im Wald um.«

»Okay.«

Cherie griff in die Tasche der Windjacke, die sie trug. »Hier, ein Leckerli für sie.«

Jo nahm den Hundekeks und steckte ihn sich in die Vordertasche ihrer Hose.

Es war Frühling in Oregon, was in der Regel bedeckten Himmel und diesiges Wetter bedeutete. Heute gab es eine Brise, die fast schon frisch zu nennen war. Im Schutz der Kiefern war es geradezu kalt.

Jo nahm den Pfad, der gleich hier begann, und rief den Hund. Zwanzig Minuten später kehrte sie um, ohne Glück gehabt zu haben.

Cherie war auf ihrer hinteren Veranda, ein Hund an ihrer Seite.

»Ich hab meinen Bruder angerufen.«

»Gut. Ich werde rumfahren.«

Cherie wischte sich eine Träne aus dem Auge. »Ich muss ihre Babys füttern.«

Was Flaschen für die Welpen hieß und stundenlang dauern würde. Es war mitten an einem Schultag, sonst hätte Jo einige ihrer Läufer um Hilfe gebeten.

»Du kümmerst dich um die Welpen, ich finde ihre Mom. Hunde verschwinden nicht einfach.«

Doch Cherie sah nicht überzeugt aus.

* * *

Drew ging hinter Tina. Ihr Po zog seine Blicke auf sich und sorgte dafür, dass er schon wieder hart war. Nicht dass er dafür eine visuelle Anregung brauchte. Er war siebzehn, und das verdammte Ding machte, was es wollte.

Er kitzelte sie zum Spaß und legte ihr dann beide Hände auf die Hüften.

239

Sie lachte und wich ihm aus.

Er deutete das jetzt mal als positives Signal.

»Wir sollen eigentlich den Hund suchen.«

Das gesamte Langstreckenteam war gebeten worden, paarweise verschiedene Teile der Stadt abzulaufen. So konnten sie trainieren und gleichzeitig versuchen, das verschwundene Tier zu finden.

Drew mochte Hunde, und diese Suche zu zweit war ziemlich klasse, solange Tina nett war.

»Wir suchen nach einem Hund.« Drew pfiff auf seiner Pfeife. »Außerdem sollen wir eigentlich laufen.«

»Ja, na ja …«

Tina wirkte fast rebellisch. Mit ein bisschen Mühe würde dieses Mädchen der perfekte Mix aus frech und süß werden. Der freche Teil sorgte allerdings auch dafür, dass sie manchmal nicht so freundlich zu ihm war. Sie war eines der hübschesten Mädchen der Schule und hatte ganz schön was vor der Hütte. Das gefiel Drew.

Während er über ihre Brüste nachdachte, streckte er seine Beine in dem Versuch, sich mit seinem riesigen Ständer nicht selbst in Verlegenheit zu bringen.

Sie waren gute drei Kilometer tief im Wald, den Drew gut kannte. Das Grundstück der Hundelady trennte nur eine Wiese von dem Grundstück seiner Eltern. In River Bend war eigentlich nichts wirklich weit voneinander entfernt, aber dieser Teil war Drew besonders vertraut, weil er hier aufgewachsen war. Tina lebte auf der anderen Seite der Stadt, wo die Häuser etwas größer waren und die Leute etwas mehr Geld hatten als der Rest.

Tina pfiff. »Komm her, Hundi.«

»Ich wette mit dir, dass sie auf der Straße nach Waterville ist«, sagte Drew.

»Ja. Vermutlich. Allerdings bittet uns Coach Ward nicht oft um Hilfe.«

Mädchen mochten Jungs, die Tiere mochten. »Der Hund hat vermutlich Angst.« Er senkte die Stimme, tat so, als wäre es ihm wirklich wichtig.

Tina schenkte ihm ein schüchternes kleines Lächeln. Ein Lächeln, das ihm verriet, dass er gerade Punkte machte.

»Vielleicht sollten wir uns aufteilen«, schlug Tina vor.

»Das ist keine gute Idee. Es ist ziemlich leicht, sich hier draußen zu verlaufen.«

Tina blieb stehen und sah sich um. Sie zeigte hinter sich. »Das ist der Weg zurück zu eurem Haus.«

Drew stellte sich neben sie, nahm ihre Hand und bewegte sie einen halben Meter zur Seite. »Mehr so in die Richtung.«

»Oh.«

Als sie die Hände sinken ließen, behielt er ihre in seiner. Es dauerte nicht lange, bis Tina ihre Finger mit seinen verschränkte.

Händchen zu halten war nett, aber was er wirklich wollte, war ein bisschen Knutschen, vielleicht sogar mehr.

Sie setzten ihren Weg fort, und keiner von ihnen ging auf das Händchenhalten ein außer mit einem Lächeln.

»Der Abschlussball ist bald«, fing Drew an.

Tina drückte seine Hand. Ihre Stimme zitterte ein bisschen, als sie sagte: »Ich weiß.«

»Das wird bestimmt lustig.«

Ihm fiel auf, dass sich Tinas Wangen röteten, und er sah einen Funken Hoffnung in ihren Augen. »Bestimmt.«

»Könnte aber auch echt langweilig werden.«

Sie schenkte ihm einen ungläubigen Blick. »Der Abschlussball wird doch nicht langweilig.«

»Oh, ich weiß nicht. Es wäre langweilig, wenn man nicht hingehen würde. Zu Hause zu sitzen am Abend des

Abschlussballs, wenn alle anderen sich schick gemacht haben und Spaß haben.«

Tina verengte die Augen. »Man kann immer zum Abschlussball gehen, selbst ohne Date.«

»Wer hat irgendwas von einem Date gesagt?«

Jetzt runzelte sie die Stirn.

Drew verzog weiter keine Miene, wandte sich ab und pfiff nach dem Hund.

Als ob sie das an ihre Aufgabe erinnerte, rief Tina ebenfalls wieder nach dem Tier.

Ein paar Meter weiter, und sie hielten immer noch Händchen, und Drew tastete sich weiter vor. »Hast du ein Date für den Abschlussball?«

Tina schüttelte den Kopf. »Nein, du?«

»Nein.«

Das schien sie glücklich zu machen.

Er wartete eine kleine Weile, bevor er wissen wollte: »Falls ich dich fragen würde, ob du mit mir zum Abschlussball gehst, würdest du dann Ja sagen?«

Sie blieb stehen. »*Falls* du mich fragen würdest?«

Drew stellte sich vor sie und blickte sie an. »Ja, *falls* ich dich fragen würde.«

»Falls du mich fragen würdest, würde ich möglicherweise Ja sagen. Das hängt davon ab.«

»Wovon?«

»Wie du mich fragst.«

»Wie?«

Tina zuckte die Achseln. »Tja, also, würdest du Blumen mitbringen? Oder würdest du ein Schild in der Sporthalle hissen, auf dem du mich fragst? Irgendeine große Sache während eines Wettkampfs auf die Beine stellen? Du weißt schon: *wie* du fragst.«

Drew verfluchte alle Typen, die vor ihm gekommen waren und damit angefangen hatten, große Gesten zu machen, um ein Mädchen zum Abschlussball einzuladen. »Du weißt, dass all die Typen, die so was auf die Beine stellen, schon wissen, dass das Mädchen Ja sagen wird, oder?« Das hatte er sich ausgedacht, und er hoffte, dass er es auf so überzeugende Weise behauptet hatte, dass Tina ihm glauben würde.

»Wirklich?«

Er drehte sich um, ihre Hand immer noch in seiner, und lief weiter. »Das kannst du den anderen Mädchen aber nicht verraten. Das ist ein Jungsgeheimnis.«

»Oh.«

»Ja. Also die Typen, die all diese verrückten Dinge durchziehen, würden es nicht tun, wenn das Mädchen nicht zustimmen würde. Wann war das letzte Mal, dass du so was erlebt hast?«

Tina dachte einen Moment darüber nach. »Nie.«

»Siehst du?«

»Hm.« Sie ging weiter, dachte offensichtlich über seine Worte nach. »Frag mich«, meinte sie schließlich.

Drew lächelte. »Okay, werd ich.«

Sie blieb stehen. »Nein. Frag mich jetzt.«

Er nahm ihre beiden Hände in seine. Er hatte das einmal in einem Film gesehen. »Tina, willst du mit mir zum Abschlussball gehen?«

Sie lächelte ihn strahlend an. »Ich würde sehr gerne mit dir zum Abschlussball gehen.«

Drew befeuchtete sich die Lippen und wagte sich weiter vor. Sie hatten früher schon mal geknutscht, zu Beginn des Schuljahrs, doch irgendwann war Tina durchgedreht und hatte nicht mehr mit ihm zusammen sein wollen.

Jetzt waren sie beide ein bisschen älter. Sechs Monate machten in der Highschool einen ziemlichen Unterschied, zumindest in seinem Kopf. Er war sich nicht sicher, ob Tina mit ihrem

Kissen geübt oder auf ihrem Handy irgendeine Form von Porno geguckt hatte, aber ihre Küsse waren besser geworden.

Innerhalb von Sekunden, nachdem ihre Zungen sich berührt hatten, war er schon rattenscharf, doch er versuchte sich zurückzuhalten und ließ ihr Zeit, sich daran zu gewöhnen, dass er ihr so nah war.

Tina schlang ihm die Arme um den Nacken, und er hatte keine Wahl, als näher zu kommen. Wenn sein Ständer gegen ihren Bauch gedrückt hatte, war sie sonst immer zusammengezuckt. Diesmal nicht.

Er wusste nicht, warum, aber dann löste sie sich von ihm, um kurz Atem zu holen, und küsste ihn dann noch leidenschaftlicher.

Tina hatte sich definitiv verändert. Als er mit seiner Hand über ihren Rücken strich und die Seite von einer ihrer Brüste streifte, schrak sie nicht zurück.

Das war ein Date zum Abschlussball wert.

Drew schloss seine Hand um ihre Brust. Sein Ständer kreischte auf.

Erst als er nach dem Saum ihres Shirts griff und es hochzog, spürte er, dass Tina zögerte.

Er wich einen Schritt zurück. Enttäuscht, wenn auch voller Hoffnung. »Zu viel?«, fragte er.

»Ein bisschen.« Ihr verlegenes Lächeln war ziemlich süß.

»Können wir trotzdem knutschen?«

Sie nickte und hob ihren Mund wieder zu seinem.

Drew ging mit ihr rückwärts bis zu einem Baum, wie er das in dem Film gesehen hatte.

Das schien ihr zu gefallen.

Er machte da weiter, wo er aufgehört hatte, küsste sie, eine Hand auf ihrer Brust, bis er fühlte, wie sich die Spitze unter dem Stoff zusammenzog. Dann widmete er sich der anderen.

Tina behielt ihre Hand auf seinem Rücken, bis er sie für sie zu seinem Hintern runterschob. Zuerst ließ sie sie einfach dort liegen, dann drückte sie zu.

Er dachte schon, er würde kommen, direkt hier im Wald, komplett bekleidet. Er hörte auf, sie zu küssen.

»Was ist los?«, wollte sie wissen.

»Nichts.« Er sah Sterne. »Das ist wirklich gut.«

Als seine Hüften sie gegen den Baum pressten, verstand sie. »Oh.«

»Ja. Tut mir leid. Kann nicht anders.«

Seine Worte mussten sie beruhigt haben. »Ich weiß. Es ist okay.«

Da war sie, schaute ihn so niedlich an. »Wir sollten vermutlich aufhören. Ich will dir keine Angst machen.«

»Ich habe keine Angst. Ich bin nur noch nicht so weit.«

»Wir haben's nicht eilig.« Oh, er natürlich schon, aber er war nicht dumm. Der Abschlussball war erst in einem Monat. In einem Monat konnte viel passieren.

»Lass uns zurückkehren«, schlug Tina vor. »Der dumme Hund ist nicht hier draußen.«

Sie gingen Hand in Hand etwa anderthalb Kilometer. Dann beschlossen sie zu laufen, sodass es so aussah, als wenn sie Coach Wards Anweisungen genau befolgt hätten.

Etwa achthundert Meter von seinem Haus entfernt löste sich Tinas Schnürsenkel.

Sie benutzten dieses letzte Stück Wald als Deckung, um noch etwas Küssen zu üben. Drew wandte sich sofort ihren Brüsten zu, und sie griff nach seinem Hintern, ohne dass er es vorschlagen musste. Als sie aufhören mussten, um Luft zu holen, protestierte sein Körper, doch er wusste, dass er auf dem richtigen Weg war. Sie verließen den Pfad, nahmen eine Abkürzung, die sie innerhalb weniger Minuten aus dem Wald bringen würde.

Sie liefen an einem umgefallenen Baumstamm vorbei, und Drew fiel etwas ins Auge.

Er wurde langsamer. »Tina, warte mal«, rief er.

Schnell trat er über den Stamm und um einen großen Baum herum.

Er erstarrte. »Scheiße!«

»Was ist los?«

Drew drehte sich so schnell um, dass er fast über den abgestorbenen Baum am Boden stolperte. »Nicht hinsehen«, schrie er.

Aber es war zu spät, und Tina begann zu kreischen.

Kapitel Zwanzig

»Die halbe Stadt hat nach dem Hund gesucht, Karl.«

Was für ein Chaos. Was für ein verdammtes Chaos. Drew beruhigte im Garten von einem von Emerys Nachbarn eine hysterische Tina. Fast jeder Langstreckenläufer der River-Bend-Highschool war gekommen und musste vom Tatort ferngehalten werden. Luke und Zoe saßen bei Cherie und versuchten zu verhindern, dass sie völlig zusammenbrach. Und Karl Emery stand neben Jo, die Hände in die Hüften gestützt, und redete auf sie ein.

»Sie hätten die Kinder nicht dafür hinzuziehen sollen, den verdammten Hund zu suchen.«

»Sprechen Sie leiser!«, verlangte sie mit einem rauen Flüstern.

Er trat näher.

»Sie haben Ihre Position missbraucht, und jetzt wird mein Sohn für Gott weiß wie lange Albträume haben.«

Jos Augen zuckten zu Drew. Er sah aus, als würde er sich ganz gut halten. Vermutlich für Tina.

Mr Miller, Cheries Bruder, kam mit einem riesigen Bettlaken und begann die Szene damit zu verhängen.

Jedes Mal, wenn Jo zufällig den Hund anschaute, zog sich ihr der Magen zusammen.

Jo griff auf ihre Befehlsstimme zurück und sorgte dafür, dass Karl sie verstand. »Hören Sie mit Ihrem Rumgemecker auf, Karl, und denken Sie wie ein Polizist. Ich brauche meinen Deputy, nicht den verärgerten Vater eines beinahe achtzehn-jährigen Sohnes. Dies ist eine totale Scheißkatastrophe, und das Letzte, was wir wollen, ist, dass die Stadt sieht, wie wir uns streiten.« Jo berief sich fast nie auf ihren Rang, aber jetzt tat sie es. »Lassen Sie Ihre persönlichen Gefühle beiseite, und machen Sie Ihren Job, oder nehmen Sie Ihren Sohn, und verschwinden Sie.«

Sie hatte schon telefoniert und Stan angefordert, damit er sie bei der Untersuchung unterstützte. Er war keine halbe Stunde von hier entfernt und hatte weder eine persönliche Beziehung zu Cherie Miller und ihren Hunden noch irgendwelche Kinder im Laufteam, die Jo gebeten hatte, nach dem Hund zu suchen.

Wenn Karl jetzt ging, würde sie ihm vorschlagen, eine Woche Urlaub zu nehmen. Wenn man bedachte, dass er der-jenige war, der die Sache mit den Hunden schlimmer gemacht hatte, während sie nicht in der Stadt gewesen war, stand sie nicht gerade ganz vorn unter den verständnisvollen Nachbarn.

Karl funkelte sie an, offensichtlich unentschlossen.

»Jo?«, rief Mr Miller sie herüber, damit sie half, die Szene vor den ganzen Neugierigen abzuschirmen.

Als sie fertig waren, zwang Jo sich, alles zu betrachten. Sie brauchte ihre Kamera. Wenn dies ein Mensch gewesen wäre, hätte sie das forensische Team aus Waterville oder vielleicht Eugene angefordert. Sie spielte mit dem Gedanken, auch wenn ein Hund nicht als Mordopfer betrachtet werden konnte. Grausamkeit gegen Tiere war nur ein geringfügiges Vergehen und würde mit einer Verwarnung bestraft werden, falls der Täter geschnappt wurde. Damit würde es sich aber haben.

Dabei war der Schaden weit mehr als eine Bagatelle.

Es war schon eine besondere Art von Psychopath vonnöten, um einen Hund zu stehlen und ihn an einem Baum aufzuknüpfen. Die Art, die sie ganz sicher nicht unter den Bewohnern von River Bend haben wollte. Herauszufinden, wer zu so einem Verbrechen fähig wäre, war gerade ganz oben auf ihrer Prioritätenliste gelandet.

»Lassen Sie niemanden hierhin«, wies sie Karl an. »Ich hole die Kamera.«

Sie eilte durch den Garten eines Hauses und zu ihrem Auto, das auf der Straße geparkt war.

Die Nachbarn standen in Grüppchen zusammen und redeten leise miteinander.

Als sie wieder zurückkam, hatte sich die Zahl der Schaulustigen verdoppelt. Sie musste schnell sein. Ein paar Fotos schießen, den Hund aus dem Wald schaffen, die Nachbarn befragen, Tina und Drew.

Jo scheuchte weitere Neugierige mit einer Hand beiseite und machte sich daran, das Schwierigste zuerst zu erledigen.

Karl wartete mit finsterer Miene, die Hände am Gürtel.

Sie ging um das Laken herum und hob die Kamera. Sie versuchte, das Gesehene nicht zu deutlich wahrzunehmen, trat um das Gebüsch und schoss Bilder vom Boden.

»Das ist furchtbar«, erklärte Mr Miller neben ihr.

Karl stand mit dem Rücken zu ihnen.

»Wer tut denn so was?«

»Das weiß ich nicht, aber ich werde es herausfinden«, versprach Jo.

»Hallo, Stan. Du hättest dich nicht so beeilen müssen«, hörte sie Karl den Mann begrüßen.

Eine Hand schob das Laken zur Seite, und Stan erstarrte. »Heilige Scheiße.«

Jo erwiderte seinen Blick.

»Was …?«

»Eher wer«, korrigierte Jo ihn.

»Ist das einer von Cheries Hunden?«

»Ja.«

Stan warf einen Blick über die Schulter. »Wer hat ihn gefunden?«

»Zwei Kids aus meinem Laufteam. Ich hatte sie gebeten, auszuschwärmen und den vermissten Hund zu suchen. Wobei ich nicht damit gerechnet hatte, dass sie so was finden.« Diesen Fehler würde sie kein zweites Mal begehen. Selbst den Hund tot am Straßenrand zu entdecken wäre besser gewesen als das hier.

Stan zeigte auf die Kamera in ihrer Hand. »Bist du fertig mit den Fotos?«

Jo sah sich um und machte noch ein paar mehr. »Ja, ich hab alles.«

»Okay. Dann wollen wir sie hier mal rausschaffen.«

Stan war groß. Er nahm das Messer von seinem Gürtel und schnitt Jezebel runter. Der Kadaver landete mit einem dumpfen Geräusch auf dem Boden.

Jo hoffte, dass niemand nah genug gestanden hatte, um es mitzubekommen.

Mr Miller verzog das Gesicht.

Jo schoss ein paar weitere Bilder, drehte den Hund um und fotografierte wieder.

Dann legte sie ihre Hand auf den Kopf des Tieres und biss die Zähne aufeinander.

»Hast du den Tierschutz angerufen?«, erkundigte sich Stan.

»Warum? Der Hund ist tot. Das war Absicht. Die Todesursache ist irrelevant. Der Tierschutz wird einfach nur Cherie unter Druck setzen, ihre Hunde schneller loszuwerden. Wir sollten lieber einen Arzt rufen, damit der ihr Xanax verschreibt.«

»Ich habe Müllsäcke in meinem Kofferraum, ich hol mal einen. Ich kann den Hund mit nach Waterville nehmen, wenn du das willst. Das macht es vielleicht einfacher für Cherie.«

»Hol den Sack. Ich rede mit ihr.«

In all den Jahren als Sheriff hatte Jo noch nie einem Freund erzählen müssen, dass jemand gestorben war. Die Vorzüge einer Kleinstadt und ihrer Einwohner, die sich normalerweise umeinander kümmerten. Auch wenn Cherie wusste, dass ihr Hund tot war, waren die Umstände des Ganzen einfach fürchterlich.

Mit Cherie über ihren Hund zu sprechen bedrückte Jo, doch zur selben Zeit war sie so wütend, dass sie praktisch rotsah.

* * *

»Du hast *was* gefunden?«

Gill telefonierte mit Jo. Sie hatten sich angewöhnt, sich gegenseitig Nachrichten zu schreiben oder sich am Ende des Tages anzurufen. Manchmal sandte er vormittags eine Nachricht in flirtendem Tonfall, dann irgendetwas Eindeutigeres am Nachmittag, und abends folgte dann die »Wie war dein Tag?«-Unterhaltung.

»Mein Hundeproblem ist gerade zum Kriminalfall geworden«, erklärte Jo.

»Jemand hat sie erhängt?«

»An einem Baum nicht weit entfernt vom Haus der Besitzerin.«

Die Anspannung in Jos Stimme verriet ihm viel. »Leute, die Tiere foltern, sind eine spezielle Art von Monster.«

»Ich weiß. Ich habe mit allen Nachbarn gesprochen, auch mit denen, die sich anfangs beschwert haben. Weißt du, was mir das eingebracht hat?«

»Was?«

»Ein Rund-um-die-Uhr-Fütterungsteam für die Welpen, die jetzt keine Mutter mehr haben. Und Nachbarn, die sich freiwillig dafür gemeldet haben, die Hunde vorübergehend bei sich aufzunehmen, bis neue Besitzer gefunden sind.«

»Das hört sich nicht gerade nach Verdächtigen an.«

»Nein, allerdings nicht.«

»Ich weiß, du hast alles unter Kontrolle, aber falls du darüber reden möchtest, bin ich hier.«

Er hörte ihr Seufzen durchs Telefon. »Hast du manchmal auch dieses Gefühl? Das, das dir sagt, dass irgendetwas so richtig nicht stimmt?«

»Ständig.«

»Ignorierst du das manchmal?«

»Nie.«

»Ich auch nicht.« Jo seufzte wieder. »Erzähl mir von deinem Tag.«

Er und Shauna hatten zwei weitere Kleindealer aufgetan, die sie nun beschatteten, in der Hoffnung, ihre Quelle zu finden. Gill fasste sich kurz. Er war nicht daran gewöhnt, mit irgendjemand anderem als seinem Partner oder seinem Boss über seine Fälle zu sprechen. Er wusste, dass er Jo vertrauen konnte, arbeitete aber gewöhnlich, ohne viel zu reden, um möglichst undichte Stellen zu vermeiden.

»Wie sehen deine Pläne fürs Wochenende aus?«, fragte er in der Hoffnung, sie zu einem Übernachtungsbesuch in seine Gegend von Oregon locken zu können.

»Startpistolen und Stoppuhren«, sagte sie.

Gill brauchte einen Moment, um das zu verstehen. »Ah, ein Laufwettkampf.«

»Ja. Der jährliche Wettkampf der River-Bend-Highschool, bei dem ungefähr ein Dutzend Teams kommen, um gegeneinander anzutreten. Es ist unsere große Spendensammelaktion.

Ich helfe Freitag beim Aufbau, und der Wettkampf findet dann den ganzen Samstag über statt.«

»Sieht so aus, als würden wir uns dann Sonntagmorgen treffen.«

»Du musst nicht den ganzen Weg her…«

Er fiel ihr ins Wort. »Teenager machen Freitag und Samstag Party. Sonntag ist besser für mich.«

»Gill, es ist ein echt weiter Weg.«

»Jo, ich will dich sehen.«

»Aber …«

»Weißt du, wann ich das letzte Mal zwei Stunden für ein Date gefahren bin?«, fragte er.

»Nein.«

»Nie.«

Sie schwieg. »Warum jetzt?«

»Geh in dein Badezimmer.«

»Was?«

»Tu es einfach. Geh in dein Badezimmer.« Er wartete dreißig Sekunden. »Bist du da?«

»Ich komm mir dumm vor.«

Sie war da.

»Schaust du in den Spiegel?«

Sie seufzte. Ein entnervtes Seufzen, das er selbst über die Entfernung hörte.

»Jetzt nimm das Gummiband aus deinem Haar.«

»Woher weißt du, dass ich ein Gummiband im Haar habe?«

»Hast du?«

Sie seufzte wieder.

Gill lachte.

»Ich muss dringend wieder zum Friseur«, stellte sie fest.

»Lass mal den Friseur, und schau dich an. Sag mir, was du siehst.«

Frauen sahen nie das, was Männer sahen. Er war sich ziemlich sicher, wie sie seine Frage beantworten würde.

»Ich sehe eine abgewrackte Dreißigjährige mit dunklen Ringen unter den Augen.«

»Weißt du, was ich sehe?«

Jo lachte auf. »Eine abgewrackte Dreißigjährige mit dunklen Ringen unter den Augen und einem Busen.«

Beim Gedanken an ihren Busen wurde ihm warm. »Deinen Busen sehe ich auf jeden Fall.«

Jo lachte.

»Ich sehe«, begann er, »dein Lächeln unter den sexy Augen, die ein tiefes, seelenvolles Blau annehmen, wenn ich dich küsse. Ich sehe eine Frau, die hart arbeitet und keine Angst hat, ins Schwitzen zu geraten. Ich sehe einen straffen Körper mit einem weichen Busen, der mich auf Arten anmacht, von denen ich nicht einmal wusste, dass sie existieren.«

»Gill …«

»Ich bin noch nicht fertig. Ich sehe eine einfühlsame Frau, die sich ärgert, dass sie so viel Mitgefühl hat, aber nicht weiß, wie sie es kontrollieren soll. Ich sehe Anteilnahme, Integrität und Loyalität.«

»Gill …« Ihre Stimme klang sanft.

Er ließ sie nicht ausreden. »Ich sehe all die Qualitäten, die ein Mann wie ich bei einer Frau sucht.« Er hatte eigentlich nicht vorgehabt, so offen über seine Emotionen zu sprechen, doch so war es jetzt eben.

Es folgte eine lange Pause, bevor Jo etwas sagte. »Zwei Leute in unserer Branche, die zusammenkommen, sind eine Garantie für eine Katastrophe.«

»Dann ist es ja gut, dass wir die Gefahr lieben.«

»Du solltest dir eine adrette Debütantin suchen, die von dir umsorgt werden muss.«

Er musste an eine spezielle Ex denken und vertrieb die Erinnerung schnell mit einem Kopfschütteln. »Du brauchst mich, du weißt es nur noch nicht.«

»Ach ja?«

»Das ist in Ordnung, du wirst es mit der Zeit schon merken.«

Jo lachte, und wenn er die Augen schloss, konnte er ihr lachendes Gesicht vor sich sehen.

KAPITEL EINUNDZWANZIG

»Man stiehlt mir meine Jo-Zeit.«

Jo hörte sich Mels Beschwerde über einen Stapel buntes Papier, Bastelscheren und Kleber hinweg an, die sie benutzten, um Namensschilder für das bevorstehende Klassentreffen herzustellen.

»Ich habe keine Ahnung, wovon du sprichst.«

»Deine Freizeit findet entweder auf der Laufbahn statt oder zwischen den Laken mit Gill.«

Statt die Wahrheit abzustreiten – oder vielmehr das, was seit über einem Monat die Wahrheit war –, streute Jo Glitzer über den feuchten Kleber an den Rändern des Papiers, an dem sie arbeitete. Er landete überall, nur nicht da, wo er sollte.

Glitzer und Klebstoff waren nicht ihr Ding.

»Du würdest mir die Zeit im Bett verwehren?«

Mel rieb sich über ihren immer noch flachen Bauch. »Nein.«

Das Wort kam nicht sehr überzeugend raus.

Jo versuchte ein weiteres Mal, den Glitzer aufs Papier zu bringen. »Warum brauchen wir so viele extra von denen hier?«

Ja, sie jammerte, und nein, es störte sie nicht.

»Die sind nicht extra.«

»Wie ist das möglich?« Die Anzahl war dreimal so hoch wie bei einer normalen Abschlussklasse.

»Die Kids aus Waterville, die wegen des Feuers mit dem Bus hergefahren wurden, weißt du noch?«

Das kam Jo vage bekannt vor. »Stimmt.« Sie versuchte, den Glitzer von ihren Fingern zu entfernen, was ihr jedoch vollkommen misslang. »Zoe hat sich natürlich genau diese Woche dafür ausgesucht, nach New York zu fliegen.«

Mel nahm sich einen weiteren Stapel Papier und legte ihn ordentlich zurecht, um ihn zuzuschneiden. »Sie hat zugestimmt, mit dem Essen zu helfen, falls du dich dadurch besser fühlst.«

»Das ist ihr Ding. Sie kocht. Glitzer ist nicht mein Ding. Ich bin Polizistin, ich tu, was Polizisten tun.«

Mel runzelte die Stirn. »Du bist ein Freund, du tust, was Freunde tun.«

Jo funkelte sie an. »Du kannst nicht immer die Freundschaftskarte spielen.«

Mel warf ihr über den Tisch hinweg einen Kuss zu und schob den Glitzer weiter in ihre Richtung.

Jo schob ihn zurück. »Wie wäre es, wenn ich die Namen draufschreibe?« Sie schnappte sich die Liste der Schüler der Abschlussklasse, die an der Feier teilnehmen würden.

»Ich hab deine Schrift gesehen. Du hättest Arzt werden sollen, nicht Sheriff.«

Wie auch immer Jo diese Aussage drehte und wendete, ein Kompliment war darin nicht zu finden. Sie betrachtete die Namen auf der Liste und erkannte ungefähr ein Drittel von ihnen. In dem Jahr, in dem ihr Vater gestorben war, hatte es tatsächlich ziemlich viele Schüler von außerhalb gegeben.

»Wirst du die Abschlussfeier überwachen?«, erkundigte sich Mel.

Jo schüttelte sich. »Niemand will, dass ich zur Abschlussfeier komme.«

»Bei unserer Abschlussfeier warst du der heiße Scheiß.«

»Tja, und jetzt bin ich nur Scheiß. Daran gewöhn ich mich.«

»Das musst du nicht.«

»Doch, Mel. Muss ich. Ich kann nicht einfach wegschauen, wenn jemand was macht, was er nicht tun sollte. Selbst wenn ich nicht glaube, dass er sich damit sein Leben ruiniert. Selbst wenn er genau das tut, was ich in seinem Alter getan habe.«

»Wie zum Beispiel Alkohol trinken.«

»Wie zum Beispiel alles.« Jo hob eine Hand und zog eine unsichtbare Linie in die Luft. »Jeder kann genau bis hier gehen. Sympathisch, freundlich, die Unterhaltung am Laufen halten, jedem die Möglichkeit geben, seine Gedanken zu äußern, seine Meinung. Aber in dem Moment, in dem ich irgendjemandem einen Zentimeter nachgebe, wie Cherie und der verdammten Hundezucht, die sie betreibt, schau, was dann passiert.«

»Das war nicht deine Schuld.«

»Behaupte ich ja auch nicht. Es ist einfach schwierig. Ich will nicht die ganze Zeit der harte Typ sein. Ich wollte darüber lachen, als Rektor Mason mich in sein Büro bestellt hat, statt Drew dafür zu bestrafen, dass er mit seinem Handy den Fernseher an- und ausgeschaltet hat.«

Mels Augen strahlten auf. »Wyatt hat die App runtergeladen. Funktioniert super.«

»Siehst du? Der Junge ist intelligent, und das war echt lustig.« Glitzer und Kleber vergessen, lehnte sich Jo zurück von Mels Küchentisch, an dem sie bastelten.

»Du stehst nächstes Jahr wieder zur Wahl. Vielleicht solltest du darüber nachdenken, ob du das wirklich noch mal willst.«

Das hatte Jo schon, häufiger, als sie zählen konnte. »Die Sache ist die, im Grunde bedeutet es mir nichts, Polizist zu sein. Und jetzt, wo ich jemanden in meinem Leben habe, der meine

Gedanken beansprucht, ist es sogar schwieriger, meinen Job zu machen.«

»Ich hätte gedacht, dass es den Stress etwas abbaut.«

»Wie das? Ich habe die Stadt nicht verlassen, seit ich zurückgekommen bin. Ich schaffe es nicht einmal, mein Auto wegen des Rückrufs in die Werkstatt zu bringen. Dieses Wochenende ist der Wettkampf in Eugene. Das erste Mal, dass ich die Möglichkeit haben werde, zu sehen, wie Gill lebt.«

»Das ist doch toll.«

»Ich muss mein Privatleben da irgendwie reinquetschen. Auch wenn ich von den netten Frauen der Stadt nach meinem neuen Freund gefragt werde.«

»O nein.« Mel hatte das Basteln aufgegeben.

»O ja. Komplett mit genug Bemerkungen, um mich wissen zu lassen, dass mein Vater ganz sicher nicht begeistert wäre, dass ich in Sünde lebe.«

»Das haben sie nicht so ausgedrückt.«

»Doch, haben sie, tun sie noch immer. Ein Teil des Problems ist, dass ich mit jedem befreundet bin. Aber ich glaube, sie würden das auch machen, wenn ich es nicht wäre. Ich bin mir nicht sicher, wie mein Dad das geschafft hat.«

»Dein Dad war Witwer, das war etwas anderes.«

»Meine Mom ist vierzehn Jahre vor meinem Vater gestorben. Er hat im Herbst, bevor er gestorben ist, seinen fünfundfünfzigsten Geburtstag gefeiert.« Sie hielt inne und dachte darüber nach. »Ein einundvierzigjähriger Witwer …«

»Ich kann mir nicht mal vorstellen, wie sich das anfühlen muss.«

»Ich erinnere mich daran, dass er am Tag der Beerdigung meiner Mutter geweint hat. Es ist alles wie ein Schwarz-Weiß-Foto in meinem Kopf. Ich erinnere mich, dass es wehgetan hat und dass ich etwa einen Monat lang bei ihm im Zimmer geschlafen habe. Dann hat er mich wieder in mein eigenes verfrachtet.«

»War vermutlich am besten.«

»Ja. Trotzdem, einundvierzig. Er hat kein einziges Mal eine Frau mit nach Hause gebracht.«

Mel starrte durch das Zimmer an die Wand gegenüber. »Er muss deine Mutter wirklich geliebt haben.«

»Hat er. Er hat die ganze Zeit von ihr gesprochen. Aber er war trotzdem ein Mann.«

Mel blickte Jo an. »Was willst du damit sagen?«

»Ich bin dreißig, und mir wird heiß, wenn ich höre, wie Gills Motorrad die Straße rauffährt.«

»Du warst allerdings auch immer eine wilde Hummel.«

»Das ist nicht, was ich meine. Wie viel Zeit ist bei dir zwischen Liebhabern vergangen?«

»Nathan war ein Idiot. Und dann hatte ich Hope.«

Jo warf die Hände in die Luft. »Das bedeutet nicht, dass du nicht irgendwann auch die Zeit gefunden hast, Sex zu haben.«

»Ja, schon. Wenn auch nicht oft.«

Jo rechnete schnell im Kopf. »Also hattest du Hope, warst hinterher noch einige Zeit mit dem Idioten zusammen. Und als du zurück in River Bend warst und mit Wyatt zusammengekommen bist, war Hope sieben, richtig?«

»Richtig.«

»Und dazwischen hattest du ein, zwei Liebhaber?«

»So in etwa.«

Die Details waren nicht wichtig, die Mathematik war es. »Selbst ich habe ein paar in meinen Jahren als Sheriff geschafft, und jetzt Gill.«

»Worauf willst du hinaus?«

»Wie wahrscheinlich ist es, dass mein Dad in vierzehn Jahren mit keiner einzigen Frau zusammen gewesen ist?«

Mel stützte sich auf die Ellbogen. »Du denkst, er hatte eine Geliebte?«

»Mein Dad war irgendwie schon ziemlich sexy.« Jo verzog das Gesicht, als sie es sagte, aber Mel wusste, dass es stimmte.

»Das war er.«

Er hatte keine Tattoos gehabt, doch er war ein großer Mann gewesen, der harte Arbeit nicht gescheut und seine Muskeln trainiert hatte. »Wenn Dad eine Geliebte hatte, muss jemand davon gewusst haben. Und es ergibt Sinn, dass er jemanden hatte. Selbst wenn es was Unverbindliches war.«

»Dein Vater ist mir nicht wie der unverbindliche Typ vorgekommen.«

»Eine Geliebte zu finden, mit der er sich regelmäßig getroffen hat, sollte nicht so schwierig sein«, stellte Jo fest.

Mel pfiff. »Eine Geliebte von vor zehn Jahren zu finden, eine, die sich nicht gemeldet hat, als er gestorben ist, wird bestimmt nicht einfach.«

»Es ist eine kleine Stadt. Die Leute reden. Klatsch ist ein Hobby, dem man am besten bei einem kalten Bier oder billigem Wein nachgeht. Jemand muss etwas wissen.« Und wenn nicht, warum war es so ein Geheimnis gewesen? Und wenn ihr Vater es hatte geheim halten können, dann könnte es vielleicht etwas mit dem Grund zu tun haben, warum er gestorben war. Es war die einzige neue Erkenntnis, die in zehn Jahren aufgetaucht war, und Jo musste der Sache nachgehen.

Mel stand auf und lief durch den Raum zum Kühlschrank, holte ein Bier heraus. Jo musste zugeben, dass ein Bier, während sie über das Liebesleben ihres toten Vaters sprach, eine brillante Idee war.

»Warum wollte er es geheim halten?« Mel öffnete eine Flasche aromatisiertes Wasser, während Jo sich das Bier aufmachte.

»Das ist einfach zu beantworten.« Sie nahm einen Schluck. »Diese Stadt ist voll von konservativen Leuten, die meinen, dass ich als Sheriff keinen Freund haben sollte.«

Mels überraschter Gesichtsausdruck hätte ein Foto verdient gehabt. »Das finde ich schwierig.«

»In der Tat.« Jo nannte Mel die Namen der Nachbarn, die ihr das zu verstehen gegeben hatten, und die, die sie zwar nicht direkt darauf angesprochen hatten, deren Blicke aber alles gesagt hatten. »Es ist nur eine Frage der Zeit, bis sie komplett den Respekt vor mir verlieren.«

»Die Leute können doch nicht erwarten, dass du die Jungfrau Maria bist.«

»Sie wollen, dass ich es heimlich tue. Josie hat mir das bestätigt, als ich gestern beim R&B vorbeigefahren bin.«

»Josie hat gesagt, du sollst deine Beziehung mit Gill geheim halten?«

»Nein«, korrigierte Jo sie. »Sie hat gesagt, dass ihr in ihren Jahren als Single-Frau in dieser Stadt mehr als einmal mitgeteilt worden ist, dass sie Männer nicht über Nacht dabehalten kann. Und sie ist Managerin der verdammten Bar.« Jo zeigte auf ihre Brust. »Ich bin der Sheriff. Direkt nach Pfarrer Immans Familie bin ich die Nächste, die sich nichts leisten darf.«

»Das ist dumm.«

»Das ist vielleicht dumm, aber es ist, wie es ist. Ich wage zu bezweifeln, dass es vor zehn Jahren besser war, als mein Vater noch gelebt hat.«

»Es war vermutlich sogar schlimmer. Dein Vater war alleinerziehend und hatte eine Tochter.«

»So habe ich das bisher noch gar nicht betrachtet. Ich wette, da waren eine Menge Frauen, die ihm Tipps gegeben haben, wie er mit mir umgehen soll.«

Mel lehnte sich zurück und legte die Füße auf den Stuhl gegenüber. »Vielleicht war eine von diesen Müttern aus

Waterville, die ihre Kinder nach River Bend gefahren haben, seine Geliebte.«

Jo warf einen weiteren Blick auf die Liste. »Wie viele von diesen Kindern hatten alleinerziehende Mütter?«

»Oder unglücklich verheiratete Mütter?«

Jo schüttelte den Kopf. »Eine Affäre? Das passt nicht zu meinem Dad.«

Mel starrte sie nieder. »Ich würde meine Augen nicht davor verschließen, wenn ich du wäre. Wenn er eine Geliebte hatte, hat sie sich nicht zu Wort gemeldet, als er gestorben ist. Warum sollte die Frau sich versteckt halten?«

»Vielleicht wollte sie nicht, dass die Leute sie verurteilen.«

»Okay. Oder …?«

Jo gefiel es nicht, dass Mel durchaus recht haben könnte. »Ich denke immer noch, dass irgendjemand über die romantische Beziehung Bescheid gewusst haben muss, wenn mein Vater eine hatte.«

»Was ist mit Karl?«

Jo nahm einen weiteren Schluck von ihrem Bier. »Selbst wenn er es wüsste, würde er es mir nicht verraten. Vor allem nicht diesen Monat.«

»Würde Glynis Bescheid wissen?«, überlegte Mel.

»Glynis kann kein Geheimnis bewahren. Wenn sie irgendwas wüsste, würde ich es auch wissen.«

Mels Fuß zuckte nervös, wie er es immer tat, wenn sie nachdachte. »Josie? Jeder spricht mit dem Barkeeper.«

»Vielleicht.«

»Ich rede immer mit meiner Friseurin. Ist dein Vater zu Russells Barbershop gegangen?«

»Damals, als noch Russell senior die Haare geschnitten hat.«

»Könnte sich lohnen, mal rumzufragen.«

Jo musste zugeben, dass Mel da einige großartige Ideen hatte, wo man anfangen könnte, die Suche nach der Frau zu starten, mit der ihr Vater vielleicht verbandelt gewesen war.

»Wir könnten uns auch irren. Womöglich hatte dein Vater Frauen auch abgeschworen«, sagte Mel.

»Ich sehne mich schon nach Gill, und es ist erst eine Woche her.«

Mel lächelte. »Warte, bis du schwanger bist. Dann dreht sich alles nur noch um das hier.« Sie gestikulierte zu ihrer Mitte und wand sich auf ihrem Platz. »Schwangere Frauen sollten nicht so lüstern sein.«

»Ich wette, das macht Wyatt zu einem sehr glücklichen Mann.«

»Solange er meine Brüste in Ruhe lässt, ist alles prima. Die tun mir weh.«

Sie unterhielten sich über die Veränderungen an Mels Körper und die Freiheit von Sex nach der Hochzeit. Später, mit einer Liste der Abschlussklasse von vor zehn Jahren in der Hand, ging Jo nachdenklich die wenigen Blocks zu ihrem Haus.

Ihr Vater, der eine Frau in seinem Haus verbarg ... Das wäre nicht passiert. Was immer er auch getrieben hatte, es musste woanders geschehen sein. Und da er die Stadt nicht häufig verlassen hatte ...

Jo sah sich die umstehenden Häuser mit neu erwecktem Interesse an.

Jemand musste etwas gesehen haben.

Aber wer? Und wer in River Bend konnte ein Geheimnis bewahren?

Als ihre Augen ein drittes Mal über ihre Umgebung glitten, hielt Jo inne.

»Miss Gina«, flüsterte sie. Miss Gina konnte ein Geheimnis bis ins Grab bewahren.

Kapitel Zweiundzwanzig

»Mit wem hat mein Vater geschlafen?« Jo starrte Miss Gina an und kam ohne Umschweife auf den Punkt.

»Müssen wir diese Unterhaltung ohne Alkohol führen?«

Jo deutete auf die Dienstmarke an ihrer Brust. »Ich schon.«

»Ich hab Gäste. Lass uns lieber nach draußen gehen.« Mit »draußen« war Miss Ginas Veranda gemeint, die sich über die gesamte Länge des Hauses erstreckte und von der aus man in den Garten schaute und auf das Gästehaus, das Miss Gina selbst benutzte.

Jos Haut prickelte, wie sie das tat, wenn jemand um zwei Uhr morgens an die Tür klopfte. Statt sich hinzusetzen, lehnte sie sich gegen das Geländer und nahm mehrere tiefe Atemzüge, während Miss Gina es sich auf einem weich gepolsterten Liegestuhl bequem machte.

»Lass mich vorwegschicken, dass ich keine Ahnung hab, wer sie war, nur dass es da jemanden gab.«

Enttäuschung erfasste Jo. »Was weißt du?«

»Du warst in der Mittelschule. In der Vorpubertät und völlig durch den Wind, was nur schlimmer wurde, weil du keine Mutter mehr hattest. Ich erinnere mich noch an das erste Mal, als Zoe dich überredet hat, mit herzukommen. Etwas hatte dich so verstört, dass deine Freundinnen das Gefühl hatten, sich um dich kümmern zu müssen. Ich hab bald mitbekommen, dass das eher ungewöhnlich war.«

Da war Jo sich gar nicht so sicher. Es schien, als hätten Mel und Zoe sich in den letzten Schuljahren ziemlich oft um sie gekümmert.

»Was hat das mit der Geliebten meines Vaters zu tun?«

»Von der Zeit an war ich aufmerksamer. Es ist gut möglich, dass sie schon vorher da war, aber danach war ich mir sicher.«

»Sprich weiter.« Jo versuchte sich an diese Phase in ihrem Leben zu erinnern. Ihre Mutter war lange genug tot gewesen, dass der Klang ihrer Stimme, der Duft ihres Parfüms verblasst waren. Dann war die Pubertät gekommen, und ihr Vater hatte absolut nichts begriffen. Rückblickend betrachtet hatte er sein Bestes gegeben, war jedoch ziemlich ahnungslos gewesen.

»Als du, Mel und Zoe regelmäßiger zu mir gekommen seid, hat Joseph angefangen, ebenfalls immer mal wieder vorbeizuschauen.«

»Du hast erzählt, er hätte das getan, nachdem ich weggezogen war.«

»Hat er auch. Es gab da eine Zeit, als er mich als vertrauenswürdig eingeschätzt hatte und wusste, dass er sich keine Sorgen um dich machen musste, wenn du hier warst. Ich habe ihm versprochen, dass ich ihn anrufen würde, wenn ich den Eindruck hatte, dass du Schwierigkeiten hättest.«

»Also hat mein Vater mich durch dich beobachtet.«

»Ein bisschen schon.«

Als Teenager hätte sich Jo hintergangen gefühlt. Als Erwachsene hingegen nicht wirklich.

»Ich habe deinen Vater immer gekannt. Wir haben vielleicht ein- oder zweimal im Jahr miteinander gesprochen, aber als anständige Bürgerin von River Bend, also jemand, den er nicht aus dem R&B nach Hause bringen musste, hatte ich nicht viel Kontakt mit ihm. Außer als deine Mutter gestorben war und ich die Gäste von ihrer Beerdigung eingeladen habe, über Nacht zu bleiben.«

»Danach ist es dir gelungen, ihn besser kennenzulernen.«

»Ja. Er hat nie offen darüber gesprochen oder mir erzählt, dass da jemand wäre. Als ich jedoch Andeutungen in der Richtung gemacht habe, erwähnt habe, dass er mir entspannter schien als sonst, hat er nur gegrinst, aber auf eine Weise, als wollte er sagen: ›Ja‹, und gleichzeitig: ›Wovon redest du?‹«

Jo wusste nur zu gut, was sie meinte.

»Wie ist es möglich, dass du nie herausgefunden hast, wer sie war?«

»Erst mal ging es mich nichts an. Ich hab da meine Nase nicht reingesteckt, habe nicht rumgeschnüffelt.«

»Warum hat er daraus ein Geheimnis gemacht?«

»Vielleicht war es nichts Ernstes.«

»Wie lang ist es gegangen?«

Miss Gina kniff die Augen zusammen, als suchte sie in ihrer Erinnerung nach einem Hinweis auf eine Antwort. »Dein Vater war ziemlich zugeknöpft, als du auf der Highschool warst.«

»Frustriert«, antwortete Jo.

»Vermutlich.«

»Frustriert« hieß, dass er keinen Sex gehabt hatte. Sie kannte das Gefühl. Oder es war auch möglich, dass er einfach nur ihr Verhalten sattgehabt und Sex überhaupt nichts damit zu tun gehabt hatte. »Glaubst du, er hat eine Frau mit in die Jagdhütte genommen?«

»Gut möglich. Es war schließlich nicht so, als ob irgendjemand dorthin gefahren wäre, um nachzusehen.«

Da oben war nicht mal eine Tube Gleitmittel gewesen, die die Vermutung gestützt hätte, dass jemand dort ein intimes Stelldichein gehabt hatte.

Jo drehte sich um und betrachtete die Baumreihe, die das Grundstück säumte. Sie hatte keine Hütte gebraucht, als sie als Teenager mit Jungs angefangen hatte. Ihr Vater hatte vermutlich höhere Ansprüche gehabt oder vielleicht auch nicht. Es war nicht so, als könnte sie ihn jetzt danach fragen.

»Du denkst, seine Geliebte hatte etwas mit seinem Tod zu tun, nicht wahr?«

»Ich glaube, die Frau ist das einzig Neue, was ich habe, um aufzudecken, was wirklich passiert ist. Der Tod meines Vaters war kein Unfall.«

Jo rechnete halb damit, dass Miss Gina das abstreiten würde.

»Da bin ich ganz deiner Meinung.«

»Ich bin nicht sicher, wie das zusammenhängt, aber wenn mein Vater so etwas wie eine Freundin oder Geliebte geheim halten konnte, oder was auch immer sie war, was sonst hat er da noch vor mir geheim gehalten?«

»Also, wenn es irgendjemanden gibt, der das herausfinden kann, dann die junge Frau, die in seine Fußstapfen getreten ist. Du lebst in seinem Haus, hast seine Freunde, seine Kollegen, sein Büro. Hölle, du schläfst in seinem Schlafzimmer. Du lebst sein Leben.«

»Bis vor Kurzem«, warf Jo ein. Gills Gegenwart und der Wunsch, River Bend zu verlassen und etwas anderes als Schlaglöcher und bellende Hunde zu finden, was ihre Tage füllte, bedeuteten eine komplette Abkehr von dem Leben, wie sie es kannte.

»Was ist mit dem Jahr, in dem er gestorben ist?« Jo drehte sich um, um Miss Gina ins Gesicht zu sehen.

»Ich glaube, er war unruhig. Wir haben hier auf ebendieser Veranda gesessen, haben meine Limonade getrunken, und dann bekam er diesen Ausdruck in den Augen.«

»Welchen Ausdruck?«

Miss Gina deutete mit einem Finger auf Jo. »Genau den. Den, der hieß, dass er nicht glücklich war und sich eine Abwechslung wünschte.«

»Also warum hat er die Stadt nicht einfach verlassen? Meine Mutter war gestorben, ich war weggezogen.«

»Genau das ist die Zehntausend-Dollar-Frage.«

Zwanzig Minuten später stand Jo am Grab ihres Vaters. Das Bild von ihm, das ihr immer im Geiste erschienen war, wenn sie die Augen geschlossen hatte, begann, weniger eine Erinnerung zu werden als vielmehr ein Schnappschuss. Wie eine Fotografie, in 2-D und ohne Bewegung. Ein Bild ohne Geruch und Gefühl. Ein Stein, der sich aus der Erde erhob, statt eines Lebens.

Sie musste sich räuspern. »Was hast du vor mir verborgen, Dad?«

Die Antwort war hier irgendwo. Jo wusste, wenn sie es herausfand, würde alles Sinn ergeben.

Sie bückte sich, zog einen Löwenzahn aus der Erde und fuhr mit dem Finger über den eingravierten Namen im Grabstein. Dann wandte sie sich der Seite zu, wo ihre Mutter beerdigt war, und verspürte viel weniger. Das hasste sie. Sie hätte ihre Mutter liebend gerne besser kennengelernt, doch ein Autounfall hatte das verhindert. Ihre gesamte Familie war an einem Ort, zwei tot, eine am Leben.

Ihre Großeltern mütterlicherseits schickten an Weihnachten eine Karte und gelegentlich einen Geburtstagsgruß. Ihr Großvater väterlicherseits war vor ihrem Vater gestorben, seine Mutter war wenige Monate danach aus dem Leben geschieden. Ihren Sohn beerdigen zu müssen, hatte Nana Ward nicht gut verkraftet. Nicht lange danach hatte sie einen Schlaganfall gehabt, dann war sie gestürzt und hatte sich auch noch die Hüfte gebrochen.

Damit war es vorbei gewesen. Und Jo war übrig geblieben. Es gab zwar Cousinen und Cousins, aber niemand, zu dem sie eine engere Beziehung gehabt und mit dem sie Kontakt gehalten hätte. Und keiner von ihnen lebte irgendwo in der Nähe von River Bend.

Ihre Freundinnen waren ihre Familie.

Jo richtete sich auf und schloss die Augen.

Das Handy in ihrer Tasche vibrierte, drängte sich in ihre Gedanken. Gills Name erschien auf dem Display.

»Hey«, meldete sie sich.

»Passt es gerade?«

»Ja, alles gut.« Sie kehrte dem Grab ihrer Eltern den Rücken. »Was ist denn los?«

Sie lächelte, bemühte sich, die Niedergeschlagenheit, die wie eine Wolke über ihr lag, aus ihrer Stimme herauszuhalten. »Nichts.«

»Du klingst aber nicht so, als wäre es nichts.«

»Es ist nur einer dieser Tage. Eigentlich ist alles so weit in Ordnung.« Es war schön, dass ihm genug an ihr lag, dass er fragte. »Was tust du gerade?«

»Nichts Angenehmes.«

Jo blickte sich auf dem Friedhof um. »Dann sind wir schon zu zweit. Rat mal, was ich herausgefunden habe.«

»Dass mein Name in Wahrheit Gaston ist und ich ein französischer Spion bin.«

Etwas von ihrer Niedergeschlagenheit verflog. »Kannst du überhaupt einen französischen Akzent nachmachen?«

»Wui, wui.«

Es fühlte sich gut an, zu lachen.

Jo drehte sich um und warf einen letzten Blick auf das Grab ihres Vaters. »Mein Vater hatte eine Affäre ... oder hatte sie irgendwann vor seinem Tod.«

Gill schwieg. »Das hast du bis heute nicht gewusst?«

»Du schon?«

»Ich hab es angenommen. Hat Miss Gina dir erzählen können, wer sie war?«

Jo schüttelte den Kopf. »Moment. Woher weißt du, dass Miss Gina irgendetwas dazu zu sagen hatte?«

»Sie hat mich oben an der Jagdhütte einem Test unterzogen. Hat mir mitgeteilt, wenn ich irgendetwas taugte, könnte ich eins der Geheimnisse deines Vaters aufdecken.«

Jo bemerkte weiteres Unkraut und bückte sich, um es herauszuziehen. »Sie hat es dir erzählt, bevor sie es mir gegenüber auch nur mit einem Wort erwähnt hat.«

»Sie hat mir überhaupt nichts erzählt. Nicht wirklich. Hast du irgendeine Idee, wer die Frau gewesen sein könnte?«

»Nicht den kleinsten Anhaltspunkt.«

»Gab es da irgendein Gesicht oder einen Namen, die dir eingefallen sind, als dir klar geworden ist, dass da jemand in seinem Leben gewesen sein muss?«, wollte Gill wissen.

»Nein. Niemand. Das ist verstörend.«

»Verstörend, weil er eine Geliebte hatte oder weil du keine Ahnung hast, wer es gewesen sein könnte?«, fragte Gill.

»Ich kann nur hoffen, dass mein Vater nach meiner Mutter noch jemanden hatte. Er war schließlich kein alter Mann. Ich hätte schon damals wenigstens ahnen müssen, dass es jemanden gegeben haben muss.«

»Du bist seine Tochter. Es ist schwierig, sich die eigenen Eltern als Leute vorzustellen, die Sex haben.«

Das hatte sie bislang noch gar nicht getan. Bei dem Gedanken zuckte sie zusammen.

»Er hat die Stadt nie verlassen. Als ich noch kleiner war, sind wir gemeinsam zur Jagdhütte gefahren. Ab und zu haben wir auch meine Großeltern besucht, aber das war so selten, dass ich mich noch nicht einmal mehr an die Farbe ihres Hauses erinnere. Sein ganzes Leben war diese Stadt.«

»Nicht sein ganzes Leben, Süße. Irgendwann gab es jemanden. Und soweit ich es anhand des Profils deines Vaters beurteilen kann, wären das sicher nicht nur One-Night-Stands gewesen.«

»Das stimmt.«

»Also, wenn er seriell monogam war, dann hatte er nur wenige Geliebte, und für die muss er irgendetwas empfunden haben.«

»Aber wer? Ich kann mir einfach nicht denken, wer.«

»Irgendwo muss es Hinweise darauf geben.«

»Ich habe das Haus komplett auf den Kopf gestellt, um irgendetwas zu finden, das mehr über sein Leben verrät. Ich habe nie auch nur ein Foto, einen Brief oder sonst was entdecken können.«

»Vielleicht ist es nicht im Haus. Oder es ist so gut versteckt, dass du gründlicher suchen musst.«

Sie warf das Unkraut in den Mülleimer. »Es ist frustrierend.«

»Das sind die meisten Ermittlungen.«

»Das hier ist persönlich.«

»Ich weiß«, erklärte Gill. »Macht es noch schwieriger, die Wahrheit zu erkennen.«

Ihr Kopf war zu voll – voll mit Informationen, voll mit dem, was sie nicht wusste. Sie schüttelte alles ab. »Ich freue mich schon auf dieses Wochenende.« Sie würde ein paar Stunden vor dem Leichtathletikteam nach Eugene fahren, um Zeit zu haben, sich mit Gill in seiner Stadt zu treffen.

»Ich beginne zu glauben, dass du mich magst«, zog er sie auf.

»So weit würde ich jetzt nicht gehen«, erklärte sie mit einem Lächeln.

Sie hörte ihn lachen. »Wird es deinen Ruf gefährden, wenn ich in der Leichtathletik-Arena auftauche, um zuzuschauen?«

»Musst du nicht arbeiten?«

272

Eine Pause entstand. »Wenn du mich dort nicht haben willst ...«

»Das habe ich nicht gesagt.«

»Also möchtest du mich dort haben.«

Sie rieb sich den Nasenrücken. »Seit wann klingst du so unsicher?«

»Ich versuch doch nur, mein Mädchen dazu zu bringen, dass sie mich bittet zu kommen.«

Sein Mädchen?

»Das ist Manipulation.«

»So weit würde ich jetzt nicht gehen ...«, begann er und benutzte genau ihre Worte.

»Ich schon.« Jo blickte vom Rasen, den sie während ihrer Unterhaltung gemustert hatte, auf und sah sich auf dem leeren Friedhof um. Ihre Augen landeten wieder auf dem Namen ihres Vaters. »Du bist kein Geheimnis in meinem Leben. Wenn du einer Gruppe Jugendlicher dabei zuschauen willst, wie sie laufen, springen und schwere Gegenstände werfen, dann komm.«

»Wir sehen uns mittags.«

Ihre Haut begann zu prickeln. Sie drehte sich einmal im Kreis, betrachtete den Rand des Friedhofs. »Mittags.«

»Alles in Ordnung?«

Sie hielt das Handy kurz ein Stück von ihrem Ohr weg, weil sie dachte, sie hätte etwas gehört, was hier nichts zu suchen hatte.

»Jo?«

Die Toten schwiegen, die Vögel zwitscherten und flatterten von Ast zu Ast, und Bienen summten in einem Baum, der ein Stück entfernt stand. Sie schüttelte das unangenehme Gefühl, die Kälte, die sie plötzlich eingehüllt hatte, ab.

»Ich bin hier.«

»Was ist da los?«

»Nichts. Ich war nur abgelenkt.«

»Bist du dir sicher?«

Noch ein Blick nach rechts und nach links. »Ich bin mir sicher.«

»Wir sehen uns dieses Wochenende.«

Jo beendete den Anruf, drehte sich noch einmal um sich selbst, bevor sie zu ihrem Wagen zurückging. Sobald sie hinterm Steuer saß und der Motor lief, verschwand etwas von der Kälte, aber sie hatte immer noch eine Gänsehaut.

Kapitel Dreiundzwanzig

Drew legte sein Bein auf den Zaun und lehnte sich zum Strecken darüber. Die ganze Woche war Mist gewesen. Abgesehen von der Zeit mit Tina hatte es keine einzige Stunde gegeben, die es wert gewesen wäre, nicht vergessen zu werden. Und die Woche vorher war genauso wenig erinnerungswürdig gewesen.

»Drew?«

Er blickte über seine Schulter und entdeckte Parker, einen Rivalen aus Eugene, der auf ihn zukam. Oft genug teilten sie die Siege auf der Zwei-Kilometer-Strecke untereinander auf, hatten sich danach immer die Hände gereicht und dem jeweils Unterlegenen fürs nächste Mal mehr Glück gewünscht.

»Hey.«

Parker benutzte ebenfalls den Zaun für seine Dehnübungen. »Willst du wetten, wer heute gewinnt?«

»Ist der Typ von der Sheraton High hier?« Die Sheraton-Highschool lag in South Eugene.

Parker schüttelte den Kopf. »Nein, der ist für die Saison draußen.«

»Verletzung?«

»Soweit ich gehört hab, Drogen.«

Drew wechselte das Bein. »Es ist schwer, Gras zu rauchen und Rennen zu laufen«, bemerkte er.

»Ich glaub, es ist was Härteres gewesen.« Parker dehnte seine Oberschenkelmuskeln.

»Ehrlich?«

»Jemand hat was von verschreibungspflichtigem Zeug gesagt, dann wurde Morphin erwähnt – oder war es Heroin?« Parker schüttelte den Kopf. »Es war jedenfalls nicht gut, was auch immer es war.«

»Hallo? Was hat er sich dabei gedacht?«

»Keine Ahnung.« Parker beendete seine Übungen und stützte sich auf den Zaun. »Bist du sicher, dass du nicht darauf wetten möchtest, wer gewinnt?«

»Bei meiner aktuellen Pechsträhne verliere ich, stürze und breche mir was und werde am Ende vom Verband gesperrt, weil ich auf den Ausgang gewettet habe. Ich hatte wirklich eine beschissene Woche.«

»Ja, ich hab das von dem Hund gehört.«

Drew hatte damit gerechnet, dass sich das schon bis hierher rumgesprochen haben würde. »Das war richtig übel.«

Parker schwieg eine Minute. »Also hast du's nicht getan?«

»Was?«

Parker trat von einem Fuß auf den anderen. »Nichts.«

Die Haare in Drews Nacken richteten sich auf. »Was meinst du?«

Parker blickte sich auf dem geschäftigen Sportplatz um. Drew folgte seinem Blick. Läufer standen in verschiedenen Mannschaftsgruppen zusammen und warteten auf ihren Einsatz. Der Startschuss fiel, und die Mädchen begannen den Dreihundert-Meter-Hürdenlauf.

»Ich wusste, dass es Quatsch ist«, erklärte Parker.

»Was ist Quatsch?«

»Jemand hat angedeutet, dass du den Hund dahin geschafft hast, um deiner Freundin Angst einzujagen.«

Alle Luft wich aus Drews Lungen. »Was für'n Scheiß.«

»Ich dachte schon, dass das nicht nach dir klingt.«

Drew blickte über das Sportfeld, als ob derjenige, der das erzählt hatte, mit einem Pfeil über dem Kopf dastehen würde. »Von wem hast du's gehört?«

»Jemandem von der North.«

Drew kannte niemanden von der North. »Irgendeine Ahnung, von wem die es haben?«

Parker schüttelte den Kopf.

Es gab ein paar Gerüchte, die Drew nicht weiter störten, aber das hier gehörte nicht dazu. »Das ist Obermist.«

»Tut mir leid, Mann.«

Das Adrenalin, das durch seine Adern strömte, würde Drew benutzen, um sein Rennen zu gewinnen, und dann würde er denjenigen finden, der diese Gerüchte in die Welt gesetzt hatte, und ihn fertigmachen.

* * *

Es war kühl und feucht, und Jo trug irgendwelche Yogahosen, die sich verführerisch an ihren knackigen Po schmiegten und ihre festen Oberschenkel wie eine zweite Haut umschlossen. Auf ihrem Kopf saß eine Baseball-Kappe, auf die das Emblem der Schule gestickt war, und die Haare hatte sie zu einem Pferdeschwanz zusammengenommen, der hinten rausschaute. Sie hätte mühelos als eine der Schülerinnen durchgehen können und nicht als die dreißigjährige Trainerin. Die sexy dreißigjährige Trainerin, nach der sich viele Köpfe umdrehten, als sie an den Leichtathletik-Mannschaften der anderen Schulen vorbeiging.

Gill beobachtete sie von der Tribüne aus, während er so tat, als würde er sich für die gerade stattfindenden Wettkämpfe interessieren. Er war erst seit zehn Minuten hier, aber schon schien Jo seinen Blick zu spüren und suchte die Ränge mit ihren Augen ab. Er lächelte, als sie ihn schließlich entdeckte. Selbst aus vielen Metern Entfernung konnte er ihr Grinsen erkennen. Dann sprach jemand sie an, und sie ging mit, war wieder ganz Trainerin.

»Spielst du etwa Stalker?«

Gill beschattete sich die Augen mit einer Hand und sah Mel vor sich. »Eher Bodyguard.« Er klopfte auf den Sitz neben sich.

Mel nahm Platz. »Ich kann nicht lange bleiben. Ich hab zwei Stabhochspringer, die mit der Schulauswahl hier konkurrieren.«

»Du bist die Stabhochsprungtrainerin?«

»Du klingst schockiert.«

»Ich bin beeindruckt.«

Mel errötete ein wenig. »Ich war nicht ganz schlecht, als ich selbst noch in der Highschool war. Da mein Ehemann der Cheftrainer ist, war es nicht wirklich so, als hätte ich die Wahl gehabt, ob ich aushelfe oder nicht.«

»Ich bin mir sicher, die Tatsache, dass River Bend keine Metropole ist, in der es Tonnen von Highschool-Leichtathletiktrainern gibt, hat auch dazu beigetragen.«

»Sicher.« Mel wandte sich dem Feld zu. »Warum denkst du, Jo bräuchte einen Bodyguard?«

»Hast du gesehen, wie diese notgeilen Teenager sie anschauen?«

Mel lachte. »So haben sie sie schon angeschaut, als sie selbst noch zur Highschool ging. Es funktioniert jetzt genauso gut wie damals.«

»Sie war nicht interessiert?« Gill war erneut überrascht. Er hätte geglaubt, Jo wäre früher viel ausgegangen. Und was Jungs betraf, war er davon überzeugt, dass sie den Ton angegeben hatte und die Jungs rasch durchgegangen war.

»Sie hatte nicht viele Freunde aus River Bend. Ich bin sicher, der Umstand, dass ihr Vater der Sheriff war, hat dazu beigetragen. Das ist so ähnlich, als ob du Vater werden würdest. Die Chancen stünden recht gut, dass deine Tochter mit Keuschheitsgürtel in irgendeinem Elfenbeinturm eingesperrt enden würde.«

Die Erwähnung von ihm als Vater eines kleinen Mädchens weckte den zukünftigen Beschützer in ihm. »Drittes Stockwerk mit verschlossener Zimmertür, das wäre das Mindeste.«

»Und man müsste erst an dir vorbeikommen. Jos Vater war vielleicht nicht so groß, aber er war mindestens genauso darauf bedacht, sie zu beschützen.«

Der Startschuss ertönte, lenkte ihre Aufmerksamkeit wieder auf den Sportplatz.

»Was für ein Rennen ist das?«, wollte Gill wissen.

»Der Drei-Kilometer-Lauf.«

Eine Gruppe Teenager-Jungen bog in die erste Kurve ein. Die meisten Trikots waren von einer konkurrierenden Mannschaft, doch es gab auch welche aus River Bend, vor allem vorne in der Spitzengruppe. »Das sind Jos Kids, stimmt's?«

»Jap.« Mel stand auf. »Ich muss los. Wir sehen uns morgen in der Stadt, richtig?«

»Nein. Ich werde stattdessen euren Sheriff entführen.«

Mel beugte sich vor und flüsterte ihm ins Ohr: »Sie hat eine Schwäche für Handschellen.«

»Eine Information, die ich in meinem Herzen bewahren werde«, erwiderte er und zwinkerte ihr zu.

»Du bist schon in Ordnung, Gill«, ließ ihn Mel wissen.

Gill grinste nur als Antwort.

Von seinem Aussichtspunkt aus konnte er die Läufer sehen und hören, wie ihre Mannschaftskameraden sie anfeuerten, wann immer sie an ihnen vorbeikamen. Jo stand ein Stück von der Ziellinie entfernt und hielt eine Stoppuhr in der Hand. Die

Läufer hatten ihre zweite Runde begonnen und schienen ihren Rhythmus gefunden zu haben, als Gill eine Frau bemerkte, die einem der Läufer zurief, er solle sich seine Kräfte einteilen. Der Junge kam ihm bekannt vor, selbst aus dieser Entfernung und obwohl er weiter oben auf der Tribüne saß.

Gebannt verfolgte er die letzte Runde. Der Stadionsprecher, der so klang, als würde er mit beiden Händen zugreifen, falls er je das Angebot erhalten würde, für eine Fernsehshow zu arbeiten, nannte die Nachnamen der drei führenden Läufer. Gill fiel der Name Emery auf. Jos schnellster Läufer war auf einer Höhe mit dem aus Eugene. Der Dritte im Bunde war ebenfalls aus River Bend. Auf den letzten hundert Metern der Rennstrecke standen die Zuschauer auf den Bänken. Die Heimmannschaft wurde stärker angefeuert, aber auch die Mannschaftskameraden aus River Bend gaben ihr Bestes, schrien die beiden in Lila und Gold förmlich zur Ziellinie.

Gill richtete seine Augen auf Jo. Sie schrie ebenfalls, pfiff und brüllte. Sie hielt die Stoppuhr in die Höhe, als könnte sie die Läufer damit vor den Gegner bringen.

Als der erste Fuß die Ziellinie passierte, nur wenige Zentimeter vor dem Zweitplatzierten, ging durch die Zuschauerreihen im Stadion ein enttäuschter Seufzer, denn der Gewinner war aus River Bend. Die Minderheit jubelte, und die drei Ersten klopften einander auf den Rücken, während sie sich vornüberbeugten und ihre Hände auf die Knie stützten in dem Versuch, wieder zu Atem zu kommen.

Jo trat auf die Bahn und gratulierte ihrem Sieger.

* * *

Drew ließ sich von seiner Trainerin in eine Umarmung ziehen.

Dadurch, dass er als Erster die Ziellinie überquert hatte – und dabei seinen persönlichen Rekord um eine halbe Minute verbessert hatte –, war ihm ein Platz im Finale sicher. Im Ranking des Bundesstaates befand er sich unter den Top Ten, und seine Chancen standen bestens, dass er bei den Landesmeisterschaften antreten würde. Was hieß, dass er sich ein College aussuchen konnte – weit weg von River Bend.

Er konnte es gar nicht erwarten.

»Erst das Finale, dann die Landesmeisterschaft«, sagte Coach Ward und fasste auch Tim an der Hand. »Ich kann gar nicht glauben, dass zwei von meinen Jungs hinfahren.«

»Sie haben das Masters Meet vergessen.«

Coach Ward winkte ab. »Das zählt nicht.«

»Lassen Sie mich ein Foto machen.«

Drew hielt lang genug den Atem an, um eine Kamera zu sehen, die auf sie gerichtet war. Ohne sich abzusprechen, richteten sie sich beide gerade auf und blickten ins Objektiv.

»Drew!«, rief seine Mutter von der Seitenlinie, winkte ihm wild.

Er lächelte und winkte zurück.

»Geh und sprich mit ihr.« Coach Ward fasste ihn am Arm und schob ihn in die Richtung. »Sie ist extra hergekommen.«

Er schaute hinter seine Mutter.

»Dein Dad hat sich freiwillig für die Schicht heute gemeldet«, unterrichtete Coach Ward ihn.

Drew schluckte seine Enttäuschung herunter. Fitzpatrick hätte das übernehmen können. Hatte er in der Vergangenheit auch. Sein Vater hatte jetzt seit einem Monat praktisch kein Wort mit ihm gewechselt. Zwischen der Sache mit Mrs Walters und dem Fund des Hundekadavers. Drew erschauerte. Wenn er an das Tier dachte, drehte sich ihm der Magen um.

Er lief über die Tartanbahn zu der Absperrung, um mit seiner Mutter zu reden. Das Gitter war niedrig genug, dass sie rüberreichen und ihn umarmen konnte, so verschwitzt er auch war.

»Ich bin so stolz auf dich.«

»Danke, Mom.«

Als sie versuchte, ihn ein zweites Mal an sich zu ziehen, wich er zurück. Die mütterliche Umarmung, nachdem er gewonnen hatte, war eine einmalige Sache.

»Möchtest du mit mir nach Hause fahren oder lieber mit dem Bus mit deinen Freunden?«

Im Bus würde es müffeln, aber Tina hatte ihr Rennen noch vor sich, und die Vorstellung, neben ihr zu sitzen, eine Hand auf ihrem Knie, klang besser, als auf dem ganzen Weg nach River Bend die Musik zu hören, die seine Mutter mochte. »Ich nehm den Bus. Du musst dann auch gar nicht hier warten.«

»Das macht mir nichts aus.«

Das stimmte vermutlich, doch er würde nicht der Grund sein, dass sie den ganzen Tag hier auf der Tribüne sitzen musste.

»Ist Dad immer noch sauer?«

»Es ist alles in Ordnung mit ihm, Süßer. Und er wäre auch hergekommen, wenn er nicht arbeiten müsste.«

Das sah Drew etwas anders. »Wie auch immer.«

»Er gibt sich Mühe.«

»Sicher.« Das war Quatsch. Drew blickte über seine Schulter, bemerkte, dass sich die nächsten Läufer aufstellten, und benutzte das als Vorwand, um sich zu verabschieden. »Wir sehen uns zu Hause.«

Sie hob eine Hand und winkte ihm zu, während er sich abwandte.

Einen kurzen Moment lang fragte er sich, ob sein Vater sich die Mühe machen würde, ihn besuchen zu kommen, wenn er ans College ging – oder würde das nur seine Mutter tun?

* * *

Pizza und Teenager … Schließlich war alles besser, wenn es mit Käse überbacken war.

Die Mannschaft hatte an mehreren Tischen Platz genommen. Wyatt und Mel saßen mit einigen anderen Kids und ein paar wenigen Eltern in der Pizzeria an einer großen Tafel. Jo und Gill waren mit den Langstreckenläufern an einem Tisch.

In River Bend gab es zwar eine Gaststätte, die sich Pizzeria nannte, allerdings hatte die seit Jos Kindheit schon oft den Besitzer gewechselt. Jo hatte gewusst, dass sie sich nach dem Wettkampf mit der Mannschaft zu Peperoni-und-Würstchen-Pizza würde hinsetzen müssen. Gill jedoch hatte keine Ahnung gehabt.

Er machte sich allerdings gut, berücksichtigte man, wie viel Aufmerksamkeit er vom Team erhielt. Sobald die Jungs herausgefunden hatten, dass er als Marine beim Militär gewesen war, wurde nicht mehr viel über Landesmeisterschaften oder den Abschlussball geredet.

»Das ist krasser Scheiß.«

Jo wies Drew nicht wegen seiner Sprechweise zurecht.

»Es ist ein Job«, spielte Gill seine Rolle herunter.

»Ich finde, es ist so mutig.« Maureen seufzte bei dem Wort »mutig«.

Tina stieß Maureen mit dem Ellbogen an, damit das Mädchen Gill nicht länger anhimmelte.

Als Gill unbehaglich herumzurutschen begann, verbarg Jo ihr Lächeln hinter ihrem Limoglas.

»Warum sind Sie hingegangen?«, wollte Drew wissen.

»Es war das, was mir zu der Zeit am besten gefallen hat. Spielst du auch mit dem Gedanken?«

Drew zuckte die Achseln. »Ich weiß nicht.«

Jo horchte auf. Sie hatte immer gedacht, Drew wollte aufs College. Er hatte bislang noch nie vom Militär geredet.

Tina lehnte sich gegen Drews Arm. »Was ist mit dem College?«

283

»Mein Vater ist Polizist. Ich denke, das Militär könnte das Richtige für mich sein. Es ist ja nicht so, als wollte ich in River Bend bleiben.«

»Ich weiß nicht. Klingt für mich nicht nach Spaß, wenn Leute auf einen schießen«, bemerkte Gustavo.

»Wird wirklich auf einen geschossen?«, fragte Tina.

»Im Krieg.« Gill nahm sich ein Stück Pizza und steckte sich die Hälfte davon in den Mund.

»Leute schießen auch auf Polizisten, Tina.«

»Das weiß ich. Aber Drew möchte doch nicht wie sein Vater sein.«

»In River Bend schießt niemand auf Polizisten«, fügte Tim hinzu.

Gill wechselte einen Blick mit Jo.

Sie dachte an ihren Vater, hoffte, niemandem würde die Anspannung auffallen, die sie verspürte.

»Die einzigen Gelegenheiten, zu denen unsere Trainerin ihre Waffe abfeuert, sind, wenn sie Schießübungen macht, stimmt's?«, erkundigte sich Drew.

»So soll es sein«, erwiderte Jo.

Wyatt kam an ihren Tisch. »Wir fahren in zehn Minuten. Der nächste Halt fürs Klo ist in Waterville.«

Tina und Maureen standen auf, um noch einmal hier auf die Toilette zu gehen.

»Du bist morgen zurück?«, fragte Wyatt Jo.

»Am Nachmittag«, bestätigte sie.

Tim beugte sich vor, um Drew etwas ins Ohr zu flüstern. Sie kicherten beide. Die Jungs waren schlimmer als die Mädchen.

Sie deutete mit dem Finger in ihre ungefähre Richtung und kniff die Augen zusammen.

»Ich hab nichts gesagt«, lautete Drews Antwort.

»Dann belassen wir es doch einfach dabei.«

Ein paar Minuten später scheuchte Jo die Kids aus dem vollen Pizzalokal, während Gill sein Motorrad näher zu ihrem Jeep fuhr.

Tina stellte sich neben sie, während die anderen schon in den Bus einstiegen.

»Hey, Coach?«

»Ja?«

Tina streckte ihr die Hand hin. Darin hielt sie eine selbst gemachte Visitenkarte. »Ein Mädchen auf der Toilette hat mir das gegeben.«

Jo betrachtete sie näher.

»Abschlussprüfungen?« war darauf mit einem Fragezeichen und in leicht verschwommener Schrift zu lesen. »Lass das alles hinter dir.«

Unter der Schrift befand sich eine Instagram-ID.

»Eine ältere Schülerin?«

Tina setzte den Fuß in den Bus. »Sie wirkte völlig fertig, hat mir das praktisch in die Hand gedrückt.«

Drogen.

»Wie sah sie denn aus?«

»Ich weiß nicht … Wie ein Teenager.« Tina bestieg den Bus, ohne weitere Details zu verraten.

Drew stand direkt hinter ihr. »Viel Spaß noch, Coach.«

Jo spürte ein Lächeln, das sie sich nicht verkneifen konnte. »Du kannst es einfach nicht lassen, was, Drew?«

Er lachte und ging hinter seiner Freundin her.

Das Dröhnen von Gills Motorrad folgte auf das Schließen der Bustüren und die Abfahrt.

»Fertig?«

Sie würde Gill mit dem Auto zu seinem Haus folgen, da sie den Weg nicht kannte. »Noch nicht.« Die drehte sich zurück zum Pizzarestaurant.

»Hast du immer noch Hunger?« Er schwang sein Bein von der Maschine, und als er so neben ihr stand, bezog sie Trost aus seiner Größe.

Jo reichte ihm die Karte. »Jemand hat dies einem meiner Mädchen in die Hand gedrückt. Das klang nach etwas, was dich interessieren könnte.«

Sie wartete, während er den Text las.

»Lass das alles hinter dir.« Gill schaute sich auf dem Parkplatz um, während Jo ihm berichtete, was Tina erzählt hatte.

Gemeinsam gingen sie wieder hinein. Eine der Bedienungen hinter dem Tresen sah sie. »Was vergessen?«

Jo lächelte. »Ja.« Ohne das näher auszuführen, begab sie sich zur Toilette, während Gill so tat, als suche er den Tisch ab, an dem sie gesessen hatten.

Die Damentoilette war leer. Jo überprüfte beide Kabinen und durchsuchte den Müll.

Als sie wieder zurückkam, fing sie Gills Blick auf und schüttelte den Kopf. Sie musterten die restlichen Gäste. Ein paar Familien, eine Gruppe von Männern in den Zwanzigern, die in einer Nische saßen.

Jo hielt nach einem zugedröhnten jungen Mädchen Ausschau, aber ohne Erfolg.

Draußen suchten sie auf der Rückseite des Gebäudes und trafen sich dann an Jos Jeep. Gill hatte sein Handy in der Hand. »Der Instagram-Account ist geschützt.«

»Vermutlich ist das gar nichts.«

»Ich weiß nicht. Das ist genau das Vorgehen von den Dealern heute. Die Social Media haben ihnen den Zugang zu unzähligen potenziellen Kunden eröffnet.« Er begann etwas in sein Smartphone zu tippen, machte ein Foto von der Visitenkarte. »Ich schicke das hier an Shauna. Sie wird mit ihrem falschen Account anklopfen und um Zulassung bitten.«

»Shauna hat einen falschen Instagram-Account?«

»Das haben wir beide«, erklärte er mit einem Grinsen. »Es ist wirklich leicht, ein minderjähriger Teenager zu sein, der online auf der Suche nach Dope ist.«

»Oder ein sechzigjähriger Pädophiler auf der Suche nach seinem nächsten Opfer.«

Gill schob sein Handy zurück in seine Gesäßtasche. »Ganz genau.«

»Können wir hier noch irgendwas tun?«

Gill hob seine Hand zu ihrer und zog sie, als sie sie ergriff, dichter an sich. »Ich bin mir ziemlich sicher, dass das, was ich tun möchte, auf dem Parkplatz dieser Pizzeria nicht gern gesehen wird.«

Das Gefühl seiner Hand an ihrer Taille entlockte ihr ein Seufzen. »Und was möchtest du tun?«

Er verbarg seine Lippen in ihrem Haar, flüsterte ihr ins Ohr: »Es hat was mit Handschellen zu tun.«

Der Gedanke hätte kein angenehmes Prickeln durch sie senden sollen. Die Sache mit den Handschellen war ein Scherz, der begonnen hatte, als sie Polizistin geworden war. Jo wand sich. »Wer hat denn behauptet, dass ich Handschellen mag?«

Das tiefe Grollen seines Lachens war ein verheißungsvoller Auftakt für den Abend. »Du streitest es also nicht ab.«

Sie strich ihm mit der Hand über die Hüfte und kniff ihn in den Po. »Aber du bist zuerst dran.«

Kapitel Vierundzwanzig

Jo spürte weiche Lippen an ihrer Schulter.

Gill.

Selbst durch geschlossene Lider konnte sie erkennen, dass die Sonne noch nicht aufgegangen war. Sie stöhnte und schob den Kopf tiefer unter die Kissen.

Gill knabberte an ihrer Haut.

Daran könnte ich mich gewöhnen.

»Du schläfst doch gar nicht.«

»Doch, tu ich«, brummte sie.

Er küsste sie wieder.

Sie öffnete ein Auge, spähte damit über die Schulter, an der er sich zu schaffen machte. »Du bist angezogen.«

Gill stützte sein Kinn auf ihre Schulter. Die Minze in seinem Atem, der Seifenduft auf seiner Haut verrieten ihr, dass sie weitergeschlafen hatte, während er aufgestanden war und geduscht hatte. »Ich muss los.«

»Warum?« Sie rollte sich herum, versuchte nicht, die Decke hochzuziehen, als sie ein Stück runterrutschte und ihre nackten Brüste enthüllte.

Gills Blick wanderte. »Dieser Instagram-Account war ein Volltreffer. Ich muss in zwanzig Minuten bei Shauna sein.«

Jo stöhnte, mehr als ein bisschen enttäuscht, dass sie ihn teilen musste.

»Tut mir leid.« Er beugte sich zu ihr herab, küsste die Spitze einer Brust.

»Ich verstehe es ja.«

»Ich weiß nicht, wann ich zurück sein werde.«

Sie blickte zu dem Digitalwecker auf seiner Seite des Bettes. »Ist schon okay.«

»Nein, ist es nicht. Ich wollte den Tag mit dir verbringen.«

»Ich muss zu Hause sowieso noch viel erledigen. Mach dir keine Gedanken.« Das stimmte zwar nicht, aber es fühlte sich richtig an, ihn zu beruhigen.

Er richtete sich auf. »Lass dir Zeit.«

Sie schloss die Augen und grinste. »Ich werde dein kleines geheimes Adressbuch finden und alle Einträge ausradieren«, drohte sie ihm.

Als er nicht antwortete, öffnete sie die Augen und sah, dass er sie mit einem seltsamen Gesichtsausdruck anschaute.

»Was ist?«, wollte sie wissen.

Gill sagte nichts. Stattdessen beugte er sich zu ihr herunter und berührte mit seinen Lippen ihre, sorgte dafür, dass sie seinen Kuss bis tief in ihre Seele spürte, bevor er sich von ihr löste.

Erregt und ihn bereits vermissend, fragte sie: »Wofür war das?«

»Dafür, dass du hier bist.«

Jo hob eine Hand und berührte ihn an der Wange.

Er lehnte sich dagegen.

»Pass auf dich auf.«

Er hauchte einen Kuss auf ihre Handinnenfläche und stand dann auf.

Sie stützte sich auf ihre Ellbogen, schaute zu, wie er seine Dienstwaffe in das Holster unter seinem Jackett steckte. »Viel

Glück beim Aufspüren dieses geheimen Büchleins«, rief er ihr zu, als er an der Tür stand.

»Oh, das werde ich finden.«

Gill schüttelte den Kopf einmal und hielt inne. »Ich hab's in Virginia weggeschmissen, nachdem ich wusste, dass ich dich wiedersehen würde.«

Und dann war er weg.

Mit offenem Mund lag Jo da, während seine Worte einsanken. Und in komplett mädchenhafter Manier ließ sie sich zurück ins Bett fallen, ein albernes Lächeln auf dem Gesicht. Ihre Finger landeten auf einem Paar Handschellen auf seiner Seite des Bettes. Bilder der vergangenen Nacht entlockten ihr ein Kichern.

Und dabei kicherte Jo nie.

* * *

»Weißt du, was das Problem mit diesen Welpen hier ist?«, erkundigte sich Zoe.

Jo war länger in Gills Haus geblieben, als sie gedacht hatte. Aus Spaß hatte sie ein paar Notizen an verschiedenen Stellen dagelassen, auf denen sie behauptete, sie hätte seine Schubladen durchsucht oder die Küchenschränke, obwohl sie in Wahrheit nur die Sachen aufgeräumt hatte, die sie gestern benutzt hatten, und sein Bett gemacht hatte. Wenn man sie fragen würde, würde sie rundweg abstreiten, an seinem Kopfkissen gerochen zu haben.

Jetzt saß sie auf dem Fußboden mit einem Wurf Welpen, umgeben von den kleinen Fläschchen mit der Milchlösung, die sie brauchten, um die hungrigen Mäuler zu stopfen. »Was denn?«

Zoe tätschelte dem kleinen Hund, den sie gerade fütterte, den Kopf. »Sie wachsen einem ans Herz.«

»Oh, du wirst weich.«

»Ich brauch keinen Hund.«

Drei der Tiere schliefen aneinandergekuschelt, während die anderen herumsprangen und einer von ihnen besonders laut jaulte, weil er noch nichts bekommen hatte.

»Nur gut, dass sie morgen zu Lukes Eltern weiterziehen.«

Die Welpen wurden herumgereicht. Jedes Familienmitglied, jeder Freund, selbst die Nachbarn hatten sich mit den kleinen Fellknäueln abgewechselt. Cherie konnte sie nicht anschauen, ohne in haltloses Schluchzen auszubrechen. Und das wollte niemand in River Bend. Die älteren Hunde waren von Lukes Eltern übernommen worden, und die Tierschutzbehörde hatte sich zurückgezogen, sobald die Nachricht von der Art und Weise, wie Jezebel gestorben war, zu ihnen gedrungen war.

Zoe machte ein gurrendes Geräusch. »Ich brauch keinen Hund.«

Dabei war sie längst verloren.

Jo weigerte sich, sich von der winzigen rosa Zunge beeinflussen zu lassen, die an ihrer Hand leckte. Selbst als der Besitzer dieser winzigen Zunge auf ihren Schoß kroch, sich dreimal im Kreis drehte, ehe er sich zusammenrollte. Nein. Das Tierchen hatte keinerlei Wirkung auf sie.

Absolut und überhaupt gar keine.

»Du brauchst keinen Hund«, erklärte Zoe lachend.

Jo blickte sie finster an. »Wir brauchen keine Hunde.«

»Ich fürchte, es ist zu spät.«

Jo grinste.

»Erzähl mir von Gill. Lenke mich von meinem schrecklichen Schicksal ab.« Zoe kuschelte mit dem Tier, das ganz sicher bei ihr landen würde.

»Ich bin nicht sicher, ob ich das kann. Er ist …«, Jo atmete langsam aus, »unerwartet.«

»Erklär das bitte.«

Die Landkarte ihrer Beziehung lag vor ihr, aber sie konnte trotzdem nicht erkennen, wo sie sich befand. Sie suchte nach der Stelle, auf die ein Pfeil zeigen würde, auf dem stand: »Du bist hier«, nur konnte sie ihn nicht entdecken. »Ich bin nicht wie du oder Mel.«

»In welcher Beziehung?«

»Ich praktiziere nicht serielle Monogamie.«

Zoe blinzelte ein paarmal. »Serielle was?«

»Ich bin nicht der Typ für Beziehungen. Ich wüsste nicht, dass ich behaupten könnte, dass ich je eine gehabt hätte. Nicht mit irgendeiner Form von Verbindlichkeit.«

Zoe blickte auf der Suche nach Antworten zur Decke. Ohne welche zu finden. »Was ist mit der Zeit nach der Highschool? Gab es da nicht mal jemanden in Waterville?«

»Erinnerst du dich an seinen Namen?«

Zoe schüttelte den Kopf.

»Genau. Ich hatte … Es gab ein paar Jungs. Keiner blieb hängen. Sobald ich zu den Gesetzeshütern von River Bend gehörte, ist es sogar noch seltener geworden.«

»Das ist so traurig.«

»Es stimmt aber.«

»Das macht es nicht weniger traurig.«

»Dann ist Gill in mein Leben getreten, und ich sitze da und spinne Tagträume rund um den Mann.«

Darüber musste Zoe grinsen. »Was ist daran denn schlimm?«

»Es kann nicht von Dauer sein.« Die Wahrheit dieser Aussage traf sie hart.

»Warum nicht?«

»Wir sind beide Polizisten. Irgendwie.«

Zoe starrte sie an. »Was soll das heißen?«

»Weißt du, wie hoch die Scheidungsrate bei Polizisten ist?«

292

Zoes Blick wich einem breiten Lächeln. »Hat er dich gefragt, ob du ihn heiraten willst?«

»O gütiger Gott, nein.« Beinahe hätte Jo sich verschluckt.

Das Lächeln ihrer Freundin verschwand. »Warum machst du dir dann solche Sorgen wegen einer Scheidung?«

»Das mach ich doch nicht. Ich sage nur ... Es kann nicht von Dauer sein. Selbst wenn es so wie jetzt ist, kann es nicht so bleiben.«

»Warum zur Hölle denn nicht?«

Ja, warum zur Hölle nicht? Jo schloss die Augen, sah ihren Vater, roch die vage Erinnerung an das Parfüm ihrer Mutter. Dann stellte sie sich Gill vor. Er stand in dem Anzug, in dem sie ihn an jenem ersten Tag in Virginia gesehen hatte, auf einem Parkplatz, wie dem bei der Pizzeria. Aus dem Nichts wurden Schüsse abgefeuert.

Sie verzog das Gesicht.

»Ich glaube, du suchst nach Ausflüchten.«

»Polizisten sterben, und Ehen zerbrechen. Es funktioniert einfach nicht.«

Als Jo die Augen öffnete, sah sie direkt in Zoes. In denen standen Tränen.

* * *

»Wann wusstest du, dass Consuela die Richtige ist?«

Die Frage hing ungefähr eine Minute in der Luft, bevor Lee antwortete.

»Ist sie also die eine?«

»Himmel, Lee ... Woher wusstest du es?«

Gills bester Freund lachte durch das Telefon. »Du könntest es wesentlich schlechter treffen.«

»Das weiß ich.« Die Bilder von zahllosen anderen erschienen vor seinen Augen. Blondinen, Brünette ... und die Rotschöpfe.

293

Der Himmel wusste, sie waren alle nicht die Richtigen gewesen. Zu der Zeit richtig, ja, aber nicht dafür, sie allein in seinem Haus zurückzulassen. Sie hatten sich nicht in seinem Kopf festgesetzt wie eine Endlosschleife von Lovesongs, die er einfach nicht abschütteln konnte.

»Wenn es dich in irgendeiner Weise tröstet, ich mag Jo. Sie ist sehr auf der Hut, allerdings ist das nur verständlich.«

»Wieso das?«

»Sie ist eine Waise, Gill.«

Das Wort »Waise« war ihm nie in den Sinn gekommen. Doch wenn er jetzt darüber nachdachte, sah er ein Kind, das nach jemandem Ausschau hielt, der sich seiner annahm. »So habe ich das noch nie betrachtet.«

»Das liegt daran, dass sie Expertin darin ist, es zu verbergen.«

Gill saß da und blickte auf einen von dem halben Dutzend Notizzettel, die Jo in seinem Heim liegen gelassen hatte. Ihre Handschrift hatte sich in sein Gedächtnis eingebrannt. *Deine Küche ist Chaos pur – kochst du überhaupt jemals?* Er hatte gelacht, als er ihn in einem Hängeschrank gefunden hatte. Er musste daran denken, wie er in ihrer Küche gewesen war und sie makellos sauber vorgefunden hatte. Wusste noch, wie froh er gewesen war, dass ihr Kühlschrank nicht genauso penibel aufgeräumt war.

»Sie täuscht nichts vor.«

»Ich hab nichts von Täuschen gesagt, sondern ›verbergen‹. Täuschen geschieht mit Absicht, Verbergen aus einer Verteidigungshaltung heraus. Das eine dient zum Betrug, das andere zum Schutz.«

»Wann, zur Hölle, bist du eigentlich so einfühlsam geworden?«

Lee lachte. »Weißt du, wie viele Leute dich einfach nicht beachten, wenn du im Rollstuhl sitzt? Ich habe mehr Gelegenheit, Menschen zu studieren, als sonst irgendwer.«

Gill seufzte. »Du hast meine Frage nicht beantwortet.«

»Welche denn?«

»Wann wusstest du, dass Consuela die Richtige war?«

Eine weitere lange Pause. »Warum klappt es mit dir und Jo?«

»Also, der Sex …«

»Sex bekommst du überall.«

Da hatte Lee recht. »Ich weiß nicht genau. Sie ist exakt die richtige Mischung aus Engelchen und Teufelchen. Sie mag die Harley und trägt die Dienstmarke aus Gründen, die über ihr Ego hinausgehen.«

»Das erinnert mich an jemanden, den ich kenne.«

»Ich bin kein Engel.«

»Und warum trägst du die Dienstmarke?«

Gill hatte keinen Grund wie Jo. »Es ist das, was ich kenne.«

»Der Fall, an dem du gerade arbeitest – wie war noch mal der Name des letzten Opfers?«

»Pete Shafer.« Seine Antwort kam ohne Zögern. Das Bild des Jugendlichen, der nie seinen achtzehnten Geburtstag erleben würde, erschien vor seinem geistigen Auge.

»Dein Pete ist beinahe so wie Jos Vater. Jos Grund ist vielleicht persönlich, aber sie sind beide gleich wichtig. Das ist es, warum du dich zu ihr hingezogen fühlst.«

»Jo ist auch schon umwerfend ohne irgendwas davon.«

»Dem will ich gar nicht widersprechen. Doch Aussehen und andere Äußerlichkeiten sind vergänglich. Das an Jo, was dafür sorgt, dass du mich um Rat fragst, woran ich erkannt habe, dass meine Frau die eine ist, liegt genau vor deiner Nase.«

»Ich dachte immer, Gegensätze ziehen sich an.«

»Balance, mein Freund. Sie erinnert dich in vielem an dich, als du noch rebellischer warst, und ich vermute, für sie ist es mit dir ganz ähnlich.«

Gill konnte nicht anders, er musste lachen. »Der rebellische Teil in mir hätte die letzten zehn Minuten nicht damit verbracht, über Beziehungen zu reden.«

»Mister Rebellion läuft rum und tut Sachen, Mister Verantwortung verbringt seine Zeit damit, seinem Freund das Ohr über Mädchen abzukauen.«

Kapitel Fünfundzwanzig

Jo lehnte ihre Stirn auf ihre verschränkten Arme auf dem Schreibtisch. Die Aussagen von Drew, Tina und Cherie verschwammen vor ihren Augen. Alles war undeutlich und wirr.

Sie hatte die Nachbarn befragt, genau die Leute, die sich über das Gebell der Hunde beschwert hatten.

Jeder einzelne dieser Nachbarn hatte, nachdem Jezebel gefunden worden war, angeboten, Cherie zu helfen. Kein Einziger von ihnen wäre imstande, ein Tier aus Rache umzubringen.

Also, wer hegte hier solchen Groll?

Schritte erklangen vor ihrer Bürotür, und sie zuckte zusammen. Glynis war beim Essen, daher hatte sie nicht damit gerechnet, dass jemand sie stören würde.

»Karl?«

Ihr Deputy erschien in der Tür. »Wann werden Sie anfangen, sich nicht länger in das Leben meines Sohnes einzumischen?«

»Wovon reden Sie?«

»Drew spricht davon, zur Armee zu gehen ... Zu den Marines. Kommt Ihnen das vertraut vor?«

Sie öffnete den Mund, doch Karl fiel ihr ins Wort, bevor sie etwas sagen konnte.

»Sieht ganz so aus, als hätte Ihr Freund ihn dazu überredet. Caroline ist außer sich. Sie hat die ganze Nacht geweint.«

»Moment mal. Gill hat allen aus dem Leichtathletikteam von seiner Zeit bei der Army erzählt. Ich würde nicht sagen, dass er irgendjemanden zu irgendetwas überredet hat. Als Drew mir gegenüber erwähnt hat, dass er darüber nachdenken wolle, war ich genauso überrascht wie Sie.«

Aber Karl hörte überhaupt nicht zu. Wie er da stand, die Hände am Dienstgürtel und mit finster zusammengezogenen Brauen, hätte Jo sich Sorgen gemacht, wenn sie ihn nicht schon ihr Leben lang gekannt hätte. »Das ist nicht die Darstellung, die ich gehört habe. Mir kommt es ganz so vor, als ob jedes Mal, wenn ich mich derzeit umdrehe, mein Sohn darüber redet, welchen Einfluss Sie auf ihn haben.«

»Ich trainiere ihn, Karl. Und bis vor Kurzem dachte ich auch, ich wäre mit seinem Vater befreundet.« Sie legte beide Hände auf ihren Schreibtisch. »Es scheint ganz so, als hätte ich mich bei Letzterem geirrt.«

»Drew soll aufs College gehen. Nicht zur Armee.«

»Was ist denn falsch daran?«

»Jungs aus Kleinstädten kommen immer in der Holzkiste nach Hause. Das will ich für meinen Sohn nicht.«

Jo schüttelte den Kopf. »Sie übertreiben.«

»Falls Drew in den Militärdienst eintreten möchte, dann sollte er erst das College beenden und dann die Offizierslaufbahn einschlagen. Nicht als einfacher Soldat anfangen.«

»Haben Sie ihm das schon erzählt?«

»Er hat nicht zugehört. Er hat immer nur von Ihrem Freund gesprochen und davon, wie krass der ist.«

Das Wort »krass« war in letzter Zeit oft gefallen.

Sie stand auf und versuchte, das Thema zu wechseln. »Worum geht es hier eigentlich wirklich, Karl? Sie benehmen sich, als wären Sie mein Boss und nicht umgekehrt.«

Karls Nasenflügel bebten. Jo war ehrlich dankbar, dass Blicke nicht töten konnten.

»Ihre Einmischung in mein Leben ist nicht erwünscht. Und in letzter Zeit haben Sie auch Ihren Job hier nicht mehr richtig erledigt.«

»Wie bitte?« Das war eine ganz schön heftige Anschuldigung.

»Sie picken sich die Gesetze raus, die Sie durchsetzen möchten, lassen straffällig Gewordene Runden laufen, statt sie einzusperren.«

»Das machen wir doch so, seit mein Vater hier war.«

»Ich mochte das schon nicht sonderlich, als er hier noch das Sagen hatte.«

Jetzt war Jo an der Reihe, ihn finster anzuschauen. »Warum tun Sie sich dann nicht selbst den Gefallen und werfen Ihren Namen nächstes Jahr, wenn die Wiederwahl ansteht, mit ins Rennen? Wenn Sie so unglücklich damit sind, wie ich die Sachen handhabe, lassen Sie die Menschen von River Bend entscheiden und Sie wählen, wenn sie das möchten.«

»Vielleicht tue ich genau das. Kommt mir ganz so vor, als wäre ich nicht der Einzige hier, der sich darüber sorgt, wie alles läuft.«

Jos Herz klopfte härter in ihrer Brust. Sie wusste, einige tratschten über Gill und darüber, dass er gelegentlich hier schlief. Sie war eigentlich davon ausgegangen, dass das Gerede da auch aufgehört hatte. »Ach ja?«

»Ja. Nur können die Leute mit ihren Sorgen nicht zu Ihnen kommen, oder?«

Sie hatte sich noch nie geweigert, mit irgendjemandem in der Stadt zu reden. Aber das war auch noch nie nötig gewesen.

Jo hing ihren eigenen Gedanken nach, bevor sie ihm die Hand hinhielt.

»Was?«

»Die Schlüssel für Ihren Streifenwagen.«

Er schaute sie an. »Wozu?«

Oh, wie gerne würde sie ihm den Streifenwagen einfach wegnehmen. Aber er hatte sie gerade schachmatt gesetzt. Wenn er tatsächlich bei den nächsten Wahlen gegen sie antrat, würde es zutiefst unprofessionell aussehen, wenn sie ihm jetzt den Posten als Hilfssheriff entzog. Es wäre mehr nötig als das, was sie gegen ihn vorbringen konnte, um ihm die Dienstmarke abzunehmen.

Wie beispielsweise, herauszufinden, dass er verantwortlich für das war, was mit Cheries Hund geschehen war.

Jo hasste es, dass sie dachte, er wäre dazu fähig, hasste es, dass sie niemand anderen auch nur entfernt als Schuldigen in Erwägung ziehen konnte.

»Ich bringe es nach Waterville wegen der Rückrufaktion.«

Er verdrehte die Augen. »Ich kann mein Auto selbst hinfahren.«

»Gut. Dann kümmere ich mich nur um meins. Ich werde Fitzpatrick als Vertretung für mich kommen lassen.«

»Das ist nicht notwendig.«

Sie blickte ihm offen in die Augen. »Ich möchte nicht, dass die Leute von River Bend denken, dass ich meinem Deputy zu viel aufbürde.«

»Nein, das wollen wir natürlich auf keinen Fall.«

* * *

Jo konnte sich nicht erinnern, sich schon jemals bei ihrer Arbeit so geärgert zu haben. Von all ihren Jahren als Sheriff waren die ersten am schwierigsten gewesen. Und auf einmal schien es so, als müsse sie sich jetzt wieder behaupten.

Versuchte Karl, sie wütend zu machen, oder waren seine Vorwürfe berechtigt – abgesehen von ihrer persönlichen Beziehung?

Glynis kehrte von ihrer Lunchpause zurück, verschaffte Jo damit die Gelegenheit, sich die Beine zu vertreten. Vermutlich sollte sie sich selbst etwas zum Mittagessen besorgen, doch bei dem bloßen Gedanken, irgendetwas zu sich zu nehmen, zog sich ihr Magen unangenehm zusammen.

Vor Millers Kfz-Werkstatt blieb Jo stehen in der Hoffnung, Lukes Vater zu finden. Als sie durch die Metalltüren trat und Country-Musik hörte anstatt dröhnenden Rock 'n' Roll, wusste sie, sie hatte Glück. Sie schaute sich noch mal um, aber Luke war wirklich nicht hier.

Sie ging durch die Werkstatthalle, die nach Gummireifen und Öl roch, zu dem kleinen Büro und entdeckte Mr Miller, wie er die Zeitung aus Waterville las und dazu Kaffee trank. Eine rosa Schachtel mit Donuts stand an der gewohnten Stelle unweit der Tür.

Jo klopfte zweimal an die offen stehende Tür. »Irgendjemand zu Hause?«

»Jo!« Mr Miller entfernte die Lesebrille von seiner Nase und stand auf.

»Wie geht es Ihnen?«

»Gut, gut. Was bringt dich her? Zickt dein Jeep rum?«

Sie verneinte das mit einem Kopfschütteln. »Etwas Persönlicheres.«

Mr Millers Lächeln verrutschte. »Komm doch rein, und nimm Platz. Kann ich dir Kaffee anbieten?«

Sie blickte zu der Kanne mit der schwarzen Flüssigkeit. Der Kaffee hier war bestimmt so gut wie der auf der Wache. »Nein, danke«, antwortete sie und setzte sich.

»Schon irgendwelches Glück gehabt bei den Ermittlungen zu Cheries Hund?«

»Ich wünschte, es wäre so.«

»Total verstörend. Das bringt die Leute dazu, ihre Haustiere nachts einzusperren.«

»Und die eigene Tür abzuschließen.«

»Das ist vermutlich ohnehin nicht verkehrt.«

Jo seufzte. »Vermutlich nicht.«

»Also, was kann ich für dich tun, Jo? Du siehst ein bisschen gestresst aus.«

Es war ohnehin witzlos, so zu tun, als wäre sie das nicht. »Stimmt.«

Mr Miller runzelte die Stirn, und Jo sprach weiter. »Ich bin von meinem Deputy darüber unterrichtet worden, dass es Beschwerden über mich gegeben hat.«

»Beschwerden?«

»Offensichtlich. Er hat es nicht weiter ausgeführt, aber er hat es klingen lassen, als sei es mehr als eine gewesen. Er ist sogar so weit gegangen, vorzuschlagen, dass er nächstes Jahr gegen mich antritt.«

Mr Miller lehnte sich zurück, und der Schreibtischstuhl knarzte unter seinem Gewicht. »Karl hat nichts von dem, was man braucht, um Sheriff von River Bend zu sein. Er hat es nicht hinbekommen, nachdem dein Vater gestorben war, und er hat seitdem nichts dazugelernt.«

So gerne Jo das auch hörte, sie konnte sich nicht von *einem* Mann – einem Mann, der der Vater eines ihrer besten Freunde war – versichern lassen, dass sie recht hatte.

»Er ist ein guter Polizist.«

»Er ist okay als Polizist. In Bezug auf Fingerspitzengefühl und Diplomatie bräuchte er noch jede Menge Fortbildung, und sein ganzes Auftreten ist verbesserungswürdig.«

»Er erledigt trotzdem seine Arbeit.«

Mr Miller durchbohrte sie mit seinem Blick. »Glaubst du wirklich, er kann deinen Job übernehmen?«

»Nein.«

»Da bin ich aber mächtig froh, dass wir da einer Meinung sind. Also, was kann ich für dich tun?«

»Halten Sie bitte die Ohren offen. Ich würde ja Luke darum bitten, aber ich bezweifle, dass sich irgendjemand bei ihm beschweren würde. Oder bei Mel oder Zoe. Ich brauch keine Namen, ich möchte einfach nur wissen, ob es etwas gibt, was ich verbessern kann.«

»Natürlich, Jo. Und, wie geht es dem Mann in deinem Leben? Behandelt er dich gut?«

Die Frage traf sie direkt ins Herz. »Das tut er.«

Mr Miller lächelte wieder. »Ich würde ihn gern mal kennenlernen. Bring ihn doch auf ein Stück von Mrs Millers Kuchen vorbei, wenn er das nächste Mal in der Stadt ist.«

»Das werde ich.«

Auf dem Rückweg ging es ihr schon besser. Stans Streifenwagen war auf der Straße geparkt. Er war früher gekommen, was ihr gut passte. Sie würde gerne nach Waterville fahren und wieder zurück sein, bevor es dunkel wurde.

Sie fand ihn an Glynis' Schreibtisch gelehnt und damit beschäftigt, ihr einen Witz zu erzählen.

Jo kam direkt bei der Pointe herein.

Sie lachten beide.

»Oh, da habe ich wohl einen Guten verpasst.«

»Ich kann ihn ja noch mal erzählen«, bot Stan an.

»Vielleicht später. Ich muss los. Ich bin nur reingekommen, um die Schlüssel zu holen.«

»Glynis hat gesagt, du fährst deinen Streifenwagen zur Werkstatt.«

»Bremsenkontrolle.«

»Das ist wichtig. Absoluter Mist, wenn was an den Bremsen ist.«

»Ich bin sicher, damit ist alles in Ordnung. Ich kann wirklich nicht noch mechanische Probleme zusätzlich zu allem anderen gebrauchen.«

Stan folgte ihr in ihr Büro, während sie sich die Schlüssel nahm. »Irgendwelche Fortschritte bei der Hundesache?«

»Nichts. Seither ist es still gewesen.«

»Vielleicht war es ein Einzelfall.«

»Sagt dir das dein Bauchgefühl?«

»Mein Bauchgefühl behauptet, der, der das gemacht hat, hat so etwas schon mal getan und wird es wieder tun.«

Gill hatte das Gleiche gesagt.

»Bitte nicht noch mehr tote Tiere.«

»Oder schlimmer.«

Jo schluckte schwer. Daran hatte sie auch schon gedacht. Psychopathen begannen oft mit Tierquälerei, bevor sie sich größeren Herausforderungen zuwandten. Sie würde Gills Leute um Hilfe bitten, wenn mehr Fälle auftauchten.

Stan folgte ihr durch die Hintertür auf den kleinen Parkplatz. »Fahr vorsichtig. Ich kümmere mich um alles hier.«

»Danke, ich weiß das zu schätzen.«

Kapitel Sechsundzwanzig

Shauna knallte ein Stück Papier auf Gills Schreibtisch und vollführte einen kleinen Freudentanz.

»Was ist das?«

»Am Einundzwanzigsten ist meine Scheidung durch.«

»Herzlichen Glückwunsch?«, fragte er, etwas überrascht wegen ihrer Begeisterung.

»Auf jeden Fall. Der Bastard hat versucht, sich die Hälfte meines Pensionsanspruchs unter den Nagel zu reißen. Als wenn er sich das dadurch verdient hätte, dass er drei Jahre lang in meinem Bett geschnarcht hat.«

Gill hatte den gesamten Zyklus von Shaunas Ärger miterlebt. Erst die Tränen, dann die Wut … und jetzt das hier. »Ich freu mich für dich.«

»Ich mich auch. Darauf müssen wir einen trinken.«

Gill warf erneut einen Blick auf das Blatt. An dem Datum war irgendwas. »Ich werde am Einundzwanzigsten in River Bend sein. Ich habe Jo versprochen, dass ich zum Klassentreffen komme.«

»Ich werde einen Monat lang feiern. Danach?«

»Na klar.«

Shauna schnappte sich das Papier von Gills Schreibtisch. »Die Ehe wird überbewertet.«

»Ach ja?«

Sie hielt inne, fasste sich etwas. »Außer für Jo. Ich meine, Jo ist perfekt für dich. Ich wusste das, lange bevor ich sie ins Marly's geschickt habe.«

»Geschickt?«

Shauna klimperte gespielt unschuldig mit den Wimpern. »Du hast doch nicht wirklich geglaubt, dass das Zufall war, oder? Wenn ich ihr gesagt hätte, dass ich einen Mann kenne, der perfekt zu ihr passt, hätte sie dir niemals eine Chance gegeben. Aber ein zufälliges Treffen ... und bäng!« Sie tätschelte ihm den Kopf und entfernte sich beschwingt wie ein junges Mädchen.

Er war reingelegt worden. Von seiner eigenen Partnerin. Gill lächelte, weil ihm das Endergebnis bestens gefiel.

Da er Jo ohnehin nicht aus seinen Gedanken verbannen konnte, stand er vom Schreibtischstuhl auf, suchte sich draußen eine ruhige Bank und wählte ihre Nummer.

Die schlechte Verbindung verriet ihm, dass sie gerade im Auto saß.

»Hallo, meine Hübsche.«

»Eine freundliche Stimme«, erwiderte Jo.

»Ich dachte, jeder in River Bend ist freundlich.«

»Leider nicht. Wie geht's dir?«

»Ich bin verwirrt.«

»Oh?«

Er erzählte ihr von Shauna und ihrer Scheidung. »Es ist merkwürdig, mitzuerleben, wie jemand die Pompons schwingt, nachdem die Ehe vorbei ist.«

»Shauna war wirklich unglücklich. Es ist gut, dass ihr das klar geworden ist, bevor sie Kinder gekriegt haben. Mels

Eltern haben sich an dem Tag getrennt, an dem Mel ihr Abschlusszeugnis erhalten hat, und das war wirklich furchtbar.«

»Meine Eltern sind immer noch zusammen«, teilte er ihr mit.

»Ja, na ja. Meine sind gestorben, also wer weiß schon, wie das ausgegangen wäre?«

»Waren sie unglücklich?«

»Woher soll ich das wissen? Ich hab mit Fingerfarben gemalt und konnte gerade mal bis zehn zählen, als meine Mutter gestorben ist.«

Jos Tonfall verriet ihm, dass sie den Verlust schon lange verarbeitet hatte. »Wo bist du?«

»Auf dem Weg nach Waterville. Rückruf … Dienstwagen … lange genug gewartet.«

»Ich kann dich kaum verstehen, sag das noch mal.«

Jo schrie ins Telefon, als wenn das die Verbindung besser machen würde. »Es gab einen Rückruf für die Streifenwagen. Ich muss meinen in die Werkstatt bringen.«

»Alles klar. Verstanden.«

»Wie steht's mit deinem Fall?«

»Es geht langsam voran. Wir haben das Mädchen aus der Pizzeria gefunden. Definitiv auf Drogen. Dealerin zweiter Stufe.«

»Du suchst ihren Verbindungsmann.«

»Genau.«

»Lass mich … Ich kann … Hallo … Mist …« Die Leitung war tot.

Gill versuchte, sie wieder anzurufen. Er landete sofort auf ihrer Mailbox. Beim dritten Mal hinterließ er eine Nachricht. »Muss ein Funkloch sein. Ruf mich an, wenn du in Waterville angekommen bist. Ich vermisse dich.«

* * *

Gill hockte in seinem Auto, das Teleobjektiv seiner Kamera auf den Parkplatz der Eugene-Highschool gerichtet. Rachel, das Mädchen aus der Pizzeria, war leicht zu finden. Ihr Profil auf Instagram zeigte Bilder von ihr bei einer Party, mit einem roten Becher in der Hand. Wie andere Mädchen in ihrem Alter trug sie ihr Haar rückenlang, und ihre Augen waren stark geschminkt. Es war gut möglich, dass das Make-up ein Versuch war, ihrem sonst fahlen Teint etwas Farbe zu verleihen.

Er machte ein Bild von ihr und dem Mädchen, mit dem sie zusammenstand.

Die beiden trennten sich, und Rachel richtete ihre Aufmerksamkeit auf einen tiefergelegten Subaru. Das Auto war dermaßen aufgemotzt, dass es vermutlich nicht mal mehr der Straßenverkehrsordnung entsprach.

Gill zoomte auf das Nummernschild und fotografierte es.

Sie lehnte sich in das Auto wie eine Prostituierte, den Hintern in der Luft.

Nicht ihr Dealer, vermutete Gill. Jemand, der Drogen verkaufte, würde nicht in einem Auto rumfahren, das förmlich danach schrie, von der Polizei angehalten zu werden. Nicht wenn sie irgendwas bei sich hatten.

Gill wartete, war sich ziemlich sicher, dass vor ihm gerade ein Deal abgewickelt wurde. Aber sie jetzt hochzunehmen würde ihm nichts nützen. Es würde nur die weiter oben in der Nahrungskette darauf aufmerksam machen, dass man ihr auf die Schliche gekommen war.

Während der Parkplatz immer leerer wurde, begab sich Rachel zu einem weiteren Auto, einem neu aussehenden Importwagen. Nichts Besonderes, vollkommen unauffällig. Gill zoomte auch hier aufs Nummernschild, dann auf die Fahrerseite. Sah wie eine Mutter aus. Vielleicht Rachels, Gill wusste es nicht.

Sein Handy klingelte. Er erkannte die Nummer nicht und ließ es gleich auf die Mailbox gehen.

Ein paar weitere Bilder von dem Auto, und Rachel und die Fahrerin waren weg.

Gill klickte sich schnell durch die Fotos und sandte sie weiter. Er würde die Namen der Besitzer der Autos innerhalb einer Stunde haben … Vielleicht schneller.

Das Licht für neue Nachrichten blinkte, und er hörte sich die Aufzeichnung an.

»Gill, hier ist Zoe.«

Die Haare auf seinen Armen richteten sich auf. Er blickte auf die Uhr. Er hatte seit ein paar Stunden nicht mehr mit Jo gesprochen. Sie hätte ihn eigentlich anrufen sollen, wenn sie in Waterville angekommen war. »Es geht um Jo. Sie hatte einen Unfall.«

Er drückte den Rückrufknopf, ohne sich den Rest der Nachricht anzuhören. Sein Atem ging hastig, und in seinem Kopf drehte sich alles vor Sorge.

»Hallo?«

»Zoe, hier ist Gill.«

»Oh, Gott sei Dank. Du hast meine Nachricht erhalten.«

»Ist sie okay? Wie geht es ihr?«

»Den Umständen entsprechend.«

»Welchen Umständen? Wo ist sie?« Er startete den Motor seines Wagens und fuhr vom Parkplatz des Apartmenthauses, auf dem er sich versteckt hatte.

»Waterville Community Hospital. Sie ist in der Radiologie.«

»Himmel, geht es ihr gut?«

»Das Auto ist irgendwo gegengeprallt, hat die Leitplanke geschrammt und sich gedreht. Ein Baum hat verhindert, dass sie von der Klippe gestürzt ist. Sie hatte echt Glück.«

»Ich bin unterwegs. Sag ihr, ich bin schon unterwegs.« Gill warf das Handy auf den Beifahrersitz, platzierte ein Blaulicht auf seinem Wagendach und schaltete die Sirene an.

* * *

309

Heilige Scheiße. In ihrem Kopf hämmerte es, und ihr Körper schmerzte. Im einen Moment verlor sie gerade die Verbindung zu Gill, im nächsten starrte sie in den Abgrund, und ein Sanitäter zog sie aus ihrem geschrotteten Streifenwagen.

Blaulicht, Krankenwagen, Ärzte, die ihr Fragen stellten. Und alles tat ihr weh.

Selbst ihre Backenzähne.

Sie hatte auf die Bremse getreten. Nichts war passiert. Panik und dann Dunkelheit.

»Sheriff?«

»Was?« Sie glaubte, geschrien zu haben, aber es war nur ein leises Ausatmen gewesen.

»Wie geht es Ihnen?«

Jo öffnete nicht die Augen. Die Stimme der Frau war ihr völlig unbekannt.

»Beschissen.«

Ein Lachen. »Wissen Sie, wo Sie sind?«

Der Geruch nach Desinfektionsmittel, das Piepen irgendwelcher Überwachungsgeräte. »Krankenhaus.«

»Gut. Ruhen Sie sich aus.«

Okay. Ausruhen. Großartiger Plan.

»Jo?«

Diese Stimme war bekannt.

»Du siehst ja furchtbar aus.«

Auch die zweite Stimme war vertraut. Jo versuchte, die Augen zu öffnen. Das Licht blendete sie. »Du mich auch.«

Leises Gelächter, die Art, die Leute aus Nervosität ausstießen, drang an ihre Ohren. Dann wieder Stille.

Sie wachte langsam auf. Das Bett unter ihr war weich, nicht hart wie das vorher. Zumindest meinte Jo sich daran zu erinnern. Die Geräusche waren nur leise. Ein gedämpftes Piepen alle paar Sekunden, wie ein beruhigender Herzschlag, ließ die Person, die zuhörte, wissen, dass sie noch lebte.

Jemand hielt ihre Hand.

Sie stöhnte mit trockenem Mund.

Die Hand drückte ihre.

»Sprich mit mir.«

»Gill?«

»Oh, Baby.«

Jo sah runter und entdeckte Gill, der seine Stirn auf ihre verschränkten Hände gelegt hatte. Sie versuchte sich zu bewegen, aber etwas an ihrer linken Seite stach sie in die Brust.

»Was zur Hölle …«

»Beweg dich nicht, Süße. Ich hol die Schwester.«

Jeder Atemzug schmerzte. Jo schaute sich im Zimmer um. Es war klein, privat. Jemand, den sie nicht kannte, stand in Uniform auf der anderen Seite der Tür.

Alles kam langsam zurück. Der Anruf, die Bremsen … Die Fahrt im Krankenwagen. Selbst die Zeiten des Nichts. »Mel, Zoe … Zoe?« Sie waren hier. Sie wusste, dass sie in der Nähe waren.

»Sheriff?«

»Ja?« Jo öffnete die Augen. Ihr war gar nicht bewusst gewesen, dass sie sie geschlossen hatte.

Eine Krankenschwester erschien vor ihr. Das Stethoskop und das freundliche Lächeln verrieten das. »Ich bin Cathy. Wie fühlen Sie sich?«

»Als wäre ich überfahren worden.«

Cathy lachte. »Nicht ganz. Aber Sie hatten einen Unfall.«

»So weit war ich auch schon.« Jo versuchte wieder, sich zu bewegen, verspürte jedoch erneut den stechenden Schmerz in ihrer linken Seite. Sie sah nach unten. »Was ist das?«

»Eine Thoraxdrainage.« Cathy drückte einige Knöpfe an dem Monitor über Jos Kopf, sprach wie automatisch. Die Frau hatte das viele Male vorher erzählt. »Sie sind mit einer kollabierten Lunge in der Notaufnahme eingetroffen. Seitenaufprall des Wagens. Mir wurde gesagt, nur wenige Zentimeter in jede andere Richtung, und Sie wären nicht mehr unter uns.«

Thoraxdrainage? Das konnte nichts Gutes sein. Und es erklärte die wahnsinnigen Schmerzen in ihrer Seite. »Das tut weh.«

Die Schwester legte Jo eine Hand auf die Schulter – selbst *das* tat weh – und lächelte sie an. »Ich bringe Ihnen sofort etwas.«

So gern Jo auch darauf verzichtet hätte, das Brennen in ihrer ganzen linken Seite hielt sie zurück.

Cathy verließ das Zimmer, und dann stand Gill auf der Schwelle.

»Hey.«

Er kam zu ihr rüber und nahm ihre rechte Hand in seine. »Wie spät ist es?«

»Zehn.«

»Abends?« Meine Güte, sie war stundenlang bewusstlos gewesen. Wie war das möglich?

»Jo?« Mel und Zoe erschienen in der Tür.

»Es geht mir gut.«

Das stimmte nicht, sie fühlte sich richtig elend, aber sie würde nicht zugeben, dass sie Schmerzen hatte, solange ihre Freunde hier neben ihr standen.

»Du bist ein Idiot«, teilte Mel ihr mit.

»Du hast selbst in der Nacht nach Mikes Abschiedsparty besser ausgesehen«, bemerkte Zoe.

Jo schloss die Augen. »Das war eine epische Nacht.« Gefolgt von einem ganz, ganz schlimmen Kater.

Die Augen zu schließen half gegen das Stechen in ihrem Kopf. Sie merkte, dass ihr jemand eine Hand aufs Bein legte, blickte auf und entdeckte Mel, die versuchte zu lächeln.

»So schlimm?«, erkundigte sich Jo.

»Du willst auf keinen Fall in den Spiegel gucken«, sagte Zoe ihr.

Cathy kam mit den Tabletten zurück, und Jo schloss die Augen. Als sie wieder aufwachte, war es spät in der Nacht, und Gill schlief neben ihr auf einem Krankenhausstuhl. Seine Hand hielt ihre.

* * *

Gill schloss sich Jos Freunden im Warteraum an, während die Schwestern Jo für den Tag fertig machten.

»Ist das Kaffee?«, fragte er und warf einen Blick auf den Pappträger, den sie von Starbucks mitgebracht hatten.

»Bedien dich.«

Er hatte kaum geschlafen, und immer wenn es ihm gelungen war, kurz einzunicken, war jemand vom Pflegepersonal in den Raum gekommen. Solange er wach gewesen war, hatte er Jo beim Atmen zugeschaut. Der Beutel, der an der Seite des Bettes hing und der über einen Schlauch mit ihrer Lunge verbunden war, schien ihn anzustarren. Ohne mehr Details des Unfalls zu kennen und mit den Sorgen über Jos Genesung als einziger Beschäftigung, war er über Nacht um mindestens ein Jahr gealtert.

»Du siehst ziemlich erledigt aus, Gill.« Luke tätschelte ihm den Rücken.

»Ich bin nicht derjenige, der im Krankenhausbett liegt.«

Mels Hand zitterte, als sie sich ebenfalls einen Kaffee nahm. »Sie hat echt Glück gehabt. Hast du das Auto gesehen?«

»Nein.«

Mel zog ihr Handy aus der Tasche und öffnete die Fotogalerie.

Gill blieb fast das Herz stehen. Der Platz, an dem Jo gesessen hatte, war in die Mitte des Autos gedrückt. Kein Wunder, dass ihre Lungen den Aufprall nicht unbeschadet überstanden hatten. Sie hatte Glück, mit einem gebrochenen Schlüsselbein, zwei gebrochenen Rippen und einem Dutzend Stiche in verschiedenen Teilen ihres Körpers davongekommen zu sein.

»Laut Karl gab es wegen der Bremsen einen Rückruf für das Auto. Ich denke, man kann behaupten, dass das etwas zu spät kam.« Wyatt nahm Mel den Kaffee aus der Hand und bedeutete ihr, sich hinzusetzen. Diese Gruppe von Freunden machte sich immer noch Sorgen, auch wenn Jo das Schlimmste überstanden hatte. Gill konnte es an den zusammengepressten Lippen und den geballten Fäusten erkennen.

»Hat Jo denn gesagt, dass mit den Bremsen etwas nicht in Ordnung wäre?«, fragte Gill niemand Bestimmten.

»Nein. Als sie mir von dem Rückruf erzählt hat, hab ich mir das kurz angesehen. Ich habe nichts entdeckt, was ein Abschleppen nach Waterville zur Reparatur erforderlich gemacht hätte. Offensichtlich lag ich falsch.« Zoe legte Luke einen Arm um die Schultern. Der Mann gab sich selbst die Schuld.

»Rückrufe sind normalerweise Quatsch. Ein Problem, das einen winzigen Prozentsatz der Autos betrifft. Die Chancen stehen gut, dass der Grund nichts ist, was man finden kann, bis es versagt.« Während Gill die Worte aussprach, stellte er sie selbst schon infrage. Er wollte mehr Details. »Jo ist eine extrem gute Fahrerin. Sie hat das Training in Quantico wie ein Champion gemeistert.«

»Laut dem Rettungsteam ist sie gegen den Berghang gefahren, abgeprallt und auf die andere Seite geschleudert.«

Es war das zweite Mal, dass er das hörte.

Jos Krankenschwester fand sie in der Lobby. »Immer nur zwei zur selben Zeit, bitte. Wir arbeiten daran, dass Miss Ward außerhalb der Intensivstation ein Einzelzimmer bekommt.«

»Also geht es ihr gut genug, dass sie die Intensivstation verlassen kann?«, erkundigte sich Zoe.

»Ja.«

Zoe und Mel gingen als Erste rein, verschwanden hinter der Tür.

Gill saß auf dem ungemütlichen Sofa. Der Kaffee musste noch zu seinem Gehirn durchdringen. Er musste sich umziehen und duschen. Und sobald er davon überzeugt war, dass Jo sich auf dem Weg der Besserung befand, wollte er sich dieses Auto mal selbst ansehen.

Er strich sich über den Bart und fuhr sich dann mit den Händen durchs Haar.

»Und wie geht's dir so?«, wollte Wyatt wissen.

Gill schüttelte frustriert den Kopf. »Ich hasse es, mich so hilflos zu fühlen.«

»Versteh ich«, erwiderte Luke. »Gott sei Dank ist Jo ziemlich hart im Nehmen. Sie wird sich bald beschweren, dass sie hier rauswill.«

»Nicht mit diesem Schlauch in der Brust.«

»Das wird sie nicht lange aufhalten.«

Gill trank seinen lauwarmen Kaffee, unfähig, still zu sitzen. Shauna könnte ihm Kleidung zum Wechseln bringen. Sie hatte einen Schlüssel zu seiner Wohnung. »Ich bin sofort zurück.« Er trat aus dem Warteraum, sich bewusst, dass die anderen Männer ihn beobachteten, und führte ein Telefonat.

* * *

»Wow, du siehst ja furchtbar aus.«

Jo wollte nicht lachen. Das tat weh. »Nur immer raus mit der Wahrheit, Zoe. Kannst du mich nicht einfach mal anschwindeln?«

»Nein, geht nicht.« Zoe setzte sich ans Fußteil von Jos Bett.

»Dein Laufteam möchte dich besuchen, aber wir haben ihnen gesagt, sie sollen noch warten«, erzählte ihr Mel.

»Richte ihnen aus, sie sollen stattdessen trainieren.«

»Teenager mit einer Mission. Sie dauerhaft fernzuhalten wird nicht funktionieren. Wir müssen sie einfach vertrösten, bis du nicht mehr aussiehst, als hättest du einen Ringkampf mit einem Grizzly hinter dir.«

Jo hob ihre rechte Hand. Selbst mit dem Katheter darin tat das weniger weh als bei ihrer linken. »Gib mir einen Spiegel. Es kann nicht so schlimm sein.«

Zoe zog einen Taschenspiegel hervor.

»Verdammt.«

Sie sah wirklich schrecklich aus. Deutlich erkennbare Stiche von einer genähten Platzwunde liefen auf der linken Seite am Haaransatz entlang, Hämatome um beide Augen breiteten sich weiter aus. Ihr Hals war rot und ihre Lippen geschwollen. »Ich vermute mal, der Airbag ist losgegangen.«

»Das Auto hat Totalschaden«, teilte ihr Zoe mit.

»Ihr habt es gesehen?«

»Als wir vorbeigefahren sind. Karl hat uns vom Unfallort aus angerufen.«

Es war alles irgendwie verschwommen. »Ich erinnere mich nicht.«

»Als wir dort ankamen, warst du schon auf dem Weg hierher. Karl war ganz zittrig. Ich glaube nicht, dass ich jemanden je so fix und fertig erlebt habe.«

Jo versuchte, tief einzuatmen, und verzog das Gesicht. »Unsere beiden Autos sind von dem Rückruf betroffen. Er hat sich vermutlich sich selbst an meiner Stelle vorgestellt.«

»Vielleicht«, erwiderte Mel.

»Wir müssen sein Auto zur Werkstatt abschleppen lassen. Karl kann es nicht fahren.« Jo versuchte, sich an den Wortlaut des Briefes zu erinnern, hoffte, Glynis war imstande, ihn in dem Haufen auf ihrem Schreibtisch zu finden.

»Ich bin mir sicher, da ist er schon selbst draufgekommen.«

»Das kann man nicht dem Zufall überlassen.« Sie reichte Zoe den Spiegel zurück. »Gib mir dein Handy.«

Zoe sah sie an, als sei sie endgültig verrückt geworden. »Jo, hör auf. Du bist im Krankenhaus.«

»Karl ist ein Vater und Ehemann. Er benimmt sich in letzter Zeit vielleicht wie ein Vollidiot, aber das darf nicht uns beiden passieren.« Jo machte weiter auffordernde Bewegungen mit ihrer Hand.

»Ich werde mich darum kümmern«, versicherte ihr Zoe.

Jo diskutierte nicht. »Tu das bitte möglichst bald.«

Zoe salutierte. »Ma'am, jawohl, Ma'am.«

Jo lachte. »Lass das. Lachen tut weh.«

Zoe lehnte sich vor, versuchte eine Stelle zu finden, wo sie sie auf den Kopf küssen konnte, ohne ihr zusätzliche Schmerzen zu verursachen. »Ich werde mal Luke reinschicken. Während ich den Telefonanruf tätige.«

»Hab dich lieb«, antwortete Jo und schloss die Augen. Sie war seit zwei Stunden wach, doch sie fühlte sich, als wäre sie eine Woche lang gelaufen.

»Soll ich dir irgendwas von zu Hause mitbringen?«, fragte Mel.

Jo leckte sich die trockenen Lippen. »Lippenpomade.«

Sie öffnete die Augen, als es an der Tür klopfte. Luke verzog das Gesicht. »Du siehst ja wirklich …«

»Schrecklich aus, ich weiß. Danke.«

Wenigstens lachten sie darüber.

Selbst wenn das höllisch wehtat.

* * *

317

»Ich will nach Hause.«

Gill protestierte. »Du hast gerade erst angefangen, mal ein paar Schritte zu laufen.«

»Es ist ein Gefängnis. Inklusive Wachen.«

Gill warf einen Blick zur Tür. Ein Polizist aus Waterville stand hier, seit Jo eingeliefert worden war. Das Protokoll von Polizeiüberwachung rund um die Uhr, wenn einer von ihren eigenen Leuten im Krankenhaus landete, sollte eigentlich eine Beruhigung sein. Nicht für Jo. Sie hasste die Aufmerksamkeit.

»Im Gefängnis gibt es nicht so viele Blumen.«

Der Raum war der Traum jedes Floristen. Jede Farbe und Form von Blumen, Ballons, und an der Wand hing ein riesiges selbst gemachtes Poster vom Laufteam mit jeder Menge guten Wünschen und dem einen oder anderen Witz über Jos Fahrfähigkeiten.

»Alle haben ihr Leben auf Pause gestellt. Je eher ich in meinem eigenen Bett bin, umso besser.«

»Lass bitte die Ärzte entscheiden, wann du nach Hause kannst.«

Jo funkelte ihn an. »Das würdest du nicht sagen, wenn du hier liegen würdest.«

»Das ist nicht der Punkt.«

»Ha!« Sie zuckte zusammen und hielt sich die Seite. Der Schlauch war entfernt worden, aber Gill sah es jedes Mal sehr genau, wenn der Schmerz sie daran erinnerte, dass er nötig gewesen war. »Hol mich hier raus.«

»Das wird nicht passieren.«

»Das werde ich dir nicht vergessen.«

»Wenn wir achtzig sind, kannst du dich an mir rächen.«

Sie lächelte. »Dann lasse ich deinen faltigen Hintern aus dem Krankenhaushemdchen hängen, sodass ihn jeder sehen kann.«

Gill runzelte gespielt verärgert die Stirn. »Wer sagt, dass er faltig sein wird?«

»Mit achtzig ist jeder Hintern faltig.«

»Mein achtzig Jahre alter Hintern wird super sein.«

Jo verdrehte die Augen. »Komm schon, Gill. Ich würde ja einfach selbst abhauen, wenn ich fahren könnte.«

Er beugte sich vor und küsste sie auf die Stirn. »Morgen.«

Kapitel Siebenundzwanzig

»Coach Ward will, dass wir trainieren. Also werden wir laufen, als wenn sie hier wäre und uns antreiben würde.« Drew erwartete nicht, dass irgendjemand widersprechen würde, und das tat auch niemand. Sie hatten die ersten zwei Tage, in denen Jo im Krankenhaus gewesen war, eine Pause eingelegt. Ein paar von ihnen waren immer wieder zum Krankenhaus gekommen und hatten darauf gewartet, sie besuchen zu dürfen. Sie sah genauso schlimm aus, wie alle gesagt hatten. Schlimmer.

Drew hatte sich über ihre Fahrkünste lustig gemacht, und sie hatte gelacht. Dass sie lächelte, war die einzige Belohnung, die er wollte.

Es war ihm nicht entgangen, dass das Auto seines Vaters ebenso wie das, das sie gefahren hatte, in die Werkstatt zurückgerufen worden war. Es hätte sehr leicht sein können, dass sein Dad in diesem Krankenhausbett gelandet wäre. Drew hasste es, dass er sich für eine winzige Sekunde wünschte, es wäre so.

Energisch drängte er den Gedanken zurück. Vor allem weil sein Vater sich wegen der ganzen Sache irgendwie schuldig zu fühlen schien. Als sie Jo besucht hatten, war sein Vater unverkennbar aufgewühlt gewesen.

»Wie wär's mit Lob Hill?«, schlug Tina vor.

Gustavo stöhnte.

»Stell dich nicht so an. Komm schon. Lob Hill, dann das Übliche. Wir schicken ihr von da oben ein Foto, dann ist sie stolz auf uns«, fuhr Tina fort.

Drew gefiel es, wie sein Mädchen dachte.

»Sie wird wissen wollen, warum wir alle da hochlaufen mussten.«

Tim hatte recht. Coach Ward würde denken, dass sie wild gefeiert hätten. Was niemand von ihnen wagen würde, so kurz vor dem Wettkampf.

»Was auch immer«, sagte Drew. »Ich bin dabei.«

Sie setzten sich in Bewegung, inklusive des meckernden Gustavo und aller anderen. Oben angekommen machten sie ein Foto und schickten es an Jos Handy.

Drew lief bei ihrer üblichen Runde durch den Wald um die Schule neben Tina.

»Ich hoffe, Coach Ward kann zum Abschlussball da sein.«

»Ich wette mit dir, das wird sie«, erwiderte Drew.

»Hast du dir schon einen Anzug geliehen?«

Er lächelte. »Nein, ich gehe in Jeans und T-Shirt.«

Tina gab ihm einen Klaps auf den Arm.

»Komm schon.« Drew wurde schneller.

»Streber!«, rief jemand hinter ihnen.

Drew zeigte ihm den Stinkefinger und rannte weiter.

Später, als sie sich abkühlten und Dehnübungen machten, wurde das Feld vom Footballteam für sein Vormittagstraining übernommen.

Drew und die anderen entfernten sich von der Fünfzig-Yard-Linie, um nicht im Weg zu sein.

»Da geht der Sohn vom Hundekiller«, tönte es aus den Reihen der Footballspieler.

Drew wirbelte herum.

»Ich hab gehört, er hätte auch am Auto rumgedoktert.«

Drew ballte die Fäuste. »Wer hat das behauptet?« Er trat drohend einen Schritt auf das Footballteam zu.

Tim und Gustavo sprangen auf und packten Drew am Arm.

»Oh, sieht so aus, als würde jemand Daddy verteidigen wollen.«

Drews Blick suchte den Besitzer der Stimme. Freddy. Der müsste eigentlich in Coach Wards Laufteam sein bei all den Partys, auf die er ging. Sein Daddy sorgte dafür, dass er im Footballteam blieb, auch wenn er es in dem Sport nach der Highschool nicht weiter schaffen würde.

»Hast du was zu sagen, Idiot?«, fragte Drew, während er versuchte, Tims und Gustavos Hände abzuschütteln.

»Jeder weiß, dass dein Vater Sheriff Wards Job will. Was wäre eine bessere Gelegenheit, sie loszuwerden?«

Drew sah rot.

Unterdessen war das restliche Laufteam zu ihm gestoßen und stand dem Footballteam gegenüber.

»Das ist doch totaler Quatsch, Freddy.« Gustavos Griff um Drews Arm lockerte sich, während er sprach.

Gerade als Drew bereit war, Freddy für seine Worte zur Rechenschaft zu ziehen, stellte sich Tina vor ihn. »Tu's nicht. Wenn du ihn jetzt schlägst, gibt es keinen Abschlussball und keine Meisterschaft. Er ist einfach nur ein Arschloch.« Tina zwang ihn, sie anzusehen. »Bitte.«

Er biss die Zähne aufeinander und boxte sich mit der Faust in die Hand.

Er wollte etwas zerschlagen.

»Er ist es nicht wert«, beharrte Tina.

Drew atmete schwer. »Scheiße!« Er wandte sich ab.

Hinter ihm lachte Freddy. »Der Sohn des Hundekillers ist auch noch ein Feigling.«

Drew war nicht schnell genug.

Aber Gustavo. Er hatte einen ziemlich fiesen rechten Haken, und er erwischte Freddy so unvermutet, dass der gar nicht wusste, wie ihm geschah.

Der Footballtrainer war bei ihnen, bevor Freddy wieder auf den Füßen war.

Gustavo schüttelte sich die Faust aus und wandte sich an Drew. »Ich hatte nicht vor, zum Abschlussball oder zur Meisterschaft zu gehen.«

* * *

Miss Ginas Vorstellung davon, Krankenschwester zu spielen, als sie an der Reihe war – Jos Freundinnen hatten einen Plan erstellt, um Rund-um-die-Uhr-Betreuung für sie zu gewährleisten –, hatte hauptsächlich mit Marihuana und Wodka zu tun. Jo lehnte beides ab.

Ihr war das alles egal. Viel wichtiger war ihr, dass sie nach sechs langen Tagen und fünf Nächten endlich wieder zu Hause war. Drei zu viel, falls man sie fragte.

Was niemand tat.

Gill hatte nicht zugelassen, dass irgendjemand anders sie nach Hause fuhr als er selbst.

Jo hatte keine Ahnung, wie er es mit seinem Job vereinbaren konnte, sich so um sie zu kümmern. Shauna war zweimal da gewesen und hatte Gill beide Male über den Fall auf den aktuellen Stand gebracht. Jo beneidete die beiden um ihre Arbeitsbeziehung.

Sie dachte unwillkürlich an die Spannungen zwischen ihr und ihrem sogenannten Partner. Die ganzen Jahre hatten sie im Großen und Ganzen gut zusammengearbeitet, doch in letzter Zeit war es wirklich schwierig geworden.

Dennoch war sie überglücklich, zu Hause zu sein.

Miss Gina saß auf Jos Couch, einen Teller auf dem Schoß, mit einem aufgewärmten Gericht von den vielen, die Zoe zubereitet und im Kühlschrank eingelagert hatte. »So viel besser als Krankenhaus-Essen«, sagte sie zwischen zwei Bissen.

»Du tust so, als wärst du diejenige, die im Krankenhaus gewesen ist.«

»Stimmt doch aber, oder?«

Jo hatte die Hälfte ihrer Portion gegessen, den Rest beiseitegeschoben. »Ja.«

Gill kam aus ihrem Schlafzimmer, frisch aus der Dusche, mit nackter Brust und die Jeans tief auf den Hüften.

»Na, das ist mal ein schöner Anblick.« Miss Gina schnurrte praktisch, während sie ihn anstarrte.

Gill blieb stehen. »Ich fühle mich irgendwie benutzt.«

Miss Gina neckte ihn weiter. »Das könnte ich arrangieren. Ich bin mir sicher, dass ich Jo in ihrem momentanen Zustand niederringen könnte.«

Jo lachte, hielt sich mit ihrem heilen Arm die Seite. Der linke lag noch immer in einer Schlinge, mehr wegen des gebrochenen Schlüsselbeins als aus irgendeinem anderen Grund. Insgesamt fühlte sie sich ziemlich gut. Sie nahm die Schmerzmittel, bevor sie ins Bett ging, aber tagsüber hielt sie sich an das frei verkäufliche Zeug. Selbst wenn das bedeutete, dass ihr jedes Lachen wehtat.

Gill verschwand wieder in ihrem Zimmer und kam mit einem Shirt über seinem breiten Brustkorb zurück.

»Schade«, murmelte Miss Gina.

Es klingelte an der Tür. Miss Gina sprang auf, um zu öffnen.

Mrs Miller stand auf der Schwelle, einen Kuchen in der Hand. »Hallo, Gina. Kümmerst du dich um unsere Patientin?«

Miss Gina zuckte die Achseln und öffnete die Tür weiter.

Mrs Miller lächelte Jo an, schaute kurz zu Gill, der sich auf die Armlehne des Fernsehsessels gesetzt hatte, auf dem Jo sich ausruhte.

»Scheint, als würde es dir besser gehen.«

»Vielen Dank. Meine Freunde versichern mir weiter, ich würde furchtbar aussehen.«

Mrs Miller legte den Kopf zur Seite. »Na ja …«

Jo warf Gill einen Blick zu. »Würde mich bitte jemand anlügen!«

Gill stand auf und streckte die Hand aus. »Ich bin Gill.«

Mrs Miller lächelte und reichte den Kuchen an Miss Gina weiter. »Wie nett. Ich habe schon viel von Ihnen gehört.«

»Da sind Sie mir gegenüber im Vorteil«, erwiderte Gill.

»Ich bin Lukes Mutter.«

»Ah.« Gill sah den Kuchen an. »Ihre Kuchen sind mir nicht unbekannt.«

»Ich vermute, es könnte schlimmer sein.« Mrs Miller durchquerte den Raum und beugte sich zu Jo runter. »Wie fühlst du dich?«

»Bin nächste Woche für einen Marathon angemeldet. Ich bin dabei.«

Mrs Miller lächelte. »Ich will gar nicht bleiben, sondern nur mal kurz reinschauen. Du meldest dich, wenn du irgendetwas brauchst.« Die Frau gab Jo einen Kuss auf die Wange.

»Mach ich.«

Als Mrs Miller gegangen war, begann die Parade.

Nachdem der vierte Nachbar kurz vorbeigekommen war und wieder weg war, entschuldigte sich Gill und verkündete, er wolle mal checken, was auf der Polizeistation los war. Wenn man berücksichtigte, wie viel sie über ihre Arbeit sprach, über die Streifenwagen, über Karls Wunsch, ihren Job zu übernehmen, schlief sie genauso schlecht wegen des Stresses wie wegen der Schmerzen.

Gill war das durchaus aufgefallen.

* * *

Die Wache war eine Ausrede gewesen. Er hatte vor, dort vorbeizuschauen und dafür zu sorgen, dass Karl wusste, Gill hatte ein Auge auf ihn. Allerdings nicht, bevor er nicht mit Wyatt gesprochen hatte. Gill hatte sich mit ihm in der Werkstatt der Millers verabredet. Weil das milde Wetter anhielt, nutzte er die Möglichkeit, zu Fuß durch die Stadt zu laufen.

Mit jedem Schritt fühlte er sich vertrauter mit der Umgebung. Als er an der Wache vorbeikam und dann an Sams Diner, bemerkte er, dass er der Kellnerin durch das Fenster zuwinkte. Er hatte ihren Namen vergessen, erinnerte sich aber, dass sie nett gewesen war.

Hardrock dröhnte aus den Toren der Werkstatt. Er fand Luke und Wyatt, die sich mit einem alten Pick-up beschäftigten, der so aussah, als hätte er seine besten Zeiten seit mindestens zwanzig Jahren hinter sich.

Sie gaben sich die Hand und besprachen kurz, welche Fortschritte Jos Genesung machte, jetzt, da sie zu Hause war.

»Was ist los?«, kam Gill schließlich zum Punkt.

»Es gibt Gerüchte in der Stadt«, sagte Wyatt ihm. »Mehr als harmloser Klatsch.«

»Ich höre.« Gill verschränkte die Arme vor der Brust.

»Es hat in der Highschool angefangen. Einer meiner Läufer musste die letzten paar Tage wegen einer Auseinandersetzung nachsitzen. Offensichtlich hat jemand Drew Emery verteidigt.«

»Karls Sohn?«

»Genau den. Ein Schüler hat angedeutet, dass Karl hinter der Sache mit dem Hund stecken könnte.«

»Das ist wohl ein Scherz.«

»Es geht noch weiter«, fuhr Luke fort. »Da Karl so gerne Jos Job hätte, wird darüber spekuliert, dass er sich vielleicht an den Bremsen zu schaffen gemacht hat.«

Gill nahm die Arme runter und sah über seine Schulter die Straße entlang, wo der Mann vermutlich genau jetzt auf der Wache saß.

»Ist das bloß Klatsch, oder enthält es ein Körnchen Wahrheit?«

»Schwer zu sagen. Ich würde zu gerne wissen, was die Mechaniker beim Streifenwagen herausfinden«, erwiderte Luke.

»Dass Karl keine Tiere mag, ist kein Gerücht.«

»Das sind ziemlich heftige Anschuldigungen.«

Wyatt bewegte seine Füße. »Jetzt, da Jo verletzt ist, übernimmt Karl ihren Job. Ein Unfall mit Todesfolge …« Er sprach den Satz nicht zu Ende.

»Wie bei ihrem Vater?«, fragte Gill leise.

»Wir wissen alle, was Jo darüber denkt.«

Könnte es so einfach sein? Könnte Karl der Schuldige sein?

»Damit käme Jo im Moment nicht klar.«

»Weshalb wir ja auch mit dir reden«, sagte Luke zu ihm.

»Wenn es wirklich Karl ist, warum hat er dann bis jetzt damit gewartet, was zu versuchen?«

»Zu auffällig, wenn es passiert, direkt nachdem ihrem Vater etwas zugestoßen ist? Du bist der FBI-Agent, das musst du herausfinden.«

Da hatte Wyatt allerdings recht.

»Das gefällt mir nicht.«

»Uns auch nicht.«

Kapitel Achtundzwanzig

»Wie kommt es, dass du immer noch hier bist?«, fragte Jo an ihrem dritten Abend zu Hause.

»Ich bin die Nachtschicht«, antwortete Gill, während er sie in die Arme schloss, nachdem sie für die Nacht ins Bett gegangen waren. »Du musst zugeben, ich bin ein ziemlich gutes Kissen.«

»Du bist steinhart.«

Er küsste sie auf den Scheitel. »Du liebst das.«

»Tu ich. Aber ernsthaft. Du hast einen Job, ein Zuhause.«

»Shauna kümmert sich darum.«

Jo war nicht überzeugt. »Ich kann dich ja nicht ewig von dort fernhalten.«

»Doch, kannst du.«

Sie sah zu ihm hoch. »Gill.«

»Mein Boss versteht das. Alles ist gut.« Er schloss die Augen.

»Du würdest mich nicht anschwindeln, oder?«

Gill schüttelte den Kopf. »Niemals!«

»Gill!«

»Es ist alles in Ordnung.«

Sie hasste es, beschwichtigt zu werden. »Gill!«

Er öffnete die Augen und seufzte. »Okay, hier kommt die Wahrheit. Bereit?«

Sein Tonfall legte nahe, dass sie es vielleicht nicht war. Sie sagte trotzdem Ja.

»Ich habe ihm mitgeteilt, dass die Frau, die mir wichtiger ist als mein Leben, mich braucht. Und wenn ich unbezahlten Urlaub nehmen müsste, um mich um sie zu kümmern, würde ich das tun.«

Gills Worte raubten ihr den Atem.

»Weißt du, was er erwidert hat?«

Sie schluckte.

»Er hat gefragt, ob er zur Hochzeit eingeladen werden würde.«

Jo war ein bisschen schwindelig. »Was hast du geantwortet?«, flüsterte sie.

»Nur wenn er mir freigibt.« Gill lächelte langsam. »Dann hat er mir gestanden, dass er eine Schwäche für Hochzeitstorte hat.«

Wenn sie noch Schmerzmittel nehmen würde, hätte sie geschworen, dass sie halluzinierte. »Hochzeitstorte ist doch wie jede andere Torte.«

Er widersprach: »Nein, sie ist süßer als Geburtstagstorte, weil Geburtstage jedes Jahr passieren. Eine Hochzeit aber nur einmal.«

»Nicht immer«, erwiderte sie.

Gill küsste sie wieder auf die Stirn. »Für uns nur einmal.«

Die Unterhaltung machte ihr Angst und regte sie gleichzeitig auf. »Gill …«

»Still.« Er zeigte mit zwei Fingern auf ihren Kopf. »Lass das alles mal da drin ein bisschen köcheln. Bei mir hat es auch eine Zeit lang mariniert.«

Sie kuschelte sich in seine Arme. Das breite Grinsen, das er ihr aufs Gesicht gezaubert hatte, wollte nicht wieder weichen. Sie leckte sich die Lippen, dachte an Torte.

Zucker.

»Gill?«

»Ja?«, fragte er in der Dunkelheit.

»Ist noch was von Mrs Millers Kuchen da?«

* * *

»Ich will ein Foto vom Abschlussball«, sagte Gill, während er sich die Krawatte richtete.

»Das soll wohl ein Scherz sein.«

Er steckte seinen Kopf ins Bad und lächelte Jo im Spiegel an. »Seh ich so aus, als würde ich Scherze machen?«

Gill presste die Lippen zusammen. Und als Jo lachte, tat es nicht so weh wie letzte Woche noch.

Der Arzt hatte ihr das Okay für Schreibtischarbeit gegeben. Die sie sowieso schon getan hatte. Ein paar Wochen weiter, und ihre Knochen wären genug geheilt, dass sie wieder voll einsatzfähig wäre.

Sie konnte es kaum erwarten.

Jetzt musste sie nur noch Gill davon überzeugen, wieder zur Arbeit zu gehen.

»*Ein* Foto.«

»Aber wirklich nicht mehr.« Sie zeigte auf die Rückseite ihres Kleides. »Hilf mir mal.«

Gill zog den Reißverschluss hoch, küsste sie hinten auf den Nacken, bevor er einen Schritt zurücktrat. »Ich glaube nicht, dass ich dich schon mal in einem Kleid gesehen habe.«

»Kommt auch nicht besonders häufig vor.«

Er ließ seine Hand über ihre Taille gleiten, hob den Saum des Kleides, bis ihre Oberschenkel enthüllt wurden. »Kleider haben durchaus Vorteile.«

Sie lehnte sich mit dem Rücken gegen ihn. »So gerne ich diese Idee auch weiterverfolgen würde ...«

Gill ließ den Saum wieder fallen. »Ich weiß. Drei Wochen.«

Die Ärzte hatten sie davor gewarnt, sich zu früh zu stark körperlich zu betätigen. Sowohl was das Laufen als auch was den Sex anging. Die Frustration, die sich zwischen ihnen aufbaute, war fast unerträglich.

Gill schob den Gedanken weg.

»Drei Wochen.«

Er küsste ihr den Nacken und knabberte an ihrem Ohrläppchen. »Wir könnten rummachen. Wie in der Highschool.«

»Ich bezweifle, dass du dich mit Küssen begnügen würdest.«

»Kann ich, wenn's sein muss.«

Sie schloss die Augen, als seine Zähne über ihre empfindliche Haut rieben. »Ich aber nicht.«

* * *

In der Sporthalle glitzerten weiße Lichterketten und silberne Ballons. Das Thema war »Greift nach den Sternen«, und die Schul-AG, die dafür zuständig war, zusammen mit einigen Freiwilligen aus den Reihen der Eltern, hatte einen brillanten Job dabei hingelegt, der Sporthalle etwas Intimes zu verleihen. Es war zwar eigentlich der Abschlussball, trotzdem waren auch einige jüngere Schüler dabei.

»Sieh es dir gut an«, riet Jo Gill. »Die gleiche Dekoration wird es auch beim Klassentreffen geben.«

»River Bend schmeißt sich in Schale.«

»Hey, wir haben eine Bar.«

»Wow!«

Sie lachten beide, als Jo ihren Namen hörte. »Coach Ward!«
Tina und Drew kamen Hand in Hand auf sie zu.

»Ihr beide seht toll aus.« Und das stimmte. Tina trug ein
trägerloses schwarzes Kleid, das ihre Taille eng umschloss und
direkt unter dem Knie endete. Drews Smoking saß wie ange-
gossen. Sie wirkten beide so erwachsen.

»Ich bin wirklich froh, dass Sie gekommen sind«, erklärte
Tina und umarmte sie von der Seite, wobei sie vorsichtig auf die
Schlinge achtete, die Jo immer noch brauchte.

»Das würdest du nicht sagen, wenn ich nicht den Unfall
gehabt hätte.«

»Das stimmt nicht.«

Der Sheriff der Stadt war naturgemäß die Spaßbremse bei
jeder Highschool-Party.

»Du siehst richtig gut aus, wenn du dir Mühe gibst, Drew.«

Er zog mit einem Grinsen an seiner Krawatte. Irgendetwas
an der Bewegung kam ihr merkwürdig vertraut vor.

»Wie wäre es mit einem Foto?«, schlug Gill vor.

Drew und Tina stellten sich neben sie, Drew legte den Arm
um Jos Schultern, und Tina lehnte sich zu ihnen. Der Moment
war für die Ewigkeit festgehalten. Jo wusste, sie würde das noch
Jahre im Kopf behalten.

»Das werden geschäftige Wochen. Seid ihr beide bereit für
den Abschluss?«

»Ich schon.« Tina hatte sich schon bei der Universität von
New Mexico eingeschrieben. Drew war an ein paar Colleges
angenommen worden, hatte aber bisher nicht entschieden,
wohin er wollte.

»Drew? Überlegst du noch von wegen College oder
Militär?« Karl würde es nicht gefallen, dass sie das fragte, doch
das war Jo egal.

»Ich weiß es wirklich nicht.«

»Du wirst es schon noch herausfinden«, erklärte Jo. »Was auch immer du entscheidest, ich bin stolz auf dich.«

Drew sah ihr direkt in die Augen. »Danke, Coach.«

Jo winkte sie beiseite. »Jetzt verschwindet. Ich bin mir sicher, hier mit dem Sheriff rumzustehen ist nicht eure Idealvorstellung davon, wie ihr eure Nacht verbringen wollt.«

»Auf keinen Fall«, erwiderte Drew und nahm Tinas Arm. »Wir haben eine epische Party draußen bei Graysons Farm.«

Jo wusste, dass sie die Stirn runzelte.

»Scherz!« Drew lachte. »Da draußen wird nicht mehr gefeiert.«

Jo warnte ihn mit einem Blick. »Ich hab das früher selbst gemacht.«

»Ja, wissen wir«, teilte Tina ihr mit, bevor sie weggingen.

Gill stellte sich neben Jo. »Sie wissen genau, wie sie dich kriegen.«

»Ich werde ignorieren, dass du das gesagt hast.«

»Vermutlich eine gute Idee.«

Sie blickte über ihre Schulter und bemerkte, dass Drew Tina in seine Arme zog, um zu tanzen.

»Wie ist das jetzt mit dem Foto vom Abschlussball?«

* * *

Während Drew mit Tina tanzte, behielt er Coach Ward im Auge. »Denkst du, wir sollten dieses Jahr den Streich ausfallen lassen?«

Tina folgte seinem Blick. »Es ist Tradition. Ohne das Haus des Coaches in der Nacht des Klassentreffens mit Toilettenpapier einzuwickeln, geht es nicht.«

»Stimmt, wahrscheinlich würde sie sich vernachlässigt fühlen, wenn wir es nicht tun.«

Der langsame Song wurde zu einem Rap. Sie tanzten beide, bis sie außer Atem waren. Und als es nicht zu offensichtlich war, zog Drew Tina nach draußen an die frische Luft.

Er küsste sie, sobald sie allein waren.

Tina erwiderte den Kuss voller Leidenschaft.

»Wie lange willst du noch bleiben?«, fragte Drew, der das Gefühl hatte, als stünde er in Flammen.

»Eine Stunde?«

Eine Stunde. Eine Stunde konnte er schaffen. »Und dann?« Sie hatten darüber gesprochen, den nächsten Schritt zu machen. Er wusste, er war so weit, und war sich ziemlich sicher, dass es ihr genauso ging.

»Und dann …« Tinas schüchternes Lächeln beantwortete seine Frage.

»Bist du dir sicher?«

»Ich bin bereit.«

Sein Schwanz zuckte, und er küsste sie wieder. »Das wird die längste Stunde meines Lebens.«

* * *

An ihrem ersten Arbeitstag zwang Jo Gill, endlich nach Eugene zurückzufahren.

Glynis feierte ihre Rückkehr mit einer Kerze auf einem Donut.

Die blauen Flecken waren verschwunden, die Fäden gezogen. Jo schlüpfte in ihre Uniform und legte ihren Gürtel an. Sie hatte ihn etwas leichter gemacht, trug aber weiterhin ihre Pistole, Handschellen und ein Extramagazin. Alles andere lag auf der Kommode neben ihrem Bett. Schreibtischarbeit, erinnerte sie sich.

Sie war am Morgen zur Highschool gefahren und hatte zugesehen, wie die Schüler, die sich für die Landesmeisterschaft qualifiziert hatten, trainierten. Drew und Tim waren im Langstreckenteam, und die Staffel war auch da.

Es fühlte sich gut an, ihre immer noch angeschlagene Lunge mit der feuchten Morgenluft zu füllen.

Sie blieb lange genug, um Drew und Tim ein paar Tipps zu geben. Sie brauchten sie zu diesem Zeitpunkt nicht mehr, beide waren ganz wild auf einen Platz auf dem Treppchen.

In Oregon beim Laufen etwas zu reißen war schwierig. Einige der besten Schulen in Leichtathletik waren hier, und die Konkurrenz um einen Landestitel war stark.

Sie hatten dennoch eine Chance.

Sie würde auf jeden Fall stolz auf sie sein.

Mit einem halb gegessenen Donut und einem Becher Kaffee setzte sich Jo hinter ihren Schreibtisch. Er war überraschend aufgeräumt.

»Glynis? Wo ist die ganze Post?«

»Das meiste wurde bereits erledigt.«

»Was?«

»Deputy Fitzpatrick hat alles im Griff. Ich habe die Papiere, die du noch unterzeichnen musst.«

Jo war sich nicht sicher, ob es ihr gefiel, so leicht ersetzt zu werden. »Wo sind sie?«

Glynis trat an den Aktenschrank hinter Jos Schreibtisch. »Hier drin.«

Jo warf einen Blick in den Schrank, fühlte, wie ihr Herz einen Schlag aussetzte. »Wo sind all meine Akten?«

»Im Archiv. Zumindest das, was älter als sieben Jahre ist. Ich habe alles gescannt und geschreddert.«

»Du hast was getan?« Jos Stimme klang eine Oktave höher.

»Es ist okay. Ich habe alles eingescannt. Das habe ich die letzten beiden Jahre nicht regelmäßig gemacht. Deputy Emery hat mir gesagt, ich solle hier Platz schaffen.«

»Ach, tatsächlich?«

»Stimmt etwas nicht?«, erkundigte sich Glynis.

Jo strich mit ihren Händen über die Akten, öffnete die nächste Schublade.

Weg. Alles um den Zeitpunkt des Todes ihres Vaters herum war weg. »Ich will die gescannten Akten sehen.«

»Natürlich.« Glynis eilte aus dem Zimmer, und Jo schmiss die Schublade zu.

»Willkommen zurück, Jo.«

Sie versuchte, die Fassung zu bewahren, als sie sich umdrehte und Karl in der Tür stehen sah.

»Danke.« Sie blickte ihm nicht in die Augen.

»Es war ziemlich ruhig hier ohne Sie.«

Eine sarkastische Bemerkung darüber, wie ruhig es gewesen wäre, wenn sie über die Klippe gestürzt wäre, lag ihr schon auf der Zunge. Sie hielt sie zurück.

»Hören Sie, Jo. Es tut mir leid.«

Sie schaute ihn an.

»Ich hab mich vor dem Unfall beschissen benommen. Ich hab ein paar Sachen gesagt, die ich nicht so gemeint habe.«

Er hörte sich aufrichtig an. »Sie wollen meinen Job nicht?«

»Nicht auf Ihre Kosten. Ich gebe zu, dass es manchmal schwer gewesen ist. Ich erinnere mich, wie ich hier in diesem Büro gesessen habe und mit Ihrem Vater über Ihre verrückten Teenagerjahre gesprochen habe. Dass Sie seinen Platz eingenommen haben, war nicht einfach für mich.«

»Ich dachte, darüber wären wir alle weg«, erwiderte Jo.

»Das dachte ich eigentlich auch. Doch manchmal kommt die Vergangenheit zurück, um uns zu verfolgen.« Karl schüttelte den Kopf, als wollte er den Gedanken loswerden. »Wie auch immer. Sie mögen mir vielleicht nicht glauben, aber ich bin froh, dass Sie wieder da sind.«

Nicht sicher, wie sie seine Worte interpretieren sollte, beschloss sie, dass gemeinsame Interessen das Beste waren. »Sie fahren mit Drew zur Landesmeisterschaft, richtig? Ich werde mich darum kümmern, dass hier alles läuft.«

»Fitzpatrick hat schon viel weggearbeitet.«

Jo wollte den Mann anschreien. »Karl. Ich spreche hier als Ihr Freund, nicht als Ihr Boss. Drew möchte, dass Sie dabei sind.«

»Ich weiß nicht. Nach dem Zwischenfall an der Schule denke ich, wenn ich mitfahre, macht es das nur schlimmer.«

»Welcher Zwischenfall?«

Karl bewegte sich verlegen hin und her. »Nichts.«

»Klingt nicht nach nichts. Erzählen Sie schon.«

»Jemand vom Footballteam hat was gesagt. Es gab einen Kampf.«

»Was?« Davon hatte sie gar nichts gehört. »Drew?«

»Nein. Fast, aber nein. Diese kleine Tina ist gut für ihn. Gustavo hat zugeschlagen.«

Jo hatte Gustavo nicht mehr gesehen, seit das Team im Krankenhaus gewesen war, um sie zu besuchen. »Warum um alles in der Welt?«

»Offensichtlich gibt es fiesen Klatsch in der Stadt. Ich habe alle Hundeliebhaber verärgert, und einige denken, dass ich Cheries Hund erhängt habe.«

Dass sie ihre Sorge von dem Mann ausgesprochen hörte, den sie selbst als Schuldigen verdächtigte, war entweder ein brillanter Schachzug seinerseits, um sie von der Spur abzubringen, oder dumm, indem er sich selbst auf den Radar brachte.

»Himmel, Jo. Nicht Sie auch.«

»Nein«, widersprach sie zu schnell. »Natürlich nicht.«

»Genau. Ich werde jetzt gehen, bevor ich irgendwas Blödes sage und all das Gute, was ich hier zu tun versuche, wieder kaputtmache.«

Jo stand etwas zu schnell auf, spürte einen Stich in ihrer Seite. »Karl, bitte. Es waren zwei ziemlich stressige Monate.«

»O ja. Sie haben ja keine Ahnung.« Mit diesen Worten drehte er sich um und ging.

Jo legte den Kopf in die Hände und fluchte leise.

* * *

Gill stand vor den Überresten von Jos Auto. Es überlief ihn jedes Mal kalt, wenn er den Sitz ansah, auf dem sie gesessen hatte.

»Agent Clausen.«

»Mac?«

»Richtig.« Sie schüttelten sich die Hand. Gill hatte mit dem Mechaniker, der mit der Untersuchung von Jos Unfall betraut war, schon Kontakt gehabt.

»Haben Sie etwas für mich?«

»Jap. Es hat mit dem Rückruf wegen der Bremsen angefangen. Der ABS-Auslöser hat eine Dichtung beschädigt, was den Bremsflüssigkeitsdruck senkt und damit eine Verzögerung bei der Bremswirkung auslöst.«

»Ich weiß, wie Bremsen funktionieren«, erwiderte Gill.

»Okay. Wie auch immer. Sie haben gesagt, dass Sheriff Ward berichtet hat, ihre Bremsen hätten überhaupt nicht funktioniert. Das ist bei diesem Rückruf niemals berichtet worden. Tatsächlich hat es außer bei diesem Unfall nie was anderes gegeben als einen leichten Blechschaden.«

»Dann war die Dichtung beschädigt?«

Mac schüttelte den Kopf. »Nein.«

»Was hat also dieses Bremsversagen ausgelöst?«

Mac winkte Gill zu einem Computer und öffnete ein vergrößertes Bild.

»Was hab ich da vor mir?«

»Die Bremsleitung vom rechten Vorderrad.«

Wie bei jedem Bild, das sehr stark vergrößert war, größer als das, was das nackte Auge erkennen konnte, sah es ausgefranst aus. Gill wusste es besser, als zu glauben, dass das ganze Kabel kaputt war.

»Das ist normal.« Mac öffnete ein weiteres Bild. »Dies hier ist von der Leitung vom rechten Hinterrad. Glatt, perfekt. Die linken Leitungen waren schon vor dem Unfall beschädigt.« Er schaltete zurück zum ersten Bild.

Gill betrachtete es näher. »Was ist das?«

»Das«, Mac machte eine kleine Pause, »ist ein Loch.«

»Von was?«

»Das ist die Zehntausend-Dollar-Frage. Sieht zu glatt aus, um natürlich zu sein.«

»Natürlich?«

»Von einem Stein auf der Straße oder weil ein Tier reingebissen hat.«

»Groß genug, dass die Bremsen völlig versagen könnten?«

»Wenn genug Zeit vergeht, würde aus dem Loch genug rauslaufen, und die Bremsen würden nicht mehr funktionieren. Aber mir hat nicht gefallen, was ich gesehen habe, also habe ich weitergesucht.« Mac öffnete ein neues Bild. Diese Leitung war dunkelgrau, dicker.

»Servolenkung.«

»Sie sind gut«, gestand Mac ihm zu.

»Entweder gibt es in River Bend Vampirmäuse, die Löcher in Leitungen beißen, oder jemand hat versucht, Ihren Sheriff umzubringen.«

Gill verließ die Werkstatt mit dem Handy am Ohr.

Er rief zuerst Luke an. »Lass Jo nirgendwo hinfahren.«

»Warum? Was ist los?«

»Ihr Unfall war kein Unfall.«

»Was? Weiß sie das?«

»Noch nicht«, antwortete Gill und sprang in sein Auto, fuhr direkt ins Büro. »Ich bin heute Abend zurück in der Stadt. Konfisziere ihren Jeep, nimm die Batterie aus dem Dienstwagen. Lass sie einfach nicht fahren.«

»Bin schon unterwegs.«

»Und sag ihr nichts.«

»Aber ...«

»Hör zu. Das war jemand aus ihrem Umfeld, und die einzigen Leute, denen ich in der Stadt gerade traue, seid du, Wyatt und eure Ladys.«

»Jo ist nicht auf den Kopf gefallen. Sie wird bemerken, dass irgendwas nicht stimmt.«

»Ich werde es ihr erzählen. Warte einfach, bis ich da bin.«

Als er nach zweiwöchiger Abwesenheit ins Büro kam, stürmte Gill an seinen Kollegen vorbei.

»Shauna?« Er steckte sein Kopf in ihr Büro, winkte ihr, ihm zu folgen.

»Hallo, Fremder.« Sie beeilte sich, mit ihm Schritt zu halten. »Was ist los?«

Gill lief an der Sekretärin seines Vorgesetzten vorbei. »Ist Reyes da?«

»Er telefoniert gerade.«

Das hielt ihn nicht zurück. Er klopfte einmal an und trat ein.

Reyes sah von seinem Telefon hoch. »Richtig. Okay. Hören Sie zu, gerade ist was passiert. Ich melde mich wieder.« Er legte auf. »Clausen. Burton.«

»Ich habe einen neuen Fall.« In der nächsten halben Stunde erklärte Gill die Situation. Von Jos Nicht-Unfall bis zu dem fragwürdigen Tod ihres Vaters vor zehn Jahren. Zu viele Zufälle, die auf Foul Play und Mord hindeuteten. Die Löcher in den Leitungen des Streifenwagens waren ein versuchter

Mordanschlag auf einen Polizeibeamten. Und niemand in Uniform fand das besonders lustig.

»Sie sind ihr zu nah, um objektiv zu sein«, stellte Reyes fest, nachdem sie sich einig waren, dass sie einen Fall hatten.

»Ich bin der Einzige, der nah genug dran ist, um das hier zu untersuchen. Ein neuer Mitspieler in der Stadt würde unseren Verdächtigen nur verschrecken.«

»Und Sie denken, dass der Deputy unser Mann ist?«

»Er ist derjenige, der etwas zu gewinnen hätte, wenn Jo etwas zustößt.«

»Das fühlt sich zu einfach an«, erwiderte Shauna.

»Da muss ich Burton zustimmen.«

»Ich denke immer noch, dass Sie zu nah dran sind, Gill.«

»Schicken Sie jemand anders, wenn Sie das für nötig halten, aber ich werde hinfahren. Ich werde Jo erzählen, dass ich Urlaub nehme. Shauna kann uns besuchen kommen. Ein zweites Paar Augen.«

»Der Heroinfall?«, erkundigte sich Reyes.

»Ich bin einen Tag davon entfernt, dass die Haftbefehle unterzeichnet werden können«, berichtete ihm Shauna.

»Wir brauchen harte Fakten.«

»Ich bin kein Neuling. Ich beschaffe Ihnen wasserdichte Beweise.«

Reyes stand auf. »Ich möchte täglich Ihre Berichte.«

Gill lächelte ihn kurz an. »Wird gemacht.«

»Raus jetzt. Verschwinden Sie.«

Das ließ sich Gill nicht zweimal sagen.

Kapitel Neunundzwanzig

Jo saß Gill am Küchentisch gegenüber und hörte zu.

Noch bevor er fertig war, bekam sie ein flaues Gefühl im Magen. Ihr war so übel, dass sie beinahe das bisschen Essen, das sie hatte runterschlucken können, wieder von sich gegeben hätte.

»Vielleicht irrt der Mechaniker sich.«

Gill hielt ihre Hand. »Das tut er nicht. Ich hab die Spuren mit eigenen Augen gesehen. Die Löcher waren groß genug, um als Leck durchzugehen, aber nicht groß genug, dass alle Bremsflüssigkeit auf einmal abgeflossen wäre. Das war Absicht, Jo.«

»Warum?«

»Das werden wir herausfinden.«

Jemand hatte versucht, sie umzubringen. Die Schlinge, die ihren linken Arm hielt, der Umstand, dass sie unfähig war, einen Block weit zu laufen, ganz zu schweigen von den zehn Kilometern, die sonst ihr Tagespensum waren, taugten als Beweis, dass der Schuldige, wer auch immer es war, beinahe Erfolg gehabt hätte.

»Als ich noch an der Akademie war, haben die anderen Kadetten darüber gesprochen, dass es einen zum Ziel macht, wenn man eine Polizeimarke trägt, dass irgendjemand glaubt, er müsse mit einer Waffe auf einen anlegen. So habe ich nie gedacht. Ich habe immer geglaubt, dass der Tod meines Vaters isoliert von allem anderen war. Etwas, das nur mit ihm zu tun hat, nicht mit seinem Job.«

»Man kann nicht wissen, ob es zusammenhängt«, bemerkte Gill.

»Aber auch nicht, ob nicht. Mir scheint es ein wenig zu passend, dass mein Vater sich versehentlich erschießt und ich von der Straße abkomme und fast in die Tiefe stürze.« Jo stellte sich kurz den Friedhof vor, wo ihre Eltern lagen, und sah einen Moment lang im Geiste einen weiteren mit einer Flagge bedeckten Sarg.

»Immerhin bist du noch am Leben.« In seinen Augen stand Mitgefühl.

»Wie sollen wir den Schuldigen finden? Er versteckt sich seit zehn Jahren.«

»Jetzt nicht mehr.«

Jo erschauerte. »Schon seit fast einem Jahr habe ich das Gefühl, als würde mich jemand beobachten.«

»Genau das ist vermutlich der Fall. Was mir verrät, dass, wer auch immer dahintersteckt, wahrscheinlich aus der Gegend ist, entweder aus der Stadt oder dem weiteren Umland.«

»Er ist unter mein Auto gekrochen. Derjenige, der das getan hat, musste über die Rückrufaktion Bescheid wissen, meinen Terminkalender.« Eine lange Liste von Namen fiel Jo ein.

»Dann schreib doch mal alle auf. Egal, wer es ist.«

»Ich weiß, es sind nicht Luke oder Mel …«

»Aber Luke ist Automechaniker, und vielleicht hat er irgendwas von dem Rückruf zu seinem Vater gesagt.«

»Mr Miller ist wie ein zweiter Vater für mich«, protestierte sie.

»Mr Miller führt eine Kfz-Werkstatt. Vielleicht hat er so nebenbei jemandem von außerhalb gegenüber etwas erwähnt.«

Daran hatte sie nicht gedacht.

»Jeden Namen.«

Die Liste in ihrem Kopf wurde doppelt so lang. »Aber wenn ich jetzt mein Auto nicht mehr benutze, ist das doch viel zu auffällig.«

»Behaupte, du hättest posttraumatischen Stress, das ist vermutlich die beste Art und Weise, damit umzugehen. River Bend ist klein genug, um das meiste zu Fuß zu erledigen. Und es ist ja fast Sommer.«

»Das kann doch aber nicht ewig so gehen.«

Gill drückte ihre Hand. »Süße, ich warte nicht ewig damit, diesen Bastard dingfest zu machen.«

Sie hob ihre verschränkten Hände an ihre Lippen und küsste seine Fingerspitzen.

* * *

Gill arbeitete am liebsten mit so wenig Eingeweihten wie möglich. Deshalb waren er und Shauna auch ein so gutes Team. Shauna übernahm den sozialen Bereich und das Knüpfen von Verbindungen, während er auf Parkplätzen herumsaß und Fotos machte.

Jos Freunde mit reinzuziehen war unvermeidlich. Vor allem, da Gill Luke angerufen hatte, um sicherzustellen, dass Jo nicht Auto fuhr, bevor er selbst wieder in der Stadt war.

Außerhalb ihres kleinen Kreises von Freunden konnte niemand von der Liste der Verdächtigen ausgeschlossen werden. Als er Glynis erwähnt hatte, hatte Jo nur gelacht. Aber der

Name blieb auf der Liste. Sie hatte über den Rückruf Bescheid gewusst, hatte Zugriff auf das Auto und konnte Akten verschwinden lassen.

Als er sie darauf hingewiesen hatte, hatte Jo immer noch gelacht.

Für Gill war der Hauptverdächtige Jos Deputy Karl Emery. Der Mann machte sich nicht die Mühe, so zu tun, als würde er sie mögen, doch er war auch kein absolutes Arschloch. Er verhielt sich neutral, beobachtete Gill und Jo ein bisschen zu genau.

Gill hatte eine Liste von Terminen, bei denen Jo anwesend sein würde. Ereignisse, über die jeder in der Stadt Bescheid wusste.

Die Landesmeisterschaften für ihre Läufer fanden in Eugene statt. Sie hatten sich darauf geeinigt, so zu tun, als ob sie mit ihrem Jeep allein dorthin wollte, und in letzter Minute würde sie sich umentscheiden und im Van mit den Kids mitfahren.

Weniger als eine Woche nach dem Leichtathletik-Wettbewerb war die Highschool-Abschlussfeier und schließlich in der Sporthalle der Schule das Jahrgangstreffen.

Jo würde bei jedem dieser Termine einen persönlichen Bodyguard haben.

Gill wusste, sie hatte sich seine Hinweise zu ihrer Sicherheit zu Herzen genommen, als er beobachtete, wie sie erst die schusssichere Weste anlegte, bevor sie sich ihre Uniform überzog.

* * *

Das Leben konnte nicht viel besser werden.

Dank Tina bestand Drew seinen Chemietest. Zeug, von dem er sicher wusste, dass er es nie wieder im Leben brauchen würde.

Und ebenfalls dank Tina hatte er den Sinn seines Sexualtriebs erkannt. Und nicht nur einmal. Sie war voll dabei, und er hielt die ganze Zeit Ausschau nach Orten, an die sie sich zurückziehen konnten, um etwas Neues zu lernen. Sie benutzten Kondome, und sie hatte ihm gesagt, dass sie die Pille nahm. Er dachte daran, dass L-Wort ins Spiel zu bringen, war sich aber nicht restlos sicher, ob es stimmte. Außerdem wollte sie ans College, und er würde einen anderen Weg einschlagen. Obwohl die ganze Beziehung von vornherein nicht auf Dauer angelegt war, sprach das keiner von ihnen an.

Und dann war da noch die Landesmeisterschaft. Gemeinsam mit Tim hatte er es geschafft. Sie hofften beide, eine respektable Platzierung zu erreichen. Coach Ward hatte ihnen erklärt, dass sie sich bereits dadurch, dass sie sich für das Finale qualifiziert hatten, einen Platz in der Ehrenhalle des Sports von River Bend verdient hatten, doch sie wollten beide Erster werden.

Wie auch immer, sein Abschlussjahr war die langen Laufstrecken und das stundenlange nächtliche Pauken wert gewesen. Ja, sein Dad und Coach Ward sorgten dafür, dass die meisten Partys ohne ihn stiegen. Trotzdem konnte er es kaum erwarten, dass er, von wo auch immer er am Ende landen würde, heimkommen würde, um Coach Ward einen Drink zu spendieren.

Er hatte sich mit der Tatsache abgefunden, dass er und sein Vater nie ein Herz und eine Seele sein würden. Drew war bewusst, dass sein Wunsch, zu den Marines zu gehen, zu einem gewissen Teil daher rührte, dass sein Vater so entschieden dagegen war. Er war aber auch klug genug, es mit der Rebellion nicht zu weit zu treiben. Bevor er sich allein deswegen zum Militärdienst verpflichtete, wäre es vermutlich besser, sich stattdessen ein Tattoo stechen zu lassen.

Drew würde diese Entscheidung nach der Landesmeisterschaft und dem Schulabschluss treffen.

Er stürmte durch die Tür und schrie ins Haus: »Bestanden!«

Seine Mutter rief aus der Küche: »Ich bin hier.«

Drew roch Kekse. »Dieser Tag wird besser und besser.«

In Jeans und T-Shirt unterschied sich seine Mutter kaum von jeder anderen Mutter in River Bend. Sie trug nicht viel Make-up, hatte schulterlanges Haar, von dem er vermutete, dass sie es sich färbte. Wenn sie beim Friseur gewesen war, achtete er darauf, ihr zu sagen, dass sie gut aussah, aber meistens, bevor er sie um zwanzig Dollar für einen Film oder so was bat.

Und dann waren da die Kekse.

Er nahm einen von dem Haufen. Er war noch warm.

»Was ist mit Händewaschen?«

Drew schnaubte abfällig. »Keime helfen dem Immunsystem, machen es stark. Das habe ich in Chemie gelernt, wo ich im Übrigen den Test bestanden habe.«

Seine Mutter lächelte. »Noch einen, und dann war es das?«

»Genau. Englisch.«

»Du solltest besser hoffen, dass Mrs Walters nicht nachtragend ist.«

»Hey, mach meine Hoffnung nicht zunichte, Mom.«

»Tja, also … Solche Streiche passieren besser, nachdem der, dem du sie spielst, nicht mehr über deine Bildungslaufbahn zu entscheiden hat.«

Er musste an den Toilettenpapiervorrat denken, den er und die anderen aus dem Jahrgang für Coach Wards Haus eingelagert hatten.

»Hast du schon entschieden, was du nach nächster Woche mit deinem Leben anfangen willst?«

Sie fragte wegen des Militärdienstes.

Er zuckte die Achseln. »Ich weiß nicht. Ich bin mir nicht sicher, ob College das Richtige für mich ist.«

»Du hast doch Oregon State mitgeteilt, du hättest Interesse.«

»Ja, das stimmt auch, allerdings nur wegen der Leichtathletik. Mir ist klar, dass ich ein Sport-Stipendium ausschlage, wenn ich Nein sage, aber was, wenn ich es hasse?«

»Was ist, wenn du es liebst?«

Er lehnte sich gegen die Arbeitsfläche, steckte sich einen zweiten Keks in den Mund. »Wäre es denn so schlimm, wenn ich zu den Marines ginge?«

Er hasste die sorgenvolle Miene, die auf dem Gesicht seiner Mutter erschien, aber sie musste verstehen, dass er das ernsthaft in Erwägung zog.

»Ich wäre jeden Tag außer mir vor Angst.«

»Jeden Tag, wenn ich ins Ausland geschickt würde.«

Sie versuchte zu lächeln, doch es gelang ihr nicht.

»Dad ist Polizist, machst du dir denn um ihn keine Sorgen?«

»Hier ist es nicht das Gleiche. Vielleicht, wenn wir in New York leben würden oder so.«

»Was, wenn ich wie Dad sein wollte?«

Sie seufzte. »Ich wäre auf jeden Fall stolz auf dich, Drew. Ich weiß, dein Vater wäre auch stolz auf dich. Es ist dein Leben und deine Entscheidung.«

Er wusste, es fiel ihr schwer, diese Worte zu sagen. Drew beugte sich vor, gab ihr einen Kuss auf die Wange und griff nach seinem dritten Keks, bevor er sich zum Gehen wandte.

»Nettes Ablenkungsmanöver«, ließ sie ihn wissen. »Und jetzt bring den Müll raus.«

Ach ja, jeden Tag nach der Schule, man sollte meinen, nach achtzehn Jahren würde er von selbst dran denken.

Wobei, vermutlich hatte er es noch nicht tun müssen, als er zwei oder so gewesen war.

Er nahm die Plastiktüte voller Küchenabfälle und trat durch die Hintertür ins Freie.

Die Tonnen seitlich des Hauses waren voll und begannen bei dem warmen Wetter schon zu stinken.

Er scheuchte ein Dutzend Wespen weg, bevor er die blaue Tonne öffnete.

Etwas oben auf den weißen Plastikbeuteln lockte die Insektenschwärme an. Drew wich vor dem erbärmlichen Gestank zurück.

Dann schaute er genauer hin und musste würgen.

* * *

»Ich glaube, es ist ein Kaninchen.« Dem kleinen Fellbüschel nach zu urteilen, das Jo oben auf dem Fund entdeckt hatte.

»Muss schon einen oder zwei Tage tot sein«, erklärte Gill.

»Du hast doch gestern den Müll rausgebracht, oder?«, fragte Karl Drew, der immer noch grün um die Nase war.

»Ja. Aber das war da nicht drin.«

Caroline stand an der Seite, hielt sich einen Finger unter die Nase.

Jo war auf der Wache gewesen, als Caroline Karl wegen des toten Tieres in der Mülltonne angerufen hatte. Nicht nur ein totes Kaninchen, das durch irgendeinen Unglücksfall ums Leben gekommen und dann in die Mülltonne geworfen worden war, sondern eines, das hingemetzelt und verstümmelt worden war.

»Wer tut so was, Dad?«

Karl starrte zu den Tonnen. »Das weiß ich nicht, aber ich werde es verdammt noch mal rausfinden.«

Seine Gewissheit ließ Jo innehalten.

»Wenn das hier irgendein widerlicher Scherz ist, werde ich …«

Jo legte Drew eine Hand auf die Schulter, ließ ihn verstummen. »Du wirst die Schuldigen erst ausfindig machen müssen, und im Moment musst du dich auf die Schule konzentrieren.«

Er versuchte seine Angst mit Wut zu überspielen. Jo bemühte sich um ein Lächeln. »Komm schon.« Sie forderte ihn mit einer Kopfbewegung auf, mit ihr hinters Haus zu gehen, damit sie allein mit ihm sprechen konnte. »Wie war dein Lauf heute Morgen?«

Er senkte den Kopf und kam mit ihr. »Ich möchte nicht über mein Training reden.«

»Okay.«

»Das hier ist doch krank. Zuerst der Hund, und dann ...« Er deutete mit der Hand zu den Mülltonnen. »Was auch immer das war. Ich hab das Gefühl, jedes Mal wenn ich mich umdrehe, finde ich irgendwas Verendetes. Wann wird das aufhören?«

Wenn ich tot in einer Mülltonne liege. Jo verzog bei dem Gedanken das Gesicht. »Rauszufinden, wer hinter diesem Mist steckt, steht ganz oben auf meiner Liste, Drew. Ich werde dafür sorgen, dass es aufhört.«

»Ich gucke schließlich ›CSI‹. Irre Spinner machen so einen Scheiß. Und sie hören nicht bei Tieren auf.«

Er war wirklich nicht auf den Kopf gefallen. »Bist du dir sicher, dass du nicht doch lieber zur Polizei als zu den Marines willst?«

Er schnitt eine Grimasse, als hätte er in einen Apfel gebissen und erst zu spät gemerkt, dass er wurmstichig war. »Nein, danke.«

Jo schenkte ihm ein kleines Lächeln und legte ihm den Arm um die Schultern. »Vertraust du mir?«

»Ja.«

»Gut. Ich werde den Typen finden. Du bestehst deine Abschlusstests und läufst am Samstag, so schnell du kannst.«

»Jo?«, rief Gill.

Sie blickten beide auf.

Gill hielt inne, schaute zu Caroline und Karl, dann wieder zurück.

»Was?«

Gill schüttelte den Kopf und winkte sie zu sich.

»Alles okay bei dir?«, fragte sie Drew.

»Ja.«

Sie tätschelte ihm den Rücken, bevor sie zu den anderen zurückkehrten.

Kapitel Dreissig

So wenig Jo der Gedanke auch gefiel, dort zu sein, Gill konnte sie überzeugen, zur Hütte zu fahren. Die letzten acht Kilometer waren quälend, holprig und nervenaufreibend.

»Wann warst du das letzte Mal hier oben?«

Sie ballte die Hände zu Fäusten. »Einmal nach dem Tod meines Vaters und noch einmal, nachdem ich gewählt worden war.«

»Also zweimal?«

Sie nickte.

Gill legte ihr eine Hand aufs Knie.

»Du siehst Dinge, die mir nicht auffallen«, ließ er sie wissen, »sonst hätte ich nicht vorgeschlagen, dass du mitkommst.«

Jo schloss die Augen und versetzte sich im Geiste einen Tritt. »Ich sollte inzwischen längst darüber hinweg sein.«

»Du hattest bisher nicht die Gelegenheit, damit abzuschließen.«

Jo bedeckte seine Hand mit ihrer. »Danke.«

»Für was?«

»Dass du mich verstehst.«

Die Hütte erschien vor ihnen, als sie um die Wegbiegung kamen. Abgesehen von Fotos, die die Frauen ihr zeigten, die hier in jeder Jagdsaison sauber machten, hatte sie die Hütte seit Jahren nicht mehr zu Gesicht bekommen.

Der Frühling wirkte Wunder für die Umgebung des einfachen Gebäudes. Wildblumen blühten entlang der Westseite, überall knospte frisches Grün. Das Häuschen saß auf einer kleinen Anhöhe, nur hundert Meter von einem steilen Berghang entfernt, der bis zum Rand dicht mit Kiefern bewachsen war. Ihr Vater hatte immer gesagt, dass ein Waldbrand irgendwann das Ende der Hütte sein würde. Er hatte recht, aber das änderte nichts daran, dass die Aussicht einfach atemberaubend war.

Die Bauweise der Blockhütte war etwas, über das ihr Vater jedes Mal mit ihr gesprochen hatte, wenn sie hierhergekommen waren. »Denk an die Lincoln Logs, mit denen du spielst. Ausschließlich solche Balken sind hier verwendet worden, und sie sind mit einem speziellen Mörtel abgedichtet, damit wir es innen schön warm haben. Wusstest du, dass Abraham Lincoln in so einer Blockhütte geboren wurde?« Bei der Erinnerung musste sie lächeln. Ihr Vater war ein waschechter Patriot gewesen, von seinem ersten Atemzug an. Der Umstand, dass sie Lincoln-Logs-Bausets statt Bauklötzen zum Spielen gehabt hatte, verriet alles darüber, wie sie groß geworden war.

»Mein Vater hat es hier geliebt.«

»Ich kann erkennen, warum. Es gibt hier alles, was ein Mann braucht.«

»Ach?«

Gill blieb vor der Hütte stehen und stellte den Motor ab. »Ein Bett, ein Kanonenofen – und Stille.«

»Ich mag nun mal fließend kaltes und warmes Wasser sowie einen Anschluss an die Kanalisation.«

»Männer pinkeln gerne im Freien. Das erinnert uns an unsere Wurzeln.«

Jo musste lächeln. »Männer!« Nach einem Blick durch die Windschutzscheibe nahm sie allen Mut zusammen und öffnete ihre Tür.

Erinnerungen drangen auf sie ein, als sie auf die Hütte zulief. Wenn sie weit genug zurückging, konnte sie beinahe einen Hauch ihrer Mutter spüren. Aber das war so früh in ihrem Leben gewesen, dass sie fast alles von ihr vergessen hatte.

»Worüber denkst du nach?«, fragte Gill, als sie dort standen und die Hütte betrachteten.

»Ich versuche, mich an meine Mutter zu erinnern.«

Gill griff nach ihrer Hand, verschränkte seine Finger mit ihren.

»Es ist schwer, sie überhaupt noch vor mir zu sehen. Anders als bei meinem Dad. Den höre ich in meinem Kopf, beinahe überall.«

»Und was hörst du hier?«

Sie senkte die Stimme in dem Versuch, die ihres Vaters nachzumachen. »›Bring die Einkäufe ins Haus, JoAnne. Man braucht keinen Dreck reinzutragen, wenn's nicht nötig ist.‹ Er war etwas penibel, was Sauberkeit anging.«

»Sogar hier?«

»Hier ein bisschen weniger, aber er hat mich immer ermahnt, dass ich mir die Schuhe ausziehe.«

»Dich scheint Dreck weniger zu stören.«

Sie schüttelte den Kopf. »Das Leben ist zu kurz, um sich wegen ein bisschen Schmutz aufzuregen.«

»Trotzdem achtest du in deinem Haus auf Reinlichkeit.«

»Nein, tu ich nicht.«

Gill hielt seinen Kopf schief.

»Okay, vielleicht ein bisschen. Es ist ja immer noch sein Haus, schätze ich.«

Froh, dass Gill sie nicht darauf hinwies, dass es jetzt schon seit zehn Jahren ihr gehörte, setzte sie den Fuß auf die Veranda, ging zur Tür und öffnete sie.

Es roch hier noch genauso wie früher. Nach Holz, etwas Moder, weil es so lange nicht benutzt worden war, dem Eisengeruch, den der Ofen von sich gab, wenn er in kühlen Nächten geheizt wurde. Alle Möbel waren aus massivem Holz und mit dunklen Stoffen bezogen. Falls sie Dreck reinbrachten, würde ihr Vater es nicht merken.

Das hier war kein Ort dafür, gemütlich Fernsehen zu gucken oder über die Welt nachzudenken. Es war ein Ort, an dem man mit der Familie zusammenkam, ordentliches Essen aß, das nicht in der Mikrowelle zubereitet worden war, ein Buch las oder Karten spielte. Da sie praktisch mit einem Handy in der Gesäßtasche aufgewachsen war, hatte es Ausflüge hierher gegeben, die sie einfach deswegen gehasst hatte, weil sie keine Möglichkeit gehabt hatte, mit Mel oder Zoe in Kontakt zu treten. Und dann waren da die Erinnerungen daran, wie Mel und Zoe mit hergekommen waren. Sie hatten ihre Handys bei der Ankunft im Pick-up gelassen und hatten sie erst wieder an sich genommen, wenn sie in den Empfangsbereich des Handynetzes unten in der Stadt zurückkehrten.

Ihr Vater hatte immer auf der Veranda gesessen und gelesen, seinen Freunden aber erzählt, er sei den ganzen Tag auf der Jagd gewesen. In Wahrheit hatte er frühestens an dem Tag, bevor sie wieder zurückfahren wollten, den Versuch unternommen, Wild aufzuspüren. Das Blut eines erlegten Tieres hätte nur Raubtiere angelockt, die kein Problem damit gehabt hätten, die Jagdbeute ihres Vaters zu stehlen. Wenn es ihm gelungen war, etwas mit nach Hause zu bringen, hatten sie das meiste eingefroren und den Rest verschiedenen Nachbarn gegeben, die sich über das Fleisch freuten. Die Erinnerung an den Geschmack des Wildeintopfes ihres Vaters ließ ihr das Wasser im Mund zusammenlaufen.

Jo trat zu dem Bücherregal, das neben dem Zweisitzersofa stand. Ihre Finger glitten über die Krimis, die ihr Vater so gerne gelesen hatte, wobei er mit manchen von ihnen noch nicht einmal angefangen hatte.

»Von deinem Vater?«, fragte Gill.

»Ja. In meinen letzten Jahren an der Highschool war er viel häufiger hier als ich.«

»Wer ist mit ihm hergekommen?«

Jo begann Namen aufzuzählen: »Karl manchmal, wenn Stan in der Stadt war, und Stan, wenn Karl nicht hier war. Mr Miller, Sam. Von einem Männerausflug wurde niemand ausgeschlossen. Entscheidend war, wem es gelang, die Ehefrau davon zu überzeugen, sich allein um die Kinder zu kümmern. Aber er ist auch ohne jemand anderen hergefahren.«

»Oder vielleicht hat er sich hier mit jemandem getroffen«, schlug Gill vor.

Jo nahm einen Roman aus dem Regal. »Vermutlich. Ich hätte das getan, wenn ich was mit jemandem aus der Stadt gehabt hätte, ohne dass alle davon wissen sollten.«

»Ist es mit dem Klatsch so schlimm?«

»Wahrscheinlich nicht so sehr, wie es sein könnte. Aber als Angestellte im öffentlichen Dienst stehe ich ja gewissermaßen unter besonderer Beobachtung der Einwohner von River Bend, und bei ihm war es seinerzeit nicht anders.«

Gill drehte sich um, schaute sich den Raum an. »Was siehst du, wenn du hier hereinkommst?«

»Ich sehe sein Leben. Ich sehe, dass er zwar nicht hier ist, alles andere jedoch schon.«

»Ist das alles?«

Sie ließ den Blick auf dem neuen Tisch verweilen. »Nein, ist es nicht.«

Die Bilder in der Polizeiakte zum Tod ihres Vaters hatten ihr genau gezeigt, was mit ihm passiert war.

Er war sofort tot gewesen. Eine Kugel, aus kürzester Entfernung. Darum war er im geschlossenen Sarg aufgebahrt gewesen.

Jo erschauerte.

»Alles okay?«

»Ja.«

»Lügnerin.«

Sie verdrängte das Bild ihres toten Vaters aus ihrem Kopf und konzentrierte sich auf seine Seele, die hier immer noch spürbar war.

»Miss Gina hat sich um das Reinemachen danach gekümmert.«

»Mir ist aufgefallen, dass dieser Tisch anders ist als der auf den Fotos«, bemerkte Gill und klopfte auf das Holz.

»Ich weiß nicht mehr genau, wer ihn hier hochgebracht hat. Das erste Jahr ist etwas verschwommen in meiner Erinnerung.«

»Ich nehme an, der alte ist entsorgt worden, nachdem die Ermittlungen abgeschlossen waren.«

»Vermutlich.«

»Karl hat deinen Vater gefunden, richtig?«

»Ja. Als er zu seiner Schicht nicht erschien, ist Karl hier hochgefahren. Es macht es schwierig, mit dem Finger auf ihn zu zeigen und zu behaupten, es wäre was faul gewesen, wenn er einen berechtigten Grund hatte, hier oben zu sein.«

Jo legte das Buch auf ein Seitentischchen und durchquerte die Hütte zur Küche. Da stand eine alte Kühlkiste, in die sie Trockeneisblöcke getan hatten, um ihre schnell verderblichen Lebensmittel frisch zu halten. Außerdem gab es eine Arbeitsfläche und eine Spüle mit Abfluss ins Freie. Sie hatten immer das Wasser von einem Bach in der Nähe geholt, um die Töpfe und Pfannen zu reinigen. Papp- und Plastikgeschirr waren ein Weg gewesen, um weniger abwaschen zu müssen. Bei jeder Fahrt hatten sie am Ende den Abfall mit ins Tal genommen.

»Hat sich hier sonst irgendetwas verändert? Ist bei dem Schuss noch irgendwas anderes kaputtgegangen?«

Sie schaute sich um. »Ich glaube nicht.«

»Was ist mit der Wand dahinter?« Gill begab sich auf die Seite des Raumes, die am stärksten betroffen gewesen sein musste.

»Da war vielleicht ein Bild. Das weiß ich nicht mehr genau.«

»Hast du irgendwelche Schnappschüsse von einem ganz normalen Tag in der Hütte?«

Sie ging zu den Regalen mit den Büchern und fand ein Fotoalbum, das ihr Vater hier aufbewahrt hatte.

Jo setzte sich auf das Sofa, legte sich das Album auf den Schoß und öffnete es. Es stammte aus einer Zeit, als man Fotos noch mit richtigen Fotoapparaten gemacht hatte. Die Kanten waren vergilbt, die Bilder selbst wellten sich leicht, weil sie so lange hier oben gelegen hatten. Die dünne Plastikfolie, die die einzelnen Bilder auf der Seite festhalten sollte, löste sich von den Aufnahmen. »Ich sollte die vermutlich mit runternehmen und digitalisieren lassen.«

Gill ließ sich neben ihr nieder, legte seinen Arm hinter ihr auf die Rückenlehne.

Sie blätterte die Seiten um, reiste in die Vergangenheit.

»Bist du das?«

»Rattenschwänze waren der letzte Schrei, als ich fünf war.« Er küsste sie aufs Haar. »Total süß.«

Jo deutete auf ein Bild von sich und ihrer Mutter. »Meine Mutter.«

»Du siehst wie sie aus.«

»Vermutlich. Ich dachte immer, dass ich eher nach meinem Vater komme.«

Die nächste Seite zeigte ihren Vater auf dem gleichen Ausflug.

»Man erkennt die Ähnlichkeit.«

Sie blätterte weiter. »Wem siehst du ähnlicher? Mutter oder Vater?«

»Ich bin meinem Vater wie aus dem Gesicht geschnitten. Es ist schon irgendwie beängstigend, wenn man weiß, wie man aussehen wird, wenn man sechzig ist.«

»Ich bin mir sicher, er sieht gut aus.«

»Er hat einen Bierbauch.«

Jo lachte. »Das lässt sich ja vermeiden.«

»Das ist der Grund, warum ich Whiskey trinke.«

Sie lachten beide, dann blätterte sie weiter in ihrer Kindheit.

»Dein Vater und Karl?«

Jo nickte. Sie waren so viel jünger. »Jap.«

Nach weiteren Seiten und Jahren entdeckte sie ein Bild von sich, Mel und Zoe, wie sie an dem Tisch saßen, an dem ihr Vater gestorben war. »Ich vermute, das hier ist während meines ersten Jahres an der Highschool.«

»Sexy.«

»Aber noch minderjährig«, erinnerte sie ihn.

»Trotzdem.«

Sie blickte auf das Foto und dann auf die Wand auf der anderen Seite des Zimmers. »Sieht so aus, als sei da ein Foto gewesen. Hat vermutlich die Explosion aus dem Gewehrlauf nicht überstanden.«

Jo suchte weiter in dem Album. Eine Plastikseite löste sich, und ein Bild rutschte heraus.

Sie hob es auf, um es zurückzutun, und betrachtete es dabei genauer.

»Das sieht nicht so aus, als sei es hier aufgenommen worden«, bemerkte Gill.

»Nein. Das hier ist aus der Stadt.«

»Das ist dein Dad, richtig?«

»Ja, mein Dad, Karl und Caroline. Das muss Drew sein.« Das Gesicht des kleinen Jungen zeigte das gleiche übermütige Grinsen, wie er es heute trug. Er konnte nicht älter als sieben gewesen sein, als die Aufnahme gemacht worden war.

Sie hielt das Bild dichter vor ihre Augen, bemerkte eine Knickfalte und legte das Foto so, wie es jemand vor ihr schon getan hatte. Durch die Faltung wurde Karl entfernt. Nur ihr Vater, Drew und Caroline blieben übrig.

Jos Herz begann heftiger zu klopfen.

Sie holte ihr Handy aus der Hosentasche und blätterte zu dem Bild von ihr und Drew auf dem Leichtathletikplatz. Dann fand sie eine Nahaufnahme ihres Vaters und legte die neben ihr Handy. »Heilige Scheiße.« Sie hatten alle den gleichen Mund, die gleiche Augenfarbe, sogar das gleiche Grinsen.

Sie schaute auf, blickte Gill ins Gesicht. Seine Miene verriet ihr, dass er den gleichen Schluss gezogen hatte wie sie.

»Ich glaube, wir haben die geheimnisvolle Frau gefunden«, sagte Gill.

»Und den Grund, warum mein Vater niemanden in der Stadt wissen lassen wollte, was vor sich ging.« Sie konnte die Augen einfach nicht abwenden.

»Karl hatte ein Motiv.«

Ihr Verstand war nicht schnell genug. »Mein Vater hatte eine Affäre mit einer verheirateten Frau.«

Gill deutete auf ihr Handy mit dem Bild von Drew. »Mehr als nur eine Affäre. Ich glaube, wir müssen mit Mrs Emery reden.«

Jos Herz klopfte schneller. »Ich habe einen Bruder.«

* * *

Bei den Landesmeisterschaften trafen sie sich mit Shauna. Da Jo unten am Rand der Startbahn bei den Athleten war, hatten Gill und Shauna die Möglichkeit, auf der Tribüne bei Caroline und Karl zu sitzen. Unter dem Vorwand, neue Freunde zu sein, und dem einer gemeinsamen Verbindung zu dem Team, so der Plan, würden sie die beiden getrennt aushorchen.

»Welche Strecke läuft Drew?«, erkundigte sich Shauna.

»Dreitausend Meter.«

»Oje.«

»Er ist gut, sonst wäre er nicht hier«, erklärte Karl mit Stolz in der Stimme. »Aber diese Wettbewerbe dauern immer den ganzen Tag.« Es gelang ihm, eine gewisse Begeisterung aufzubringen, allerdings nicht für lange.

Gill beobachtete den Mann, ohne ihn direkt anzusehen. Die Ehepartner hielten sich nicht an den Händen und verrieten auch sonst durch keinerlei Gesten irgendwelche Zuneigung. Das wollte allerdings nach zwanzig Ehejahren nicht unbedingt etwas heißen.

»Ist das hier Drews erste Landesmeisterschaft?«

»O nein. Letztes Jahr war er auch dabei, hat es jedoch nicht aufs Podium geschafft«, antwortete Caroline.

»Ist man diese Wettbewerbe nicht irgendwann leid?«, wollte Shauna wissen.

Caroline sagte Nein, Karl im gleichen Moment Ja.

Caroline boxte ihren Mann in den Arm.

»Was ist denn? Ist doch wahr. Ich bin hier für ein Rennen, und man hat das Gefühl, es würde nie losgehen, und dann, wenn es endlich so weit ist, dauert es ewig.«

»Verstehe ich das recht, dass Sie selbst kein Läufer sind?« Shauna hielt das Gespräch in Gang.

»Nein. Das überlasse ich Jo.«

Jetzt schaltete sich Gill ein. »Ich könnte nicht mit ihr mithalten, selbst wenn ich mich richtig anstrengen würde.«

»Es kommt ihr natürlich zugute, dass sie zwanzig Jahre jünger ist als du, Karl.« Caroline lehnte sich gegen die Bankreihe hinter ihr und stützte sich auf die Ellbogen.

Karl wurde unruhig.

Gill nickte Shauna zu.

»Wie lange noch, bis Drew laufen muss?«, fragte sie.

»Noch etwa zwei Stunden«, unterrichtete Caroline sie, als sei das längst bekannt.

Karl stöhnte.

»Ich könnte ein Bier gebrauchen«, verkündete Shauna und stand auf.

»Viel Glück dabei. Das hier sind Highschool-Landesmeisterschaften, kein College-Football«, bemerkte Karl.

»Ich beginne zu begreifen, was Sie meinen, Karl. Wie wäre es, wenn wir uns einen Getränkeladen suchen?«

Er sprang auf. »Mir gefällt, wie Ihre Kollegin denkt, Gill.«

»Genau darum ist sie das ja.« Gill folgte ihnen mit den Augen, während sie sich ihren Weg zwischen den anderen Zuschauern hindurch suchten und von der dicht besetzten Tribüne gingen. Sobald sie außer Hörweite waren, stellte er fest: »Er mag das hier wirklich nicht.«

»Nein. Aber bitte sagen Sie nichts zu Drew.«

»Ich bin mir ziemlich sicher, Drew weiß das bereits.«

Caroline suchte mit ihrem Blick das Leichtathletikfeld ab. Drew war nicht da, er wärmte sich am anderen Ende der Arena auf, abseits der Zuschauer und der Athleten, die in den nächsten Wettbewerben starten würden.

»Vermutlich.«

Gill wartete eine Minute, trank einen Schluck aus seiner Wasserflasche. »Meine Frage lautet, weiß Karl es?«

Caroline wirkte verwirrt, dann fragte sie: »Ob Karl weiß, dass er die Meisterschaft nicht mag?«

Gill schüttelte den Kopf. »Weiß Karl, wie ähnlich sich Jo und Drew sehen?«

Das Lächeln auf ihrem Gesicht verschwand.

»Merkt Karl, dass das breite Grinsen seines Sohnes das gleiche ist wie das von Jo? Oder das ihres Vaters, wenn ich nach den Fotos gehe, die ich in den Händen hatte?«

Caroline richtete sich langsam auf und blickte sich vorsichtig um. Ihre Stimme war leise. »Worauf wollen Sie hinaus?«

»Sie wissen, worauf ich hinauswill, Caroline.«

Sie begann schneller zu atmen, rieb sich mit den Händen über die Hosenbeine.

»Wir wissen schon länger, dass Joseph eine Geliebte hatte, aber wir haben erst kürzlich herausgefunden, wer sie war. Jetzt ergibt alles Sinn.«

»So war es doch gar nicht.«

Damit hatte sie es bestätigt.

»Was war nicht so?«

Sie rutschte unruhig hin und her. »Ich bin nicht … Das ist nicht …«

Gill hob eine Hand, unterbrach sie. »Weiß Karl Bescheid?«

»Natürlich nicht.«

Was bedeutete, sie *glaubte*, dass Karl es nicht wusste.

»Sie können es ihm nicht sagen.« Sie legte Gill eine Hand auf die Schulter. »Bitte. Es ist Drew gegenüber nicht fair. Er hat dieses Jahr schon genug durchmachen müssen.«

Eine Bärenmutter mit gesträubtem Nackenfell.

»Es steht mir nicht zu, es irgendwem zu erzählen.« Etwas von der Farbe kehrte in ihre Wangen zurück. »Wer wusste sonst noch davon?«

»Niemand.«

»Ihre Freundinnen?«

Caroline starrte ihn empört an. »Ich bin eine verheiratete Frau«, zischte sie. »Wir machen so was nicht, und wenn doch mal, erzählen wir es nicht rum.«

Nein, er war sich sicher, dass sie es nicht herumerzählt hatte. Aber die Chancen standen gut, dass irgendjemand trotzdem etwas wusste.

Er lehnte sich vor, senkte die Stimme. »Karl scheint mir kein Dummkopf zu sein.«

»Warum reden wir eigentlich darüber?« In ihrer Stimme schwang Wut mit.

Er war noch nicht bereit, all seine Karten auszuspielen, nicht auf der Tribüne am Rande eines Highschool-Leichtathletikfeldes.

»Gab es irgendjemand anderen?«

Ihr Zögern dauerte gerade lang genug, um als Ja durchzugehen. »Selbstverständlich nicht.«

Zu spät, Süße.

KAPITEL EINUNDDREISSIG

»Ich bin nicht davon überzeugt, dass es Karl ist«, sagte Gill zu Shauna, als sie sich neben den Stabhochspringern trafen.

»Ich auch nicht. Er ist vielleicht ein Idiot, aber ich bin noch nicht sicher, dass er ein Psychopath ist.«

»Warum ein Idiot?«

Shauna versteckte sich hinter ihrer Sonnenbrille, während ihr Blick auf dem Jugendlichen ruhte, der gerade absprang und beim Hochdrücken die Stange streifte.

»Jeder, der nicht ein Mindestmaß an Begeisterung für sein Kind aufbringen kann, wenn es bei den Landesmeisterschaften startet, ist ein Idiot.«

»Es ist ja nicht *sein* Kind.«

»Ja, hm ... Ist schon möglich, dass er es ahnt, seine Frau weiß es natürlich, der Junge hingegen nicht. Wenn du schon entschlossen bist, so zu tun, als ob, dann bitte zu hundert Prozent. Ruinier nicht das Leben deines Kindes wegen der Sünden deiner Frau. Ob Karl es weiß oder nicht, er ist auf jeden Fall ein Idiot.«

Shauna würde eines Tages eine wunderbare Mutter werden, fand Gill. »Deine Einschätzung von Karl?«

»Ist schwer, den Finger draufzulegen. Er ist eifersüchtig auf Jos Beziehung zu Drew, oder es ärgert ihn zumindest, dass sie so gut miteinander auskommen. Was ihn ja eigentlich zu einem Verdächtigen machen würde. Aber jedes Mal, wenn ich das denke, sträubt sich alles in mir, weil es viel zu gut passt. Das ist einfach zu glatt.«

»Ich hasse es, wenn du genauso denkst wie ich.«

Sie klatschte, als der Stabhochspringer von eben die vier Meter zehn überwand, ohne die Stange zu reißen. »Was ist mit der Frau? Was hältst du von ihr?«

»Sie ist eine serielle Ehebrecherin.«

Shauna schaute ihn über den Rand ihrer Sonnenbrille an. »Ehrlich?«

»Jap.«

»Wer ist der andere?«

»Ich weiß es nicht.«

»Hm. Ein weiterer Mitspieler. Glaubst du, dass sie zu einem Mord fähig wäre?«

»Ich glaube, *jeder* ist zu einem Mord fähig.«

Der Startschuss ertönte, verkündete den Beginn eines weiteren Rennens.

Gill richtete sich jäh auf.

Wo war Jo?

* * *

Den Trainern der einzelnen Schulen war es nicht gestattet, während des Wettkampfes an der Rennbahn zu stehen. Die Schiedsrichter trugen die traditionellen roten Jacken, rote Kappen und die Startpistolen in den entsprechenden Holstern, während sie über das Gelände gingen und Athleten entweder die Freigabe erteilten oder sie disqualifizierten.

Jo mochte diesen Teil des Wettbewerbs. Die Aufregung vor dem Lauf, während die Teilnehmer Dehnübungen machten, sich aufwärmten und eine Medaille in Reichweite war.

Jugendliche liefen überall herum, von Dutzenden verschiedenen Highschools. Ihre Augen kehrten immer wieder zu den Farben der River Bend High zurück. Während sie zuschaute, wie Drew sich aufwärmte, fiel es ihr schwer, den Blick von ihm loszureißen.

Sie hatte einen Bruder.

Wenn sie bedachte, dass all ihre direkten Verwandten gestorben waren, hatte die Entdeckung eines neuen Familienmitglieds etwas Erhebendes. Kein Wunder, dass er sie an sie selbst erinnerte, als sie noch jünger gewesen war. Sie waren aus dem gleichen väterlichen Holz geschnitzt.

Wie sie mochte Drew es nicht, wenn er nur als das Kind des Stadtpolizisten gesehen wurde. Wie sie wollte Drew nicht die gewöhnliche Hochschullaufbahn einschlagen. Wie ihr gelang es ihm, in genug Schwierigkeiten zu geraten, um zu zeigen, dass er rebellierte, ohne je wirklich in einer echten Klemme zu landen.

Natürlich war sie dem viel näher gekommen als er. Vielleicht war das dem Umstand zuzuschreiben, dass er nicht ohne Mutter aufgewachsen war, sondern jemanden gehabt hatte, der seine rebellischen Tendenzen gedämpft und gelenkt hatte, wann immer er drohte, vom rechten Pfad abzukommen. Diesen Luxus hatte sie nicht gehabt.

Drew und Tim wurden mit den anderen Dreitausend-Meter-Läufern an die Startplätze gebracht.

»Ihr schafft das, River Bend!«, schrie sie quer über die Rennstrecke. Wegen des Lärms vom Sportplatz und von der Tribüne war es fast unmöglich, irgendetwas zu verstehen. Auf der anderen Seite des Sportfeldes stand Wyatt bereit, um den Läufern ihre Zwischenstände und Anweisungen zuzurufen, obwohl die Jungs natürlich genau wussten, was sie zu tun hatten.

Jo hielt ihre Stoppuhr in der rechten Hand und lauschte auf den Startschuss.

Ihre Augen waren auf die Startlinie gerichtet, während sie die Körpersprache des Schiedsrichters genau beobachtete, der auf einer Trittleiter an der Innenseite der Bahn stand. »Kommt schon, Jungs, macht mich stolz.«

Sie hörte, dass irgendwo hinter ihr ihr Name gerufen wurde, ignorierte das jedoch. Gleich würde das Rennen beginnen, und sie würde auf keinen Fall den Blick von der Strecke nehmen.

Der Schiedsrichter zog die Pistole aus dem Holster, eine Waffe voller Platzpatronen, aber genauso laut wie eine echte, und hob sie in die Luft.

»Jo!«

Sie starrte den Schiedsrichter weiter an, wartete.

Der Schuss ertönte, und Jo wurde zu Boden geworfen.

* * *

Gill konzentrierte sich nur auf sein Ziel, während er sich seinen Weg durch die sich langsam bewegende Menge bahnte.

Jo stand an dem Zaun, der die Athleten von den Zuschauern trennte. Sie bot die perfekte Zielscheibe, ignorierte sein Rufen.

Als der Startschuss fiel, war er zwei Schritt hinter ihr, da wurde sie schon vom Zaun zurückgeschleudert. Er fing sie auf, bevor sie auf dem Boden landete. Sein Herz raste.

»Jo?«

Sie stöhnte.

Die Leute um sie herum starrten sie verwirrt an. Manche Zuschauer am Zaun blickten zu ihnen, dann wieder zurück auf das Rennen.

Gill schirmte sie mit seinem breiten Rücken ab, falls der Schütze noch einmal feuern wollte. Aber das Gedränge der umstehenden Menschen verbarg sie ausreichend.

Er fuhr mit seiner Hand über ihre Sweatjacke, zog den Reißverschluss auf, um ihren Oberkörper zu untersuchen.

»Verdammt, das hat wehgetan«, fluchte Jo.

»Wo wurdest du getroffen?«, schrie Gill sie an.

»Verdammter Mist.«

»Hör auf zu reden. Zeig es mir.«

Jemand kniete sich neben ihn. »Hey, alles in Ordnung?«

»Nein. Nichts ist in Ordnung. Rufen Sie einen Krankenwagen.«

Jo schüttelte den Kopf, schloss die Augen. »Es ist alles okay mit mir.«

»Hölle, Jo. Jemand hat auf dich geschossen.«

Bei seinen Worten drehten sich mehr Köpfe zu ihnen um.

»Es ist okay«, lautete ihre atemlose Antwort.

Gill beugte sich vor und zog ihr das T-Shirt hoch.

Jo klopfte sich mit der rechten Hand auf ihre schusssichere Weste. »Es tut trotzdem verdammt weh.«

Gill barg seinen Kopf an ihrer guten Schulter und erlaubte sich endlich wieder, durchzuatmen. »Du bringst mich um, JoAnne.«

Jemand drängte sich durch die Menge zu ihnen, und Gill lehnte sich schützend über Jo, bis er seine Partnerin erkannte. »Shauna.«

»Ich hab sie zu Boden gehen sehen.«

Jo versuchte sich aufzusetzen.

Gill drückte sie zurück. »Sie trägt eine Weste.«

»Gott sei Dank.«

»Wir müssen dich hier wegbringen.«

Die Zuschauer auf der Tribüne begannen zu jubeln, was bedeutete, dass das Rennen zu Ende ging. Er nutzte den Lärm und das Gewühl um sie herum, um sich Jos guten Arm über die Schultern zu legen und sie auf die Füße zu ziehen.

»Als sie uns gesagt haben, es tut weh, wenn man getroffen wird, war das kein Witz.«

Shauna stellte sich auf ihre andere Seite, blickte sich wachsam um. Sie bahnten sich mühsam einen Weg durch die Menge, bis sie um die Ecke der Turnhalle gebogen waren und eine offene Tür fanden. Erst als er Jo das T-Shirt ausgezogen und ihr die Weste abgenommen hatte, war er überzeugt, dass sie tatsächlich nicht blutete.

»Unser Killer hat gerade eben die Regeln geändert«, erklärte er.

* * *

Drew schaffte am Ende den fünften Platz, Tim den dritten. Als sie einander im Ziel umarmten, taten sie das so überschwänglich, dass sie sich beinahe gegenseitig umwarfen.

Sie schüttelten den Gewinnern die Hände, genau wie den Läufern, die hinter ihnen lagen.

»Wir haben es aufs Podium geschafft!« Drew riss seine Faust in die Luft.

»Was für ein Jahr, Mann. Was für ein Jahr.« Tim klopfte ihm auf den Rücken.

Drew schaute auf die Tribüne und entdeckte seine Mutter. Sie stand mit erhobenen Armen da, zeigte ihm einen emporgereckten Daumen. Er sah sich nach seinem Vater um und konnte ihn nicht finden.

Auf der anderen Seite des Leichtathletikfeldes suchte er die Menge nach Coach Ward ab. Als er sie auch nicht entdecken konnte, nahm er an, sie würde am Tor stehen, wenn sie vom Feld gingen.

Doch dort war sie ebenfalls nicht.

Tina hingegen schon. Sie lief zu ihm, gratulierte ihm zu seinem hervorragenden Ergebnis. »Das war großartig.«

»Zumindest nicht schlecht.«

»Was ist mit mir?«, erkundigte sich Tim, als ob Tina ihn ebenfalls küssen und umarmen würde.

»Kumpel, ich dachte, du wärst Zweiter geworden. Der Junge aus Portland war echt schnell.«

Tim stützte in einem Versuch, wieder zu Atem zu kommen, die Hände auf den Knien ab. »Das ist mein Ziel für nächstes Jahr.«

»Im College wird das Tempo anziehen«, bemerkte Tina.

»Gut, dass ich nicht aufs College gehe«, erklärte Drew.

»Wirklich?«

»Das ist nichts für mich.«

Tim schüttelte Drew die Hand. »Dann danke, dass du dich von mir ein letztes Mal hast schlagen lassen.«

Tim hatte aus eigener Kraft gewonnen. »Ich möchte eine Revanche.«

»Du musst nur Zeit und Ort nennen.«

»River-Bend-Highschool bei unserem zehnjährigen Klassentreffen.«

Tim zeigte mit dem Finger auf ihn. »Abgemacht.«

Tina lachte. »Das wird jedenfalls dafür sorgen, dass ihr kein Fett ansetzt, bevor ihr dreißig werdet.«

Drew ließ seinen Blick über die Menge wandern. »Hat irgendjemand Coach Ward gesehen?«

Tim und Tina schauten sich um. »Nein.«

Kapitel Zweiunddreissig

»Das Röntgenbild zeigt einen Heilungsprozess an Rippen und Schlüsselbein.«

Jo hatte nachgegeben und sich mit einer Fahrt ins Krankenhaus einverstanden erklärt, unter der Bedingung, dass die nicht mit einem Rettungswagen erfolgte. Der Schuss hatte sie mitten auf die Brust getroffen. Nur gut, dass der Schütze nicht auf ihren Kopf gezielt hatte.

»Klasse, dann kann ich ja gehen.« Jo schwang ihre Beine von der Trage.

»Nicht so schnell, Sheriff. Sie haben da eine schwere Prellung. Angesichts der Tatsache, dass Sie sich immer noch von einer kollabierten Lunge …«

»Davon habe ich mich doch längst erholt.«

Der Arzt in der Notaufnahme stand mit in die Hüften gestemmten Händen da und betrachtete sie mit einem entschlossenen Ausdruck in den Augen. »Ihr Sweatshirt schreit förmlich ›Leichtathletik‹. Laufen Sie etwa, Sheriff?«

Jo schaute an sich hinab. »Sehe ich nicht aus, als ob ich laufen würde?«

»Wie viele Kilometer waren es heute?«

Seine Botschaft war angekommen. »Ich bin okay, Doc. Hier rumzusitzen und so zu tun, als wäre ich krank, würde alle nur in Panik versetzen.« Außerdem musste sie noch einen Polizistenmörder fassen.

»Könnten wir ein paar Minuten haben?«, wandte sich Gill an den Arzt und schloss die Tür hinter sich. »Du möchtest nicht im Krankenhaus bleiben ...«

»Ich *werde* nicht im Krankenhaus bleiben.«

»Im Moment sind die einzigen Menschen, die wissen, dass du hier bist, ich, du, Shauna und der Schütze.«

Jo hielt inne. »Ich höre.«

»Der Schütze will dich tot sehen.«

»Das versaut er aber gerade ganz schön.«

Gill zwang sich zu einem Lächeln. »Wir haben hier eine Gelegenheit, ihn zu entlarven.«

»Wie?«

»Wir legen Shauna in dein Bett, behaupten, sie wäre du, und warten ab, ob wir unseren Mörder dazu verleiten können, sich zu verraten, wenn er kommt, um deinem Leben ein Ende zu setzen.«

»Eine Falle.«

»Könnte funktionieren.«

»Warum Shauna? Warum nicht ich?« Jo kannte die Antwort, bevor sie die Frage gestellt hatte.

»Sie ist dafür ausgebildet.«

»Ich auch. Und ich bin außerdem ein viel besseres Körperdouble.«

»Es ist zu gefährlich.«

Jo starrte ihn an. »Falls du mir jetzt sagen willst, ich könnte das nicht schaffen, möchte ich dich daran erinnern, dass ich bereits zwei Anschläge überlebt habe.« Bei diesen Worten musste sie die Galle, die unwillkürlich in ihr hochstieg, runterschlucken, sah ihn aber weiter offen an.

»Das kann ich dir nicht erlauben.«

»Mir erlauben? Tut mir leid …« Sie schaute sich im Zimmer um. »Habe ich etwas verpasst, oder warum hast du plötzlich etwas dabei mitzureden, was ich tue oder lasse?«

Gills Kinn schob sich vor, seine Nasenflügel blähten sich. »Lass Shauna …«

»Das wird nicht passieren. Das mach ich selbst, oder ich bin hier raus.« Und Jo wusste, Gill würde sie nicht einfach gehen lassen. »Ich kann endlich herausfinden, wer mich seit über einem Jahr beobachtet, und das überlasse ich niemand anders!«

Gill fluchte und hob beide Hände, um sich die Haare zu raufen, die er gar nicht hatte.

* * *

Gill tätigte mehrere Anrufe. Das FBI tauchte auf, und Jo wurde in ein isoliertes Bett auf der Intensivstation verlegt. Ihr Status wurde als kritisch, aber stabil angegeben. Falls der Schütze also sichergehen wollte, dass sie nicht lebend aus dem Krankenhaus herauskam, musste er reingehen und sie ausschalten.

Sobald alles vorbereitet war, machte sich Gill daran, die Statisten auf den Plan zu rufen. Luke ging beim zweiten Klingeln ans Handy.

»Hey, Miller.«

»Gill, wie geht's bei den Landesmeisterschaften? Erntet jemand für River Bend Ruhm und Ehre?«

»Ich hab keine Ahnung. Ich bin mit Jo im Krankenhaus.«

»Was?« Die Musik im Hintergrund wurde ausgeschaltet, Lukes Stimme wurde schärfer. »Was ist passiert?«

»Bist du allein?« Das Letzte, was Gill brauchte, war, dass irgendjemand mitbekam, was er zu erzählen hatte.

»Ja, ich bin allein. Geht es ihr gut?«

»Sie ist okay. Pass auf, du musst bitte Folgendes tun …«

* * *

Die Gerüchteküche in River Bend verbreitete die Nachricht wie
ein Lauffeuer in einem abgestorbenen Wald nach zehnjähriger
Dürre. Luke rief Maxine an, die Frau, an deren Auto er gerade
arbeitete, und teilte ihr mit, dass es leider länger dauern würde.
»Jo ist angeschossen worden. Ich bin jetzt auf dem Weg nach
Eugene.«

»Nein, mein Gott. Nein.«

»Doch, leider. Anscheinend hat sie im Krankenhaus etwas
darüber gesagt, dass sie wüsste, wer ihren Vater umgebracht hat,
aber dann mussten sie sie ins künstliche Koma versetzen.«

Maxine führte den Friseurladen im Ort. Die Klatschzentrale.

»Joseph wurde umgebracht?«

»O ja. Jo arbeitet schon seit Jahren an dem Fall. Egal, ich
muss jetzt los. Ich will unbedingt da sein, wenn sie morgen früh
aufwacht.«

»Das ist ja furchtbar, Luke. Ganz furchtbar.«

»Ich hab keine Zeit, noch irgendwen anzurufen, daher
sorg du bitte dafür, dass es alle erfahren, damit sie für sie beten
können.«

Maxine ging höchstens einmal im Monat in die Kirche.
Und an Feiertagen.

Als er zu Hause ankam, um Zoe aufzulesen, lief sie ihm
schon aus der Haustür entgegen, bevor er ausgestiegen war. »O
Gott, nein … Luke.«

»Sch. Es ist okay. Ihr geht es gut. Steig ein.«

Er hasste die Verzweiflung auf ihrem Gesicht und beruhigte
sie schnell. Allerdings war die Erleichterung nur von kurzer
Dauer. »Jemand hat auf sie geschossen?«

»Sie hatte ihre schusssichere Weste an. Es geht ihr gut. Gill
und das FBI glauben, sie könnten den Schuldigen dazu bringen, sich zu verraten.«

»Benutzen sie sie als Lockvogel?«

»Ich würde darauf tippen, dass Jo ihnen gar keine andere Wahl gelassen hat.«

»Ich will, dass es endlich vorbei ist.«

Luke war mit ihr einer Meinung. »Komm schon, Baby. Lass uns nach Eugene fahren, so wie wir das sonst auch tun würden.«

»Ich muss Miss Gina anrufen, damit sie weiß, dass es Jo gut geht.«

»Nein. Niemand sonst. Ich hab's noch nicht mal meinen Eltern erzählt.«

»Aber Miss Gina ...«

»Gill hat gesagt, niemand. Jetzt lass uns aufbrechen.«

Auf dem ganzen Weg nach Eugene leuchtete Zoes Telefon auf. Jedes Gespräch, das sie führte, jede Textnachricht enthielt das Gleiche. Jemand hatte versucht, Jo umzubringen. Die Ärzte hatten sie bis zum nächsten Morgen in ein künstliches Koma versetzt, damit ihre Lungen sich erholen konnten. Und der letzte Schnipsel Information ließ jeden in River Bend wissen, dass Jo den Namen desjenigen kannte, der ihren Vater auf dem Gewissen hatte.

* * *

Da Drew beinahe nie sein Handy benutzte, um mit jemandem zu telefonieren, überraschte es ihn, als es plötzlich klingelte.

»Hey!«

Es war Gustavo.

»Hey.«

»Was zur Hölle ist passiert? Geht es Coach Ward gut?«

Drew saß in einer Gruppe Athleten und drückte sich das Handy gegen das Ohr. »Wovon sprichst du?«

»Sie wurde angeschossen.«

»Was zur ...«

»Ich hab gehört, sie sei wieder auf der Intensivstation. Hast du gar nichts davon mitbekommen?«

»Nein, kein Wort.« Drew sprang auf die Füße und suchte mit den Augen das Leichtathletikfeld ab, hoffte, Gustavo irrte sich und Coach Ward würde irgendwo in der Nähe herumstehen.

»Was ist los?«, wollte Tina wissen.

»Coach Ward ist im Krankenhaus.«

»Ruf mich zurück, wenn du mehr herausgefunden hast«, verlangte Gustavo. »Hier machen die wildesten Gerüchte die Runde.«

»Alles klar.« Drew legte auf. Coach Gibson und seine Frau standen bei einer Handvoll Eltern aus River Bend. Einer davon war sein Vater. Er lief zu der Gruppe und wusste, dass sie über Coach Ward sprachen.

»Ich hab's gerade gehört«, erklärte er. »Geht es ihr gut?«

Sein Vater legte ihm einen Arm um die Schultern. »Sie wird sich wieder erholen.«

»Ich wusste, etwas war nicht in Ordnung.« Sie hatte die Gelegenheit versäumt, ein Bild auf dem Podium zu machen. Die Enttäuschung, die er dabei verspürt hatte, erschien ihm jetzt trivial.

»Ich hab gehört, Jo wüsste jetzt, wer ihren Vater umgebracht hat«, bemerkte Rektor Mason, der direkt neben Coach Gibson stand.

Drew schaute seinen Vater an.

»Mir hat nie gefallen, dass Josephs Tod zum Unfall deklariert wurde. Der Mann war viel zu gewissenhaft, um eine Kugel in der Waffe zu lassen, die er reinigen wollte.«

»Warum stehen wir hier und reden?«, fragte Drew. »Wir sollten im Krankenhaus sein.«

»Weiß irgendjemand, wo auf sie geschossen wurde?«, erkundigte sich Rektor Mason.

»Ich hab gehört, es sei hier gewesen«, antwortete Tims Mutter.

»Das hätten wir aber mitbekommen, wenn das der Fall gewesen wäre«, erwiderte Karl.

»Das ergibt keinen Sinn«, stellte Coach Gibson fest.

Als der nächste Startschuss fiel, drehten alle den Kopf.

Drews Vater stellte sich dichter neben seinen Sohn. »Wir verschwinden.«

»Ich muss mein Zeug holen.«

»Vergiss dein Zeug. Wir gehen.«

»Sammeln Sie Ihre Athleten ein, Wyatt. Dieser Wettkampf ist für River Bend beendet.«

* * *

Alles, was Jo tun musste, war, dazuliegen und zu warten.

Keine leichte Aufgabe, egal, wie viele FBI-Leute um sie herum waren. Eine der Krankenschwestern arbeitete mit Gill, ein Mann, der als Pfleger verkleidet war, hatte eine Waffe.

Die Vitalzeichen, die auf dem Monitor zu sehen waren, waren nicht ihre, die Decken und Verbände um die Schläuche mit der tropfenden Infusion verdeckten, dass die Nadel gar nicht in ihrem Arm steckte.

Und jetzt wartete sie. Selbst als ihre Freunde ins Zimmer kamen, öffnete sie nicht die Augen. Zoe blieb nicht lang, und Mel ging sogar noch schneller. Das war auch gut so, denn als Mel den Raum verließ, kamen gerade Karl und Drew herein.

In dem Zimmer gab es eine Kamera, deren Aufnahmen ins Schwesternzimmer übertragen wurden, und an mehreren Stellen im Zimmer waren unter den verschiedenen Geräten Mikrofone versteckt.

Jo zählte ihre Atemzüge, um sich nicht zu verraten.

»O Mann.« Drews Stimme war ein Flüstern. »Das sieht schlimm aus.«

»Sie ist eine starke Frau, Drew. Eine der stärksten, die ich je getroffen habe. Sie wird sich wieder erholen. Alles wird gut.«

Jo hörte Schritte näher kommen und musste ihre Hand schlaff lassen, als einer von ihnen danach griff. Drews Stimme brach. »Ich bin auf dem fünften Platz gelandet. Tim ist Dritter.«

Sie biss sich auf die Zunge und verkniff sich ein Lächeln.

»Sie wird stolz auf euch sein«, versicherte Karl seinem Sohn.

»O Mann … Ich kann das nicht.«

»Du machst das klasse. Geh ruhig schon, ich komme gleich nach«, erklärte Karl.

Die Geräusche vom Flur wurden lauter und dann wieder leiser, als jemand das Zimmer verließ.

Sie hörte einen Stuhl über den Boden scharren und das Geräusch von Karls Atem. »Verdammt, JoAnne. Es ist so schwierig, wütend auf dich zu sein, wenn du ständig im Krankenhaus landest.«

Atme ein … eins, zwei, drei.

Atme aus … vier, fünf, sechs.

»Ich hab mal gelesen, dass Leute Sachen hören und sich daran erinnern, die man ihnen gesagt hat, während sie bewusstlos in einem Krankenhauszimmer lagen. Daher sage ich dir das jetzt – nicht, weil ich möchte, dass du dich nicht daran erinnerst, sondern gerade weil ich das will. Ich habe immer geglaubt, dass dein Vater ermordet wurde. Aber ich hatte zu große Angst, um nach seinem Mörder zu suchen. Weißt du, als er starb, hatte ich erst ein paar Monate zuvor herausgefunden, dass er Drews biologischer Vater ist. Ich weiß, wie es ausgesehen haben muss, und ich weiß auch, wie es jetzt aussieht.«

Karl legte ihr eine Hand auf den Arm.

Jo zuckte nicht zusammen.

»Ich habe ihn nicht umgebracht. Und ich würde dir niemals ein Haar krümmen. Davon, dass es Leute in River Bend gibt, die glauben, dass ich dazu imstande wäre, wird mir ganz schlecht. Ich vermute, ich sollte mir Mühe geben, etwas diplomatischer zu sein. Ein bisschen entspannter, so wie du. Ich schätze, du weißt das mit Drew, was der Grund ist, weswegen du ihn unter deine Fittiche genommen hast.«

Sie hörte Karl schniefen und musste sich wirklich zusammenreißen, damit ihr nicht selbst Tränen in die Augen stiegen.

»Ich wollte nicht, dass er eine Schwester bekommt und mich dabei als Vater verliert. Ich weiß, es ist selbstsüchtig von mir, aber ich hätte es am liebsten, wenn er nie erfahren würde, wer in Wahrheit sein Vater ist. Ich erkenne jetzt, dass das nicht möglich ist. Es ist nur fair, wenn er eines Tages weiß, dass er eine Schwester hat.« Karl tätschelte ihr den Arm, und das Geräusch eines Stuhls, der zurückgeschoben wurde, drang an ihre Ohren. »Wie auch immer. Es sieht so aus, als hätten sie hier alles unter Kontrolle. Ich mach mich dann jetzt auf den Weg in die Stadt und sorge dafür, dass alles für deine Rückkehr vorbereitet ist.«

Ein paar Schritte, der Klang der sich öffnenden und schließenden Tür.

Jo seufzte tief auf.

* * *

Gill hatte den Ton von den Mikrofonen in Jos Zimmer auf dem Ohr. Es war unmöglich, zu wissen, ob Karls Geständnisse an ihrem Bett gemacht worden waren, weil er die Aufnahmegeräte entdeckt hatte, oder ob sie so ehrlich waren, wie sie sich anhörten. Da Gill nach dem Motto lebte: »Glaube nichts von dem, was du hörst, und nur die Hälfte von dem, was du siehst«, zwang er sich, sich noch keine Meinung zu bilden, bis er etwas beweisen konnte.

Während er in dem Wartezimmer der Intensivstation saß, sprach Drew mit Wyatt und Mel und ließ sich von seiner Mutter umarmen. Achtzehn war ein so schwieriges Alter für Jungs, technisch gesehen waren sie Männer, aber noch zu jung, um mit ihren Gefühlen ohne Tränen klarzukommen.

Aller Augen richteten sich auf die Tür, als Karl hereinkam.

Drew stellte sich vor seinen Vater, reckte sein Kinn. »Wir müssen rausfinden, wer ihr das angetan hat.«

Gill gefiel das Wort »wir«.

Karl legte Drew eine Hand auf die Schulter. »Das werden wir.« Er schaute seine Frau an. »Warum fährst du nicht mit Drew nach Hause?«

»Ich möchte bleiben.«

»Wir kommen morgen zurück. Es gibt einen Grund, warum Besucher auf der Intensivstation nicht rund um die Uhr erlaubt sind. Jo braucht Ruhe.«

Es sah so aus, als wollte Drew widersprechen, dann überlegte er es sich doch noch mal anders.

»Caroline, bitte bring ihn nach Hause.«

Sobald sie das Zimmer verlassen hatten, wandte sich Karl an Gill. »Können wir einen Moment unter vier Augen sprechen?«

Sie begaben sich außer Hörweite der anderen, und Gill stand mit vor der Brust verschränkten Armen da.

»Ich soll hier in die Falle gelockt werden.«

Gill hob eine Augenbraue, stritt allerdings auch nichts ab.

»Sie wissen das mit Drew.« Das war keine Frage.

»Stimmt.«

»Ich habe Joseph nicht umgebracht.«

»Wer dann?«

Der Ausdruck auf Karls Gesicht verriet, dass er etwas wusste. »Ich habe angefangen nachzudenken, nachdem der Hund gefunden wurde, dann das Kaninchen. So was ist schon mal passiert. Kurz vor Josephs Tod. Hinterher hat es aufgehört, und ich habe mir diese Fälle nicht noch mal angeschaut, da es bloß um Haustiere ging.«

»Wo sind diese Akten?« Gill hatte viele Fälle von Joseph Ward durchgesehen, konnte sich aber nicht daran erinnern, etwas gelesen zu haben, das in irgendeiner Weise mit dem gehenkten Hund zu tun hatte.

»Das weiß ich nicht. Ich habe alles durchsucht, doch ohne Ergebnis. Vielleicht hat Glynis sie auch schon alle eingescannt, und ich hab sie nur nicht gefunden.«

»Oder …«

»Oder jemand hat sie verschwinden lassen, sodass es keine Spur mehr davon gibt. Was bedeutet, dass, wer auch immer sie an sich genommen hat, sich Sorgen gemacht hat, dass irgendeine Verbindung zwischen dem Mord an Joseph und Jos …« Karl sagte nicht »Mordanschlag«, was Gill gut passte. »Und Jo besteht. Oder, wer auch immer die Unterlagen entfernt hat, weiß, dass das ein schlechtes Licht auf mich wirft.«

»Weil Sie Zugang zu den Akten hatten und sie damit auch vernichten konnten«, schloss Gill.

Karl nickte.

»Wen verdächtigen Sie?«, wollte Gill wissen.

Karl bewegte sich unruhig. »Meine Frau ist zu Mord nicht fähig.«

Gill seufzte. »Unter den richtigen Umständen ist jeder zu einem Mord fähig.«

»Sie hat es nicht getan.«

Gill war sich da nicht so sicher. »Wo waren Sie, als Jo heute angeschossen wurde?«

»Wann ist das denn überhaupt passiert?«

»Mit dem Startschuss bei dem Lauf Ihres Sohnes.«

»Ich war bei den Sprunggruben auf der anderen Seite des Zauns. Ich wollte, dass Drew mich sieht, doch er hat sich ganz auf die Ziellinie konzentriert.«

»Hat irgendjemand Sie dort bemerkt?« Seine Fragen würde er in einem offiziellen Verhör wiederholen, wenn das nötig würde.

»Vermutlich. Aber niemand, den ich kenne.«

Karl wusste, dass er befragt wurde, erhob aber keinen Widerspruch.

»Was ist mit Caroline? Wo war sie?«

Karl benötigte ein paar Sekunden, um zu antworten. »Das weiß ich nicht. Sie war irgendwie aufgeregt.«

»Warum war sie aufgeregt?«

»Das müssen Sie mir sagen. Sie war den Tränen nahe, nachdem sie mit Ihnen auf der Tribüne gesessen hatte.«

Richtig … Das musste gewesen sein, nachdem Gill ihr zu verstehen gegeben hatte, dass er ihr Geheimnis aufgedeckt hatte.

Gill fragte sich, wie gut Karl seine Frau kannte. »Wissen Sie, warum Wiederholungstäter ihre Verbrechen wiederholen?«, fragte er.

»Weil sie nicht gefasst werden«, antwortete Karl. »Oder weil die Strafen nicht hart genug waren, um sie davon abzuhalten.«

»Als Sie das mit Ihrer Frau und Joseph herausgefunden hatten, haben Sie sie zur Rede gestellt?«

Karl blickte über Gills Schulter, biss die Zähne zusammen.

»Hat sich Carolines Leben auf irgendeine Weise geändert?«

»Sie ist zu so etwas nicht fähig, Gill. Glauben Sie mir.«

»Zu Mord? Vielleicht nicht, aber dazu, sich einen neuen Liebhaber zu suchen …«

Karls Adamsapfel hüpfte auf und nieder, als er schluckte.

Kapitel Dreiunddreissig

Drew lenkte das Auto vom Krankenhaus-Parkplatz und wartete auf seine Mutter.

Während er im Abholbereich stand, hing er über dem Handy und schrieb Textnachrichten. Zu den Empfängern gehörten Tina, Tim und der Rest des Leichtathletikteams.

Das ist so falsch. Jemand hat auf unseren Coach geschossen!, schickte er in die Gruppe.

Niemand versucht einen Coach zu töten, jemand hat auf unseren Sheriff geschossen, antwortete Tim.

Ja, den Schluss hatte Drew auch schon gezogen.

»Hey, Schatz.«

Drew schaute zum Beifahrerfenster hinaus und sah seine Mutter neben dem Auto stehen. »Soll ich fahren?«, fragte er.

Sie öffnete die Tür, stellte ihre Handtasche auf den Beifahrersitz. »Sicher, das ist in Ordnung ...« Sie hielt inne, einen Fuß im Wagen. »Ich habe etwas vergessen. Bin gleich wieder da.«

Seine Mutter schloss die Autotür, und Drew widmete sich wieder seinen Textnachrichten. In der Gruppe ging es hin und her. Die Idee wurde diskutiert, Coach Ward rund um die Uhr zu bewachen, sobald sie sich erholt hatte.

Das Handy seiner Mutter summte auf dem Beifahrersitz.

Er ignorierte das, kehrte zu seiner eigenen Unterhaltung zurück.

Es summte ein zweites und ein drittes Mal, was ihn überraschte. Ohne länger darüber nachzudenken, hob er die Handtasche seiner Mutter an und entdeckte, dass ihr Handy herausgerutscht war. Er nahm es und erhaschte einen flüchtigen Blick auf die grüne Textnachricht. Der Name des Absenders war Stella.

Drew kannte keine Stella.

Wir sind noch nicht fertig miteinander. Sag so etwas nicht! Die reinkommende Nachricht leuchtete auf dem Bildschirm auf.

Drew versuchte die App auf dem Handy seiner Mutter zu öffnen, aber es war gesperrt.

Warum sollte seine Mutter ihr Handy sperren?

Baby, ich hab alles für dich getan. Tu das nicht!

Drew bekam feuchte Hände. Er sah über die Motorhaube des Autos, hielt nach seiner Mutter Ausschau. Sein eigenes Handy vibrierte, und er blickte aufs Display.

Ihm fiel auf, dass beinahe alle Namen, die er in seinem Handy hatte, Spitznamen waren. Sachen wie »Schnarchnase« oder »Penner«.

Antworte mir, Baby. Ich weiß, du liest meine Nachrichten.

Drew entdeckte die orangefarbene Bluse seiner Mutter vor den automatischen Türen des Krankenhauseingangs. Er ließ ihr Handy auf den Sitz zurückfallen, stieß ihre Handtasche um und schaute auf sein Display, ohne ein Wort wahrzunehmen.

»Hab meine Handtasche vergessen«, erklärte seine Mutter, während sie durch das Fenster griff und sich Tasche und Handy nahm. »Ich kaufe noch eine Cola im Kiosk hier, bevor wir heimfahren. Möchtest du auch was?«

Drew schüttelte den Kopf. »Danke, ich brauch nichts.«

Sobald sie sich umgedreht hatte und fortging, ließ Drew sie nicht aus den Augen. Er sah sie zögern, als sie die Eingangstüren des Krankenhauses erreichte. Sie war keine Minute drinnen, bevor sie wieder heraustrat. Dieses Mal kam sie auf seine Seite des Wagens und lehnte sich ans offene Fenster. »Weißt du, was, ich warte auf deinen Vater. Ich mach mir Sorgen um ihn.«

»Bist du sicher?«

Ihr angespanntes Lächeln machte ihm Angst.

»Absolut. Fahr vorsichtig.«

»Lass es mich wissen, wenn sich irgendwas ändert«, antwortete er.

»Werd ich. Hab dich lieb.«

»Ja, okay. Wir sehen uns zu Hause.«

Sie entfernte sich vom Auto und ging wieder ins Krankenhaus.

Drew lenkte den Wagen von der Abholspur, schaute dabei in den Rückspiegel. Um ganz sicherzugehen, verließ er den Parkplatz, fuhr um die Ecke und dann wieder zurück. Er stellte den Motor aus und wartete.

Es dauerte nicht lange, da tauchte seine Mutter wieder vor dem Krankenhaus auf, blickte sich um und verschwand in einem dreistöckigen Parkhaus auf der Westseite des Geländes.

»Heilige Scheiße.«

Drew saß im Auto seiner Mutter und wartete weiter. Sie kam nicht wieder aus dem dreistöckigen Parkhaus, und da es zwei Ausfahrten hatte, konnte Drew nicht wissen, ob sie es mit jemand anders verließ. Es musste jemand anders sein, da

Drew verfolgte, wie der Streifenwagen seines Vaters aus dem Haltebereich für die Polizei wegfuhr.

Sein Handy summte von Textnachrichten seiner Freunde, die unbeantwortet bleiben mussten.

Drew konnte nicht aufhören, an das zu denken, was er auf dem Smartphone seiner Mutter gelesen hatte. Niemand nannte jemand anders »Baby«, es sei denn …

Seine Eltern hatten sich im letzten Jahr oft gestritten, allerdings hätte er nie gedacht, einer von ihnen könnte den anderen betrügen.

Er wartete eine Stunde, bevor er seinen Vater anrief.

»Hi, Dad.«

»Du telefonierst nicht, während du fährst, oder?«

»Du meinst, so wie du?«

»Das ist was anderes.« Ja, Polizisten schienen zu denken, dass diese Regeln nicht für sie galten.

»Ha.« Drew versuchte zu lachen, aber es klang gezwungen. »Äh, ist Mom bei dir?«

»Ich dachte, sie sei bei dir.«

»Sie ist zurück ins Krankenhaus, hat gesagt, sie wollte mit dir zurückfahren.«

Sein Vater schwieg.

»Dad?«

»Ja, ich bin noch da. Ich dreh um und hol sie ab.«

»Das kann ich tun. Ich bin nicht weit gekommen. Ich hatte Hunger und wollte einen Burger.«

»Nein, nein, du fährst nach Hause. Ich werde deine Mutter finden.« Sein Vater klang verärgert.

»Bist du sicher?«

»Absolut. Du hattest einen langen Tag. Ich mag es nicht, wenn du müde fährst.«

»Okay.«

»Drew?«

»Ja?«

»Heute war ich wirklich stolz auf dich. Ich weiß, das sag ich dir nicht oft genug.«

Bei diesem Lob bildete sich ein Kloß in Drews Kehle. »Danke, Dad.«

Er wollte es gerade aufgeben, seinen Eltern hinterherzuspionieren, als er seine Mutter aus dem Parkhaus kommen sah. Im ersten Moment dachte er, sie würde seinem Vater hinterherlaufen, nur war es nicht sein Vater. Der Mann trug die gleiche Uniform, hatte eine ähnliche Größe, aber es war nicht sein Vater.

Sie bekam den Mann am Arm zu fassen, doch er riss sich los, fuhr herum und drängte sich gegen sie.

Drew griff nach der Autotür, um auszusteigen.

Er hatte den Parkplatz ungefähr zur Hälfte überquert, als er den Mann in der Uniform erkannte.

Drew blieb jäh stehen und dachte darüber nach, was er da sah.

Ein Mann, den er seit frühester Kindheit kannte, zog seine widerstrebende Mutter in die Arme, küsste sie grob und stürmte dann ins Krankenhaus.

Seine Mutter spürte, dass er sie anstarrte, drehte den Kopf und entdeckte ihn und seinen anklagenden Blick. Sie schlug beide Hände vors Gesicht, als könnte sie so die Wahrheit verbergen.

* * *

Jo tat der Hintern weh von den Stunden, die sie nun schon im Bett lag. Die Sonne vor dem Fenster begann zu sinken, und sie fing an zu glauben, dass ihr Täuschungsmanöver nichts zutage fördern würde. Also außer Karls Geständnis, das, wenn sie ehrlich war, schon die ganze Sache wert gewesen war.

388

Das Adrenalin, das ihr geholfen hatte, es bis ins Krankenhaus zu schaffen, war allmählich abgebaut, und zusammen mit der Langeweile des Wartens merkte Jo auf einmal, dass sie eingeschlafen war, als ein Geräusch vor ihrer Tür sie weckte.

»Ist schon okay. Machen Sie eine Pause, trinken Sie etwas Kaffee.«

Das klang nach Stan, ihrem vertretenden Deputy und langjährigen Freund der Familie, der den Polizisten vor ihrer Tür wegschickte.

Atme ein ... eins, zwei, drei.

Atme aus ... vier, fünf, sechs.

»Jo?«

»Jo?«, sagte er etwas lauter.

Sie spürte einen Finger, der sie an der Schulter berührte. »Jo?«

Er seufzte. »Du bist wirklich zäh.«

* * *

»Was soll das, Mom?«

Sie schluchzte, ihr Körper erbebte unter jedem Atemzug. »Es tut mir leid.«

Ihre Entschuldigung war gleichzeitig auch ein Geständnis.

»Deputy Fitzpatrick? Ernsthaft?«

»Es ist nicht so, wie du denkst.«

Drew fiel es schwer, sie anzuschauen. »Ich bin jung, aber nicht doof.«

Sie biss sich auf die Lippen, als versuchte sie so, die Tränen aufzuhalten. »Ich werde dieses Gespräch nicht mit dir führen.«

»Was ist mit Dad? Wirst du mit ihm darüber reden?« Wie konnte sie ihnen das nur antun? Warum?

Die Frau, die ihn großgezogen hatte, war ein Nervenbündel, ihre Hände zitterten heftig. »Ich muss mit Jos Freund sprechen.«

»Gill?«

»Stan ist nicht ganz richtig im Kopf. Er benimmt sich so seltsam.«

»So verhalten sich Männer nun mal, wenn ihre *Freundinnen* mit ihnen Schluss machen«, erwiderte Drew.

Seine Mutter straffte die Schultern und starrte ihn an.

»Ich hab deine Textnachrichten gelesen.«

»Du musst lernen, meine Privatsphäre zu respektieren.«

»Und du musst lernen, unsere Familie zu respektieren.«

Seine Mutter wurde nicht oft wütend, aber jetzt sah er Zorn in ihren Augen aufblitzen, bevor sie an ihm vorbei ins Krankenhaus lief.

* * *

Jo hielt ihre Atmung gleichmäßig, die Augen geschlossen, nur durch einen Schlitz zwischen ihren Lidern sah sie Schatten.

Stan sagte nichts, während er im Zimmer umherging.

Sein Schweigen war beunruhigend.

Er kehrte an ihr Bett zurück. Die Infusionsschläuche wurden bewegt, und etwas zog an den Pflasterstreifen auf ihrer Haut.

Sein Atem ging schnell und abgehackt.

Ein weiteres Ziehen an ihrem Arm.

Das Geräusch seines Atems war näher, seine Lippen dicht an ihrem Ohr. »JoAnne?«

Langsam atmen. Langsam atmen!

Seine Brust drückte sich gegen ihren linken Arm, und sie spürte seine Finger an ihrer Schulter. »Sorry, Jo. So ist es besser. Am allerbesten wär's gewesen, wenn du River Bend einfach verlassen hättest, nachdem dein Daddy gestorben war.«

Jo spürte ein Kratzen an ihrem Arm und fuhr auf.

Mit ihrer freien Hand ergriff sie Stans, da flog auch schon die Tür zu ihrem Zimmer auf.

Stan war mitten in der Bewegung, eine aufgezogene Spritze in der Rechten, Jos Schulter packte er mit der Linken.

Gill stand in der Tür, Caroline und Drew erschienen hinter ihm.

»Fallen lassen!« Gill zielte mit seiner Waffe direkt auf Stan.

Der Deputy hielt nicht inne, riss Jos verletzten Arm nach hinten und schob ihren Körper schützend vor sich. Sie schrie vor Schmerz auf.

Es war zu riskant. Gill wagte es nicht, abzudrücken.

Caroline schrie Stans Namen, verlangte, dass er aufhörte.

Drew schob seine Mutter hinter sich.

»Lassen Sie die Spritze fallen«, befahl Gill.

Da bemerkte auch Jo, was Stan in der Hand hielt. Der Schmerz in ihrer Schulter und Brust verblasste angesichts dieser neuen Bedrohung.

»Fallen lassen.«

»Was tust du da, Stan?«, fragte Jo.

Stans Augen ruhten auf Caroline. »Siehst du, wozu du mich bringst? Das ist alles deine Schuld.«

»Stanley, bitte.«

Die anderen Beamten von FBI und Polizei drängten sich in den Raum, zielten mit ihren Waffen auf Stan. Sollte es ihm tatsächlich gelingen, ihr die Nadel in den Arm zu jagen, wäre es das Letzte, was er tat.

»Ich war der Einzige, den du gebraucht hast. Aber nein. Du konntest dieses Wiesel von Ehemann einfach nicht verlassen. Musstest für ihren Daddy hier die Beine breit machen.« Stan dirigierte Jo auf seine andere Seite, den Arm um ihren Hals, die Nadel der Spritze dicht über ihrem bloßen Arm.

»Schafft sie hier raus«, verlangte Gill von niemand im Besonderen.

Jemand zog Caroline und Drew zur Seite.

»Tu das nicht, Stan.« Jo sprach ruhig, überlegte sich ihren nächsten Schritt.

»Du bist wie eine verdammte Katze, die einfach nicht stirbt.«

»Du wirst hier nicht lebend rauskommen.«

»Nein, vermutlich nicht.« Seine Stimme war zu ruhig, zu kontrolliert. »Allerdings ist das jetzt auch egal.«

Jo bemerkte eine Bewegung vor ihr. Fünf Waffen waren auf sie gerichtet.

Sie suchte Gills Blick.

Ohne Zögern und ohne auf den Schmerz in ihrem Arm zu achten, schob sie ihr Bein vor Stans, packte die Hand mit der Nadel mit ihren beiden und rammte ihren Oberkörper, so wie sie es in Virginia gelernt hatte, gegen ihn. Er hatte mit so etwas nicht gerechnet, doch das hieß nicht, dass er einfach so zu Boden ging. Jo konzentrierte sich auf die Nadel, während sie beide fielen.

Schmerz schoss durch ihren Körper, und alle Luft wich aus ihren Lungen.

Der Raum schien zu explodieren, als Gill sich auf Stan stürzte. Alles, was Jo sah, war Gills kraftvolle Hand, die sich um Stans schloss. Wenn dessen Finger nicht brachen, dann mussten sie aus Titan gemacht sein.

Stan konnte Jo nicht länger festhalten, und jemand zog sie weg.

Keuchen und die Geräusche eines Krankenzimmers, in dem alles zu Bruch ging, waren das Einzige, was sie hören konnte.

Stan wehrte sich heftig.

Aber vergebens.

KAPITEL VIERUNDDREISSIG

Als Gill Stan abführte, gestattete Jo es dem echten Arzt, ihren Arm zu untersuchen und ihre Vitalzeichen zu überprüfen, bevor sie sich anzog und von ihren besten Freundinnen fest umarmen ließ.

»Verdammt, Jo. Tu das nie wieder.« Zoe drohte ihr mit dem Finger, dann umarmte sie sie noch ein zweites Mal.

»Pass auf den Arm auf, Süße.«

»Tut mir leid.« Zoe wich ein Stück zurück, doch ohne sie loszulassen.

»Ich hoffe, du hast eine gute Versicherung«, schaltete sich Mel ein. »Du warst mehr im Krankenhaus als ich, und ich bin schwanger.«

Im letzten Monat hatte sie endlich angefangen, ein Bäuchlein zu bekommen.

»Ihr habt mir gefehlt«, erklärte Jo.

»Wir sind genau hier gewesen.« Zoe schob ihr die Haare über die Schultern.

»Ich weiß. Ich konnte nur seit einer gefühlten Ewigkeit nicht mehr frei durchatmen.«

Mel verdrehte die Augen. »Vielleicht solltest du aufhören, dir deine Lungen in regelmäßigen Abständen durchlöchern zu lassen.«

Jo schaute auf ihren Arm hinab, der in einer neuen Schlinge lag. Ihre Schulter schmerzte wie die Hölle.

»Also Stan …« Mel blickte zu den Agenten, die Caroline beiseitegenommen hatten. Karl stand während der Befragung bei Drew.

»Und das alles nur wegen einer dummen Dreiecksbeziehung«, bemerkte Jo.

»Ich dachte, Stan wäre verheiratet«, seufzte Mel.

»Ich hab seine Frau seit Jahren nicht mehr gesehen.«

»Denkst du, er hat deinen Vater getötet?«, wollte Zoe wissen.

»Das würde jedenfalls Sinn ergeben. Wenn er meinen Job wollte, hätte er sich zuerst um meinen Dad gekümmert, dann Karl in Misskredit gebracht und die Stelle selber übernommen.«

»Nur dass du dich eingemischt hast«, erinnerte Mel sie.

»Ja. Doch warum hat er bis jetzt damit gewartet, den nächsten Zug zu machen?«

Gill führte Caroline aus dem Zimmer und nickte Jo zu, damit sie mitkam. »Ich weiß nicht, aber das werde ich jetzt rausfinden.« Ihr fiel auf, dass Drew sie beobachtete. »Tut mir einen Gefallen, und lenkt Drew ab.«

Mel und Zoe wechselten Blicke. »In Ordnung«, sagte Zoe.

Das Zimmer, in das Gill sie führte, um Caroline zu befragen, war eines, das das Team der Intensivstation dazu nutzte, mit verzweifelten Angehörigen zu reden.

Kaum hatte Gill die Tür hinter ihnen geschlossen, als Caroline auch schon in Tränen ausbrach. »Es tut mir leid, JoAnne.«

Jo biss so fest die Zähne zusammen, dass ihre Kiefermuskeln schmerzten. »Beweisen Sie es mir, Caroline. Lassen Sie mich nicht auf Antworten warten.«

Gill hob eine Hand. »Sie haben das Recht auf einen Anwalt.«

Jo fing seinen Blick auf. »Hast du ihr schon ihre Rechte verlesen?«

Gill wandte sich an Caroline, holte das nach und wartete dann.

»Ich bin nicht stolz auf mein Verhalten«, begann Caroline.

»Haben Sie meinen Vater getötet?«

»Nein! Gütiger Himmel, nein. Ich habe Ehebruch begangen, keinen Mord. Stan und ich ... Wir haben beide ... Wir wussten, es war nicht richtig. Karl und ich hatten Schwierigkeiten, ein Baby zu bekommen. Ich wurde untersucht, aber bei mir war alles in Ordnung. Der Arzt hat nie direkt gesagt, dass Karl keine Kinder zeugen könnte, daher haben wir es weiter versucht.«

»Also haben Sie eine Affäre angefangen, um ein Kind zu bekommen?«

»Nein ... äh ... ja. Ich weiß nicht.« Ihre Tränen flossen, und unter ihren Augen bildeten sich große schwarze Mascaraflecken.

»Also was denn jetzt?«

»Ich wollte ein Kind. Doch es ist einfach nichts passiert.«

»Also haben Sie sich einen anderen Mann gesucht?« Jo ballte ihre Hände zu Fäusten, dachte daran, dass ihr Vater hintergangen worden war.

»Nachdem seine Frau gestorben war, kam Joseph ab und zu zu mir, um zu fragen, wie eine Frau etwas bei der Erziehung eines Mädchens machen würde.« Caroline rieb sich mit den Fingern über die Hose. »Ihr Vater war ein guter Mann.«

»Ach so, verstehe. Also hatten Sie eine Affäre.«

Caroline starrte zu Boden.

»Wie lange ist es gegangen?«

»Ungefähr ein Jahr.«

Jos Herz klopfte heftig in ihrer Brust. Bei der Vorstellung, dass ihr Vater über ein Jahr lang mit einer verheirateten Frau geschlafen hatte, wurde ihr übel.

»Und dann sind Sie schwanger geworden?«

Sie stimmte mit einem Nicken zu.

»Wusste mein Vater Bescheid?«

»Er hat es sich später zusammengereimt. Karl habe ich nichts gesagt.«

»Also, wer hat Schluss gemacht, Sie oder mein Vater?«

Caroline verschränkte ihre Finger, war sichtlich nervös. »Als Karl ihm erzählt hat, dass er Vater werden würde, hat Joseph erklärt, es sei vorbei.«

Also das musste ihm Jo immerhin zugutehalten. »Und wo kommt bei der ganzen Sache Stan ins Spiel?«

Caroline schwieg.

»Wir werden die Antworten von ihm bekommen«, bemerkte Gill.

»Stan war irgendwie immer da. Er wollte mehr, als ich bereit war zu geben. Als er sich von Helen scheiden ließ, ist er davon ausgegangen, dass ich Karl verlassen würde.«

»Aber das haben Sie nicht getan«, stellte Gill fest.

»Stan begann, seltsam zu werden, nachdem seine Scheidung eingereicht war. Hat behauptet, er hätte alles für mich aufgegeben, trotzdem wäre ich nicht zufrieden. Ich dachte, er meinte seine Scheidung, doch dann hat er angefangen, ein paar Sachen zu sagen, die mich dazu brachten, mich zu fragen, ob da nicht mehr dahintersteckte.«

Jo und Gill schauten einander schweigend an.

Gill nutzte den Augenblick, um sich hinzusetzen. Jo achtete darauf, dass sie mit dem Rücken zur Tür stand, stützte mit dem gesunden Arm den in der Schlinge.

»Was für Sachen?«

»Er hat behauptet, Karl sei für den Tod des Hundes verantwortlich.«

»Eine Menge Leute haben das gedacht.«

Caroline legte den Kopf auf die Seite. »Bloß dass das nicht stimmt. Und Stan war an dem Tag bei uns, als Drew das …« Sie schluckte schwer.

»Also haben Sie geglaubt, Stan wäre dafür verantwortlich.«

»Ja.«

»Hat Ihnen das Angst gemacht?«

Ihre Tränen begannen wieder schneller zu fließen. »Ja. Er hat mir erzählt, Karl wollte Ihre Stelle und wäre bereit, alles dafür zu tun, sie zu bekommen.«

»Ist das denn wahr?«

»Nein. Würde Karl gerne Sheriff sein? Ja, aber nicht auf Ihre Kosten.«

»Caroline.« Jo wartete, bis die Frau sie anschaute. »An was aus der Nacht, in der mein Vater gestorben ist, erinnern Sie sich noch?«

Angst ersetzte Carolines Tränen. »Ich war zu Hause, Karl hatte Dienst, da Joseph oben in seiner Hütte war. Stan wollte vorbeikommen, um mich zu sehen, ich wollte jedoch das Risiko nicht eingehen. Wir haben uns gestritten.«

»Worüber haben Sie sich gestritten?«

»Das Übliche. Wir sollten beide die Scheidung einreichen, ich sollte zu ihm nach Waterville ziehen.«

»Doch das wollten Sie nicht.«

»Nein. Ich wollte nicht in Waterville leben, ich mag River Bend. Ich wollte Drew nicht von seinen Freunden trennen. Ich weiß, es ist schwer zu glauben, aber ich liebe Karl. Ich wollte nie, dass irgendetwas von dem hier passiert.«

Jo ließ sich ihren Abscheu für die Frau nicht anmerken.

»Also haben Sie sich gestritten. Was dann?«

»Er hat gemeint, er würde es so arrangieren, dass er nach River Bend ziehen würde.«

Jo betrachtete Caroline aus schmalen Augen. »Und ist das nicht genau das, was er getan hat, kaum dass mein Vater ermordet worden war?«

Caroline verzog das Gesicht. »Stan ist anfangs gependelt, hat sich dann immer mal wieder ein Hotelzimmer außerhalb der Stadt genommen.«

»Und da er und Karl immer versetzt Dienst hatten, war Stan in der Lage, mehr Zeit mit Ihnen zu verbringen.«

Schweigen.

Jo musste sich sehr zusammenreißen, um nicht zu sagen, was sie eigentlich sagen wollte. »Jemand hat heute auf mich geschossen. Waren Sie das?«

»Nein.« Caroline blickte Jo an.

»War es Karl?«

»Nein, so etwas würde er nie tun.«

»Wer war es denn?«, fragte Jo.

»Ich weiß es nicht.«

Sie wusste es sehr wohl, sie konnte es nur nicht zugeben, nicht einmal vor sich selbst.

»Eine Frage noch, Caroline.« Jo beugte sich vor.

Caroline biss sich auf die Unterlippe.

»Hat Stan meinen Vater getötet?«

Die Frau, die JoAnne fast ihr ganzes Leben kannte, die Mutter ihres Bruders, schlug sich die Hand vor den Mund und schluchzte.

»Warum jetzt? Warum hat Stan es nach all diesen Jahren auf einmal auf mich abgesehen?«

»Das weiß ich nicht! Mir hat er erzählt, wenn erst einmal alle Hindernisse aus dem Weg geräumt wären, dann könnten wir gemeinsam glücklich werden. Karl ist jede Nacht gestresst heimgekommen, wütend, und alle haben sich gegen ihn gewandt. Das letzte Mal, dass das passiert ist, war direkt nach dem Tod Ihres Vaters. Als Sie zurück in die Stadt gekommen und zum Sheriff gewählt worden sind, ist Stan praktisch abgetaucht. Dann, nach einem Jahr, war er zurück, hat angefangen zu flirten und mich gebeten, mich mit ihm zu treffen. Es war nicht oft, nur ab und zu mal.«

Als ob das Jo interessierte.

»Und dann hat er plötzlich die Scheidung eingereicht und mir ein Ultimatum gestellt.«

»Aber warum hatte er es auf mich abgesehen, warum nicht auf Karl?«

Caroline drückte ihre Schultern durch, presste die Lippen aufeinander. »Karl ist ein guter, ehrenwerter Mann.«

»Ein Mann, den Sie seit Jahren systematisch betrügen.«

Caroline schluckte schwer.

Gill trat zwischen sie, unterbrach den Blickkontakt.

»Für mich sieht es so aus, als hätte Stan Karl von Beginn an belasten wollen – der Tod von JoAnnes Vater, die Anschläge auf Jos Leben. Sogar das mit den Tieren.«

Caroline nickte.

»Wenn Stan also Karl in Misskredit bringt, dann wird Karl für Sie nicht weiterhin ›ehrenwert‹ sein.«

Caroline starrte ihn mit offenem Mund an.

»Vielleicht wird Karl als der Bösewicht bei alldem betrachtet, als der entlarvt, der für den Mord an dem biologischen Vater seines Sohnes verantwortlich ist und darüber hinaus vermutlich auch versucht hat, der Frau das Leben zu nehmen, die den Job bekommen hat, der eigentlich ihm zustand.«

Entsetzen trat in Carolines Augen.

»Und vielleicht sind dann all die Hindernisse aus dem Weg geräumt, sodass Ihnen nichts anderes mehr übrig bleibt, als sich ihm zuzuwenden.«

Gill schaute nicht länger Caroline an, sondern zu Jo.

Während ihr das Herz blutete, begann es auch zu heilen.

Wenigstens wusste sie jetzt Bescheid.

* * *

Jo stolperte aus dem Zimmer, ließ Gill bei Caroline zurück. Sie fing Drews Blick auf.

Sie versuchte sich an einem Grinsen. Wenn es irgendetwas Gutes an der ganzen Angelegenheit gab, dann war das die Tatsache, dass sie einen Bruder hatte.

Karl stand neben Drew. Bei dem Anblick der beiden zog sich ihr der Magen zusammen.

Drew sagte etwas zu seinem Vater, und Karl lächelte Jo leicht zu, bevor er in ihre Richtung nickte.

»Hey.« Jo setzte sich auf die Couch im Wartezimmer, klopfte auf den Platz neben sich.

Drew, der immer noch die Sachen vom Wettkampftag anhatte und wie ein Junge roch, der den Großteil des Tages gerannt war, setzte sich neben sie. »Wie geht es Ihnen?«, fragte er.

»So weit okay, Drew. Ich ärgere mich wegen Stan, aber …«

Drew schnaubte. »Wir sind alle sauer auf ihn.«

»Es gibt da ein paar Sachen, die du wissen solltest«, begann sie.

»Meine Mutter hatte eine Affäre mit ihm«, kam Drew ihr zuvor.

»Ich weiß.«

»Steckt meine Mutter jetzt in Schwierigkeiten?«

»Wir haben eine Menge Fragen an sie.«

Drew biss sich auf die Unterlippe. »Ist das, was er über Ihren Dad gesagt hat, wahr?«

Jo legte ihre Hand auf seine. »Ja.«

Drew atmete rasch dreimal hintereinander ein. »Heißt das …?« Seine Frage hing in der Luft.

Jo blickte zu Karl, der sie beobachtete, einen seltsamen Ausdruck auf dem Gesicht.

Sie drückte Drews Hand. »Du hast immer noch einen Vater, Drew. Allerdings …«

Er wandte den Kopf und schaute sie an.

»Du hast eine Schwester dazubekommen.«

Feuchtigkeit stieg ihm in die Augen.

Und verdammt, ihr erging es nicht besser.

»Das gefällt mir«, erwiderte er.

Sie brauchte ein größeres Lächeln auf Drews Gesicht. Das ganze Adrenalin des Tages büßte allmählich seine Wirkung ein, und sie vermutete, bei ihm war es nicht anders. »Das heißt vor allem, ich bekomme mehr als nur Schokolade zu Weihnachten.«

Er musste jetzt grinsen. Auf eine Art und Weise, wie sie es aus ihrem Spiegel kannte. »Das heißt, ich darf jetzt JoAnne zu dir sagen.«

Ihr Lächeln verblasste. »Niemand nennt mich JoAnne.«

Drew zog eines dieser Gesichter, wie Kids es taten, wenn sie so tun wollten, als dächten sie über etwas nach. »Also, soweit ich das sehe, in Bezug auf das Laufen bin ich aus dem Schneider, du kannst mir meinen Abschluss nicht nehmen – und Weihnachten ist erst in vielen Monaten, *JoAnne*.«

Sie schluckte schwer. »Okay, ich beginne zu begreifen, wie das werden wird.«

»Nein, tust du nicht. Du bist vielleicht älter als ich, aber wir sind im genau gleichen Moment eine Familie geworden.« Er erwiderte den Druck ihrer Hand. »Wir werden das hier gemeinsam lernen.«

Verdammt, der Junge brachte sie hier allen Ernstes zum Weinen.

»Idiot.«

Drew zog sie für eine kurze Umarmung an sich, dann kehrte er zu seinem Vater zurück.

EPILOG

Caroline wartete Drews Abschlussfeier ab, bevor sie ihre Sachen packte und River Bend verließ. Die Untersuchung hatte ergeben, dass sie sich außer Ehebruch nichts hatte zuschulden kommen lassen. Der Stadtklatsch verbreitete sich wie ein Virus, vor allem, als ans Tageslicht kam, dass Joseph Ward – der zuverlässige, pflichtbewusste Sheriff von River Bend – genauso schuldig war wie Caroline.

Gill stand während der Abschlussfeier der River-Bend-Highschool Hand in Hand mit Jo neben Drew und ihrem Deputy Karl.

Sie waren eine merkwürdige Familie, eine, die aus Lügen und Betrug entstanden war. Aber Jo war trotzdem glücklich.

Sie hatte einen Bruder. Auch wenn sie nie das Gefühl gehabt hatte, dass ihr etwas fehlte, wurde ihr, als er mehr als nur ein weiterer vorlauter Teenager in ihrem Laufteam wurde, bewusst, dass ihr jede Menge gefehlt hatte.

Gill bestand darauf, in der folgenden Woche bei ihr zu bleiben.

Mel und Zoe übernahmen die Aufgaben des Klassentreffen-Komitees, ohne irgendeine Beziehung zu der Klasse zu haben, die drei Jahre nach ihnen von der Highschool abgegangen war.

Zu sechst standen sie um die Bar herum beisammen, beobachteten, wie Rektor Mason sich Drinks von Ehemaligen aus der Abgangsklasse von vor zehn Jahren spendieren ließ. Da in der Kleinstadt wenig los war, waren viele Leute gekommen, auch wenn einige von ihnen die Schule schon über zwanzig Jahre zuvor hinter sich gelassen hatten.

»Ist das zu glauben? Unser Schulabschluss ist dreizehn Jahre her«, sagte Zoe und schmiegte sich in Lukes Arme.

»Ich hab das Gefühl, als sei ich nie weg gewesen, und das ist noch nicht mal die Stadt, in der ich aufgewachsen bin«, sagte Wyatt mit einem Lachen.

»Also, Zoe«, erkundigte sich Jo. »Was willst du jetzt mit deinem Elternhaus anfangen?« Zoes Geschwister waren ausbezahlt worden, ihre Mutter war noch immer im Gefängnis, und ihr Vater war tot. Aber das Haus, das für ihre Freundin mit so vielen schlimmen Erinnerungen verbunden war, stand immer noch.

»Felix hatte eine großartige Idee«, erwiderte Zoe. Felix war seit langen Jahren ihr Regisseur und zudem ein guter Freund.

»Oh?«

»Ja. Wir werden es in die Luft sprengen.«

Jo hielt inne. Gill drückte ihre Hand.

»Es in die Luft sprengen?«, fragte er nach.

»Küchenkatastrophe. Ihr wisst schon. Die typische ›Ich hab meine Küche in die Luft gejagt, als ich einen Truthahn machen wollte‹-Episode.«

Mel runzelte die Stirn. »Niemand jagt seine Küche in die Luft, wenn er einen Truthahn zubereitet.«

Wyatt stieß sie an.

»Ich hab sie nicht in die Luft gejagt. Der Herd war kaputt!«

Sie lachten alle.

Die Musik wurde langsamer, und Luke zog Zoe mit sich auf die Tanzfläche. Mel und Wyatt folgten ihnen.

»Willst du tanzen?«, erkundigte sich Gill.

Jo stellte den Drink ab und schüttelte den Kopf. »Nein. Tanzen ist nicht das, was ich tun möchte.«

Gill zog eine Augenbraue hoch und grinste.

Zwei Stunden später, als sie nebeneinander im Bett lagen, lange nachdem sie jeden möglichen Muskel, den sie beide besaßen, beansprucht hatten, kuschelte sich Jo in Gills Arm.

»Ich hab nachgedacht«, begann er.

»Hört sich nach Ärger an.«

Er lachte. »Es gibt eine Beförderung für mich beim FBI.«

»Das ist gut, oder?«

»Ist es. Ich könnte in Eugene bleiben.«

Sie hatte nicht bemerkt, dass sie den Atem angehalten hatte. »Wirst du sie annehmen?«

»Ich denke darüber nach. Aber das würde bedeuten, dass Shauna einen neuen Partner braucht.«

Jo bewegte sich etwas. Die verdammte Schulter tat immer noch weh, auch wenn sie die Schlinge jetzt seit fast einer Woche nicht mehr trug. »Pech für sie.«

Er machte eine kleine Pause. »Außer es wärst du.«

Jo lag absolut still. »Ich?«

»Nun, ich meine, du müsstest dich bewerben, den Fitnesstest bestehen, womit du keine Probleme haben solltest. Dank deiner Jahre als Sheriff würdest du die notwendige Qualifikation mitbringen, und wenn nicht, wären es wahrscheinlich nur ein paar Kurse, die du belegen müsstest, um den offiziellen Abschluss zu erhalten.«

Jo stützte sich auf einen Ellbogen. »Du denkst, ich müsste noch mal in die Schule?«

»Wenn du gerne FBI-Agent werden würdest.«

Sie spürte ihren Herzschlag in ihrem Kopf. »Das habe ich noch nie in Erwägung gezogen.«

»Du hast etwas Zeit. Ich würde die Beförderung erst nach dem Ersten annehmen.«

»Glaubst du, sie würden mich tatsächlich einstellen?«

Gill strich ihr eine Haarsträhne hinters Ohr. »Sie wären dumm, wenn sie es nicht täten.«

Konnte sie das wirklich? Würde sie es schaffen? »Das FBI«, flüsterte sie.

»Etwas, worüber du mal nachdenken könntest.«

Jo sah sich im Zimmer um. Im Zimmer ihres Vaters, auch wenn es in einer anderen Farbe gestrichen war und neue Möbel hatte.

»Du hast die Dinge hier in River Bend in Ordnung gebracht, JoAnne. Vielleicht ist es an der Zeit, die Dinge für dich in Ordnung zu bringen.«

Sie lächelte, als sie sich wieder an ihn schmiegte. »Ich müsste in Eugene leben.«

»Ja. Aber das habe ich alles schon geklärt«, sagte er.

»Wie das?«

»Du würdest zu mir ziehen.«

Sie wohnten jetzt schon immer zusammen, wenn sie in derselben Stadt waren.

»Zu dir ziehen?«

»Natürlich. Wo solltest du sonst hin?« Er hörte sich an, als wäre das überhaupt keine Frage.

»In mein eigenes Haus. Oder ein Apartment?«

Jetzt war es an Gill, sich ein Stück zurückzulehnen, um ihr in die Augen sehen zu können. »Warum?«

»Ich weiß nicht …«

»Nein. Du lebst bei mir. Du bist schon dreimal dem Teufel von der Schippe gesprungen, seit wir uns kennen. Ich traue dir nicht zu, dass du allein zurechtkommst.«

»Du traust mir das nicht zu?«

»Nein. Tut mir leid. Du ziehst bei mir ein. Wir können am Wochenende hierher zu Besuch kommen …«

»Moment mal. Ich habe ein Leben hier.«

»Nein. Du hast hier gewohnt. Dein Leben ist bei mir.«

»Mein ganzes Leben hat in River Bend stattgefunden.«

Er zögerte. »Ich wäre ein wirklich schlechter Deputy Sheriff.«

Der Gedanke an ihn in ihrer Uniform ließ sie auflachen.

»Siehst du?«

»Du wärst furchtbar.«

»Aber du«, er küsste sie auf die Nase, »du wärst ein großartiger FBI-Agent.«

Jo stützte ihre Faust auf seine Brust, legte ihr Kinn darauf. »Großartig, was?«

»Du hast in Quantico allen in den Hintern getreten.«

»Alle meine Freunde sind hier, Miss Gina …«

»Und du bist nur zwei Stunden entfernt und kannst häufig zu Besuch kommen.«

Sie seufzte und hatte sich schon halb dafür entschieden. Dabei hatte sie über diese Möglichkeit noch nie zuvor nachgedacht. »Ich werde mir das mal durch den Kopf gehen lassen.«

Sein Lächeln war ein langsames, lässiges Grinsen. »Also, zusammenziehen, heiraten?«

Jo betrachtete ihn argwöhnisch. »War das ein Antrag?«

Er verdrehte die Augen. Jo war sich nicht sicher, ob sie das je zuvor bei ihm gesehen hatte. »Es ist die Unterhaltung vor einem möglichen Antrag. Wir sind noch nicht lange genug aus dem Krankenhaus raus, um zu wissen, was wir wollen.«

»Stimmt.«

Seine Hand ruhte auf der nackten Haut an ihrem Rücken, während sie sich unterhielten. »Mir gefällt die Idee mit der Heirat«, erklärte er, als wäre ihm das gerade erst bewusst geworden. »Meine Eltern haben es anders gemacht, aber ich weiß nicht. Vielleicht …«

»Moment. Deine Eltern sind nicht verheiratet?«

Gill schüttelte den Kopf. »Gott, nein. Sie sind totale Hippies. Miss Gina würde sie lieben.«

»Und das hat funktioniert?«

»Es funktioniert seit …«, Gill sah zur Decke, während er rechnete, »an die sechsunddreißig Jahre jetzt.«

Jo atmete aus.

»So wie ich das sehe, ist ein Stück Papier einfach nur ein Stück Papier, wenn zwei Leute sich lieben. Aber wenn du es willst, kann ich das verstehen.«

»Ich glaube nicht, dass das ein Antrag war.« Sie zog ihn auf, allerdings waren ihr seine Worte nicht entgangen.

»Okay, du bist also ein Mädchen, das einen Antrag will …« Er blinzelte ihr zu. »Verstanden.«

»Nun, ich will auf jeden Fall einen Ring.«

»Natürlich. Die anderen Männer müssen doch wissen, dass sie dich in Ruhe lassen müssen«, erwiderte er.

»Oh, die werden mich nicht in Ruhe lassen.«

Er runzelte die Stirn. »Dann ist es ja gut, dass ich so groß bin.« Seine Hand strich über ihren Hintern und drückte ihn.

»Du weißt, dass ich dich liebe«, sagte sie ihm zum ersten Mal.

»Ich weiß. Und ich, mein sexy Sheriff, liebe dich. Und das weißt du auch.«

Sie arbeitete sich seine Brust hoch, hatte vor, dafür zu sorgen, dass er genau wusste, wie sehr sie ihn mochte, als das Geräusch von etwas Weichem, das die Seite des Hauses traf, an ihr Ohr drang.

Sie erstarrten beide.

Jo entspannte sich zuerst.

»Ich hole meine Waffe.« Gill versuchte, sie von sich runterzuschieben.

»Wag es nicht«, sagte sie und hielt ihn auf dem Bett fest.

»Da draußen ist jemand.«

Sie nickte. »Jap.«

Er versuchte wieder, sie von sich zu heben.

»Du kannst doch meinen Bruder nicht erschießen.«

»Drew?«

»Ja. Es ist die Nacht des Klassentreffens.«

»Was bedeutet das?«

»Du wirst schon sehen …« Jo presste ihre Lippen auf Gills und ließ ihn allen Lärm außerhalb ihres Elternhauses vergessen.

Als sie und Gill am nächsten Morgen zwischen den mit Unmengen Toilettenpapier umwickelten Bäumen standen, drehte er sich zu ihr um und erklärte: »Wir ziehen nach Eugene.«

»In Ordnung. Aber ich behalte das Haus.«

»Und ich werde die Hütte benutzen.«

»Da kann man klasse mit den Kindern hinfahren.«

Gill drückte sie an sich. »Ich hoffe, du sprichst von unseren Kindern.«

Sie seufzte. »Ich denke, ich brauche diesen Antrag, bevor wir über Kinder reden.«

Er küsste die Seite ihres Kopfes, während feuchtes, halb aufgelöstes Toilettenpapier vom Dach tropfte.

Rocco, ihr Rottweiler-Mix-Welpe, hüpfte bellend um sie herum.

DANKSAGUNG

Ich habe vielen Leuten zu danken. Wo soll ich beginnen? Ich fange mit Kari und Brandy an, die der Ausgangspunkt für diese Reihe waren. Unsere Freundschaft hat mich als Kind geerdet und inspiriert mich heute noch als Erwachsene. Danke, Kari, für die Information über Quantico, die du mit mir teilen konntest. Ich hoffe, da, wo ich von der Realität abgewichen bin, lag ich nicht komplett daneben. Und wenn es so ist, nun, das hier ist schließlich ein Roman.

Für Dawna, meine zweite Mutter. Wenn du auch überhaupt nicht wie Miss Gina bist, warst du doch diejenige, an die ich mich um Ratschläge und Sicherheit gewandt habe, wenn ich einen Erwachsenen brauchte. Du wirst immer einen besonderen Platz in meinem Herzen einnehmen.

Für Suzie, die Polizistentochter in der Nachbarschaft. Wenn ich an die Dinge denke, die du getan hast, um deinen Dad zu ärgern. Und wie viel Zurückhaltung er gezeigt hat, dass er dich nicht erwürgt hat. Diese Jungs von nebenan waren das Risiko allerdings wert!

Für alle Leichtathletiktrainer, die ihr Wissen und ihre Fähigkeiten über die Jahre meinen Jungs weitergegeben haben, danke!

An Jane, für immer meine Agentin und Freundin.

An Kelli und alle bei Montlake, für das Verständnis für meine Waldbrand-Verspätung dieses Jahr. Ich bin froh, mein ursprüngliches Ende »Und dann raste ein Feuer durch River Bend, und alle starben« geändert zu haben. Ich denke, das hier ist besser.

Aber zurück zu Andrea:

Für meine Andi. Als ich die Widmungen für Brandy und Kari in den ersten zwei Büchern dieser Serie geschrieben habe, wurde mir klar, dass ich vielleicht ein Buch mir selbst widmen müsste. Vor allen Dingen, weil Zoes Roman so sehr meinem Leben ähnelt. Doch Dinge passieren aus einem Grund. Als ich mich also hingesetzt habe, um die Widmung und diese Danksagung zu schreiben, sah ich Jo, wie sie am Grab ihres Vaters stand, und stellte mir mich selbst vor, wie ich an deinem stehe.

Als Krankenschwester war es meine Aufgabe, Leben zu retten – diesen Beruf habe ich gewählt, weil ich eigentlich deines retten wollte. Aber so funktioniert das leider nicht. Und wenn man sein Leben lebt, damit es jemand anderem gefällt, lebt man nicht, sondern ist einfach nur am Leben.

Ich vermisse dich, meine geliebte kleine Schwester, und verspreche dir, mein Leben voll zu leben, für uns beide.

Catherine

Zeitfracht Medien GmbH
Ferdinand-Jühlke-Straße 7
99095 Erfurt, Deutschland
produktsicherheit@kolibri360.de

Druck:
CPI Druckdienstleistungen GmbH
im Auftrag der
Zeitfracht Medien GmbH
Ein Unternehmen der Zeitfracht - Gruppe
Ferdinand-Jühlke-Str. 7
99095 Erfurt